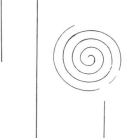

De santos e sábios

James Joyce

DE SANTOS E SÁBIOS

Escritos estéticos e políticos

Organização
Sérgio Medeiros
Dirce Waltrick do Amarante

Tradução
André Cechinel
Caetano Galindo
Dirce Waltrick do Amarante
Sérgio Medeiros

ILUMI//URAS

Copyright © 2012
Sérgio Medeiros e Dirce Waltrick do Amarante

Copyright © desta edição
Editora Iluminuras Ltda.

Capa
Eder Cardoso / Iluminuras
sobre retratos de James Joyce de Constantin Brancusi.
Cortesia: Lockwood Memorial Library,
State University of New York at Buffalo, NY.

Revisão da tradução
Sérgio Medeiros

Revisão
Jane Pessoa

CIP-BRASIL. CATALOGAÇÃO-NA-FONTE
SINDICATO NACIONAL DOS EDITORES DE LIVROS, RJ

J79s

Joyce, James, 1882-1941
 De santos e sábios : escritos estéticos e políticos / James Joyce ;
organização Sérgio Medeiros, Dirce Waltrick do Amarante ;
tradução André Cechinel ...[et al.]. - São Paulo : Iluminuras, 2012.
 328p. : 23 cm

 Tradução de: The critical writings
 ISBN 978-85-7321-366-9

 1. Literatura irlandesa. I. Medeiros, Sérgio. II. Amarante, Dirce
Waltrick do. III. Cechinel, André. IV. Título.

12-0369.   CDD: 828.99153
                  CDU: 821.111(415)-3
18.01.12 19.01.12   032701

2012
EDITORA ILUMINURAS LTDA.
Rua Inácio Pereira da Rocha, 389 - 05432-011 - São Paulo - SP - Brasil
Tel./Fax: 55 11 3031-6161
iluminuras@iluminuras.com.br
www.iluminuras.com.br

SUMÁRIO

Introdução, 11

Não se deve confiar nas aparências, 13
[A força], 15
O estudo de línguas, 25
O *Ecce Homo* da Royal Hibernian Academy, 31
Drama e vida, 39
O novo drama de Ibsen, 49
O dia da plebe, 71
James Clarence Mangan, 77
Um poeta irlandês, 87
George Meredith, 91
Hoje e amanhã na Irlanda, 93
Uma suave filosofia, 97
Um esforço para conferir precisão ao pensamento, 101
Versos coloniais, 103
Catilina, 105
A alma da Irlanda, 109
O *derby* automobilístico, 113
A educação segundo Aristóteles, 117
Um inútil, 119
A fundação de impérios, 121
Nova ficção, 123
O vigor da terra, 125
Lançando um olhar sobre a história, 127
Um romance religioso francês, 129
Versos desiguais, 133
A nova peça do sr. Arnold Graves, 135
Um poeta esquecido, 137

Os romances do sr. Mason, 139

A filosofia de Bruno, 141

Humanismo, 145

Shakespeare explicado, 147

Borlase and Son, 149

Estética, 151

Santo Ofício, 159

Irlanda, ilha de santos e sábios, 165

James Clarence Morgan (2), 187

Fenianismo, 199

O Home Rule atinge a maioridade, 205

A Irlanda no tribunal, 209

Oscar Wilde: o poeta de *Salomé*, 213

A luta de Bernard Shaw contra a censura, 219

O cometa do Home Rule, 223

[William Blake], 229

A sombra de Parnell, 237

A cidade das tribos, 243

A miragem do pescador de Aran, 249

A política e as doenças do gado, 255

Bico de gás, 259

Dooleysprudência, 265

Notas para o programa de English Players, 269

Carta sobre Pound, 273

Carta sobre Hardy, 275

Carta sobre Svevo, 277

De um autor proscrito a um cantor proscrito, 279

Redator de um anúncio, 285

Epílogo para *Os espectros* de Ibsen, 287

Exposição do sr. James Joyce sobre o direito moral dos escritores, 291

ANEXOS

"Meus múltiplos Mins", 295
 André Cechinel

Se ensaia, 301
 Caetano Galindo

Joyce e a política, 315
 Dirce Waltrick do Amarante

Joyce e o barulho, 323
 Sérgio Medeiros

INTRODUÇÃO

O estudante, o crítico, o jornalista, o historiador, o polemista, o satirista, o escritor — são várias (e, às vezes, inesperadas) as facetas do escritor irlandês James Joyce (1882-1941), celebrado como um dos maiores romancistas do Ocidente, reunidas neste volume que contém seus escritos estéticos e políticos. São conferências, ensaios, notas, cartas, poemas, redigidos originalmente em inglês, italiano e francês.

A tradução tomou como referência o volume The Critical Writings, *editado por Ellsworth Mason e Richard Ellmann.[1] Todos os textos foram vertidos na íntegra para o português. As breves notas explicativas que precedem os textos, todas preparadas por Mason e Ellmann, foram em geral adaptadas e não traduzidas na íntegra, a fim de adequá-las à especificidade da edição brasileira, que nos "anexos" propõe, de uma perspectiva contemporânea e latino-americana, uma discussão sobre as relações entre os textos estéticos e políticos de Joyce e a sua obra literária.*

Também utilizamos como fonte o livro Occasional, Critical, and Political Writing,[2] *que é bastante útil porque oferece ao leitor não apenas a tradução das conferências pronunciadas por Joyce na Itália, mas também o seu original em italiano.*

Finalmente, uma palavra sobre os tradutores: são leitores e estudiosos da obra de Joyce há vários anos. Por isso, coube a cada um deles redigir um pequeno ensaio, incluído, como dissemos, nos "anexos", em que pudessem expressar sua visão pessoal dos ensaios e da ficção de James Joyce.

Sérgio Medeiros
Dirce Waltrick do Amarante
Florianópolis, 2011

---

[1] James Joyce. *The Critical Writings* (Editado por Ellsworth Mason e Richard Ellmann, com um prefácio de Guy Davenport). Ithaca: Cornell University Press, 1989. (Reimpressão de *Critical Writings*, Nova York: Viking Press, 1959.)

[2] James Joyce. *Occasional, Critical, and Political Writing*. Oxford: Oxford University Press, 2000.

1

NÃO SE DEVE CONFIAR NAS APARÊNCIAS[1]

1896?

Tanto seus colegas quanto seus professores, no Belvedere College, reconheciam que James Joyce escrevia com grande habilidade o ensaio semanal. Em 1897 e 1898, ele recebeu o prêmio nacional de melhor redação em inglês de sua classe. "Não se deve confiar nas aparências" é o único desses exercícios que chegou até nós, e foi escrito por volta de 1896, quando seu autor tinha 14 anos de idade. É o primeiro texto joyciano que se conhece.

AMDG[2]
NÃO SE DEVE CONFIAR NAS APARÊNCIAS

Não há nada tão enganador, e por isso mesmo tão atraente, quanto uma superfície calma. O mar, sob a luz cálida de um dia de verão, ou o céu azul, banhado na luz difusa e ambarina de um sol de outono, são agradáveis ao olhar. Porém, quão diferente se torna a cena quando a cólera violenta dos elementos desperta mais uma vez as discórdias da confusão, quão diferente se torna o oceano cuspindo espuma daquele mar plácido e calmo que resplandecia e ondulava jovialmente. Mas os melhores exemplos da fragilidade das aparências são o Homem e a Fortuna. Um olhar bajulador e servil, uma atitude altiva e arrogante, ocultam igualmente a falta de caráter. A Fortuna, esse brinquedinho fulgurante, cujo bruxuleio

---

[1] Este ensaio manuscrito se encontra na biblioteca da Cornell University, Estados Unidos.
[2] *Ad Majorem Dei Gloriam* [Para a maior glória de Deus], lema da Companhia de Jesus.

esplêndido fascinou e enganou tanto o orgulhoso quanto o pobre, é tão vacilante como o vento. Existe, entretanto, sempre "alguma coisa" que nos revela o caráter do homem. É o olho. Esse traidor que nem mesmo a mais firme vontade do traiçoeiro vilão poderá subjugar. É o olho que nos revela a culpa ou a inocência, os vícios ou as virtudes da alma. É a única exceção ao provérbio: "Não se deve confiar nas aparências". Em todos os outros casos, é preciso buscar o valor verdadeiro. O manto da realeza ou da democracia nada mais é do que a sombra que o "homem" deixa atrás de si. "Ó!, quão infeliz é o pobre homem que depende dos favores do príncipe".[3] A onda inconstante da sempre mutável Fortuna traz ao mesmo tempo o bem e o mal. Como nos parece bela quando anuncia o bem, e tão cruel quando é a mensageira do mal! O homem que depende do humor de um rei é apenas uma rolha no mar. Tal é o vazio das aparências. O hipócrita é o pior de todos os vilões, pois esconde, sob a aparência da virtude, o pior dos vícios. O amigo que é somente o escravo da Fortuna se humilha e se arrasta aos pés da riqueza. Mas o homem que não tem outra ambição, outra riqueza ou outro luxo que não a própria satisfação não pode esconder a alegria da felicidade que flui de uma consciência limpa e de um espírito sereno.

LDS[4]

James A. Joyce

Tradução: Sérgio Medeiros

---

[3] Joyce cita um tanto infielmente a peça *Henrique VIII*, III, ii.
[4] *Laus Deo Semper* [Glória a Deus nas alturas].

2

[A FORÇA][1]

1898

No Ulisses *(1922), Leopold Bloom diz ao Cidadão Ciclope: "Mas tudo é inútil. A força, o ódio, a história, tudo...". E prossegue, fazendo a defesa do amor, "o oposto do ódio", que afirma ser "a verdadeira vida". No dia 27 de setembro de 1898, Joyce, que começava o curso preparatório no University College de Dublin, defendeu essa mesma ideia com loquacidade juvenil. Tinha 16 anos.*

Várias páginas desse ensaio desapareceram, mas não restam dúvidas de que o tema nele tratado é a força. A tese do autor consistia em afirmar, paradoxalmente, que só o emprego da força é que faria a bondade reinar.

[*Falta a primeira metade da folha inicial do manuscrito.*]

— duas questões importantes e difíceis de responder. Ainda que seja evidente, por via de regra, que uma conquista obtida mediante uma guerra justa é ela própria justa, não será necessário entrar no domínio da economia política etc.; entretanto, seria conveniente não esquecer que toda dominação pela força, se mantida e exercida pela força, serve apenas para esmagar as disposições e aspirações dos homens. E que ela também gera, em última instância, ódio e revolta, visto que começou como guerra injusta, estando definitivamente marcada pela violência. Contudo, parece

[1] Manuscrito de 24 páginas e meia, que consta dos documentos de Joyce, conservados na biblioteca da Cornell University, Estados Unidos. Stanilaus Joyce, irmão do escritor, usou o verso das folhas para escrever seu diário; foi assim que este texto e os três ensaios seguintes, todos traduzidos na íntegra nesta edição, se conservaram.

uma postura errônea considerar a subjugação apenas pelo ângulo de uma força tirânica, pois, como veremos, trata-se frequentemente mais de uma influência do que propriamente de uma força positiva, e é melhor utilizada quando não serve para o vão derramamento de sangue.

Nas diferentes circunstâncias da vida, encontramos muitos exemplos comuns dessa utilização — todos reveladores, ainda que destituídos de brilho ou notoriedade e ocorram nos lugares mais humildes. O lavrador que guia seu arado pelo chão, sulcando o "torrão intratável", é um caso. O jardineiro que poda a videira indócil ou baixa a sebe selvagem a um nível conveniente, dominando os elementos incultos para convertê--los em "jardins bem-ordenados", é outro exemplo. Ambos representam a subjugação pela força; porém, o método do marinheiro é mais sagaz. O marinheiro não possui nenhum arado para sulcar a resistência do vento, nem nenhuma [*nor no*][2] faca para conter a violência selvagem da tempestade. Ele não pode, com sua limitada habilidade, sobrepujar a turbulência do vento. Quando Eólos pronuncia o seu decreto, não há uma maneira de revogar diretamente a ordem. Não é assim que o marinheiro pode vencê-lo, mas mudando de direção, sendo paciente, às vezes usando a força do vento, às vezes esquivando-se dela, ora avançando, ora retrocedendo, até que as velas inconstantes iniciem um curso correto, e em meio à subsequente calmaria o navio atraque ao cais. A roda do moleiro, que mesmo retendo a torrente depois lhe permite seguir seu caminho quando conclui o serviço requerido, constitui um exemplo útil. A água que se precipita numa corrente veloz, nas altas montanhas, é uma força furibunda, ao mesmo tempo capaz de despertar emoções e irrigar os campos. Mas o moleiro mágico altera seu humor, e ela segue seu curso com suas mechas rebeldes agora penteadas e ordenadas, lambendo com suas ondas, numa submissão calma, as margens que descem sobriamente das casas de campo. Além do mais, sua força foi utilizada para fins comerciais, e ajuda a alimentar, com farinha de trigo e pão de qualidade, não mais a poesia, mas a fome.

Após esses exemplos de subjugação dos elementos, passemos à subjugação dos animais. Muito tempo atrás, no Éden, o respeitável Adão viveu de modo aprazível. As aves do céu e os animais da terra contribuíam

---

[2] O professor de Joyce sublinhou estas palavras e pôs um sinal na margem. Há várias correções desse tipo no manuscrito. Todos os erros cometidos por Joyce foram preservados na transcrição do manuscrito.

para o seu bem-estar. A seus pés dormia um leão dócil, e todos os animais eram seus fiéis servidores. Mas quando o pecado surgiu em Adão — pecado que antes era apenas uma maldade latente — e sua nobre natureza se corrompeu e foi violada, também entre os animais brotou o incitamento a uma desconhecida ferocidade. Revoltaram-se de modo similar contra o homem, e deixaram de ser seus criados afáveis para se tornarem seus inimigos implacáveis. A partir desse momento, em maior ou menor grau, mais em alguns lugares do que em outros, lutaram contra o homem e se recusaram a servi-lo. E, auxiliados quase sempre por uma força descomunal, triunfaram na luta. Mas, finalmente, graças à sua superioridade, e porque o homem lutava contra simples animais, estes foram derrotados, pelo menos em grande parte. O homem converteu alguns desses animais, como o cachorro, em protetores da sua casa; outros, como os cavalos e os bois, passaram a ajudá-lo no seu trabalho. Porém, não pôde conquistar outros, mas apenas defender-se deles. Houve uma raça, em particular, que ameaçou, por seu número e sua força, vencê-lo. Será útil, aqui, seguir o destino dessa raça e verificar como uma força superior interveio para garantir ao homem o título, sem derrisão, de senhor da criação, e o protegeu do temor do mamute e do mastodonte. Os elefantes dos jardins zoológicos são pálidos descendentes daqueles monstros poderosos que, antigamente, atravessaram o espaço onde se erguem hoje cidades esfumaçadas; e formando hordas indomáveis e impávidas, orgulhosos de seu poder, vagaram através de regiões e florestas férteis, onde agora vemos as marcas de homens diligentes e os monumentos que testemunham sua habilidade e seu trabalho; propagaram-se por continentes inteiros, levando ao norte e ao sul o terror e desafiando os homens a dominá-los; até que chegou, finalmente, o seu último dia, porém, sem desconfiar disso, moveram-se para as mais altas regiões do Polo, para a sua destruição já decretada. O que o homem não foi capaz de dominar, lá foi dominado, pois esses monstros não puderam resistir às mudanças terríveis por que passou a terra. A exuberância esplêndida dessas regiões foi perdendo pouco a pouco a beleza e a fecundidade. Gradualmente, desapareceria a abundância de árvores e frutos, não permanecendo no seu lugar senão arbustos raquíticos e bagas mirradas que nenhum sol jamais faria amadurecer. As tribos de mamutes se reuniram, presas de estranha inquietação, e toda aquela devastação as obrigou a viver cada vez mais juntas. Dos oásis que ainda encontravam, esses mamutes observavam as ondas avançarem sobre eles, sitiando-os em seus abrigos estéreis. Rodeados de água e gelo abundante, viveram seus últimos dias de vida orgulhosa, e quando nada mais lhes restava exceto morrer, os miseráveis animais pereceram vítimas do frio cruel de um inverno sem fim, e agora suas presas colossais e seus marfins se amontoam, formando túmulos nas ilhas da Nova Sibéria. Isso é tudo o que sobrou deles, e o homem, que não foi capaz de escravizá-los enquanto viviam, beneficiou-se de sua morte, a qual atraiu sua avidez para além dos perigos dos mares polares, em direção a esses restos suntuosos dos tempos de antanho que estão espalhados e alvejando sob um céu desolado, branco e silencioso, em meio ao canto das ondas inalteráveis e à beira das eternas profundidades. Que subjugação terrível e total! Mal nos recordamos agora dos mamutes, e esquecemos o pavor dos grandes elefantes lanosos para, em troca, desdenhar seu tamanho e tirar vantagem de sua inépcia.

Em geral, é pelo contato com o homem que os animais são domesticados, e é curioso observar que o gato doméstico e o desprezado porco continuam selvagens em terras distantes, com toda a sua inata ferocidade e o seu inato vigor. Estes e outros animais são subjugados à domesticidade graças a uma guerra contínua, ou então são expulsos de seus abrigos familiares, o que leva à extinção da sua raça, tal como está sucedendo com a do bisão da América. Pouco a pouco, todos os animais comuns acabam dominados pelo homem, e mais uma vez tornam-se seus servidores, adquirindo algo de sua antiga obediência, tal como o paciente cavalo ou o cachorro fiel. Em certos casos, o homem se vangloria de sua vitória. Assim, vemos que, nas regiões pantanosas da América do Sul, as serpentes venenosas ficam num estado de inércia, e permanecem inúteis e inofensivas, mediante o canto do encantador de serpentes; e perante grandes multidões, em shows e espetáculos circenses, os leões domados e, nas ruas, os ursos deselegantes, dão testemunho do poder do homem.

Sem dúvida, esse desejo de dominar e possuir as coisas, expresso na história do desenvolvimento do homem, é em grande medida a causa de sua supremacia. Se o homem não tivesse tal cobiça, as árvores e a vegetação teriam impedido que a luz do sol chegasse até ele, bloqueando qualquer passagem; as montanhas e os mares teriam sido os limites de seu domicílio; a indômita torrente montanhosa iria arrebatar sempre sua cabana rústica, e as feras famintas pisariam as cinzas do seu fogo. Mas esse espírito superior venceu todos os obstáculos, embora não universalmente, já que em alguns lugares criaturas mais elementares usurparam seu Reino, e o homem deve ampliar de novo seu domínio, caçando o tigre selvagem nos jângales da Índia e abatendo as árvores das matas do Canadá.

A seguir veio a importante dominação de uma raça sobre outra. Entre as famílias humanas, o homem branco está predestinado para a conquista. O negro cedeu diante dele, e a raça vermelha foi expulsa por ele de suas terras e de suas cabanas. Na distante Nova Zelândia, os indolentes maoris, com sua falta de reação, consentem que os brancos conquistem e partilhem entre si as terras de seus pais. O homem branco foi a todas as regiões que o céu e a terra lhe permitiram ir. No entanto, não pratica mais, ou não pôde mais praticar, essa forma abusiva de dominação que é a escravidão, pelo menos não em suas formas mais degradantes, nem tão frequentemente. Porém, só a escravidão parece ter tocado a consciência dos homens, enquanto delitos mais ignóbeis e inumanos, e ofensas menores, nunca a afligiram. Felizmente, isso não podia continuar, e agora qualquer atentado à liberdade do próximo, seja cometido pelo turco molesto ou por outros, desperta firme oposição e justa ira. Direitos que são violados, instituições que são desrespeitadas, privilégios que são desprezados, tudo isso, felizmente, atrairá sempre a simpatia e a ação daqueles que, não por insensata loucura romântica ou desejo de destruição, mas devido a uma firmeza inabalável, serão levados sempre a protegê-los e defendê-los, não como brados de guerra e palavras de ordem, mas como realidades absolutas já arraigadas aos costumes.

Até aqui tratamos apenas do domínio do homem

[Falta uma página.]

...frequentemente, quando alguém se dedica a um assunto que por sua amplitude quase devora toda a sua energia, o assunto sobrepuja o escritor; ou quando um lógico tem de discutir grandes temas a fim de elaborar uma determinada teoria, abandona a ideia primordial e mediante complicadas investigações começa a fazer digressões sobre as partes mais sedutoras do seu argumento. Do mesmo modo, em trabalhos ficcionais, uma imaginação demasiado fértil se liberta do autor, e literalmente voando o conduz a regiões de beleza inexprimível que suas faculdades mal podem apreender, que ofusca seus sentidos e desafia toda descrição; suas composições serão sem dúvida alguma belas, mas de uma beleza obscura e fantástica de autor visionário. É o que sucede frequentemente a poetas de temperamento elevado e fantasioso, como Shelley, tornando sua poesia vaga e nebulosa. Quando, porém, o dom de um sentido poético, grande e magnífico, na visão, na fala e nos sentimentos, é subjugado pela vigilância e pelo cuidado, e se vê impedido de chegar a extremos, o espírito verdadeiro e superior penetra com mais cautela nos lugares sublimes e nas regiões nobres, percorrendo-os com mais temor, encantamento e reverência, e com mais humildade busca as regiões vagas, agora iluminadas, e interpreta para os homens, sem misticismo algum, as grandes coisas ocultas a seus olhos, nas folhas das árvores e nas flores, para consolá-los, elevar sua veneração e aumentar sua capacidade de admiração. É o que se obtém, dominando um grande dom, e é assim, na verdade, com todas as nossas faculdades. Aumentamos nossa força quando a cultivamos, nossa saúde quando cuidamos dela, e nossa capacidade de resistência quando respeitamos seus limites. Não fosse assim, nas artes, como a escultura e a pintura, os grandes acontecimentos que captam a atenção do artista achariam sua expressão em enormes deformidades ou violentos borrões; e aos ouvidos do músico em transe, as mais belas melodias soariam loucamente, sem ritmo nem movimento, num caos indescritível, "como doces sinos estridulando juntos, ásperos e fora do tom".

Mostramos a grande influência que o desejo humano de dominar exerceu sobre os reinos animal e vegetal, e, não se limitando apenas a destruir e conquistar os piores aspectos da natureza, melhorou e aperfeiçoou o que nela é bom. Ainda existem lugares na terra onde o crescimento desordenado da natureza reina absoluto, onde as folhas das árvores sufocam a luz e o mato cobre o solo, onde há répteis perigosos e animais ferozes, todos indomáveis, em áreas de grande beleza por suas cores e fertilidade, mas ofuscadas pelo horror de desenfreada selvageria. Contudo, a chegada do homem em seu contínuo avanço alterará a face das coisas, e a sua bondade tornará melhor o que estiver sob seu domínio. Pois está escrito: "Quando os verdadeiros servidores do Céu penetrarem nestes Édens, acompanhados do Espírito de Deus, também um outro espírito se respirará no ar; e o inseto que pica, a cobra peçonhenta e a árvore venenosa desaparecerão ante o poder da alma humana regenerada". Tal é a subjugação almejada que chegará no tempo oportuno. Até aqui, avaliamos o poder humano de triunfar sobre as raças inferiores do mundo, e a sua influência na subjugação de suas próprias faculdades mentais. Faltaria considerar a múltipla influência desse desejo de dominação sobre os seus próprios instintos, sobre as suas obras, o seu trabalho e a sua própria razão.

Encontramos nas sagas norueguesas, nas antigas epopeias, nas narrativas de "barões e cavaleiros audazes" e, em nossos dias, nas histórias de Hall Caine,[3] muitos exemplos da devastação que causam as paixões humanas quando se expandem com toda a liberdade. Na vida comum encontramos, evidentemente, poucas pessoas comparáveis a personagens como Thor, Ospakar,[4] Jasão e Mylrea,[5] que outrora fizeram de lugares selvagens seu lar. A civilização moderna não pode permitir uma liberdade comparável àquela que permitia o estado de coisas de então. Atualmente, o homem das cidades e metrópoles não está mais submetido à violência das paixões, ou, pelo menos, não a ponto de ficar à mercê do seu furor. O homem normal não está obrigado a precaver-se, tão frequentemente, dos acessos da ira demoníaca, embora a vingança seja ainda comum no sul da Europa. Ora, a humanidade tem agora tantas oportunidades como tinha antigamente para dominar-se a si mesma. A disposição irascível, o comentário egoísta, a presunção tola, a zombaria *fin de siècle*, a maledicência, a recusa em oferecer ajuda, a palavra perniciosa e o insulto inútil, junto com a ingratidão e o esquecimento dos amigos, tudo isso o homem pode diariamente dominar. E, acima de tudo, a grande caridade, tão caluniada, tão distinta da prodigalidade animal e da generosidade inconsequente, que não está limitada pelos atos de caridade, mas brota de fontes internas de doçura e bondade; que é tímida na atribuição de motivos; "que tudo interpreta da melhor perspectiva"; que prescreve, a partir de impulsos vindos dos céus, o sacrifício de tudo o que é precioso, se for necessário, e que recebe do alto sua existência e sua beleza; que vive e prospera numa atmosfera de pensamentos muito elevados e serenos, os quais não tolerariam serem trazidos à terra em meio aos homens, mas que em seu próprio ambiente delicado "impõem sua presença e comungam

---

[3] Para uma opinião mais amadurecida sobre Hall Caine, ver a seguir o texto 10, "George Meredith", de 1902.
[4] A história de Ospakar é narrada na saga nórdica dos Quadrilheiros.
[5] Daniel Mylrea atua no romance *The Deemster*, de Hall Caine.

entre si" — esse absoluto desinteresse de tudo exige, ao contrário, uma prática constante e uma realização perfeita!

Voltando à missão do homem na terra, estabelecida nos portões do Éden, ou seja, trabalho e suor, não tem por acaso a subjugação uma influência direta, trazendo vantagens tanto para o mundo quanto para o próprio homem? "As selvas incultas foram eliminadas", afirma Carlyle, "e em seu lugar há campos de cultivo e cidades imponentes, e também o homem

[Falta meia página.]

maior dificuldade de alguns para dominar sua razão do que para dominar suas paixões. Pois com suas vãs teorias, opõem o intelecto e a razão à lógica sobre-humana da fé. Na verdade, o bicho-papão da infidelidade não causa terror a uma mente normalmente constituída, não despertando nela senão desdém. Os homens possuem razão e paixões, e a doutrina da libertinagem é a réplica exata da doutrina da liberdade de pensamento. A razão humana não poderá chegar à sabedoria se não possuir integralmente as três virtudes definidas pelo escritor inspirado, se não for *pudica, pacifica et desursum* — casta, serena e vinda do alto. Como pode prosperar, se sua fonte não está na Sabedoria, mas em qualquer outro lugar? E à medida que permanece cego para as virtudes da sabedoria, *pudica, pacifica et desursum*, como o intelecto humano pode esperar escapar àquilo que foi para Abelardo a pedra no caminho e provocou a sua queda?

A essência da dominação, ou subjugação, é a conquista do mais elevado. Aquilo que é mais nobre e melhor do que todo o resto, ou que esteja construído sobre alicerces mais sólidos, produz no seu momento propício o triunfo merecido. Quando a justiça é substituída pela força, ou, para empregar um termo mais exato, quando a justiça é substituída pela violência, então se produz um domínio — não duradouro, porém transitório. Quando este é ilícito, como o foi tão frequentemente no passado, seguem-se invariavelmente lutas que se perpetuam ao longo dos séculos. Existem coisas que subjugação alguma é capaz de reprimir, e uma vez que elas se preservam, assim como o fazem e farão as sementes da nobreza nos homens honrados de vida virtuosa, continuarão ativas naqueles que as seguem e obedecem, como promessa de vitória final, e conforto e consolação de uma esperança ativa. A dominação tem "quase a essência de um império, e quando deixa de conquistar, deixa de existir". É uma noção inata na natureza humana, responsável, em grande parte, pelo lugar que o homem ocupa. É um fator dominante da vida política, e uma força que determina o destino das nações. De todas as faculdades do homem, é a mais influente, e modela parte das leis do mundo, inalterável e eterna — dominação que convive com a liberdade, e, inclusive, não perde esta de vista, a fim de que possa haver contínua manifestação de diversos poderes, mantendo todas as coisas sob controle, segundo limites determinados, leis e regras equitativas, permitindo a

[*Falta meia página.*]

de poder em vez de força, e de persuasão em vez de conquista sangrenta, deu lugar à norma duradoura já mencionada, de atenção para com aquilo que é bom, para sempre, numa nova subjugação.

FIM

escrito por
Jas. A. Joyce
27/09/98

Nota — as inserções a lápis são, principalmente, omissões na cópia do texto.

Tradução: Sérgio Medeiros

3

O ESTUDO DE LÍNGUAS[1]

1898/9?

"O estudo de línguas" certamente foi escrito também durante o curso preparatório, em 1898-9, no University College. O estilo de Joyce ganhou em força o que perdeu em elegância. A menção aos afrescos de Mammi está mais elaborada do que qualquer passagem do seu ensaio anterior sobre a força, e suas observações sobre Matthew Arnold (que seu professor sublinhou com um traço vermelho) são mais pertinentes. Embora a vida toda Joyce tenha se dedicado ao estudo de línguas, os argumentos que apresenta aqui não dão a justa medida de seu talento.

Na igreja de Santa Maria Novella existem sete figuras pintadas por Mammi, representando as sete ciências terrestres. Examinadas da direita para a esquerda, a primeira é a "Arte das Letras", e a sétima, a "Aritmética". A primeira é frequentemente chamada de Gramática, porque se refere mais diretamente a esse ramo das "Letras". O propósito do artista, ao dispor assim as figuras, era mostrar o progresso gradual de uma Ciência a outra, da Gramática à Retórica, da Retórica à Música, e assim sucessivamente, até a Aritmética. Ao selecionar esses temas, Mammi assume duas coisas. Inicialmente, que a Gramática é a ciência mais antiga, isto é, a ciência primeira e mais congenial ao homem, e que a aritmética é a última, não exatamente como a culminação das outras seis, mas, antes, como a expressão última e numérica da vida humana. Em segundo lugar, ou talvez em primeiro, o artista assume que a Gramática, ou as Letras, é uma ciência. Sua primeira suposição é incluir na mesma classificação, se é que não faz

---

[1] Este ensaio, um manuscrito de dez páginas e meia que integra o diário de Stanislaus Joyce, encontra-se atualmente na biblioteca da Cornell University.

mais do que isso, a Gramática e a Aritmética, como a primeira e a última etapas do conhecimento humano. Sua segunda suposição, como dissemos, faz da Gramática uma ciência. As duas hipóteses são claramente contrárias às opiniões de muitos ilustres cultivadores da Aritmética, que se recusam a atribuir às Letras a condição de ciência, e querem, ou fingem, considerar a Gramática como algo totalmente distinto da Aritmética. A Literatura é apenas uma Ciência nas suas origens, ou seja, na sua Gramática e Escrita, mas a conduta dos especialistas em Aritmética é insensata.

Esperamos que reconheçam que é essencial, para todo homem que queira comunicar-se normalmente com seus semelhantes, saber falar. De nossa parte, reconheceremos que, para a formação de um intelectual, o estudo mais importante é o da Matemática. É o estudo que melhor desenvolve seu espírito de precisão e exatidão, que lhe fornece o gosto pelo método e pela ordem, e que o prepara, acima de tudo, para uma carreira intelectual. Nós, o autor deste ensaio na primeira pessoa do plural,[2] admitimos, sim, que não nos dedicamos com muito fervor ao assunto, mas foi mais por falta de interesse pelos deveres do que por verdadeira aversão à matéria. Nisso somos encorajados por grandes luminares do nosso tempo, se bem que Matthew Arnold expresse sua própria opiniãozinha sobre o tema, como, aliás, sobre muitos outros. Ora, enquanto os defensores de atividades mais imaginativas reconhecem plenamente a grande importância da educação matemática, é deplorável que tantos adeptos de estudos mais rígidos, tendo assimilado a sua personalidade parte do rigor de sua disciplina, assim como certos aspectos de seus teoremas inflexíveis, deixem transparecer que consideram o estudo de línguas como algo de pouco valor, e uma atividade simplesmente aleatória, casual. Os linguistas devem se sentir livres para protestar contra tal tratamento, e seu ponto de vista é certamente digno de consideração.

Pois o que enobrece o estudo da Matemática, segundo os sábios, é o fato de ela seguir um curso regular, é o fato de ela ser uma ciência, um conhecimento de fatos, em oposição à Literatura, que é, no seu aspecto mais elegante, imaginativa e conceitual. Isso estabelece entre elas uma rigorosa linha de demarcação. E, contudo, do mesmo modo como a Matemática e as Ciências Exatas participam da natureza daquela beleza que é onipresente e se expressa, quase em silêncio, tanto na ordem e na simetria da Matemática quanto nos encantos da Literatura, esta, por sua

---

[2] O professor de Joyce riscou esta frase.

vez, participa da exatidão e da regularidade da Matemática. Não vamos aceitar, de maneira alguma, que essa premissa não seja debatida, porém, antes de combatermos pelo interesse da Linguagem e da Literatura, queremos deixar claro que consideramos o estudo da Matemática como o mais importante para o espírito, pois a nossa apologia da Literatura nunca se aventurará a fazê-la preceder a Matemática nesse quesito.

É absurda a afirmação de que o estudo de línguas deve ser menosprezado, porque é imaginário e não lida com fatos, ou porque trata as ideias de maneira pouco precisa. Primeiro, porque o estudo de qualquer língua deve começar pelo início e deve avançar aos poucos e cuidadosamente, pisando sempre sobre terreno seguro. Parte-se do princípio de que a Gramática de uma língua, sua ortografia e sua etimologia são conhecidas. São estudos precisos e seguros, iguais às tabuadas na Aritmética. Alguns admitirão o valor da língua até esse ponto, mas ainda insistirão em que os aspectos principais da sintaxe, do estilo e da história são fantasiosos e imaginativos. No entanto, o estudo de línguas repousa em alicerce matemático, e em consequência sua fundamentação é segura, por isso mesmo, tanto no estilo quanto na sintaxe, age-se sempre com prudência, uma prudência que nasce dessa precisão inicial. Assim, não são meros ornamentos de belas e descuidadas ideias, mas métodos de expressão exatos, sejam de fatos, sejam de ideias, ordenados e dirigidos por regras precisas. E, quando se trata de ideias, a expressão se eleva acima da simples base sólida, que basta para afirmações "comuns e despretensiosas", com o acréscimo da beleza de frases patéticas, de palavras sonoras, ou de torrentes de insultos, de tropos, variações e figuras, mas sem perder, mesmo em momentos de emoção intensa, uma simetria inata.

Em segundo lugar, ainda que estivéssemos dispostos a admitir, o que muito dificilmente faremos, os injustificáveis postulados dos matemáticos, de modo algum admitiríamos que a poesia e a imaginação, embora não tão profundamente intelectualizadas quanto a disciplina deles, devam ser menosprezadas e seus nomes totalmente banidos. Nossas bibliotecas terão de conter apenas obras da Ciência? Devem Bacon e Newton monopolizar nossas estantes? Não há lugar para Shakespeare e Milton? A Teologia é uma ciência; porém, podem católicos e anglicanos, embora profundos e cultiva-dos, eliminar de seus estudos a poesia, uns prescindindo de um princípio ativo e constante da sua Igreja, e os outros proibindo o "Ano Cristão"? Em seus graus mais elevados, a linguagem, o estilo, a sintaxe, a poesia, a oratória, a retórica, são ainda os paladinos e os intérpretes da Verdade. Por isso, na figura da Retórica, na igreja de Santa Maria, vê-se a Verdade refletida num Espelho. A teoria de Aristóteles e de sua escola, segundo a qual numa causa equívoca pode haver uma oratória genuína, é completamente falsa. E se eles, por fim, pretendem que a Ciência faça avançar mais a civilização do mundo, é preciso ainda levar em conta certas restrições. A Ciência pode aperfeiçoar o progresso, mas também perverte o homem. Testemunha o dr. Benjula.[3] Por acaso a grande ciência da vivissecção o aperfeiçoou? "Coração e ciência!" Uma ciência cruel é de fato bastante perigosa, terrivelmente perigosa, e pode conduzir apenas à desumanidade. Não vamos permitir que nós mesmos cheguemos ao ponto em que ele chegou, vencido e aniquilado, a tudo indiferente na porta do seu laboratório, enquanto os animais mutilados escapam aterrorizados por entre as suas pernas para a escuridão.[4] Não podemos acreditar que a ciência, divina ou humana, trará grandes e importantes benefícios aos homens e às coisas, se ela se contentar apenas em confundir os interesses humanos com os seus próprios interesses, agindo para o bem dos homens em seu próprio interesse, e em tudo ignorando este primeiro e mais natural aspecto do homem, o de ser vivo, para, em troca, torná-lo apenas um ator infinitamente pequeno, que encena a parte menos importante no drama dos mundos. Ora, contrariamente, quando a ciência atua, ao se voltar para propósitos divinos, como um instrumento útil para extrair conclusões racionais e rigorosas, ela sempre provocará no homem uma exaltação da fé e da adoração.

Tendo-nos assim livrado dos nada simpáticos matemáticos, ainda é preciso dizer algo sobre o estudo das línguas, e em particular da nossa. Em primeiro lugar, na história das palavras há muitos traços da história dos homens, e ao compararmos o modo de falar de hoje com o de anos atrás, poderemos observar a força de influências externas sobre as palavras de uma raça. Às vezes, o sentido de uma palavra se altera bastante, como acontece com a palavra "*villain*" [vilão], em razão da extinção de certos costumes; outras vezes, é a dicção que se altera, como, por exemplo, depois da chegada de um conquistador estrangeiro, o que pode ser atestado pela má pronunciação das palavras, ou mesmo pelo completo desuso da língua original, salvo em frases isoladas ou raras, que se pronunciam espontaneamente na dor ou

---

[3] Um vivisseccionista sem compaixão, protagonista do romance *Heart and Science*, de Wilkie Collins.
[4] Esta passagem está no capítulo 62 do romance de Collins.

na alegria. Em segundo lugar, esse estudo torna a nossa língua mais pura e luminosa, e contribui, assim, ao aperfeiçoamento do estilo e da forma. Em terceiro lugar, os nomes que encontramos na literatura escrita na nossa língua nos foram transmitidos como nomes veneráveis, os quais não devemos tratar levianamente, mas, ao contrário, merecem de antemão todo o nosso respeito. São pontos de referência na evolução de uma língua, conservando-a íntegra e dirigindo seu curso para a frente, como um caminho que se amplia e aperfeiçoa sem se desviar nunca da estrada principal, apesar das muitas ramificações que surgem a todo momento e parecem fáceis de seguir. Esses nomes, tais como os dos mestres da língua inglesa, são modelos para se imitar e usar como referência, e são valiosos porque o modo como empregaram a língua foi baseado em estudos, e é por essa razão que merecem toda a nossa atenção. Em quarto lugar, e isto é o ponto mais importante, o estudo aprofundado da língua que esses autores empregaram é praticamente o único meio de adquirir um conhecimento sólido da força e da dignidade que possui o idioma, e de melhor compreender, na medida do possível, os sentimentos dos grandes escritores, de penetrar nos seus corações e espíritos e ao mesmo tempo ser admitido, por especial privilégio, na intimidade de seus próprios pensamentos. Além disso, o estudo da língua desses autores também é útil, não apenas porque aumenta a nossa erudição e nos dá maior riqueza de ideias, mas também porque eleva o nosso vocabulário e, paulatinamente, torna-nos mais aptos para compartilhar da delicadeza ou da força do seu estilo. Não raro, quando ficam excitadas, certas pessoas parecem perder o dom da fala, e se põem a balbuciar com incoerência e a repetir as palavras, a fim de que suas frases possam ter mais peso e sentido. E a muitos se torna bastante difícil expressar suas ideias mais ordinárias em inglês correto. Ainda que fosse apenas para corrigir os erros tão comuns entre nós, o estudo da nossa língua já valeria a pena. E com mais razão ainda se considerarmos que não apenas corrige tais defeitos, como também produz mudanças admiráveis na nossa fala, pelo simples contato com a boa expressão, iniciando-nos na beleza, que não poderemos ponderar aqui, exceto mencionar de passagem, à qual a nossa ignorância anterior ou a nossa negligência impediam o acesso.

Para que não fique parecendo que insistimos excessivamente na nossa própria língua, vamos considerar o caso dos clássicos. Um estudo aprofundado e bem dirigido do latim — o autor reconhece humildemente sua ignorância do grego — é muito útil, pois nos familiariza com uma língua que deu numerosos elementos ao inglês, fazendo-nos conhecer, portanto, as raízes de um grande número de palavras que, depois, aplicaremos mais corretamente, e que adquirirão para nós, assim, um sentido mais verdadeiro. Ademais, o latim é a língua tradicional dos humanistas e dos filósofos, e a ferramenta dos eruditos, cujos escritos e cujo pensamento são apenas acessíveis por meio da tradução. Além disso, não é assombroso constatar que o latim, como Shakespeare, está na boca de todos, sem que os falantes pareçam se dar conta disso? Citações em latim são usadas com frequência, até mesmo por aqueles que não são latinistas, daí a conveniência de se estudar a língua. Convém ainda lembrar que é a língua universal do ritual da Igreja. Tampouco devemos esquecer a grande ajuda intelectual que o latim presta àqueles que o estudam, oferecendo-lhes algumas expressões concisas que são mais eficazes do que expressões similares em nosso idioma. Por exemplo, uma frase latina, às vezes uma única palavra, tem um significado tão complexo e participa da essência de tantas outras palavras, sem deixar ainda de revelar uma sutileza intrínseca, que nenhuma palavra inglesa isolada poderá ser considerada seu exato equivalente. Assim, o latim de Virgílio, considerado muito idiomático, desafia qualquer tradução. É evidente que a cuidadosa tradução dessa linguagem para o inglês apropriado há de ser necessariamente um grande exercício de apreciação crítica e de expressão, para dizer o mínimo. Mas o latim, além de ser, na sua forma degradada, a linguagem dos estudiosos, é, na sua melhor forma, a língua de Lucrécio, Virgílio, Horácio, Cícero, Plínio e Tácito, todos grandes nomes que ainda se mantêm nas altas posições que ocupam há milhares de anos — fato que justifica por si só a leitura de suas obras. Além do mais, seu interesse aumenta tendo em vista que foram escritores de uma vasta República, a maior e a mais extensa que o mundo já conheceu, de uma República que, durante 500 anos, foi a pátria de quase todos os grandes homens de ação daquele período, que proclamava seu nome de Gibraltar até a Arábia e a terra dos xenófobos britânicos, que em todos os recantos foi sinônimo de poder e cujo exército em toda parte triunfava.

[*O manuscrito acaba aqui.*]

Tradução: Sérgio Medeiros

4

O *ECCE HOMO* DA
ROYAL HIBERNIAN ACADEMY[1]

1899

Joyce terminou o curso preparatório em junho de 1899 e, no mês de setembro, se matriculou, já como estudante universitário, no University College de Dublin. O ensaio "Ecce Homo" foi escrito nesse mês, um ano depois do ensaio "A força".

Suas observações a respeito de pintura e escultura parecem um tanto ingênuas, porém é de outra ordem sua concepção do drama. Ela o libera e lhe permite abordar o tema de uma pintura religiosa de um ponto de vista puramente estético.

Munkacsy triunfou como escritor dramático porque representou Cristo como um ser humano. Joyce não afirma que Cristo era apenas isso, mas mantém que Munkacsy elegeu o melhor meio para tratar o tema.

O quadro de Munkacsy,[2] exibido nas principais cidades da Europa, encontra-se agora na Royal Hibernian Academy. Juntamente com os dois outros quadros, *Christ before Pilate* [Cristo perante Pilatos] e *Christ on Calvary* [Cristo no Calvário], constitui uma trilogia quase perfeita dos últimos episódios da Paixão. O que mais nos espanta no quadro em questão talvez seja seu sentido de vida, sua ilusão realista. Pode-se muito bem imaginar que esses são homens e mulheres de carne e osso, paralisados num transe silencioso pelas mãos de um feiticeiro. O quadro é, portanto,

---

[1] O manuscrito deste ensaio se encontra na biblioteca da Cornell University.
[2] Michael Munkacsy (1844-1900), pintor húngaro que despertava, nessa época, grande interesse na Inglaterra.

essencialmente dramático, e não uma composição de formas perfeitas, ou uma representação psicológica numa tela. Por drama entendo o confronto de paixões; o drama, seja qual for seu modo de desenvolvimento, é sempre luta, evolução, movimento. Ele existe como algo independente, condicionado, contudo, não controlado pela encenação. Uma paisagem idílica ou um cenário dominado por montes de feno não constituem um drama pastoral, assim como bravatas somadas ao truque monótono de empregar o "tu"[3] não bastam para compor uma tragédia. Se houver apenas quietude no primeiro, ou vulgaridade no segundo, como é geralmente o caso, então nem um nem outro revelam, por um momento sequer, o espírito do verdadeiro drama. Por mais brando que possa ser o tom das paixões, por mais ordenada a ação ou vulgar a linguagem, se uma peça de teatro, composição musical ou um quadro ocupa-se das eternas esperanças, desejos e ódios da humanidade, ou dedica-se à representação simbólica de nossa natureza amplamente comum — ou de apenas uma faceta dessa natureza —, então temos um drama. Os personagens de Maeterlinck, quando vistos sob a luz dessa estimável lanterna, o senso comum, podem parecer seres improváveis, flutuantes, impulsionados pelo destino — de fato, conforme a nossa civilização os chama, misteriosos. No entanto, por mais reduzidos e caricatos que sejam, suas paixões são humanas, e dessa forma sua exposição é dramática. Isso é muito evidente quando se refere a uma peça de teatro, porém, quando a palavra drama é aplicada, de modo similar, a Munkacsy, talvez seja necessário oferecer algumas explicações.

Na arte da escultura, a primeira etapa em direção ao drama foi a separação dos pés. Antes disso, a escultura era uma cópia do corpo humano, motivada apenas por um impulso primitivo e executada por hábito. A infusão de vida, ou de aparência de vida, deu alma à obra do artista, reanimou imediatamente suas formas e elucidou seu tema. O escultor, trabalhando para produzir no bronze ou na pedra uma cópia do homem, foi levado naturalmente a retratar uma paixão momentânea. Consequentemente, embora possua a vantagem do pintor e seja capaz, como este, de enganar os olhos num primeiro instante, sua capacidade de converter-se em dramaturgo é mais limitada que a do pintor. Seu poder de modelar pode ser comparado aos planos de fundo e à habilidosa disposição de sombras do pintor; mas, se o efeito naturalista é assim obtido

[3] Em francês no texto: *tutoyer*.

sobre uma tela plana, as cores, que conferem uma nova vida, ajudam o pintor a expressar seu tema numa unidade muito mais clara e completa. Ademais — e isso se aplica perfeitamente ao caso presente —, quando o tema se torna mais elevado ou mais amplo, ele pode obter um tratamento visivelmente melhor num quadro grande do que num agrupamento de estátuas perfeitamente modeladas e sem cores. A diferença é especialmente notável no caso de *Ecce Homo*, quadro em que cerca de setenta figuras são representadas numa única tela. É um erro limitar o drama ao palco; um drama pode ser pintado, bem como cantado ou encenado, e *Ecce Homo* é um drama.

Além disso, o referido quadro merece muito mais os comentários de um crítico dramático do que a maioria das peças que estão diretamente sob seu olhar no teatro. Acredito que falar acerca dos méritos e técnicas de uma obra de arte como essa seja um tanto supérfluo. É evidente que as vestes, as mãos levantadas e os dedos separados revelam uma técnica e uma habilidade que estão acima de qualquer crítica. O pátio estreito é o cenário de figuras que se comprimem, todas elas representadas com magistral fidelidade. A única falha é a posição estranha, tensa, da mão esquerda do governador. Pela maneira como se oculta sob a roupa, temos a impressão de ver uma mão atrofiada ou mutilada. No fundo do quadro há um corredor que se abre ao olhar do espectador, com pilares sustentando uma varanda, onde arbustos orientais se recortam contra um céu de safira. No exato canto direito do espectador, quando de frente para o quadro, uma dupla série de escadas, composta ao todo de cerca de vinte degraus, conduz a uma plataforma que forma um ângulo reto com o alinhamento das colunas. A clara luz do sol cai diretamente sobre essa plataforma, deixando o resto do pátio parcialmente na sombra. As paredes estão decoradas, e no fundo do praça há uma estreita porta obstruída por vários soldados romanos. A primeira metade da multidão, isto é, aqueles mais próximos à parte inferior da plataforma, posta-se entre os pilares e uma corrente que balança, em primeiro plano, paralela a eles. Agachado junto à corrente há um vira-lata decrépito, o único animal do quadro. Na plataforma, em frente aos soldados, vemos duas figuras. Uma está diante da multidão e tem as mãos atadas na frente, seus dedos tocando a balaustrada. Traz um manto vermelho sobre os ombros que lhe cobre as costas inteiras e parte dos braços, de modo que toda a parte frontal da figura permanece descoberta até a cintura. Tem ao redor da cabeça, à altura das têmporas, uma coroa de espinhos irregulares, amarelados, e as mãos unidas sustentam a muito custo um caniço. É Cristo. A outra figura está um pouco mais próxima da multidão, levemente inclinada em direção a ela, sobre a balaustrada. Seu braço direito está apontando para Cristo, num gesto muito natural, enquanto o braço esquerdo estende-se de modo peculiar, como atrofiado, conforme já observei. É Pilatos. Logo abaixo dessas duas figuras centrais, no pátio pavimentado, agita-se e aperta-se o populacho judeu. As impressões deixadas pelos diversos rostos, as posturas, as mãos, as bocas entreabertas, são maravilhosas. Ali se vê a carcaça paralisada, disforme, de um miserável libidinoso, em cujo rosto, de brutal animalidade, desenha-se um sorriso débil. Ali se veem as costas largas, o braço musculoso e o punho firmemente cerrado de um "protestante" musculoso, cuja face permanece, porém, oculta. A seus pés, no ângulo onde a escada faz a curva, há uma mulher ajoelhada. Sua face exibe uma palidez enferma, mas estremece de emoção. Seus belos braços redondos estão expostos, contrapondo-se a sua piedade vibrante à brutalidade da multidão. Algumas mechas de seu abundante cabelo caem sobre os braços e agarram-se a eles como lianas. Sua expressão é reverente, seus olhos observam angustiados através das lágrimas. Ela é o emblema do arrependimento, é a nova figura da lamentação, que contrasta com os tipos severos já conhecidos — pertence, assim, ao grupo dos abatidos pelo sofrimento, que choram e lamentam, mas que ao mesmo tempo se sentem confortados. Pode-se presumir, por sua postura humilde, que ela é Madalena. Perto dela está o vira-lata e, deste último, um menino de rua. Ele está de costas e seus braços se lançam para o alto, afastados, em exaltação juvenil, os dedos rígidos e separados apontam para o exterior.

No centro da multidão, sobressai a figura de um homem que olha furioso para um judeu bem vestido que acaba de empurrá-lo. Os olhos estão semicerrados de raiva, e uma maldição aflora em seus lábios. O alvo de seu ódio é um homem rico, dotado desse tipo de fisionomia detestável tão comum entre os exploradores da moderna Israel. Refiro-me àquela face cuja linha segue da testa à ponta do nariz, que então retrocede, numa curva similar, até o queixo, o qual, por sua vez, é coberto por uma barba rala e pontiaguda. O lábio superior está alçado, revelando dois dentes longos e brancos que aprisionam o lábio inferior. Esse é o sorriso malicioso da criatura. Um braço se estende num gesto de chacota, o linho branco e fino cai sobre o antebraço. Logo atrás se vê uma face imensa, de traços grosseiros, os maxilares separados por um rugido bestial. Então se vê parte do perfil e da silhueta de um fanático triunfante. O longo manto chega aos pés descalços, a cabeça está ereta, os braços perpendiculares, alçados em sinal de conquista. Na extremidade do quadro percebe-se a face indistinta de um mendigo tolo. Em todas as partes surgem faces novas. Rostos sob capuzes escuros, sob chapéus cônicos, aqui o ódio, ali uma boca amplamente aberta, a cabeça lançada para trás, em direção à nuca. Aqui uma velha foge horrorizada, ali uma mulher de aparência atraente, ainda que certamente proletária. Ela possui olhos belos e lânguidos, fisionomia e formas amplas, embora arruinada pela estupidez e por uma bestialidade que, se menos revoltante, ainda assim completa. Seu filho tenta escalar seus joelhos, e no ombro traz seu bebê de poucos meses. Nem mesmo estes estão livres da aversão que impregna a todos, e em seus pequenos olhos redondos brilha o fogo da rejeição, a ignorância amarga de sua raça. Perto delas estão as figuras de João e Maria. Maria está desmaiada. Sua face apresenta uma cor cinza, como uma aurora nublada, e seus traços estão rígidos, porém não tensos. Seu cabelo é negro, seu capuz, branco. Ela está quase morta, mas sua angústia a mantém viva. Os braços de João a envolvem, mantendo-a de pé; ligeiramente feminina é a face dele, mas animada por um firme propósito. Seu cabelo ruivo cai sobre os ombros, seu semblante expressa solicitude e piedade. Nos degraus há um rabino, fascinado, incrédulo, mas atraído pela extraordinária figura central. Ao redor encontram-se os soldados, cujas fisionomias expressam um ar de soberano desprezo. Eles olham para Cristo como o centro de um espetáculo, e para a multidão como um bando de animais insubmissos. Pilatos carece da dignidade que seu posto poderia lhe garantir, graças ao fato de que não é romano o suficiente para destratar a multidão. Tem uma face redonda, um crânio pequeno e os cabelos bem curtos. Está em constante movimento, incerto de seu próximo passo; mantém os olhos bem abertos, com uma expressão febril. Ele usa a toga branca e vermelha dos romanos.

A partir disso, pode-se perceber claramente que o conjunto forma um quadro maravilhoso, intenso, silenciosamente dramático, como se estivesse apenas à espera do toque da vara mágica de um mago para converter-se em realidade, vida e conflito. Dessa forma, qualquer tributo que se lhe renda é pouco, pois o quadro é uma representação assustadoramente real de todas as paixões mais baixas da humanidade, em ambos os sexos, em todas as suas dimensões, liberadas num carnaval demoníaco. Então, a obra merece todos os elogios, mas, acima de tudo, nota-se facilmente que o ponto de vista do artista é humano, intensa e poderosamente humano. Para pintar a multidão dessa forma é necessário dissecar a humanidade com uma faca destituída de escrúpulo. Pilatos é egocêntrico, Maria é maternal, a mulher em pratos é uma penitente, João é um homem forte, consumido internamente por grande dor, os soldados expressam a obstinação sem ideais dos conquistadores, e seu orgulho é inflexível, pois não seriam eles os novos comandantes? Teria sido fácil fazer de Maria uma madona e de João um evangelista, mas o artista escolheu retratar Maria como uma mãe e João como um homem; a meu ver, esse tratamento do tema é melhor e mais sutil. No momento em que Pilatos dizia aos judeus: "Eis o homem", seria um erro piedoso — ainda assim, sem dúvida, um erro — retratar Maria como a antecessora das devotas madonas em êxtase de nossas igrejas. A representação dessas duas figuras num quadro sagrado como este é por si só sinal da mais alta genialidade. Se há um elemento sobre-humano no quadro, algo situado para além do coração do homem, é na figura de Cristo que deve ser buscado. Porém, por mais que se examine essa figura, nenhum traço sobrenatural aparecerá em Cristo. Não há nada de divino em seu aspecto, nada de sobre-humano. Isso não significa que o artista tenha falhado, pois seu talento é tanto que ele teria representado qualquer coisa. Foi, isto sim, uma decisão voluntária. Van Ruith[4] pintou, faz alguns anos, a cena de Cristo e os mercadores do templo. Sua intenção foi retratar a sublime reprimenda e a punição divina, porém sua mão falhou e o resultado foi um açoite fraco e uma mistura de repouso e bondade, absolutamente incompatíveis com o incidente. Munkacsy, ao contrário, jamais perderia o controle sobre seu pincel; e sua visão do evento é humanista. Dessa forma, sua obra é um drama. Se tivesse escolhido pintar Cristo como o Filho Encarnado de Deus, que redime suas criaturas por admirável vontade própria, enfrentando o insulto e o ódio, o quadro não teria sido um drama, mas sim a Lei Divina, pois o drama trata do homem. No entanto, tal como o artista a concebeu, a obra é um drama poderoso, o drama de uma revolta, já tantas vezes contada, da humanidade contra um grande mestre.

[4] Horace Van Ruith, pintor da escola inglesa, cujas obras estiveram expostas, de 1888 a 1909, na Royal Academy de Londres.

A face de Cristo é um estudo soberbo de resignação, paixão — utilizo aqui a palavra em seu sentido próprio — e vontade inabalável. Está claro que nenhum pensamento da multidão perturba sua mente. Ele parece não possuir nada em comum com ela, salvo sua aparência física, que é a da raça. Um bigode castanho oculta-lhe a boca, e uma barba da mesma cor, descuidada e não muito crescida, cobre-lhe o queixo e as regiões laterais da face, até as orelhas. A testa é baixa e projeta-se um pouco junto às sobrancelhas. O nariz é ligeiramente judeu, mas quase aquilino, com narinas finas e sensíveis. Os olhos, se possuem uma cor, são de um azul pálido e, visto a face estar banhada pela luz, quase se ocultam sob as sobrancelhas, a única posição verdadeira para a agonia extrema. São olhos vivos, embora pequenos, e parecem perfurar o ar, tanto pela inspiração quanto pelo sofrimento. O rosto é o de um autêntico asceta, inspirado, convicto e maravilhosamente apaixonado. É Cristo, enquanto Homem que Sofre, numa vestimenta vermelha como a daqueles que pisam as uvas. É, literalmente, a representação de "Eis o Homem".

Foi esse tratamento do tema que me levou a apreciá-lo como um drama. Cena grandiosa, nobre, trágica, na qual o fundador do Cristianismo aparece como um personagem que não *é* mais do que um grande agente religioso e social, uma personalidade revestida de poder e majestade, o protagonista de um drama humano. Nesse aspecto, nenhuma objeção o público pode fazer contra o quadro, cuja atitude característica, quando pensa no tema, é semelhante à do pintor, apenas menos nobre e menos interessada.

A concepção de Munkacsy é muito mais grandiosa que a do público, assim como um artista mediano é superior a um verdureiro mediano, mas a concepção é da mesma espécie; ela é, empregando as palavras de Wagner num outro sentido, a atitude do povo. A fé na divindade de Cristo não é um traço saliente da cristandade secular. Mas o interesse ocasional pelo conflito eterno entre a verdade e o erro, entre o certo e o errado, conforme exemplificado no drama de Gólgota, não deixa de merecer sua aprovação.

J. A. J.
Setembro de 1899

Tradução: André Cechinel

5

DRAMA E VIDA[1]

1900

Quando estudava no University College de Dublin, Joyce leu dois trabalhos perante a Associação de História e Literatura dessa instituição. O primeiro, "Drama e vida", uma das mais importantes manifestações de suas convicções artísticas, foi lido no dia 20 de janeiro de 1900. O presidente do Colégio, padre William Delany, tomou conhecimento prévio do trabalho e criticou a escassa atenção que ele dava ao conteúdo ético do drama. Propôs que se modificassem alguns parágrafos, mas Joyce se recusou a fazê-lo com tanta energia que o padre Delany acabou cedendo.

Seu irmão Stanislaus conta que Joyce leu sua conferência "sem ênfase". Vários estudantes discordaram com vigor da teoria de Joyce, e o presidente, ao apresentar um resumo final, também discordou do que havia ouvido. Seguiu-se então um caloroso debate, no qual Joyce teria rebatido com brilho todas as objeções do seu público.

Embora as relações entre o drama e a vida sejam, e devam ser, de capital importância, na história do próprio drama tais relações não parecem ter sido sempre levadas seriamente em consideração. Os dramas mais antigos que conhecemos, deste lado do Cáucaso, são os da Grécia. Não me proponho de modo algum fazer aqui um apanhado histórico, porém não posso deixar de deter-me um pouco nesse tema. O drama grego surgiu do culto a Dionísio, deus dos frutos da terra, da alegria e da arte primitiva,

---

[1] Este ensaio, escrito à mão em dezesseis páginas do diário de Stanislaus Joyce, irmão do escritor, encontra-se na biblioteca da Cornell University.

cuja história oferecia a base fundamental para a edificação de um teatro trágico e cômico. Ao falar do drama grego, devemos ter em mente que seu desenvolvimento condicionou sua forma. As condições do palco ático impunham aos autores um conjunto de particularidades e limitações que, nas eras posteriores, foram insensatamente estabelecidos em todos os países como as regras da arte dramática. Assim, os gregos nos transmitiram um conjunto de regras teatrais que seus descendentes, com sabedoria limitada, rapidamente elevaram à dignidade de princípios inspiradores. Nada mais direi além disso. Afirmar que o teatro grego já teve o seu tempo talvez seja um lugar-comum, mas é a pura verdade.[2] Para o bem ou para o mal, esse teatro já cumpriu o seu papel, e ainda que estivesse esculpido em ouro, seus pilares não eram duradouros. Seu ressurgimento não tem significado dramático, apenas pedagógico. Até mesmo no seu próprio domínio, ele já foi suplantado. Depois de haver prosperado durante muito tempo sob a tutela hierática e a forma cerimonial, ele começou a tornar-se insípido quando se nutriu do gênio ariano. Uma reação se seguiu, inevitavelmente. O drama clássico teve suas origens na religião, o drama que o sucedeu nasceu de um movimento literário. Nessa reação, a Inglaterra teve um papel importante, pois foi o poder do grupo shakespeariano que desferiu o golpe mortal na já agonizante tragédia. Shakespeare foi, acima de tudo, um artista literário; estava enormemente dotado de humor, eloquência, um seráfico talento musical, instinto teatral — esses eram os seus dons. A obra à qual ele deu tão magnífico impulso era de natureza muito superior àquela que o havia precedido. Era algo mais do que simples drama, era literatura em diálogo. Aqui, devo traçar uma linha de demarcação entre literatura e drama.[3]

A sociedade humana é a encarnação de leis imutáveis que estão encobertas e envolvidas pelos caprichos e pelas circunstâncias da vida dos homens e das mulheres. O reino da literatura é o reino (muito vasto) desses comportamentos e humores acidentais, e o verdadeiro artista

---

[2] Em *Stephen Hero*, de James Joyce, um estudante objeta que o sr. Dedalus (*alter ego* de Joyce) não compreende a beleza do teatro ático. Ele sublinha que o nome de Ésquilo é imperecível e prediz que a tragédia dos gregos sobreviverá a muitas civilizações.

[3] Joyce ficou impressionado com um verso de "Art Poétique", de Verlaine: "*Et tout le reste est littérature*". Sua condenação da "literatura", como uma forma inferior de expressão verbal, é repetida em "James Clarence Mangan" (neste livro) e numa resenha de *Poems and Ballads* (também neste livro), de Rooney, e igualmente em *Stephen Hero*; no *Retrato do artista quando jovem*, contudo, ele abandona essa distinção, e Stephen, o protagonista, falará da literatura como "a arte mais elevada e espiritual".

literário se ocupa principalmente deles. O drama trata em primeiro lugar das leis básicas, em todo o seu despojamento e rigor divino, e apenas secundariamente dos agentes variegados que as confirmam. Quando se reconhece isso, dá-se um grande passo em direção a uma apreciação mais racional e verdadeira da arte dramática. Mas quando não se tem em conta essa distinção, é o caos. O lirismo se apresenta como drama poético, o diálogo psicológico se confunde com o drama literário, e a farsa tradicional traz afixada nela o rótulo de comédia.

Essas duas formas de teatro, tendo servido de prólogo a um gênero nascente, podem agora ser relegadas ao departamento das curiosidades literárias. Seria uma frivolidade afirmar que o novo drama não existe, ou que sua proclamação confirma um sucesso retumbante. Não terei tempo de combater essas asserções. Contudo, parece-me evidente que o teatro dramático sobreviverá a seus antepassados, cuja vida se prolonga apenas graças a habilíssima direção e extremados cuidados. Golpes violentos foram trocados por causa dessa Nova Escola. O público é lento em apreender a verdade, e seus líderes estão prontos para deformá-la. São muitos os que, tendo seu paladar se habituado à comida antiga, protestam contra os pratos novos. Para esses, o que é habitual representa o sétimo céu. Grandes elogios dedicam ao suave espalhafato de Corneille, à rígida e afetada piedade de Trapassi,[4] à inexpressividade, digna de um Plumblechook,[5] de Calderón. Ficam boquiabertos ante as trapaças pueris de seus enredos, tal é o seu refinamento. Tais críticos não devem ser levados a sério, são apenas figuras cômicas. Não resta a menor dúvida de que a "nova" escola os derrota em seu próprio terreno. Comparemos o talento de Haddon Chambers e Douglas Jerrold, de Sudermann e Lessing. A "nova" escola, neste domínio da arte, é superior. E essa superioridade é absolutamente natural, na medida em que é o fruto de um trabalho de qualidade muito mais elevada. Até mesmo a parte menos importante de Wagner — sua música — está acima de Bellini. Apesar do protesto desses amantes do passado, os pedreiros estão construindo para o Drama um lar mais amplo e elevado, onde haverá mais luz do que sombras e amplos vestíbulos no lugar de pontes levadiças e torreões.

Quero dizer algo mais a respeito deste ilustre visitante. Por drama entendo a ação recíproca das paixões, visando representar a verdade;

[4] Pietro Metastasio (1698-1782), nascido Trapassi.
[5] De Plumblechook, um personagem bajulador de *Great Expectations*, de Dickens.

o drama é conflito, evolução, movimento em qualquer sentido. Ele existe de modo independente, antes mesmo de ganhar uma forma. Ele está condicionado, mas não dominado, pelo seu cenário. Poderíamos facilmente imaginar que quando os homens e as mulheres apareceram sobre a terra, existiu sobre eles e ao seu redor um espírito do qual estavam vagamente conscientes, mas com o qual teriam desejado uma intimidade mais profunda e cuja verdade passariam depois a buscar, ansiando possuí-lo. Pois, semelhante ao ar livre, e pouco suscetível de mudança, esse espírito nunca se afastou de sua visão, como nunca se afastará, até que o firmamento seja finalmente enrolado como um pergaminho. Às vezes, o espírito parecia ter se encarnado nesta ou naquela forma. Porém, se maltratado, vai-se de repente embora e o invólucro fica vazio. Possuiria, parece, a natureza de um elfo, de uma ondina, de um verdadeiro Ariel. Por conta disso devemos distingui-lo de suas moradas passageiras. Um quadro idílico ou um cenário de montes de feno não são suficientes para criar uma peça pastoral, do mesmo modo que bravatas e sermões não fazem uma tragédia.[6] Nem a inércia nem a vulgaridade representam o drama. Em troca, qualquer que seja o tom das paixões, a ordem da ação ou a qualidade da dicção, se uma obra dramática ou musical, ou pictórica, representa as esperanças, os desejos e os ódios eternos de todos nós, ou busca a representação dos símbolos da nossa natureza amplamente relacionada, que são fases dessa natureza, então temos o drama. Não falarei aqui das suas diversas formas. Todas aquelas que não lhe eram apropriadas explodiram, tal como ocorreu no caso do primeiro escultor que separou os pés de suas estátuas. Moralidade, mistério, balé, pantomima, ópera..., o drama passou rapidamente por todas essas formas e as descartou. Sua forma própria, "o drama", ainda está intacta. "Pode cair uma vela no altar-mor, mas muitas outras permanecem."

Qualquer que seja a forma que o drama adote, esta não deverá ser forçada nem convencional. A literatura aceita as convenções, pois é uma forma de arte relativamente inferior. A literatura necessita de estimulantes para sobreviver, ela floresce graças às convenções estabelecidas em todas as relações humanas, em toda a realidade. No futuro, o drama estará em guerra com as convenções, se tiver de realizar-se plenamente. Quem

---

[6] Daqui até o final deste parágrafo Joyce parafraseia uma passagem de "O *Ecce Homo* da Royal Hibernian Academy", neste volume.

quer que possua uma ideia precisa do corpo do drama, perceberá qual é a indumentária que melhor lhe assenta. Um drama de uma natureza tão sincera e admirável não pode senão desviar o espírito do que é apenas espetacular ou teatral, e sua característica será a verdade e a liberdade em todos os aspectos. Podemos perguntar agora, como Tolstói, o que fazer.[7] Em primeiro lugar, livremo-nos dos artifícios e expulsemos as mentiras nas quais até então acreditamos. Vamos criticar como um povo livre, como uma raça livre, fazendo pouco caso de férulas e fórmulas. Acredito que o povo seja capaz disso. *Securus judicat orbis terrarum*[8] não é um lema excessivamente elevado que não se possa aplicar a todas as obras de arte. Não vamos dominar o fraco, tratemos com um sorriso tolerante os pronunciamentos triviais desses incomparáveis sério-cômicos — os "*littérateurs*". Se a mentalidade do mundo dramático for dirigida pelo bom senso, o que atualmente é a convicção de uns poucos logo será aceito por todos, e não se debaterá mais sobre os respectivos méritos de *Macbeth* e de *Solness, o construtor*.[9] O crítico pomposo do século XXX talvez afirme que entre esses e ele mesmo o abismo é intransponível.

Há algumas verdades importantes que não podemos esquecer, nas relações entre o drama e o artista. O drama é, essencialmente, uma arte comunitária e de alcance bastante amplo. O drama, para conseguir sua melhor expressão, supõe quase sempre um público no qual todas as classes da sociedade se misturem. Em uma sociedade que ama a arte e a produz, o drama se colocará, de modo natural, à frente de todas as instituições artísticas. Além disso, a natureza do drama é tão precisa, tão imutável, que em sua forma mais elevada transcende toda a possibilidade de crítica. É quase impossível, por exemplo, criticar *O pato selvagem*; cabe-nos apenas meditar sobre ele, como meditamos sobre uma dor pessoal. Na verdade, no caso de todas as últimas peças de Ibsen, a crítica dramática propriamente dita beira a impertinência. Nas demais artes, a personalidade, a originalidade de toque, a cor local, são consideradas não mais do que adornos, encantos adicionais. Mas, na arte dramática, o artista renuncia a seu verdadeiro eu e se converte em um mediador, em sua mais terrível verdade, diante da face velada de Deus.

[7] *O que faremos?* é o título de um pequeno livro de Tolstói.

[8] "Calmo, o mundo julgue", Santo Agostinho, *Contra Epistolam Parmeniani*, III, 24.

[9] Alguém objeta, em *Stephen Hero*, de Joyce, que "Todo mundo sabia que *Macbeth* ainda seria famoso, quando os autores desconhecidos que sr. Dedalus tanto aprecia estiverem mortos e esquecidos".

Se você me perguntar qual é a causa do drama, ou a sua necessidade, eu respondo: a Necessidade. Trata-se de mero instinto animal aplicado ao espírito. Além do seu desejo, velho como o mundo, de transpor as muralhas em chamas, o homem sempre aspirou tornar-se um artífice, um modelador. Essa é a necessidade comum a toda arte. Mas o drama é, entre todas as artes, o que dependente menos do seu material. Se o suprimento de pedra ou terra moldável se esgotar, a escultura se tornará uma lembrança; se a produção de pigmentos vegetais cessar, a arte pictórica deixará de existir. Mas que haja ou não mármore e cores, o drama sempre encontrará seu material artístico. Além disso, creio que o drama surge espontaneamente da vida, e é contemporâneo dela. Cada raça criou seus próprios mitos, e é neles precisamente que o drama primitivo descobre um ponto de partida. O autor de *Parsifal* compreendeu isso, e em consequência seu trabalho é sólido como uma rocha. Quando o *mythus* cruza a fronteira e invade o templo do culto, as possibilidades de dramatizá-lo diminuem consideravelmente. Porém, ele ainda luta para voltar ao seu lugar legítimo, para grande desconforto da congregação enfadonha.

Do mesmo modo que existem diferentes opiniões sobre a origem do drama, também variam as opiniões sobre a sua finalidade. Quase sempre, os partidários da escola antiga reivindicam para o drama finalidades éticas especiais, e, para empregar sua frase muito usada, que este deveria instruir, elevar e divertir. Não é mais do que outro grilhão colocado pelos carcereiros. Não afirmo que o drama não possa cumprir algumas dessas funções, ou todas elas ao mesmo tempo, mas nego que seja fundamental que ele as cumpra. Em geral, quando a arte é elevada à altíssima esfera da religião, perde geralmente seu verdadeiro espírito num quietismo estagnado. Quanto à forma mais baixa desse dogma, ela sem dúvida é cômica. Essa amável solicitação feita ao dramaturgo, cobrando que destaque a moral da sua peça, a fim de que, tal qual Cyrano, ele repita em todos os atos: "*A la fin de l'envoi je touche*", é inacreditável. Mas tudo isso decorre das boas intenções de uma mentalidade paroquial, de modo que podemos tranquilamente esquecer o assunto. O sr. Beorly com sua estricnina, ou o sr. Coupeau com seus terrores, são um triste espetáculo, cada um deles sob a sua sobrepeliz e tunicela. Mas esses absurdos estão se devorando a si mesmos, como o tigre da história, ao morder o próprio o rabo.

Contudo, uma solicitação ainda mais insidiosa é a exigência de beleza. Tal como concebida pelos seus defensores, a beleza se apresenta ora como espiritualidade anêmica ora como animalismo intrépido. Mas sendo a beleza para os homens uma qualidade arbitrária que com frequência não vai além da forma, afirmar que o drama deve conformar-se a ela é arriscado. A beleza é o *swerga*[10] do esteta; mas a verdade tem um domínio mais real e mais tangível.[11] A arte é fiel a si mesma quando trata da verdade. Se alguma vez sucedesse na terra um evento tão pouco maneável como a reforma universal, a verdade seria o portal da casa da beleza.

Ainda me resta discutir outra asserção, mesmo correndo o risco de esgotar a paciência do leitor. Cito o sr. Beerbohm Tree: "Nestes dias em que a fé se tinge de dúvidas filosóficas, creio que a função da arte seja dar-nos luz e não escuridão. A arte não deveria insistir no nosso parentesco com macacos, mas, ao contrário, lembrar-nos da nossa afinidade com os anjos". Essa declaração encerra certa dose de verdade, no entanto, também suscita uma ressalva. O sr. Tree afirma que homens e mulheres sempre considerarão a arte como um espelho que lhes devolve a imagem idealizada de si mesmos. Mas sou levado a acreditar que os homens e as mulheres quase nunca pensam seriamente nos seus próprios sentimentos em relação à arte. Estão demasiadamente presos às convenções. Afirma o sr. Tree que a arte não pode, de modo algum, ser governada pela falta de sinceridade da maioria, mas, antes, por aquelas condições eternas que a governaram desde o começo. Admito isso como uma verdade irrefutável. Mas seria bom não esquecer que essas condições eternas não são as condições das comunidades modernas. A arte acaba prejudicada por essa errônea insistência nas tendências religiosas, morais, estéticas e idealizantes. Um único Rembrandt equivale a uma galeria repleta de Van Dycks. E é esta doutrina da idealização da arte que, de modo manifesto, desfigura as tentativas mais audazes, e tem encorajado um instinto infantil para enfiar-se sob os lençóis à menção do espectro do realismo. Portanto, o público renega a tragédia se nela não soam adagas e taças, detesta a obra que não obedece às leis da prosódia e ainda considera um resultado artístico lamentável se do jorro do sangue do heroísmo desafortunado imediatamente não brotam flores melancólicas. Essa postura insana e delirante faz com que as pessoas desejem que o drama

[10] O céu dos deuses na literatura hindu.
[11] Comparar com a definição de verdade e beleza nas "Notas de Pola", em "Estética", texto 33.

as engane, o provedor de prazeres fornece ao plutocrata uma paródia da vida que este digere como um remédio na penumbra do teatro, e o palco literalmente devora o rebotalho mental do público.

Ora, se essas ideias são estéreis, o que podemos fazer? Iremos representar a vida — vida real — no palco? Não, diz o coro dos filisteus, pois isso não atrairá o público. Que mistura de miopia e espírito de lucro! O Parnaso e o Banco da Cidade dividem as almas desses mascates. É verdade que a vida hoje é quase sempre uma triste chateação. Não são poucos os que sentem, como aquele francês, que nasceram tarde demais num mundo velho demais, e sua pálida esperança e seu heroísmo exangue não cessam de conduzi-los tristemente a um último nada, a uma vasta futilidade, carregando, sem outro remédio, o pesado fardo. Nos nossos dias, a selvageria épica tornou-se impossível pela vigilância da polícia, e a cavalaria foi morta pelos oráculos da moda dos bulevares. Nunca mais o tinido das armaduras, nunca mais a auréola sobre a galanteria, nunca mais chapéus majestosos e festas ruidosas! As tradições das aventuras fabulosas sobrevivem apenas na Boêmia. No entanto, penso que ainda se pode extrair da melancólica monotonia da existência um pouco de vida dramática. O homem mais vulgar, o mais morto entre os vivos, pode ter um papel num grande drama. É uma tolice perversa ansiar pelos velhos bons tempos, saciar-nos das pedras frias que eles nos oferecem. Devemos aceitar a vida tal como esta se apresenta diante de nossos olhos, e os homens e as mulheres tal como nós os encontramos no mundo real, e não como os imaginamos no reino das fadas. A grande comédia humana de que todos participamos oferece um terreno ilimitado para o verdadeiro artista, tanto hoje quanto ontem e na antiguidade. A forma das coisas, assim como a crosta da terra, mudaram. As querenas dos navios de Tarshish[12] estão aos pedaços ou foram comidas pelo mar caprichoso; o tempo violou a fortaleza dos poderosos; os jardins de Armida[13] se transformaram num deserto inculto. Mas as paixões imortais, as verdades humanas que encontraram expressão outrora, são realmente imortais, tanto nos ciclos heroicos quanto na idade científica. *Lohengrin*, cujo drama se desenrola na penumbra de um cenário fechado, não é uma lenda da Antuérpia, mas um drama universal. *Os espectros*, cuja ação se passa num salão de visitas comum, tem uma significação universal — um

[12] "Josefa fez os navios de Tarshish irem a Ofir em busca de ouro", I Reis 22:48.
[13] Jardins de doce ociosidade, na *Jerusalém Libertada*, de Tasso.

ramo fixado firmemente na árvore Igdrasil, cujas raízes estão assentadas na terra, mas através de cujas folhas mais altas brilham e deslizam as estrelas do céu. É possível que muitas pessoas não tenham nada a ver com tais fábulas e pensem que lhes basta a satisfação de suas necessidades. Mas hoje, quando nos encontramos nas montanhas, olhando para a frente e para trás, nostálgicos do que já não existe e discernindo a distância apenas pedacinhos do céu; quando os esporões nos ameaçam e o nosso caminho se cobre de urze-branca, de que nos serve usar como bastão de alpinista uma bengala manchada ou que estejamos cobertos de delicadas sedas, para proteger-nos do forte vento dos cimos? Quanto mais cedo compreendermos a nossa verdadeira situação, melhor; pois assim estaremos em posição de abrirmos o nosso caminho. Nesse ínterim, a arte, e sobretudo o drama, podem nos ajudar a construir nossas moradas com mais perspicácia e previdência, a fim de que as suas pedras sejam apropriadamente talhadas e as janelas sejam amplas e claras. "...O que pretende fazer na nossa sociedade, Miss Hessel?", pergunta Rörlund. "Eu deixarei que entre um pouco de ar fresco, Pastor", respondeu Lona.[14]

Jas. A. Joyce
10 de janeiro de 1900

Tradução: Sérgio Medeiros

---

[14] Fala final do Ato I da peça *Os pilares da sociedade*, de Ibsen.

6

O NOVO DRAMA DE IBSEN[1]

1990

A primeira publicação séria de Joyce foi um ensaio sobre o último drama de Ibsen, Quando despertamos de entre os mortos. *Antes de completar 18 anos, Joyce teve a audácia de iniciar uma correspondência com o diretor da célebre* Fortnightly Review, W.L. Courtney. *Courtney aceitou considerar a possibilidade de publicar um artigo sobre essa obra, e Joyce então o escreveu, citando abundantemente uma tradução francesa. Como a tradução de William Archer estava para sair, a publicação do artigo foi adiada, a fim de que as citações aparecessem em inglês. "O novo drama de Ibsen" foi publicado na* Fortnightly Review *de 1º de abril de 1900, e Joyce recebeu doze guinéus por ele, o que deixou atônitos seus profesosres e condiscípulos. Com esse dinheiro, Joyce levou seu pai a Londres, em maio ou junho de 1900. Ele visitou Courtney, que ficou surpreso com a juventude daquele crítico enérgico.*

O artigo chegou às mãos de Ibsen, que pediu a Archer que agradecesse em seu nome a "tão benévolo" admirador. Assim fez Archer, e uma correspondência, que duraria três anos, se iniciou entre Archer e Joyce. Joyce se sentiu estimulado a prosseguir seus estudos de línguas escandinavas, e em março de 1901 se considerou preparado para escrever uma carta a Ibsen no seu próprio idioma, em que lamentava ter escrito um artigo "imaturo e apressado", e na qual deixava entender que se o mestre fizera muito, o discípulo faria ainda melhor.

Passaram-se vinte anos desde que Henrik Ibsen escreveu *Casa de bonecas*, uma peça que quase marcou época na história do drama. Ao

---

[1] Publicado na *Fortnightly Review*, n. s., v. 67, 1º abr. 1900, pp. 575-90.

longo dessas duas décadas seu nome se tornou conhecido no estrangeiro, alcançando dois continentes, e provocou mais discussão e crítica do que qualquer outro contemporâneo. Alguns o consideraram um reformador religioso, um reformador social, um semita amante da probidade e um grande dramaturgo. Outros o acusaram severamente de ser um intrometido, um artista imperfeito, um místico incompreensível e, nas eloquentes palavras de certo crítico inglês, um "cachorro a fuçar o esterco".[2] Em meio à perplexidade provocada por críticas tão diversas, o formidável gênio do homem vem se impondo cada vez mais, qual um herói que superasse as provações terrenas. Os gritos dissonantes estão agora mais fracos e distantes, os elogios casuais se tornaram mais frequentes e unânimes. Até para o espectador indiferente deve parecer significativo o interesse que esse norueguês desperta e que nunca diminuiu ao longo de mais de um quarto de século. Podemos nos perguntar se algum outro homem exerceu influência tão grande sobre o mundo intelectual nos tempos modernos. Nem Rousseau, nem Emerson, nem Carlyle, nem aqueles gigantes cuja obra em grande parte superou os limites do saber humano. O domínio de Ibsen sobre duas gerações foi reforçado por sua própria reticência. Pouquíssimas vezes, se se pode dizer assim, consentiu em enfrentar seus inimigos. Era como se a comoção ante tão encarniçado debate quase não tivesse perturbado sua calma maravilhosa. As vozes conflitantes não influenciaram seu trabalho minimamente. Sua produção de dramas foi regulada pela mais estrita ordem, por uma rotina precisa, como raramente se vê nos gênios. Só uma vez respondeu aos inimigos, depois que estes atacaram violentamente *Os espectros*. Mas depois do aparecimento de *O pato selvagem* até *John Gabriel Borkman*, seus dramas vieram a lume quase regularmente a cada dois anos. É fácil não valorizar a soma de energia que um plano de trabalho desse porte exige; mas até mesmo a surpresa que ele suscita deve dar lugar à admiração pelo avanço gradual e irresistível desse homem extraordinário. Publicou onze peças, todas tratando da vida moderna. Eis aqui a lista: *Casa de bonecas*, *Os espectros*, *O inimigo do povo*, *O pato selvagem*, *Rosmersholm*, *A dama do mar*, *Hedda Gabler*, *Solness, o construtor*, *O pequeno Eyolf*, *John Gabriel Borkman* e, finalmente, seu novo drama, publicado em Copenhague em

---

[2] O epíteto não foi aplicado a Ibsen, mas aos admiradores de Ibsen. Joyce retirou a frase de *Quintessence of Ibsenism* (1891), de Shaw.

19 de dezembro de 1899, *Quando despertamos de entre os mortos*. Essa peça já está sendo traduzida para uma dúzia de línguas diferentes — é o que basta para revelar a importância do seu autor. Escrito em prosa, o drama possui três atos.

Comentar uma peça de Ibsen seguramente não é tarefa fácil. O tema é, por um lado, muito restrito e, por outro, muito vasto. Pode--se prever que nove de cada dez comentários começarão mais ou menos assim: "Arnold Rubek e sua esposa, Maja, estão casados há quatro anos no início da peça. Entretanto, o casal não é feliz. O descontentamento é mútuo". É incontestável que essa descrição é exata; mas ela não vai ao cerne da situação. Ela não dá a menor ideia do que são as relações entre o professor Rubek e sua esposa. É apenas uma versão seca e escolar de um conjunto de complexidades indescritíveis. É como se pudéssemos escrever a história de uma vida trágica esquematicamente em duas colunas, uma dedicada aos "prós" e a outra aos "contras". Diremos toda a verdade se afirmarmos que nos três atos da peça fala-se de tudo o que é essencial ao drama. Do começo ao fim praticamente não encontraremos uma palavra ou frase que seja supérflua. A peça expressa suas ideias, portanto, com toda a economia e concisão que a forma dramática permite. É evidente, então, que um comentário não poderá dar uma noção adequada do drama. Tal não acontece com a maioria das peças, às quais se pode fazer plena justiça usando um número muito reduzido de linhas. Em geral, elas são pratos requentados — composições sem originalidade, alegremente vazias com respeito à concepção heroica, não ultrapassando os limites dos próprios artifícios que lhe granjeiam aplausos —, numa palavra, teatrais. Não merecem senão o comentário mais breve e comum. Mas quando se trata da obra de um homem como Ibsen, o crítico se vê diante de um desafio tão grande que até pode sentir-se desencorajado. Tudo o que ele pode desejar fazer é unir alguns dos pontos mais salientes da peça de maneira a dar uma ideia da complexidade da intriga sem verdadeiramente enunciá-la. A esse respeito Ibsen conseguiu tal domínio de sua arte que, por meio de um diálogo aparentemente simples, apresenta seus personagens masculinos e femininos atravessando sucessivas crises espirituais. Retira o máximo de efeito de seu método analítico, concentrando no espaço breve de dois dias a vida de todos os seus personagens. Embora só vejamos Solness, por exemplo, durante uma noite e até o entardecer do dia seguinte, na verdade testemunhamos emocionados todo o curso de sua vida até o momento em que Hilda Wangel entra em casa. Assim, na peça de que nos ocuparemos aqui, quando vemos pela primeira vez o professor Rubek, ele está sentado no jardim lendo o jornal da manhã, mas pouco a pouco todo o rolo de pergaminho da sua vida se desenrola diante de nós, e temos o prazer de conhecê-la, não como se a lessem para nós, mas como se nós mesmos a lêssemos, unindo as diversas partes e nos aproximando mais para ver onde no pergaminho a escrita é mais fraca ou menos legível.

Como afirmei, quando a peça começa, o professor Rubek está sentado no jardim de um hotel, tomando o café da manhã, ou melhor, logo após terminá-lo. Em outra cadeira, perto dele, está sentada Maja Rubek, sua esposa. A cena se passa na Noruega, num popular balneário, perto do mar. Através das árvores pode-se ver o porto da cidade e os vapores que sulcam o fiorde, o qual, depois do último promontório e das ilhotas, desemboca no mar. Rubek é um famoso escultor de meia-idade, e Maja uma mulher ainda jovem, em cujos olhos brilhantes há uma ponta de tristeza. Os dois continuam lendo calmamente seus respectivos jornais na tranquilidade da manhã. Para o observador desatento, uma cena idílica. A jovem senhora rompe o silêncio com enfado e petulância, queixando-se da paz profunda que reina em torno deles. Arnold pousa seu jornal com um comentário conciliatório. Então começam a conversar sobre diferentes assuntos. Falam inicialmente do silêncio, depois do lugar, das pessoas e das estações de trem pelas quais passaram na noite anterior, com seus carregadores sonolentos e suas lanternas que balouçavam sem rumo. Então falam de como as pessoas mudaram e de tudo o que se transformou depois de seu casamento. É assim que começamos a nos aproximar do assunto principal. Quando comentam sua vida conjugal, compreendemos imediatamente que essa relação, tal como ambos a avaliam intimamente, não é tão harmoniosa quanto aparenta ser. Lentamente, as profundezas desses dois seres vão sendo revolvidas. Os germes de um possível drama começam a se impor nesse cenário *fin de siècle*. A jovem senhora revela-se uma pessoa difícil, e se queixa das vagas promessas com as quais seu marido alimentou suas ambições.

MAJA: Você disse que me levaria a uma alta montanha e me mostraria todos os esplendores do mundo.

RUBEK (*levemente sobressaltado*): Também lhe prometi isso?

Resumindo, a união dos dois repousa sobre algo de falso. Nesse momento, homens e mulheres dirigem-se ao local dos banhos e cruzam o vestíbulo à direita, conversando e rindo. São informalmente conduzidos por um inspetor de banhos. Este é o inconfundível funcionário padrão. Cumprimenta o senhor e a senhora Rubek, indagando como ambos passaram a noite. Rubek pergunta-lhe então se algum hóspede do hotel toma banho à noite, já que viu, na noite anterior, uma silhueta branca cruzando o parque. Maja tenta mudar de assunto, mas o inspetor afirma que uma senhora estrangeira alugou o pavilhão que fica à esquerda, hospedando-se lá na companhia de uma irmã de caridade. Enquanto estão conversando, a senhora estrangeira e sua acompanhante passam lentamente pelo parque e entram no pavilhão. O incidente parece impressionar Rubek, e a curiosidade de Maja aumenta.

MAJA (*algo ofendida e incomodada*): Não terá sido essa senhora uma de suas modelos, Rubek? Tente se lembrar.

RUBEK (*olhando-a de modo penetrante*): Modelo?

MAJA (*com um sorriso provocador*): Na sua juventude, quero dizer. Dizem que você teve várias modelos — há muito tempo, é claro.

RUBEK (*no mesmo tom*): Oh, não, pequena Frau Maja. Na verdade só tive uma modelo, uma só... para todas as minhas criações.

Enquanto o mal-entendido impregna a conversa, o inspetor parece repentinamente assustar-se com a aproximação de alguém. Tenta refugiar-se no hotel, mas a voz retumbante da pessoa que se aproxima o detém.

ULFHEIM (*ainda fora de cena*): Espere um momento, rapaz. Que diabo, você não pode esperar? Por que está sempre fugindo de mim?

Com essas palavras, ditas num tom estridente, o segundo protagonista entra em cena. Ele é descrito como um grande caçador de ursos, homem magro, alto, musculoso e de idade incerta. Vem acompanhado de seu criado, Lars, e um casal de cães de caça. Lars não diz uma única palavra em toda a peça. Ulfheim, neste momento, despede-o com um pontapé, e se aproxima do sr. e da sra. Rubek. Começa a conversar com ambos, pois sabe que Rubek é um célebre escultor. O selvagem caçador emite algumas opiniões originais sobre escultura.

ULFHEIM: ...Nós dois trabalhamos com material difícil, madame — sim, seu marido e eu. Ele luta com seus blocos de mármore, eu com o tenso e trêmulo corpo do urso. E ambos vencemos a luta — subjugamos e dominamos nosso material. Não desistimos até consegui-lo, por mais árdua que seja a luta.

RUBEK (*pensativo*): É verdade o que acaba de dizer.

Esse personagem excêntrico, talvez por causa dessa mesma excentricidade, já começou a envolver Maja com seu fascínio. Cada palavra que diz traz a teia de sua personalidade para mais perto dela. A roupa preta da irmã de caridade provoca-lhe um riso de sarcasmo. Fala serenamente de todos os amigos próximos que já mandou para o outro mundo.

MAJA: E o que fez pelos seus melhores amigos?

ULFHEIM: Matei-os, naturalmente.

RUBEK (*olhando para ele*): Alvejou-os?

MAJA (*movendo sua cadeira para trás*): Atirou neles para matar?

ULFHEIM (*acena com a cabeça*): Nunca erro, madame.

Contudo, descobre-se que esses "melhores amigos" são seus cachorros, o que tranquiliza um pouco seus interlocutores. Durante essa conversa a irmã de caridade preparou ao ar livre, numa mesa diante do pavilhão, uma refeição leve para a sua senhora. A frugalidade da comida provoca risos em Ulfheim. Com altivo desdém, comenta essa dieta tão feminina. É um realista no que se refere ao apetite.

ULFHEIM (*levantando*): Falou como uma mulher de fibra, senhora. Venha então comigo! Verá como [os cachorros] abocanham grandes pedaços palpitantes de carne com ossos — engolem tudo e vomitam tudo de novo. Que prazer vê-los nisso!

Maja aceita esse convite algo cômico e um tanto horrível, e sai com Ulfheim, deixando seu marido com a senhora estrangeira, que acaba de entrar em cena, vindo do pavilhão. Quase imediatamente, o professor e a senhora se reconhecem. A senhora lhe serviu de modelo para a figura central de sua famosa obra-prima, *O dia da ressurreição*. Depois de posar para ele, a senhora desapareceu de maneira inexplicável, sem deixar traços. Rubek e ela começam a conversar de modo familiar. Ela lhe pergunta quem é a senhora que acaba de sair. Ele responde, após certa hesitação, que é sua esposa. Então ele lhe pergunta se está casada. Ela responde que sim. Ele quer saber onde seu marido está nesse momento.

RUBEK: E onde ele está agora?
IRENE: Bem, está em algum cemitério, sob um bonito monumento e com uma bala no crânio.
RUBEK: Ele se suicidou?
IRENE: Sim, teve a bondade de se antecipar.
RUBEK: Não lamenta tê-lo perdido, Irene?
IRENE (*sem compreender*): Lamentar? Que perda?
RUBEK: Ora, a perda de Herr von Satow, é claro.
IRENE: Seu nome não era Satow.
RUBEK: Não era?
IRENE: Meu segundo marido é que se chama Satow. Ele é russo.
RUBEK: E ele está onde?
IRENE: Longe daqui, nos Montes Urais. Entre suas minas de ouro.
RUBEK: Então ele vive lá?
IRENE (*encolhendo os ombros*): Vive? Vive? Na verdade, eu o matei.
RUBEK (*sobressaltado*): Matou!...
IRENE: Matei-o com um belo e afiado punhal que sempre mantenho comigo na cama...

Rubek começa a entender que sob essas palavras estranhas há um significado oculto. Começa a refletir seriamente sobre ele mesmo, sobre sua arte, e sobre essa mulher. Passa em revista o curso da sua vida, desde a criação de sua obra-prima, *O dia da ressurreição*. Compreende que não cumpriu o que essa obra prometia, e se dá conta de que lhe falta algo. Pergunta a Irene o que ela fez depois que o deixou. A resposta de Irene à sua indagação é de grande importância, pois oferece a ideia fundamental de todo o drama.

IRENE (*levanta-se devagar de sua cadeira e diz trêmula*): Estive morta durante muitos anos. Vieram me amarrar e prenderam meus braços nas costas. Então me baixaram no túmulo, que tinha barras de ferro no respiradouro e paredes acolchoadas para que ninguém na superfície pudesse ouvir os lamentos vindos de dentro.

Na alusão que Irene faz à sua posição como modelo de uma grande obra de arte, Ibsen volta a demonstrar seu extraordinário conhecimento da natureza feminina. Nenhum outro teria sabido expressar tão sutilmente as relações entre o escultor e a modelo, mesmo que quisesse fazê-lo.

IRENE: Me expus inteira ao seu olhar, sem reservas (*mais suavemente*), e nenhuma vez você me tocou...

* * *

RUBEK (*olha intensamente para ela*): Eu era um artista, Irene.
IRENE (*sinistra*): Justamente, justamente.

Ao pensar com maior profundidade em si mesmo e na sua atitude com relação a essa mulher, Rubek percebe com clareza os grandes abismos que separam sua arte de sua vida, e se dá conta de que seu gênio e talento, mesmo na sua arte, estão longe de serem perfeitos. Depois que Irene o deixou, ele nada mais fez do que esculpir bustos de habitantes da cidade. Decide repentinamente tomar uma decisão, a de reparar seus erros, pois ainda crê que seja possível refazer sua vida. No diálogo que se segue há alguma lembrança da glorificação da vontade de *Brand*.

RUBEK (*lutando consigo mesmo, em dúvida*): Se pudéssemos, oh, se ao menos pudéssemos...
IRENE: E por que não podemos fazer o que queremos?

Finalmente, ambos terminam por qualificar de intolerável sua situação presente. Tornou-se evidente para Irene a grande responsabilidade de Rubek para com ela, e com o mútuo reconhecimento desse fato, e a entrada de Maja, revigorada pelo encanto de Ulfheim, chega ao fim o primeiro ato.

Rubek: Quando começou a me procurar, Irene?

Irene (*com um toque de irônica amargura*): Desde o momento em que percebi que lhe havia dado algo indispensável. Aquilo que ninguém deveria abandonar.

Rubek (*inclinando sua cabeça*): Sim, é a triste verdade. Você me deu três ou quatro anos da sua juventude.

Irene: Eu lhe dei muito mais do que isso, fui muito pródiga então.

Rubek: Sim, você foi generosa, Irene. Você me deu toda a sua encantadora nudez...

Irene: Para contemplá-la...

Rubek: E glorificá-la...

* * *

Irene: Mas você se esqueceu do presente mais precioso.

Rubek: O mais precioso... E qual será?

Irene: Eu lhe dei a minha jovem alma viva. E isso me deixou vazia, sem alma. (*Olha-o fixamente*) E essa foi a causa da minha morte, Arnold.

Percebe-se, apesar dessa exposição mutilada, que o primeiro ato é magistral. O drama cresce de maneira imperceptível, progredindo com uma desenvoltura metódica e natural. O jardim bem cuidado desse hotel do século XIX se converte lentamente no cenário de um embate de crescente intensidade dramática. A relevância de cada personagem aumenta, criando-se um interesse que se prolonga no segundo ato. A situação não foi tediosamente explicada, estabelece-a a ação, e, no final da peça, ela atinge seu ápice.

O segundo ato transcorre em um sanatório nas montanhas. Uma cascata salta do alto de uma rocha e forma, à direita, um riacho. Na margem brincam algumas crianças, rindo e gritando. Ao cair da tarde, Rubek está sentado num montículo, à esquerda. Logo depois Maja entra, vestindo roupa de alpinista. Apoiando-se num bastão, cruza o riacho, chama Rubek em voz alta e se aproxima dele. Rubek pergunta se ela e seu companheiro estão se divertindo, e quer saber como será a caçada. Um saboroso toque de humor anima esse diálogo. Rubek indaga se ambos esperam caçar ursos nas redondezas. Ela replica num tom de grande superioridade.

MAJA: Não me venha dizer que espera ver ursos numa montanha nua como esta!

O próximo tema da conversa é o rude Ulfheim. Maja o admira porque é repulsivo e, voltando-se de repente para o marido, ela lhe diz pensativa que ele também é repulsivo. Rubek se defende invocando sua idade.

RUBEK (*encolhendo ombros*): A gente envelhece, Frau Maja, a gente envelhece!

Essa brincadeira algo séria os conduz a assuntos mais profundos. Maja se deita na urze, espichando as pernas, e zomba gentilmente do professor. Demonstra um cômico desprezo pelos mistérios e pelas exigências da arte.

MAJA (*com uma risada algo desdenhosa*): Sim, você será sempre, sempre um artista!

E continua...

MAJA: ...Você tem a tendência de guardar tudo para si mesmo e de pensar seus próprios pensamentos. Eu, é claro, não posso dizer nada de substancial sobre os seus assuntos. Não sei nada de arte e desse tipo de coisa. (*Com um gesto de impaciência.*) E se quer saber, tampouco me interessa.

Maja então fala da senhora estrangeira, e insinua maliciosamente que os dois se entendem. Rubek diz que ele era apenas um artista e ela foi a sua fonte de inspiração. Confessa que os cinco anos de vida matrimonial foram para ele de inanição intelectual. Percebeu finalmente seus próprios sentimentos para com a sua arte.

RUBEK (*sorrindo*): Mas não era bem isso o que eu queria dizer.
MAJA: Então era o quê?
RUBEK (*novamente sério*): Pensava que toda essa conversa sobre a vocação do artista, a sua missão e o resto já começou a me parecer oca, vazia e no fundo insignificante.

MAJA: E o que você colocaria no lugar?
RUBEK: A vida, Maja.

Eles tocam na importantíssima questão de sua felicidade comum, e após uma viva discussão decidem tacitamente se separar. Quando chegam a essa resolução satisfatória, avistam Irene vindo através da charneca. As crianças a rodeiam rindo e ela permanece um instante junto delas. Maja se levanta de repente da grama a fim de aproxima-se de Irene e diz de modo enigmático que seu marido necessita de ajuda para "abrir um precioso estojo". Irene assente e se aproxima de Rubek, enquanto Maja alegremente sai em busca de seu caçador. A conversa que segue é realmente notável, inclusive do ponto de vista cênico. Constitui praticamente a essência do segundo ato, e é cativante. Deve-se ainda acrescentar que essa cena põe à prova o domínio técnico dos atores, pois somente uma interpretação perfeita dos dois papéis poderá expressar as complexas ideias implicadas no diálogo. Se considerarmos que bem poucos artistas teriam a inteligência para compreendê-lo e os recursos necessários para interpretá-lo, não há como não sermos tomados de certo desalento.

Na conversa entre os dois personagens na charneca, todo o significado de suas vidas é expresso em traços audaciosos e precisos. Desde a troca de palavras preliminares, cada frase revela um capítulo de experiências. Irene alude à sombra negra da irmã de caridade que a segue por todos os lugares, tal como a sombra da consciência desassossegada de Arnold o acompanha. Quando ele, meio involuntariamente, confessa isso, uma das grandes barreiras entre ambos é derrubada. Até certo ponto, renasce a mútua confiança, e eles voltam a ter a intimidade do passado. Irene fala abertamente de seus sentimentos, de seu ódio contra o escultor.

IRENE (*de novo com veemência*): Sim, contra você, contra o artista que, de modo tão frívolo e descuidado, se apossou de um corpo cálido, de uma vida humana jovem e arrancou sua alma — porque precisava dela para a sua obra de arte.

A violação de Rubek foi de fato grave. Não apenas ele tomou posse da alma de Irene, como impediu que acedesse a seu trono legítimo o filho da sua alma. É assim que Irene se refere à estátua. Para ela, aquela estátua, num sentido real e verdadeiro, nasceu dela. Dia após dia, à medida que a via surgir e se desenvolver sob as mãos do habilidoso escultor, o seu profundo sentimento maternal em relação à estátua, que implicava posse e amor, tornava-se cada vez mais forte e mais firme.

IRENE (*mudando para um tom cálido e comovido*): Mas aquela estátua em barro vivo e úmido que amei enquanto ela ia se formando, criatura humana saída da massa bruta e informe, aquela estátua era a nossa criação, o nosso filho. Seu e meu!

Na verdade, foi por causa desses sentimentos intensos que ela se manteve afastada de Rubek por cinco anos. Porém, ao ouvir agora o que ele fez com a criança — seu filho —, sua natureza vigorosa se volta ressentida contra ele. Rubek, em grande aflição mental, esforça-se por dar explicações, enquanto ela o escuta como uma tigresa a quem arrebataram o filhote.

RUBEK: Eu era jovem então, sem nenhuma experiência de vida. Pensei que não se poderia dar à *Ressurreição* uma aparência mais bela e delicada do que a de uma jovem mulher imaculada, sem nenhuma vivência, despertando para a luz e a glória, sem ter de afastar de si nada de feio e impróprio.

Ao adquirir maior experiência de vida, Rubek sentiu necessidade de modificar seu ideal, por isso transformou o filho de Irene, antes o personagem principal da obra, em um personagem secundário. Rubek, ao voltar-se para Irene, percebe que ela está prestes a apunhalá-lo. Aterrorizado e ponderando confusamente, busca fazer sua própria defesa, confessando com ímpeto os erros que cometeu. Irene pensa que ele se esforça para dar a seu pecado um cariz poético, que está arrependido, mas sente prazer em seu excesso de dor. A ideia de que se entregou, de que doou sua própria vida, a uma solicitação daquela falsa arte, inflama-se em seu coração com terrível insistência. Ela se revolta contra si mesma, não em voz alta, mas com profunda tristeza.

IRENE (*com aparente autocontrole*): Eu devia ter posto no mundo uma criança, muitas crianças, filhos de verdade, não filhos como esses que ficam ocultos nas sepulturas. Era essa a minha vocação. Eu não devia ter-me dado a você, poeta.

Rubek, imerso numa introspecção poética, não responde, apenas pensa nos velhos dias felizes. Suas alegrias passadas confortam-no. Quanto a Irene, está matutando em certa frase que ele disse involuntariamente. Confessou que tinha de lhe agradecer por sua participação no seu trabalho. Rubek disse que foi um *episódio* realmente feliz da sua vida. A consciência atormentada do escultor não pode suportar mais nenhuma recriminação, tantas são as que já se acumulam sobre ele. Põe-se a lançar flores na correnteza, tal como costumava fazer com Irene no lago de Taunitz, tempos atrás. Recorda o dia em que ambos fizeram um barco de folhagem e o uniram a um cisne, numa imitação do barco de Lohengrin. Também aqui, nesse passatempo, há um sentido oculto.

IRENE: Você disse que eu era o cisne que puxava seu barco.
RUBEK: Disse isso? Sim, acho que sim (*absorvido no jogo*). Veja só como as gaivotas descem a correnteza!
IRENE (*rindo*): E todos os seus barcos encalharam.
RUBEK (*atirando mais folhas no riacho*): Tenho mais barcos de reserva.

Enquanto ambos continuam nesse jogo sem objetivo, numa espécie de desespero pueril, Ulfheim e Maja cruzam a charneca. Os dois vão em busca de aventuras nos altiplanos. Maja canta para seu marido uma breve canção que ela mesma compôs, extravasando seu bom humor. Com um sorriso sardônico, Ulfheim deseja boa-noite a Rubek, e desaparece com sua companheira, escalando a montanha. De repente, Irene e Rubek têm a mesma ideia. Mas, nesse momento, a figura melancólica da irmã de caridade surge à luz do crepúsculo, com seus olhos de chumbo fixados neles. Irene se despede de Rubek, mas promete encontrá-lo naquela noite na charneca.

RUBEK: Você virá, Irene?
IRENE: Virei sem falta. Espere-me aqui.
RUBEK (*repetindo sonhadoramente*): Noite de verão nas montanhas... Com você... Com você... (*Seus olhos encontram os dela.*) Oh, Irene, essa poderia ter sido a nossa vida. E nós dois renunciamos a ela, nós dois.

IRENE: Só vemos o irreparável quando (*ela para de repente*).
RUBEK (*olhando-a interrogativamente*): Quando?...
IRENE: Quando despertamos de entre os mortos.

O terceiro ato se passa num vasto platô no alto das montanhas. O chão exibe grandes fendas. À direita, veem-se os cumes de uma cadeia montanhosa, parcialmente cobertos por nevoeiros que se deslocam. À esquerda há uma velha cabana desmantelada. É muito cedo e o céu tem cor de pérola. O sol começa a aparecer. Maja e Ulfheim descem ao platô. Suas palavras francas não deixam dúvidas sobre seus sentimentos.

MAJA (*tentando libertar-se*): Largue-me! Largue-me, já disse!
ULFHEIM: Ora, ora! Vai me morder agora? Parece uma loba!

Como Ulfheim não para de contrariá-la, Maja ameaça correr para o cume da cadeia próxima. Ulfheim lhe adverte que ela irá se quebrar toda. Sagazmente, ele pediu a Lars que fosse buscar os cães de caça, a fim de não ser interrompido. Ele diz que Lars não encontrará logo os cães.

MAJA (*olhando-o com ódio*): Suponho que não.
ULFHEIM (*segurando seu braço*): Lars conhece meus hábitos esportivos, como você deve saber.

Maja, com muita presença de espírito, começa a dizer sem rodeios o que pensa dele. Suas observações nada corteses não desagradam ao caçador de ursos. Maja sabe que precisará usar todo o seu tato para mantê-lo a distância. Quando fala em voltar para o hotel, ele galantemente se oferece para levá-la nos ombros. Maja, porém, recusa energicamente tal sugestão. Estão brincando de gato e rato. Em meio a essa escaramuça, uma frase de Ulfheim subitamente se destaca, chamando a nossa atenção, uma vez que lança certa luz sobre sua vida anterior.

ULFHEIM (*com uma mal contida irritação*): Certa vez peguei uma mocinha, que tirei da lama e levei nos meus braços. Junto ao meu coração. E eu a teria levado assim por toda a minha vida, para que não se ferisse nas pedras... (*Com uma risada que mais parece um rosnado.*) E você sabe qual foi a minha recompensa?

MAJA: Não. Qual foi?

ULFHEIM (*olha para ela, sorri e balança a cabeça*): Os chifres! Estes chifres que você pode ver claramente. Não é uma história cômica, senhora caçadora de ursos?

Em resposta a essa confidência, Maja lhe conta brevemente sua vida, sobretudo sua vida de casada com o professor Rubek. Em consequência, estas duas almas instáveis se sentem atraídas uma pela outra, e Ulfheim exprime isso recorrendo a palavras características:

ULFHEIM: O que acha de juntarmos os pobres farrapos de nossas vidas?

Maja, satisfeita com o fato de que nas suas palavras não há a promessa de lhe mostrar todos os esplendores da terra nem de cumular sua casa com obras de arte, retribui com um princípio de consentimento, permitindo que o caçador a carregue até o vale. Quando ambos estão a ponto de descer, Rubek e Irene, que também passaram a noite nas montanhas, aproximam-se do mesmo platô. Então Ulfheim pergunta a Rubek se ele e a senhora subiram pelo mesmo caminho, e Rubek responde com estas palavras significativas:

RUBEK: É claro que sim. (*Olhando de soslaio para Maja.*) A partir de agora, esta senhora e eu não queremos que nossos caminhos se separem.

Enquanto eles se esgrimam com sagacidade nesse diálogo, os elementos naturais parecem pressentir que um grave problema está para ser resolvido e que um grande drama se aproxima rapidamente da sua conclusão. As pequenas silhuetas de Maja e Ulfheim se tornam ainda menores quando começa a tempestade. O destino de ambos foi decidido de uma maneira relativamente tranquila, e deixamos de lhes atribuir grande importância. Mas o outro casal prende nossa atenção, enquanto permanece parado em silêncio no *fjaell*, como personagens centrais de ilimitado interesse humano. De repente, num gesto impressionante, Ulfheim levanta as mãos em direção às alturas.

ULFHEIM: Mas vocês não veem que a tormenta está sobre nós? Não ouvem as rajadas de vento?

RUBEK (*ouvindo*): Soam como o prelúdio do *Dia da ressurreição*.

* * *

MAJA (*puxando Ulfheim*): Vamos descer logo.

Como não é capaz de levar mais de uma pessoa, Ulfheim promete mandar ajuda para Rubek e Irene, e, tomando Maja nos braços, rapidamente começa a descer, porém com cautela. Nesse platô desolado da montanha, sob a luz do dia que surge, o homem e a mulher ficam sozinhos — e não são mais o artista e a modelo. Pois o prenúncio de uma grande mudança se faz perceptível no silêncio da manhã. Então Irene diz a Arnold que ela não voltará para o mundo que acabou de deixar. Ela não quer ser resgatada. Também lhe diz — pois agora pode dizer tudo — que quis matá-lo, num acesso de raiva, quando ele chamou de "episódio" suas relações com ela.

RUBEK (*sombrio*): E por que você deteve a sua mão?

IRENE: Porque percebi horrorizada que você já estava morto — havia muitos anos.

Mas nosso amor não está morto, diz Rubek, ele está ativo, ardente e forte.

IRENE: O amor, que pertence à vida terrestre, à bela e milagrosa vida terrestre, à inescrutável vida terrestre, esse amor está morto em nós dois.

Além disso, as dificuldades de suas vidas anteriores permanecem. Também aqui, na parte mais grandiosa da peça, Ibsen não perde o domínio de si mesmo e dos seus fatos. Seu gênio artístico encara tudo, não se esquiva de nada. No final de *Solness, o construtor*, obtém um efeito magistral por meio da horripilante exclamação: "Ó!, a cabeça está esmagada". Um escritor mediano teria, ao contrário, envolvido numa atmosfera espiritual a tragédia de Bygmester Solness. De maneira similar, Irene se queixa de que sua nudez foi exposta aos olhares vulgares, que a sociedade a rejeitou, que agora já é demasiadamente tarde. Mas Rubek não se preocupa mais com tais ponderações. Ele as rejeita e toma uma decisão.

RUBEK (*tomando-a violentamente em seus braços*): Então, deixemos que os dois mortos — nós dois — vivam a vida com toda a intensidade, antes de regressarem a seus túmulos.

IRENE (*lançando um grito*): Arnold!

RUBEK: Mas não aqui, nesta penumbra. Não aqui, envoltos nesta horrível mortalha úmida que se agita.

IRENE (*arrebatada pela paixão*): Não, não... Para o alto, à luz fulgurante da glória! Até o Cume da Promessa!

RUBEK: Lá celebraremos nossa festa de casamento, Irene — ó, minha amada!

IRENE (*orgulhosa*): E o sol poderá contemplar-nos livremente, Arnold!

RUBEK: Todos os poderes da luz podem nos contemplar livremente, e também todos os poderes da escuridão (*agarra sua mão*) — e agora você me seguirá, ó minha noiva, outorgada pela graça!

IRENE (*como se estivesse em êxtase*): Sigo-o, de livre e espontânea vontade, meu mestre e senhor!

RUBEK (*levando-a embora*): Primeiramente, devemos cruzar o nevoeiro, Irene, e então...

IRENE: Sim, o nevoeiro, e depois alcançaremos o topo da torre que brilha no alvorecer.

O nevoeiro cobre a cena. Rubek e Irene, de mãos dadas, escalam a ladeira nevada à direita, e logo desaparecem entre as nuvens mais baixas. Uma intensa rajada silva no ar tempestuoso.

A IRMÃ DE CARIDADE *surge sobre a colina pedregosa à esquerda. Ela se detém e, em silêncio, olha em volta, esquadrinhando.*

MAJA *se põe a cantar com exultação ao longe, nas profundezas.*

MAJA: Sou livre! Sou livre! Sou livre!

Nunca mais viverei na prisão!

Sou livre como um pássaro! Sou livre!

De repente, ouve-se um som semelhante ao do trovão, na parte elevada da ladeira coberta de neve. A neve desliza e depois desce com grande velocidade.

É possível perceber o momento em que RUBEK *e* IRENE *são ambos arrastados pela massa de neve, que então os sepulta.*

A IRMÃ DE CARIDADE (*lançando um grito e estendendo os braços na direção deles*): IRENE! (*Fica em silêncio por um momento, depois faz o sinal da cruz no ar, sobre o abismo, e diz*): Pax Vobiscum!

Ouve-se ainda o canto triunfal de MAJA, *cada vez mais distante no fundo da planície.*

Tal é o enredo, numa apresentação tosca e incoerente, deste novo drama. As peças de Ibsen não dependem, para atrair interesse, da ação, ou dos incidentes. Nem sequer os personagens, mesmo concebidos impecavelmente, são a coisa mais importante nas suas peças. O que prende a nossa atenção é o drama nu — a percepção de uma grande verdade, a exposição de uma grande questão, de um grande conflito, praticamente independente dos atores envolvidos, e é isso que adquire grande importância. Para tema de suas últimas peças, Ibsen escolheu vidas normais, em toda sua verdade. Ele abandonou a forma versificada, e nunca procurou adornar sua obra segundo as receitas convencionais. Mesmo quando o tema dramático alcança seu apogeu, ele não tenta destacá-lo com abusivos recursos cênicos. Quão fácil não teria sido escrever *O inimigo do povo*, situando-o num nível enganosamente mais elevado, com a substituição dos *burgueses* por um herói legítimo! Então os críticos teriam exaltado como grandioso o que eles com tanta frequência têm condenado como banal. Mas, para Ibsen, o ambiente não tem importância. O essencial é o drama. Graças à força do seu gênio e à habilidade indiscutível com que realiza seu trabalho, Ibsen há vários anos vem atraindo a atenção do mundo civilizado. Contudo, muitos anos ainda devem transcorrer antes que atinja a glória, embora, por tudo o que já realizou até o presente, tenha a garantia de que, por seus próprios méritos, atingirá esse patamar. Não me proponho a fazer aqui a análise de todos os detalhes desta peça de Ibsen, mas apenas destacar aquilo que a caracteriza.

Ibsen jamais repete seus personagens. Neste drama — o último de uma longa lista — ele desenhou e diferenciou seus personagens com sua costumeira habilidade. Que criação original é Ulfheim! Com certeza, a mão que o esboçou ainda não esgotou seus recursos. A meu ver, Ulfheim é o personagem mais interessante da peça. É uma espécie de caixa de surpresas. E graças a essa originalidade, parece que basta mencioná-lo para trazê-lo de corpo e alma à cena. É soberbamente selvagem, primitivamente esplêndido. Move seus olhos ferozes e ardentes, como os de Yégof ou Herne. Quanto a Lars, podemos deixá-lo de lado, pois não abre a boca na peça. A irmã de caridade fala apenas uma vez, mas com grande eficácia. Silenciosamente, segue Irene como uma punição, uma sombra muda dotada de majestade simbólica.

Irene também merece ocupar um lugar nessa galeria. O conhecimento que Ibsen tem da alma humana não se manifesta em nenhum outro lugar com tanta evidência quanto no retrato de personagens femininos. Surpreende-nos sua dolorosa introspecção; ele parece conhecer as mulheres muito melhor do que elas se conhecem a si mesmas.[3] Na verdade, se podemos dizer isso de um homem tão evidentemente viril, é porque há uma curiosa porção feminina na sua natureza. Sua maravilhosa precisão, as ligeiras nuances de feminilidade, a delicadeza de toque, talvez possam ser atribuíveis a essa dualidade. Não se pode duvidar de que ele conhecia as mulheres admiravelmente. Parece ter ido, no exame de sua alma, até quase as profundidades insondáveis. Ao lado dos seus retratos femininos, os estudos psicológicos de Hardy e Turgueniev, ou as elaborações exaustivas de Meredith, são apenas superficiais. Com um só traço hábil, com uma frase, com uma palavra, Ibsen diz o que esses escritores precisam de capítulos inteiros para expressar, e o faz melhor. Por isso, Irene tem de enfrentar várias outras grandes concorrentes. Mas, apesar de tudo, consegue ficar à frente delas, honrosamente. Embora as mulheres de Ibsen sejam todas igualmente verdadeiras, elas nos são apresentadas sob aspectos muito diversos. Assim, Gina Ekdal é, antes de tudo, uma figura cômica, enquanto Hedda Gabler é trágica — caso esses termos antigos ainda possam ser empregados sem equívocos. Mas Irene não pode ser classificada tão facilmente; sua indiferença a toda paixão, característica inseparável dessa heroína, impede sua classificação. Irene nos interessa de um modo estranho, magnético, devido à força do seu caráter. Contudo, por mais perfeitas que sejam as criações anteriores de Ibsen, é pouco provável que elas tenham a profundidade de Irene. Ela detém nosso olhar pela simples força da sua inteligência. É, além disso, um ser intensamente espiritual — no sentido mais verdadeiro e amplo do termo. Às vezes, Irene escapa de nossa

---

[3] Compare-se com a observação que Jung fez a Joyce, em sua carta falando de *Ulysses*: "As quarenta páginas de fluxo contínuo, ao final, são uma sucessão de verdadeiras revelações psicológicas. Decerto só a avó do diabo saberia tanto sobre a verdadeira alma de uma mulher, não eu".

compreensão, eleva-se por cima de nós, tal como se eleva por cima de Rubek. Alguns censurarão o fato de que Irene — mulher de fina espiritualidade — seja apresentada como antigo modelo de um artista, enquanto outros poderão até alegar que esse detalhe prejudica a harmonia do drama. Não posso concordar com essas objeções; parecem pura impertinência. Seja como for, não há motivos para queixas quanto ao seu tratamento artístico. Ibsen trata o tema como trata, aliás, todas as coisas, com ampla compreensão, sobriedade artística e compaixão. Ele o vê claramente e na sua totalidade, como se o contemplasse de grande altura, com visão perfeita e imparcial, com a visão de quem é capaz de fixar o sol com olhos bem abertos.[4] Ibsen não é um fabricante hábil.

Maja desempenha certa função técnica na peça, sem falar de seu caráter individual. Na contínua tensão do drama, ela surge como um momento de descanso. Seu frescor gracioso é uma lufada de ar puro. O sentido de uma vida livre e quase resplandecente, que é a característica principal do seu caráter, compensa a seriedade de Irene e a inércia de Rubek. Neste drama, Maja produz praticamente o mesmo efeito que Hilda Wangel em *Solness, o construtor.* Mas não conquista nossa simpatia tanto quanto Nora Helmer, pois não era essa a intenção do autor.

Rubek é o protagonista deste drama, e também, coisa curiosa, o personagem mais convencional. Certamente, quando comparado com o seu predecessor napoleônico, John Gabriel Borkman, é uma mera sombra. No entanto, é preciso lembrar que Borkman está ativo, vivo, energicamente, intensamente vivo, ao longo de toda a peça, até o seu final, quando morre; ao passo que Arnold Rubek está morto, quase irremediavelmente morto, até o final, quando renasce. Apesar disso, ele é extremamente interessante, não por causa de sua personalidade, mas em razão de sua importância dramática. O drama de Ibsen, como já firmei, é inteiramente independente de seus personagens. Estes podem aborrecer, mas o drama no qual atuam é sempre forte, poderoso. Com isso de modo algum quero sugerir que Rubek seja entediante! Por si mesmo é infinitamente mais interessante do que Torvald Helmer ou Tessman, ambos dotados de certos traços muito marcados. Por outro lado, Arnold Rubek não nos é apresentado como um

---

[4] Esta imagem da imparcialidade artística iria crescer, com alguma ajuda de Flaubert, até se converter no retrato do artista que Stephen Dedalus define "como o Deus da criação..., dentro ou atrás, ou além, ou acima, de sua obra, invisível, tão sutil a ponto de estar fora da existência, indiferente, cortando suas unhas".

gênio, à diferença talvez de Eljert Lövborg. Se tivesse sido um gênio como Eljert, teria compreendido melhor o valor de sua vida.[5] Mas o fato de que ele tenha se consagrado à sua arte e atingido certo grau de perfeição — perfeição da mão, unida a uma limitação do pensamento — nos leva a supor que haja nele, adormecida, uma possibilidade de vida mais elevada, que se revelará quando ele, homem morto, despertar de entre os mortos.

O único personagem que deixei de lado foi o inspetor de banhos, mas apresso-me a fazer-lhe tardia, se bem que limitada, justiça. Não é mais do que o típico fiscal de banhos. Mas é esse seu mérito.

É o que se poderia falar dos personagens, sempre profundos e interessantes. Mas, além dos personagens, há na peça certos aspectos notáveis, nas abundantes e amplas questões que acompanham a linha central de pensamento. O mais destacado é aquele que, à primeira vista, parece ser apenas um detalhe cênico acidental. Aludo ao ambiente em que se desenrola o drama. Nos últimos trabalhos de Ibsen não podemos deixar de observar uma tendência a evitar espaços fechados. Desde *Hedda Gabler* essa tendência é mais marcada. O último ato de *Solness, o construtor* e o de *John Gabriel Borkman* se desenrolam ao ar livre. Mas, nesta peça que comento, os três atos transcorrem *al fresco*. Chamar a atenção para detalhes desse tipo talvez possa ser considerado fanatismo ultraboswelliano. Na verdade, nada mais faço do que reconhecer o trabalho de um grande artista. E esse detalhe, que de fato se destaca, não me parece completamente sem significado.

Além do mais, constata-se nos últimos dramas sociais uma profunda piedade pelos homens, sentimento que o rigor intransigente do início dos anos 1880 abafou. Assim, na transformação da opinião de Rubek a respeito da figura da moça na sua obra-prima, *O dia da ressurreição*, está implicada toda uma filosofia universal, uma profunda compreensão das múltiplas contradições da vida e das possibilidades de reconciliá-las em um despertar promissor — quando as dores da nossa pobre humanidade poderão ter um glorioso desfecho. Quanto ao drama em si mesmo, não acredito que uma tentativa de crítica possa ter muita utilidade. Muitos fatos tenderiam a provar isso. Henrik Ibsen é um desses grandes homens diante dos quais a crítica parece bastante débil. A única crítica válida é a atenção, é ouvir atentamente. Além disso, esse tipo de crítica que se autodenomina crítica

---

[5] O interesse de Joyce por Lövborg levou-o, mais tarde, a se oferecer para representá-lo no Irish Literary Theatre, quando produzissem *Hedda Gabler*.

dramática é um complemento desnecessário às suas peças. Quando a arte de um dramaturgo é perfeita, a crítica é supérflua. A vida não é para ser criticada, mas para ser encarada e vivida. Ora, se existem peças que exigem um palco, são precisamente as de Ibsen. E não tanto porque suas peças, como as obras de outros autores, não foram escritas para sobrecarregar as estantes de uma biblioteca, mas porque elas estão repletas de ideias. Ante uma expressão casual de Ibsen, a mente é espicaçada por alguma questão, e, num instante, as comportas de vida se abrem em imensas perspectivas, porém, essa visão será momentânea, se não pararmos para ponderá-la. E é precisamente para evitar uma ponderação excessiva que as obras de Ibsen devem ser encenadas. Por fim, é tolice esperar encontrar tranquilamente, numa primeira ou segunda leitura, a solução de um problema do qual Ibsen se ocupou por cerca de três anos. Por isso, é melhor deixar que o drama se defenda a si mesmo. Mas uma coisa ao menos é clara: nesta peça, Ibsen deu-nos o melhor de si mesmo. A ação não é prejudicada por uma complexidade excessiva, como em *Os pilares da sociedade*, nem é limitada pela simplicidade, como em *Os espectros*. Oferece-nos fantasia, beirando a extravagância, no selvagem Ulfheim, e humor sutil no desprezo dissimulado com que Rubek e Maja se tratam mutuamente. Mas Ibsen se esforçou para dar ao drama total liberdade de ação. Assim, não desperdiçou sua energia nas personagens secundárias. Em muitas de suas peças, fez dessas personagens secundárias criações incomparáveis, como, por exemplo, Jacob Engstrand, Tönnesen e o demoníaco Molvik! Mas, nesta peça, os personagens secundários não têm permissão para desviar a nossa atenção.

No conjunto, a peça *Quando despertamos de entre os mortos* é digna de ser colocada ao lado das grandes obras do autor — se, na verdade, não for a maior de todas. A última peça de uma série que começa com *Casa de bonecas* é um epílogo magnífico às dez que a precederam. Na longa história do drama, antigo ou moderno, poucas obras poderão rivalizar com as de Ibsen, tanto pela hábil construção dramatúrgica quanto pelos personagens e pelo grande interesse que suscitam.

James A. Joyce

Tradução: Sérgio Medeiros

7

O DIA DA PLEBE

1901

O Teatro Literário Irlandês, que logo depois se tornou o Abbey Theatre, foi inaugurado em maio de 1899, com uma peça do irlandês William Butler Yeats, The Countess Cathleen. *Joyce estava na plateia e aplaudiu vigorosamente o espetáculo, ao contrário de seus companheiros, que consideraram a peça uma heresia e protestaram.*

Em 1900, Joyce foi à apresentação da nova peça de George Moore e Edward Martin, The Bending of the Bough. *Influenciado por essa peça, Joyce decidiu escrever* A Brilliant Career [Uma carreira brilhante], *um texto teatral que provavelmente pretendia oferecer ao Teatro Literário Irlandês. Mas William Archer criticou vários pontos de seu trabalho e Joyce não levou adiante o seu projeto.*

Nessa época, o teatro havia assumido uma orientação irlandesa, que desagradou muito a Joyce. Assim, as duas próximas peças encenadas seriam, a primeira, de Douglas Hyde, escrita em irlandês e, a outra, de Yeats e Moore, uma adaptação de uma lenda heroica irlandesa, que se afastava do realismo.

O presente artigo foi escrito às pressas em 15 de outubro de 1901. Nele, Joyce protesta com indignação contra o provincianismo do teatro irlandês de então. Ele o ofereceu para uma nova revista chamada St. Stephen's, *que os estudantes do University College começavam a editar. O artigo foi rejeitado, não pelo editor, mas por um conselheiro que era padre. Joyce apelou ao reitor, mas em vão. Um amigo de Joyce, Francis Skeffington, teve também um artigo recusado pela revista, no qual advogava a igualdade de direitos entre homens e mulheres. Joyce e Skeffington resolveram publicar seus artigos por conta própria num mesmo panfleto, mas como não compartilhavam das mesmas ideias e rechaçavam igualmente a censura, acrescentaram o seguinte prefácio:*

"Esses dois ensaios foram encomendados pelo editor da St. Stephen's *para essa revista, mas foi subsequentemente recusado pelo censor. Os escritores estão publicando seus textos agora em sua forma original e cada um é responsável apenas por aquilo que aparece abaixo de seu nome. F.J.C.S. J.A.J."*

Imprimiram-se aproximadamente 85 cópias, que foram distribuídas pelos autores e por Stanislaus Joyce, irmão de James Joyce, que lembrava ter entregue uma das cópias para a criada de George Moore. Uma resenha do panfleto foi publicada em St. Stephen's, *em dezembro, criticando de forma enfática o texto de Joyce e lembrando, não sem amargura, a sua recusa de assinar, um ano e meio antes, uma petição contra* Countess Cathleen.

Nenhum homem, afirmou o Nolano,[1] pode amar a verdade ou o que é bom, a menos que repudie a multidão; e o artista, ainda que deva se servir da turba, toma o cuidado de isolar-se dela. Esse princípio radical de moderação artística aplica-se especialmente a períodos de crise e, hoje, quando a forma mais elevada de arte só é preservada mediante sacrifícios tremendos, estranha-se ver o artista se comprometer com a plebe. O Teatro Literário Irlandês é o último movimento de protesto contra a esterilidade e a falsidade do teatro moderno. Meio século atrás o sinal de protesto elevou-se na Noruega e, desde então, em vários países, longas e dolorosas batalhas têm sido travadas contra numerosos preconceitos, interpretações errôneas e zombarias. Os triunfos obtidos aqui e ali se devem a convicções obstinadas, e cada movimento que se ergue heroicamente tem conseguido um pouco de êxito. O Teatro Literário Irlandês se proclamou o campeão do progresso e declarou guerra contra o mercantilismo e a vulgaridade. Cumpriu em parte sua palavra e começava a expulsar os velhos demônios quando, após o primeiro embate, rendeu-se à vontade popular. Porém, o demônio do povo é mais perigoso que o demônio da vulgaridade. Seu tamanho e seus pulmões

---

[1] Giordano Bruno de Nola (1548-1600), um dos filósofos preferidos de Joyce, cujo nome menciona com frequência em *Finnegans Wake*. Segundo depoimento de Stanilaus Joyce, seu irmão pretendia inicialmente criar, quando usou "o Nolano" (de Nola) em lugar de Giordano Bruno, a falsa impressão de que citava algum escritor irlandês pouco conhecido — o artigo definido, anteposto ao sobrenome de algumas antigas famílias, é, na Irlanda, tratamento de cortesia. Quando descobrissem seu erro, talvez o nome de Giordano Bruno despertasse nos leitores interesse por sua vida e obra.

servem para alguma coisa, e sabe com habilidade tornar atraente o seu discurso. Ele triunfou mais uma vez, e o Teatro Literário Irlandês deve agora ser considerado propriedade da plebe da mais atrasada raça da Europa.

Será interessante examinar o caso. O porta-voz oficial do movimento falou em produzir obras-primas europeias, mas não se conseguiu tanto. Esse projeto era absolutamente necessário. Em Dublin, a censura é ineficaz e os diretores teriam podido produzir *Os espectros* ou *O império das trevas*, se esse fosse seu desejo. Nada pode ser feito até que as forças que ditam o julgamento do público sejam serenamente enfrentadas. Mas, é claro, os diretores não se atrevem a apresentar Ibsen, Tolstói ou Hauptmann quando até mesmo *A condessa Cathleen* é declarada perversa e condenável. Nem que fosse por razões técnicas, esse projeto era necessário. Uma nação que, no teatro, ainda não foi além do drama religioso, não proporciona ao artista nenhum modelo literário, e este precisa então olhar para o estrangeiro. Dramaturgos ambiciosos de segunda categoria, como Sudermann, Björnson e Giacosa, podem escrever peças muito melhores do que aquelas que são encenadas no Teatro Literário Irlandês. Os diretores, evidentemente, não gostariam de apresentar escritores tão inadequados à ralé inculta, menos ainda à plebe culta. Dessa maneira, a ralé plácida e profundamente moralista reina nos camarotes e nos balcões, entre murmúrios de aprovação — *La Bestia Trionfante* —,[2] e aqueles que pensam que Echegaray[3] é "mórbido" e se põem a rir recatadamente quando Mélisande[4] solta o cabelo têm absoluta certeza de que são os guardiães de todo o tesouro intelectual e poético.

E o que dizer dos autores? Atualmente, afirmar que o sr. Yeats tem talento é tão arriscado quanto dizer que não o tem. No argumento e na forma *The Wind among the Reeds* é poesia da mais alta qualidade, e *The Adoration of the Magi* (uma história que qualquer um dos grandes escritores russos poderia ter escrito)[5] demonstra o que o sr. Yeats é capaz de fazer quando rompe com os semideuses. Mas o esteta é uma pessoa

---

[2] Bruno escreveu *Spaccio della Bestia Trionfante*, na qual a besta não era, porém, a ralé, mas os vícios humanos.

[3] José Echegaray y Eizaguirre (1832-1916), dramaturgo espanhol.

[4] Em *Pelléas et Mélisande*, de Maeterlinck.

[5] Em conversa posterior com Yeats, Joyce elogiou calorosamente essa obra e *The Tables of the Law*, o que muito impressionou o dramaturgo, conforme ele deixou registrado ao reeditar mais tarde essas obras.

instável, e o traiçoeiro instinto de adaptabilidade do sr. Yeats é o culpado por sua recente adesão a um assunto do qual, até mesmo por respeito próprio, deveria ter se afastado. O sr. Martyn e o sr. Moore não são escritores muito originais. O sr. Martyn, prejudicado por um estilo incorrigível, não possui a força ardente e histérica de Strindberg, com o qual tem às vezes afinidades; ante sua obra logo se percebe uma falta de envergadura e de distinção que prejudica a grandeza de certas passagens. O sr. Moore tem, contudo, extraordinária habilidade de imitação, e é possível especular que, alguns anos atrás, seus livros lhe teriam garantido o direito de ocupar um lugar de honra entre os romancistas ingleses. Porém, ainda que *Vain Fortune* (e talvez também uma parte de *Esther Waters*) seja uma obra refinada e original, o sr. Moore continua lutando para manter-se à tona nessa onda que começou a avançar a partir de Flaubert, seguiu com Jakobsen e chegou até D'Annunzio: duas épocas inteiras separam *Madame Bovary* e *O fogo*. De *Celibates* em diante, fica evidente que o sr. Moore está vivendo de seus créditos literários e que a busca de um novo impulso pode explicar sua recente e surpreendente conversão. Os convertidos estão na moda agora, e o sr. Moore e sua ilha foram adequadamente admirados. Entretanto, por mais sincero que esteja sendo o sr. Moore ao citar erroneamente Pater e Turgueniev a fim de defender-se, seu novo impulso não tem nenhuma relação com o futuro da arte.

Nessas circunstâncias, torna-se urgente tomar uma posição. Se um artista procura os favores da multidão, ele não escapará do contágio de seu fetichismo e de seus deliberados autoenganos, e se ele se une a um movimento popular, terá de pagar o seu preço. Por esse motivo, o Teatro Literário Irlandês, ao render-se ao sobrenatural, perdeu a chance de avançar. Até que se liberte das más influências que o rodeiam — entusiasmo estúpido, insinuações espertas e os lisonjeiros estímulos da vaidade e da baixa ambição — nenhum homem é verdadeiramente um artista. Porém, a verdadeira servidão é haver herdado uma vontade corroída pelas dúvidas e uma alma que renuncia a todo seu ódio por uma simples carícia; e os que parecem ser mais independentes são aqueles que mais depressa reassumem sua submissão. A verdade tem, no entanto, grande importância para nós. Em todas as partes existem homens com capacidade suficiente para continuar a tradição do velho mestre que está morrendo na Cristiania.

Ele já encontrou seu sucessor no autor de *Michael Kramer*,[6] e o terceiro ministro[7] não faltará quando chegar a sua hora. Essa hora que já poderá estar chamando à nossa porta.[8]

James A. Joyce

15 de outubro de 1901

Tradução: Dirce Waltrick do Amarante

---

[6] Gerhart Hauptmann, de quem Joyce havia traduzido duas peças, inclusive *Michael Kramer*.

[7] Sem dúvida o próprio Joyce.

[8] "E é iminente o momento em que a jovem geração chamará vigorosamente à minha porta", Ibsen, *Solness, o construtor*, Ato I.

8

JAMES CLARENCE MANGAN[1]

1902

Este ensaio de Joyce sobre Mangan, inicialmente uma conferência pronunciada na Literary and Historical Society do University College de Dublin, em 15 de fevereiro de 1902, foi publicada na St. Stephen's, *revista não oficial da Universidade, em maio do mesmo ano.*

As dificuldades deste ensaio provêm, por um lado, de seu estilo altamente florido e rítmico e, por outro, desse empenho do autor em elaborar uma teoria das necessidades artísticas e imaginativas da Irlanda, na mesma época em que fazia uma descrição da infeliz aventura de Mangan. Por isso, enquanto elogia a imaginação poética de Mangan, também lamenta o fato de que esse poeta acreditasse que a triste sina da Irlanda era eterna. Tal como Yeats, Joyce recusa a árida tristeza de Mangan.

"O Memorial que eu desejaria... a presença constante dos que me amam."

Muito tempo já passou, na tranquila cidade das artes, desde o início da disputa entre as escolas clássica e romântica, de modo que a crítica, que decidira erroneamente que o espírito clássico era apenas o impulso romântico envelhecido, foi levada a reconhecer que ambos são estados mentais permanentes. Embora a querela tenha sido frequentemente dura, para não dizer mais, e parecesse a muitos apenas uma disputa sobre palavras que, com o passar do tempo, se tornou confusa, cada escola

---

[1] Publicado na revista *St. Stephen's*, v. 1, n. 6, maio 1906.

invadindo as fronteiras da outra e ocupada com conflitos internos — a clássica lutando contra o materialismo que lhe é inerente, e a romântica empenhada em preservar sua coerência —, é preciso reconhecer que essa inquietude é condição indispensável para toda e qualquer realização, e só pode ser desejável e conduzir lentamente a uma percepção mais profunda que promoverá a união das escolas. Além do mais, nenhuma crítica pode ser considerada justa se, a fim de evitar o problema, estabelece um padrão arbitrário de normas para julgar as escolas. A escola romântica é muitas vezes mal interpretada, e de uma forma deplorável, tanto por seus próprios membros quanto pelos demais, pois seu temperamento impaciente, não encontrando aqui nenhuma residência adequada para seus ideais, optou por contemplá-los sob figuras inacessíveis, ignorando certas limitações. Assim, à medida que essas figuras são lançadas ao ar pelo espírito que as concebeu, este as percebe às vezes como sombras débeis que se movem sem propósito pela luz, obscurecendo-a. Então esse mesmo temperamento, não menos impaciente do que antes, proclama a seguir que todo método destinado a transformar e moldar as coisas presentes, de modo a fazer com que a mente inteligente as ultrapasse e alcance seu significado ainda oculto, não faz mais do que tornar a luz pior que a sombra, pior que a própria escuridão. Contudo, enquanto ocuparmos nosso lugar na natureza, é necessário que a arte não violente esse dom, mesmo se ele for além das estrelas e dos mares em nome do que ama. É por esse motivo que os mais altos elogios não devem ser dirigidos à escola romântica (ainda que assim passemos por cima do mais iluminado dos poetas do Ocidente),[2] e a causa do temperamento impaciente deve ser buscada no artista e em seu tema. E quando julgarmos um artista tampouco devemos esquecer as leis de sua arte, pois não há erro maior que o de julgar um homem de letras pelas leis supremas da poesia. O verso não é, de fato, a única expressão do ritmo, mas em todas as artes a poesia transcende o seu modo de expressão; então, precisamos inventar novos termos para nomear, nas artes, o que é inferior à poesia, ainda que, num caso, o termo "literatura"[3] possa ser utilizado. A literatura é o amplo domínio que se estende entre a escrita de circunstância e a poesia (com a qual está a filosofia), e assim como a maior parte dos versos não é literatura, do mesmo modo devemos invejosamente

[2] Stanislaus Joyce esclarece que seu irmão, nessa frase obscura, estaria se referindo a Blake.
[3] Para Joyce, termo pejorativo.

negar o título mais honroso a muitos escritores e pensadores originais. Grande parte da obra de Wordsworth, e quase tudo de Baudelaire, é apenas literatura em verso, e precisa ser julgada pelas leis da literatura. Finalmente, com respeito a cada artista devemos nos perguntar qual a posição que ele ocupa em relação ao mais alto conhecimento e às leis que nunca tiram férias, ainda que os homens e os tempos escolham esquecê-las. Isso não significa buscar uma mensagem, mas sim circunscrever o temperamento que deu origem à obra — uma velha rezando, ou um jovem amarrando os cadarços dos sapatos —, a fim de ver ali o que é bem-feito e o quanto isso significa. Uma canção de Shakespeare ou de Verlaine, que parece tão livre e viva quanto distante de todo propósito consciente, como a chuva que cai em um jardim ou as luzes de um final de tarde, revela-se afinal a expressão rítmica de uma emoção que nenhum outro meio poderia comunicar com semelhante justeza. Mas tentar circunscrever o espírito que deu origem à arte é um ato de reverência, em nome do qual deve-se pôr de lado diversas convenções, pois é certo que a região mais secreta nunca se revelará por inteiro àqueles envolvidos com coisas profanas.

Estranha foi aquela questão formulada pelo inocente Parsifal — "Quem é bom?" —,[4] da qual nos lembramos quando lemos certas críticas e biografias que sofreram a influência de um escritor moderno[5] tão mal compreendido em suas intenções. Quando essas críticas não são sinceras, elas podem ser engraçadas, mas o caso é grave quando se mostram tão sinceras quanto é possível ser. E, assim, quando Mangan é lembrado em seu país (pois dele se fala às vezes nos círculos literários), seus conterrâneos lamentam que tamanha faculdade poética estivesse associada a uma conduta tão pouco exemplar, surpresos de encontrar esse dom em homem de vícios exóticos e tão pouco patriota. Aqueles que escreveram sobre ele procuraram escrupulosamente manter o equilíbrio entre o bêbado e o fumador de ópio, e empenharam-se em descobrir se o que havia por detrás de frases como "do otomano" ou "do copto" era conhecimento ou impostura; e, exceto por essas rápidas lembranças, Mangan permaneceu um estranho em seu país, uma figura rara e antipática nas ruas, pelas quais ia avançando solitariamente como alguém que expia pecados antigos. A

[4] Em *Parsifal*, Wagner, Ato I.
[5] Segundo Stanislaus Joyce, referência a Browning.

vida, qualificada por Novalis como uma doença do espírito,[6] é sem dúvida dura penitência para quem talvez tenha se esquecido do pecado que a provocou, e é também uma carga dolorosa, pois o artista que havia nele sabia ler implacavelmente os traços da brutalidade e da fraqueza nas faces humanas que cruzam seu caminho. De modo geral, ele sabe suportar tudo isso muito bem, submetendo-se a essa justiça que fizera dele o bíblico vaso da ira; mas, em momentos de frenesi, rompe o silêncio, e então lemos que seus amigos desonraram sua pessoa com seu veneno e sua sujeira, que na infância vivera entre a miséria e a rudeza, que seus conhecidos eram demônios saídos do inferno e, ainda, que seu pai fora tão humano quanto uma *boa constrictor*.[7] Sem dúvida, é mais sábio quem não acusa nenhum homem de ter sido injusto para consigo, ao perceber que isso a que chamamos de injustiça não é nunca senão um aspecto da justiça; e no entanto aqueles que creem que esse relato terrível é apenas ficção de uma mente desordenada não se dão conta do quanto um garoto sensível sofre ao entrar em contato com naturezas vulgares. Mangan, entretanto, não deixou de ter consolos, pois seus sofrimentos o levaram a refugiar-se em seu próprio interior, como ao longo dos séculos fizeram os infelizes e os sábios. Quando alguém lhe disse que o relato sobre seus primeiros anos de vida, tão cheio de coisas que de fato constituíram o começo de seu sofrimento, era um imoderado exagero, e parcialmente falso, Mangan respondeu — "Talvez eu o tenha sonhado". Como se vê, o mundo tornara-se um tanto irreal para ele, de modo que começara a desdenhar aquilo que é, em definitivo, a origem de vários erros. O que será desses sonhos que, para um coração jovem e puro, sobrepõem-se à própria realidade, mais queridos do que ela? Alguém sensível o bastante não pode esquecer seus sonhos na segurança de uma vida ativa. Ele duvida dos sonhos, e até os afasta por certo tempo, porém, quando observa os homens a contestá-los com um juramento, torna a reconhecê-los com orgulho, e essa sensibilidade, que causou fraqueza ou, como no caso de Mangan, refinou uma fraqueza natural, é capaz de assumir um compromisso com o mundo para ganhar em troca ao menos a graça do silêncio — como se não merecesse violento desprezo, por fútil que é, essa aspiração do coração tão violentamente zombada, essa ideia tão

---

[6] Novalis, *Fragmente*, Vermischten Inhalts, p. 135.
[7] Joyce cita palavras de "Fragment of an Unpublished Autobiography", de Mangan, *Irish Monthly*, v. 10, 1882.

brutalmente exasperada. Mangan se comporta de tal maneira que não se pode dizer se é orgulho ou humildade o que vemos nessa face vaga, cuja única vivacidade está nos olhos brilhantes, sob o cabelo claro e sedoso do qual se mostra orgulhoso. Essa reserva puramente defensiva não deixa de lhe oferecer perigos, e, no fim das contas, são apenas os seus excessos que o salvam da indiferença. Algo foi escrito sobre uma relação sentimental entre ele e uma pupila, a quem dava aulas de alemão, e, ao que parece, foi ainda ator, posteriormente, de uma comédia romântica a três; mas, se é reservado diante dos homens, não é menos tímido com as mulheres, além de excessivamente autoconsciente, muito crítico e pouco frequentador dos momentos agradáveis de uma conversa para ser um galanteador. E em sua estranha maneira de vestir, sinal de excentricidade para alguns e de afetação para outros — seu alto chapéu cônico, as calças frouxas vários números acima do seu tamanho e o velho guarda-chuva, semelhante a uma gaita de foles —, pode-se descobrir a expressão semiconsciente de seu caráter. As tradições de vários países acompanham-no sempre, lendas orientais e a lembrança de livros medievais curiosamente impressos que absorveram-no completamente — reunidas por ele dia após dia — tecem como uma rede. É conhecedor de diversos idiomas — os quais exibe generosamente quando a ocasião assim o exige —, e já leu exaustivamente diversas tradições literárias, cruzando vários mares e penetrando inclusive o Peristan, onde nenhum caminho conduz jamais os viajantes. Ele confessa com modéstia encantadora, suficiente para desarmar seus detratores, que não domina por inteiro o idioma falado em Tombuctu, mas que isso não é motivo para lamentos. Interessa-se ainda pela vida da vidente de Prevorst[8] e por todos os fenômenos da natureza intermediária, e, aqui, onde acima de tudo a doçura e a firmeza da alma exercem influência, explora um mundo muito diferente daquele que Watteau talvez buscasse, ainda que compartilhem ambos certa graciosa inconstância, aparentemente buscando "o que ali está em medida insatisfatória ou simplesmente não está".[9]

Seus escritos, nunca compilados e desconhecidos, exceto por duas edições americanas de poemas selecionados e algumas páginas de prosa, publicadas por Duffy, são desordenados e revelam às vezes pouca reflexão.

[8] Frédérique Hauffe, vítima de alucinações psicossomáticas no início do século XIX.
[9] "A Prince of Court Poets", de Pater, em *Imaginary Portraits*.

À primeira leitura vários de seus ensaios parecem simples brincadeira, mas percebemos por trás do gracejo certa energia violenta que acompanha as frases sem propósito aparente, e constatamos ainda certo paralelismo entre o escritor desesperado, vítima de habilíssima tortura, e sua escrita tortuosa. Mangan, devemos lembrar, escreveu sem ter como guia qualquer tradição literária nativa e para um público que se interessava mais por questões cotidianas e para quem a poesia importava apenas enquanto modo de expressão dessas questões. Raramente podia revisar o que escrevia, e competia frequentemente com Moore e Walsh em seu próprio terreno.[10] Porém, o melhor de sua obra exerce imediato apelo, pois foi concebido pela imaginação, que ele denominava, creio, a mãe das coisas e de quem somos os sonhos, a qual nos imagina para si mesma e para nós, e se imagina a si mesma em nós, uma força diante de cujo sopro a atividade criativa da mente é (para utilizar a imagem de Shelley) uma brasa que se apaga. Ainda que sintamos, até mesmo no melhor de Mangan, a presença de sentimentos estranhos, percebemos muito mais a presença de uma personalidade imaginativa, refletindo a luz da beleza imaginária. O Oriente e o Ocidente se unem nessa personalidade (já sabemos como), as imagens se entrelaçam como echarpes suaves e luminosas e as palavras soam como cotas brilhantes; e não importa se a canção é sobre a Irlanda ou Istambul, terá sempre o mesmo refrão, uma oração para que a paz retorne àquela que a perdeu, a branca pérola lunar de sua alma, Ameen.[11] Música, perfumes e luzes espalham-se em torno dela, e ele investigaria os orvalhos e as areias em busca de nova glória para sua face. Um cenário e um mundo formaram-se em volta do rosto, como sucederia com qualquer outro que os olhos contemplassem com amor. Vittoria Colonna,[12] Laura, Beatriz — e também aquela sobre cuja face várias vidas lançaram essa indecisa delicadeza, como alguém que medita sobre terrores distantes e sonhos tumultuosos, e essa quietude estranha perante a qual o amor silencia, Mona Lisa — encarnam um eterno ideal cavalheiresco, elevando-o bravamente para além dos acidentes da luxúria, da descrença e do cansaço; e aquela, cujas mãos brancas e sagradas possuem a virtude do encantamento, a flor virgem do poeta, a flor das flores, não é menos que as outras a encarnação

[10] O poeta irlandês Edward Walsh.
[11] Joyce toma o nome do poema de Mangan, "The Last Words of Al-Hassan".
[12] Inspiração de Michelangelo.

desse ideal. Que tributos não deve pagar-lhe o Oriente, oferecendo a seus pés todos os seus tesouros! O mar que lança suas espumas sobre as areias de açafrão, o cedro solitário dos Bálcãs, o salão de damascos com luas de ouro e o perfume das rosas do Gulistão — onde ela estiver, tudo isso terá de estar a seu dispor. A reverência e a paz serão o obséquio do coração, como nos versos "To Mihri":

My starlight, my moonlight, my midnight, my noonlight,
Unveil not, unveil not![13]

E quando a música liberta-se da languidez e contamina-se do êxtase do combate, como em "Lament for Sir Maurice Fitzgerald" e em "Dark Rosaleen", sem alcançar talvez, é verdade, a qualidade de Whitman, ela vibra com todas as harmonias cambiantes dos versos de Shelley. Aqui e ali aparece uma nota destoante e um conjunto de paixões grosseiras a ecoam, mas ao menos em dois poemas a música segue ininterrupta: "Swabian Popular Song" e uma tradução de duas quadras de Wetzel. É uma tarefa de séculos, disse Blake, criar uma florzinha, e bastou uma canção apenas a Dowland para imortalizá-lo; e as passagens incomparáveis que encontramos em outros poemas de Mangan são tão boas que ninguém mais exceto ele mesmo poderia ser o autor. Teria podido escrever um tratado de arte poética, pois é mais sábio no uso do eco musical que Poe, o grande sacerdote de quase todas as escolas modernas, e atinge uma destreza que nenhuma escola ensina, já que obedece ao comando interior, como podemos perceber em "Kathaleen-Ny-Houlahan", no qual o refrão substitui abruptamente o esquema trocaico por uma sucessão de iambos firmes, marciais.

Toda a poesia de Mangan expõe injustiças e dores, além da aspiração de quem sofreu e se sente compelido a grandes gritos e gestos quando a hora do lamento chega ao coração. Esse é o tema de inúmeras canções, nenhuma tão intensa quanto aquelas feitas de nobre miséria, ou, como diria seu favorito Swedenborg, nascidas da devastação da alma. Naomi mudaria seu nome para Mara, porque a companhia desse nome lhe trouxera amargura. E por acaso não é o profundo sentimento de dor e de amargura

---

[13] Minha luz das estrelas, minha luz da lua, minha meia-noite, minha luz do meio-dia, / Não se desvele, não se desvele!

que explica nomes, títulos e essa fúria de traduzir, na qual o poeta buscou se perder? Pois ele não encontrou em si mesmo a fé do solitário, ou essa outra fé que, na Idade Média, com cantos, lançava aos céus as flechas das igrejas, e espera que a cena final ponha fim a seus sofrimentos. Mais fraco que Leopardi, ele não possui a coragem de aceitar o próprio desespero, ao contrário, esquece todos os males e perdoa todo desprezo à vista de um simples favor; e é talvez por isso que o seu memorial é aquele que teria desejado — a presença constante dos que o amam —, e dá provas, tal como o mais heroico pessimista testemunha involuntariamente a favor da serena coragem da humanidade, de uma simpatia sutil para com o bem--estar e a alegria, raramente encontrada em alguém de boa saúde. E, assim, ele teme menos a sepultura e os duros labores da terra que os olhos pouco amistosos das mulheres e os pesados julgamentos dos homens. Para dizer a verdade, esteve apaixonado pela morte durante toda a sua vida, tal qual um outro poeta,[14] mas jamais se apaixonou por uma mulher, e é com a mesma cortesia de antanho que acolhe àquele cuja face oculta-se atrás de uma nuvem, a quem chamamos de Azrael.[15] Aqueles que na terra foram consumidos pelas chamas de um amor demasiado ardente transformam-se, depois da morte, em pálidos fantasmas entre os ventos do desejo,[16] e, por haver o poeta lutado pela paz com o ardor dos amaldiçoados, talvez agora os ventos da paz soprem sobre ele e descanse sem ter mais lembrança da dura vestimenta do corpo.

A poesia, mesmo sob seus aspectos mais fantásticos, é sempre uma revolta contra o artifício, uma revolta, em certo sentido, contra a realidade. Ela fala do que parece fantástico e irreal àqueles que perderam as intuições mais elementares, que são normas de julgamento da realidade; e, como sempre se encontra em guerra com seu próprio tempo, não leva em conta a história, que é fabulada pelas filhas da memória,[17] mas se fixa em períodos menores que o pulsar de uma artéria, tempo suficiente para que suas intuições jorrem, possuindo a duração e o valor de 6 mil anos.[18] Sem dúvida, apenas os homens de letras dão tanta importância à sucessão das idades e à história, ou à negação da realidade, pois esses dois

---

[14] Provavelmente Keats.
[15] O anjo da morte na mitologia muçulmana. O poema de Mangan se intitula "The Angel of Death".
[16] *Inferno*, Canto 5.
[17] A frase provém das notas de Blake sobre *A Vision of the Last Judgment*.
[18] Essa expressão foi tomada de *Milton*, de Blake.

nomes remetem à mesma coisa, pode-se afirmar que é isso o que engana o mundo inteiro. Nesse, como em vários outros aspectos, Mangan é o protótipo de sua raça. A história o envolve de maneira tão sufocante que nem mesmo nos seus momentos mais intensos se liberta dela. Tanto em sua vida como em seus versos tristes ele também clama contra a injustiça dos exploradores, mas nunca lamenta uma perda mais profunda que a de mantas e ornamentos. Herda a última e pior parte de uma lenda cuja linha final jamais foi redigida, e que se subdivide à medida que se move pelos ciclos. E porque incorporou tão firmemente essa tradição, aceita-a com todas as suas aflições e deficiências, e não aprende a mudá-la, como o fazem os espíritos fortes, mas a transmite tal como a recebera. O poeta que lança sua ira contra os tiranos estabelece no futuro uma tirania ainda mais profunda e cruel. No final das contas essa figura que ele idolatra parece ser uma rainha abjeta que, graças aos crimes cruéis que cometeu e de que foi vítima, sucumbe à loucura e à morte, embora não creia que esteja morrendo e recorde somente o rumor das vozes que ameaçam seus jardins sagrados e suas belas e altas flores, oferecidas como alimento aos porcos. Novalis dizia que o amor é o "Amém" do universo,[19] enquanto Mangan sabe falar da beleza do ódio — e o ódio puro é tão excelente quanto o amor puro. Um espírito ávido rejeitaria com violência as altas tradições da raça de Mangan — amor ao lamento pelo lamento, desespero e ameaças temíveis —, e quando suas vozes entoam uma súplica suprema, manifestar clemência é apenas justo. Ora, o que há de mais nobre e paciente que uma grande fé?

Cada época deve buscar a aprovação de sua poesia e filosofia, pois é nestas que a mente humana, observando o passado ou o futuro, alcança um estado eterno. O espírito filosófico tende sempre a uma vida elaborada — a vida de Goethe ou de Leonardo da Vinci; mas a vida do poeta é intensa — a vida de Blake ou de Dante —, tomando em seu âmago a vida a seu redor e lançando-a novamente para fora, entre a música das esferas. Em Mangan, um espírito nacional estreito e histérico recebe sua derradeira justificação, pois quando essa figura de corpo débil despede-se, o crepúsculo começa a velar o cortejo dos deuses e, prestando-se a atenção, pode-se escutar seus passos afastando-se do mundo. Mas os deuses antigos, que são visões de nomes divinos, morrem e renascem diversas vezes, e ainda que o crepúsculo esteja a seus pés e a escuridão em seus olhos indiferentes, o milagre da luz

[19] *Fragmente*, Fortsetzung, p. 452.

renova-se eternamente na alma imaginativa.[20] Quando a ordem estéril e traiçoeira é quebrada, ouvimos, a princípio debilmente, uma voz ou um grupo de vozes, de espírito sereno, que penetra os bosques, as cidades e o coração dos homens, e também a vida da terra — *"det dejlige vidunderlige jordliv det gaadefulde jordliv"*[21] —, bela, sedutora e misteriosa.

A beleza, o esplendor da verdade, é uma presença encantadora quando a imaginação contempla de maneira intensa a verdade de seu próprio ser ou o mundo visível, e o espírito que provém da verdade e da beleza é o santo espírito da alegria. Essas são as realidades e somente elas dão e sustentam a vida. Sempre que o temor humano e a crueldade, esse monstro perverso procriado pela luxúria, aliam-se para tornar a vida algo ignóbil e sombrio e para maldizer a morte, chega o momento em que um homem de coragem tímida agarra as chaves do inferno e da morte e as lança longe no abismo, proferindo o elogio da vida, que o esplendor contínuo da verdade pode santificar, e o da morte, a mais bela forma de vida. Nesses vastos ciclos que nos envolvem e nessa grande memória,[22] maior e mais generosa que a nossa memória, nenhuma vida, nenhum momento de exaltação se perde para sempre; e todos aqueles que escreveram com nobreza não escreveram em vão, embora os desesperados e cansados jamais tenham ouvido o riso argentino da sabedoria. E não podemos por acaso dizer, por conta dos propósitos elevados e originais que manifestaram quer pela lembrança dolorosa quer pela profecia, que esses também tiveram participação direta na contínua afirmação do espírito?

James A. Joyce

Tradução: André Cechinel

---

[20] A teoria cíclica aqui anunciada pertence à teosofia ortodoxa, pela qual Joyce tinha grande interesse.

[21] "Essa bela e milagrosa vida da terra, essa insondável vida da terra", Ibsen, *Quando despertarmos de entre os mortos*, Ato III.

[22] Também uma noção teosófica, mas é provável que Joyce tenha tomado essa expressão de Yeats, que, seguindo Henry More, a denomina às vezes *"anima mundi"*.

9

UM POETA IRLANDÊS[1]

1902

O ressurgimento literário da Irlanda corria sempre o perigo de se tornar, como Joyce afirmou em Ulysses, *"excessivamente irlandês", e provavelmente teria fracassado se Yeats não tivesse conseguido convencer seus contemporâneos de que a literatura deveria ser nacional sem ser patriótica. Mas essa distinção era muito sutil para se impor imediatamente, e William Rooney foi um desses poetastros que se distinguiu unicamente por seu fervor patriótico. Rooney ajudou Arthur Griffith a fundar o movimento "Sinn Fein" (Nós mesmos), e foi o principal colaborador do jornal* United Irishman. *Logo depois de sua morte, em 1901, aos 28 anos, aquele jornal publicou uma antologia de seus poemas. Embora Joyce olhasse com simpatia, segundo depoimento de seu irmão, as ideias e os métodos do "Sinn Fein", ele não hesitou em atacar Rooney enquanto poeta. Griffith rebateu sarcasticamente o artigo, sem assinatura, que Joyce publicou no* Daily Express *(jornal notoriamente pró-inglês), e publicou no* United Irishman *um anúncio publicitário do livro de Rooney. O anúncio citava grande parte do artigo hostil e, à guisa de comentário, acrescentava uma única palavra, entre parênteses, à seguinte frase de Joyce: "Apesar disso, ele poderia ter escrito bem, se não tivesse consentido no uso dessas palavras altissonantes [patriotismo] que nos fazem tão infelizes".*

Estes são os versos de um poeta falecido recentemente, que muitos consideram o Davis[2] do último movimento nacionalista. Foram publicados

---

[1] Resenha do livro *Poems and Ballads*, de William Rooney, publicada no *Daily Express*, Dublin, em 11 de dezembro de 1902.

[2] Thomas Davis (1815-45), o poeta mais proeminente do movimento Nation, e o herói literário da facção nacionalista ainda nessa época.

pelo estado-maior desse movimento e vêm precedidos de duas introduções nas quais se fala muito do homem trabalhador, de aperfeiçoamento geral, de personalidade superior, de obscuras interpretações musicais etc. Ilustram o temperamento nacional e, por essa razão, os autores das introduções não hesitam em atribuir-lhes as maiores honras. Mas essa opinião não pode ser aceita, a menos que esteja apoiada numa prova qualquer de sinceridade literária. Pois um homem que escreve um livro não pode servir-se como escudo de suas boas intenções ou de seu caráter moral; ele penetra num terreno onde o principal é a palavra escrita, o que não podemos esquecer nestes tempos em que o campo da literatura é tão ferozmente invadido por ideólogos e fanáticos.

Um exame dos poemas e das baladas de William Rooney não autoriza ninguém a lhes atribuir altas honrarias. O tema é invariavelmente patriótico, e a sua intransigência é tanta que o leitor se vê obrigado a alçar as sobrancelhas e assegurar-se de que de fato encontrou, na página 114, o nome de D'Arcy MacGee.[3] No entanto, não encontramos a mesma admirável solidez na maneira como o poeta trata o tema. Em "Dia de São Patrício" e "Dromceat" advertimos apenas uma imitação sem interesse de Denis Florence M'Carthy e de Fergunson; e até mesmo o sr. T.D. Sullivan e o sr. Rolleston colaboraram no livro de alguma forma. Mas "Roilig na Riogh" carece inteiramente das altas qualidades de "The Dead at Clonmacnoise", e o sr. Rolleston, a quem decerto não anima nenhum impulso poético, escreveu um poema porque justamente a ausência de impulso poético convém a um epitáfio. As composições bem escritas podem alcançar algo, mas não há a menor dúvida de que nesses versos pouco se consegue, porque a escrita é muito descuidada, a despeito de sua aplicada banalidade.[4] Se a negligência for levada muito longe, possivelmente se tornará uma virtude positiva, mas a negligência habitual não é nada mais que a expressão falsa e pobre de uma ideia falsa e pobre.

O sr. Rooney, de fato, é quase um mestre desse "estilo", que não é bom nem ruim. Nos versos de Maedhbh, ele escreve:

---

[3] Thomas D'Arcy MacGee (1825-68), um dos poetas do movimento Nation que participou da revolta de 1848 e cuja cabeça foi posta a prêmio. Fugiu para o Canadá e tornou-se em seguida ministro da coroa. Durante o movimento feniano visitou a Irlanda, mas denunciou esse movimento com tanta violência que alguns patriotas irlandeses o assassinaram em Ottawa, em 1868.

[4] Em uma carta de 5 de maio de 1906, dirigida a Grant Richards, em defesa de *Dubliners*, Joyce observou: "Eu o escrevi quase inteiramente num estilo escrupulosamente banal".

Mid the sheltering hills, by the spreading waters,
They laid her down and her cairn raised
The fiercest-hearted of Erin's daughters —
The bravest nature that ever blazed.[5]

Aqui o escritor não urdiu imagens, ele apenas aceitou expressões banais, e quando aceita uma expressão bela não sabe justificar seu uso. O epitáfio homérico de Mangan, *"wine-dark"* [vinho escuro], se converte em seus versos num epitáfio insosso e insignificante, que pode servir para qualquer cor do espectro. Quão diferente foi o resultado quando Mangan escreveu:

Knowest thou the castle that beetles over
The wine-dark sea![6]

Aqui a cor aparece na mente, destacando-se firmemente contra o brilho dourado nos versos que vêm depois.

Mas ninguém deveria buscar essas coisas quando o patriotismo domina o escritor. Este não tem o menor interesse em criar algo de acordo com as leis da literatura, a qual, embora não seja a maior das artes, é pelo menos uma arte com uma tradição indiscutível e dotada de formas definidas. No lugar disso, encontramos nessas páginas uma sucessão enfadonha de versos, poemas de "prêmio" — da pior espécie. Ao que tudo indica foram escritos para jornais e associações, semana após semana, e revelam a presença de uma desesperada e fatigada energia. Mas estão destituídos de energia viva e espiritual, porque provêm de alguém cujo espírito está de certa maneira morto, ou pelo menos em seu próprio inferno, um espírito tolo e cansado que fala de redenção e vingança, que blasfema contra os tiranos e empreende, vertendo lágrimas e maldições, seus trabalhos infernais. A religião e tudo o que lhe está associado pode evidentemente induzir os homens a fazer grandes maldades. Ao escrever esses versos, que poderiam, segundo os autores dos prefácios, despertar nos jovens irlandeses esperança e ação, o sr. Rooney foi levado a instigar um grande mal.

---

[5] No meio das altas colinas, junto às águas abundantes, / Depositaram seu corpo e erigiram seu túmulo / A mais intrépida das filhas de Erin — / A natureza mais audaz que já resplandeceu.
[6] Conheces o castelo que se destaca sobre / O mar escuro como o vinho!

Apesar disso, ele poderia ter escrito bem, se não tivesse consentido no uso dessas palavras altissonantes que nos fazem tão infelizes. Não há no livro nenhuma composição que traga a indispensável qualidade da beleza, a qualidade da integridade, a qualidade de ser independente e um todo, mas há uma composição que parece provir de uma vida pessoal consciente. É a tradução de alguns versos de Douglas Hyde sob o título "A Request" ["Uma demanda"], mas é difícil acreditar que deva ao original mais que seu tema. Começa assim:

> *In that last dark hour when my bed I lie on,*
> *My narrow bed of deal board bare,*
> *My kin and neighbours around me standing,*
> *And Death's broad wings on the thickening air.*[7]

O poema prossegue adensando o sentimento de desolação, e o faz em versos vívidos, como os que seguem. O terceiro verso é débil talvez, mas o quarto é tão surpreendentemente bom que merece ser enaltecido:

> *When nights shall fall and my day is over*
> *And Death's pale symbol shall chill my face,*
> *When heart and hand thrill no more responsive,*
> *Oh Lord and Saviour, regard my case!*[8]

E quando reúne todas as imagens da desolação, o poema evoca a divina tentação e dirige uma prece à misericórdia divina. Esses versos parecem surgidos de uma experiência pessoal que começa a tomar consciência de si mesma, embora essa consciência tenha vindo à tona junto com a morte. E, dessa maneira, com a gravidade de quem se recorda de todos os seus erros e de suas mentiras, entra no silêncio.

Tradução: Dirce Waltrick do Amarante

---

[7] Na noite derradeira, estendido na minha cama, / Cama estreita de tábuas nuas, / A família e os vizinhos ao redor em pé, / E as asas largas da Morte no pesado ar.

[8] Quando cair a noite e meu dia findar / E o símbolo pálido da Morte petrificar minha face. / Quando o coração e as mãos não obedecerem mais, / Oh, Senhor, meu Salvador, olha por mim!

10

GEORGE MEREDITH[1]

1902

Em sua juventude, Joyce apreciou os romances de Meredith, mas tinha também certas reservas contra eles, algumas das quais menciona neste ensaio. Sobre a poesia de Meredith, Joyce opinava que, em termos gerais, ela merecia a qualificação de "versos não muito meritórios, escritos por um prosador".

O sr. George Meredith foi incluído na série "English Men of Letters",[2] onde passou a ocupar uma posição honrosa ao lado de figuras como o sr. Hall Caine e o sr. Pinero. Uma época com os sentidos tão apurados para os valores contemporâneos irá com frequência julgar de forma equivocada e, por isso, não devemos queixar-nos quando um escritor, que é um verdadeiro homem de letras, mesmo para aqueles que não o admiram de forma irrestrita, conquista seu espaço de modo tão estranho. Na parte biográfica de seu livro, o sr. Jerrold tem de registrar a costumeira monstruosidade do gosto público, e se tivesse se limitado a essa tarefa apenas, já teria feito algo de proveitoso, pois é certo que o gosto público deve ser reprovado, ainda que não se possa afirmar com certeza que o sr. Meredith seja um mártir.

O sr. Jerrold afirma sua fé tanto nos romances quanto nas obras teatrais,[3] e chega a sugerir que *Modern Love* está no mesmo plano que *Vita Nuova*. Não se pode negar que o sr. Meredith possui certa capacidade ocasional de expressão direta e persuasiva (ao retratar a fome, escreveu: "os

---

[1] Crítica da obra de Walter Jerrold, *George Meredith*, publicada no *Daily Express*, de Dublin, em 11 de dezembro de 1902.

[2] Joyce confunde a obra com *English Writers Today*.

[3] Na verdade, deveria ter dito "poemas".

senhores famintos eram como vespas e traças"), mas lhe falta claramente essa qualidade fluida, o impulso lírico, qualidade que tem sido, parece, recusada com frequência aos sábios e concedida aos tolos. E é evidente a todos os que acreditam na tradição literária que essa qualidade é insubstituível.

O cérebro diligente do sr. Meredith, que não lhe permite ser um poeta, ajudou-o, no entanto, a escrever romances que são, talvez, únicos em nossa época. O sr. Jerrold submete cada romance a uma análise superficial e, assim, acredito eu, induziu seus leitores ao erro, pois esses romances não possuem, em sua maior parte, valor épico, aliás, o sr. Meredith não tem o instinto de um artista épico. No entanto, eles possuem um evidente valor como ensaios filosóficos, e revelam a presença de um filósofo que enfrenta alegremente problemas bastante difíceis. Qualquer livro sobre o filósofo merece ser lido, a menos que tenhamos nos entregado deliberadamente à excelente vaidade do mundo, e embora o livro do sr. Jerrold não seja notável, merece ser lido.

Tradução: André Cechinel

11

HOJE E AMANHÃ NA IRLANDA[1]

1903

Stephen Gwynn foi um dos destacados intelectuais anglo-irlandeses que abraçou a causa do nacionalismo irlandês. Como já expressara anteriormente, Joyce está convencido de que, entre os novos escritores irlandeses que contaram com a simpatia de Gwynn, apenas Mangan e Yeats mereciam de fato consideração.

Neste livro, o mais recente acréscimo à já formidável massa de obras de literatura anglo-irlandesa moderna, o sr. Gwynn reuniu dez ensaios publicados em diversos periódicos e revistas, ensaios que diferem muito quanto ao interesse, mas que, segundo ele, apresentam-se unidos em torno de um tema que lhes é comum. Todos os ensaios tratam, direta ou indiretamente, da Irlanda, e coincidem na formulação de uma acusação clara à civilização e mentalidade inglesas. Pois o sr. Gwynn é, também, um adepto do movimento nacionalista atualmente em voga, ele o reivindica, embora seu nacionalismo não seja de forma alguma inflexível, como ele próprio afirma. Bastaria dar à Irlanda o estatuto do Canadá para o sr. Gwynn se tornar imediatamente um imperialista. É difícil dizer ao certo a qual partido político o sr. Gwynn se filiaria, pois ele é demasiado gaélico para os parlamentares, e moderado demais para os verdadeiros patriotas, que começam a falar um pouco vagamente sobre seus amigos, os franceses.

---

[1] Resenha de *Today and Tomorrow in Ireland*, de Stephen Gwynn, publicada no *Daily Express*, de Dublin, em 29 de janeiro de 1903.

O sr. Gwynn, no entanto, é ao menos membro desse partido que busca instituir uma literatura e uma indústria irlandesas. Os primeiros ensaios de seu livro são críticas literárias, e devemos dizer de imediato que são os menos interessantes. Alguns são meros registros de eventos, já outros parecem escritos com o intuito exclusivo de proporcionar aos leitores ingleses uma noção geral do que significa o renascimento gaélico. O sr. Gwynn evidentemente simpatiza com os escritores irlandeses modernos, mas sua crítica das obras deles não é de modo algum notável. No primeiro ensaio ele assume o ar de descobridor de Mangan,[2] e transcreve, com certo assombro, alguns versos de "O'Hussey's Ode to the Maguire". Os versos citados não são muitos, porém, eles bastam para revelar o verdadeiro valor da obra dos escritores modernos, tomados pelo sr. Gwynn como a própria voz do movimento celta. As obras desses autores variam em mérito, mas nunca ultrapassam (exceto no caso do sr. Yeats) certa fluência e distinção ocasionais, e descem com frequência *tão baixo* que seu valor se restringe à evidência documental. São obras que possuem o interesse do que é atual, mas cuja força conjunta não chega a um terço do valor da obra de um homem como Mangan, essa criatura iluminada que foi, e continua sendo, um estranho entre as pessoas que enalteceu, mas que um dia poderá, graças a seus méritos, revelar-se como um dos maiores poetas românticos a utilizar a forma lírica.

O sr. Gwynn, entretanto, é mais bem-sucedido nos ensaios que tratam do desenvolvimento industrial iniciado em diversos pontos da Irlanda. Seu relato acerca do estabelecimento da indústria pesqueira no oeste da Irlanda é extremamente interessante, assim como suas descrições da indústria de fabricação de tapetes e de laticínios, antiga e nova. São ensaios escritos com espírito técnico, e embora acrescidos de várias citações e cifras, apresentam também muitas anedotas. O sr. Gwynn certamente tem senso de humor, o que é agradável de se perceber num partidário do renascimento irlandês. Ele narra como, durante uma pescaria, teve o prazer de conhecer um velho camponês que pensava apenas nas fábulas tradicionais de seu país e nas histórias das grandes famílias. O instinto de pescador do sr. Gwynn prevaleceu

---

[2] Mangan era bastante conhecido na Irlanda e, em 1903 e 1904, foram publicados dois volumes, reunindo sua prosa e sua poesia. Mas Joyce talvez estivesse se referindo ao fato de que, oito meses antes do aparecimento do livro do Gwynn, ele próprio publicara um elogio à obra de Mangan.

sobre seu patriotismo, e ele confessa sua breve desilusão quando, após pescar bastante num dia desfavorável, não recebeu nenhum elogio do camponês, que, absorto em seus próprios pensamentos, comentou: "Os Clancartys também foram grandes homens. Sabe se algum deles ainda vive?". O volume, admiravelmente impresso e encadernado, honra a empresa de Dublin que assegurou sua publicação.[3]

Tradução: André Cechinel

---

[3] Tal como consta de uma carta que Joyce enviou a seu irmão, esta última frase foi acrescentada pelo editor.

12

UMA SUAVE FILOSOFIA[1]

1903

Em sua juventude, Joyce adquiriu e leu várias obras de misticismo e teosofia orientais. Esta resenha do livro de Hall revela toda a sua simpatia pelo budismo, que condena o absurdo da guerra.

Este livro fala de um povo cuja vida se baseia em crenças e simpatias que irão nos parecer estranhas. O escritor iniciou acertadamente o relato desse modo de vida fazendo uma breve exposição do budismo, do qual apresenta a história à medida que ilustra seus princípios fundamentais. Ele omite alguns incidentes que estão entre os mais belos da lenda budista — os gentis devas espalhando flores sob os passos do cavalo, e a história do encontro de Buda com sua esposa. Contudo, ele expõe extensamente a filosofia (se é que podemos assim chamar) do budismo. O povo birmanês parece naturalmente propenso a seguir essa filosofia tão sábia e passiva. Cinco são as coisas que representam, segundo os birmaneses, os males supremos: o fogo, a água, as tempestades, os ladrões e os governantes. Tudo que é contrário à paz humana é considerado um mal. Embora o budismo seja essencialmente uma filosofia formulada para combater os males da existência, uma filosofia cujo fim visa o aniquilamento da vida e da vontade pessoais, o povo birmanês soube como transformá-la numa regra de vida ao mesmo tempo simples e sábia.

Nossa civilização, que nos foi legada por impetuosos aventureiros, devoradores de carne e caçadores, está *tão* cheia de agitação e combate, tão

---

[1] Resenha de *The Soul of a People*, de H. Fielding-Hall, publicada no *Daily Express*, Dublin, em 6 de fevereiro de 1903.

ocupada com várias coisas que talvez não tenham importância alguma, que é bem capaz de perceber somente debilidade numa civilização que sorri ao recusar transformar o campo de batalha em teste de excelência. Há um ditado birmanês que afirma: "Os pensamentos do coração são a riqueza de um homem", e o sr. Hall, que viveu na Birmânia por muitos anos, pinta um retrato da vida birmanesa que demonstra o quanto a felicidade, baseada na paz mental em todas as circunstâncias, ocupa uma alta posição na escala de valores dos birmaneses. E a felicidade de fato reina na Birmânia: os monges de túnicas amarelas pedindo esmolas, os crentes que oram no templo, as pequenas balsas que seguem rio abaixo em noites de festa, cada balsa com sua pequena lâmpada, uma garota sentada ao entardecer sob a sombra dos beirais, esperando que venha "cortejá-la" um jovem — tudo isso *é parte de uma suave filosofia que desconhece qualquer coisa que* justifique lágrimas e lamentos.[2] As cortesias da vida jamais são negligenciadas, a violência e a grosseria são condenadas, e os próprios animais alegram-se de estar sob o comando de mestres que os tratam como seres vivos dignos de piedade e tolerância.

O sr. Hall é um dos conquistadores desse povo, e como não o considera um povo guerreiro, não pode lhe prever um grande futuro político. Entretanto, o sr. Hall sabe que a paz lhe pertence e que um espírito nacional tão sereno e amante da ordem pode encontrar, talvez na literatura, ou em alguma arte, sua plenitude. Ele nos oferece uma versão da história de Ma Pa Da, a qual intitulou "A morte, a libertadora", e desse relato emana tal compaixão que o leitor desejará conhecer outras lendas populares dos birmaneses. Em outro momento, o sr. Hall nos proporciona uma versão em prosa de uma canção de amor birmanesa que preservou, como podemos verificar, um pouco de seu charme, ainda que tenha perdido, sem dúvida, boa parte de sua musicalidade:

"A lua cortejou o lótus à noite, o lótus foi cortejado pela lua, e minha amada é sua filha. A flor se abriu à noite, e então ela surgiu, as pétalas se moveram e ela nasceu.

"Ela é mais bela que qualquer outra flor, sua face é tão delicada quanto o anoitecer, seu cabelo é como a noite que cai sobre as colinas, sua pele é tão brilhante quanto o diamante. Ela tem muita saúde e nenhuma doença pode se acercar dela.

[2] "O que pode justificar as lágrimas e os lamentos ?", Fielding-Hall, *Saying of the Buddha*, p. 144.

"Quando o vento sopra, sinto medo, quando a brisa vem, eu temo. Temo que o vento do sul a leve embora, estremeço receando que o hálito da noite a afaste de mim — tão leve ela é, tão graciosa.

"Seu vestido é de ouro, seda e ouro, e seus braceletes são de fino ouro. Ela traz pedras preciosas em suas orelhas, mas que joias podem ser comparadas a seus olhos?

"Ela é orgulhosa, a minha amada, muito orgulhosa, e todos os homens têm medo dela. Ela é tão bela e tão orgulhosa que todos os homens a temem.

"No mundo inteiro não há ninguém que se compare a ela."[3]

O sr. Hall escreveu, num estilo fácil e sóbrio, um livro muito agradável, um livro repleto de costumes e relatos interessantes. Agrada-nos constatar que, nos dias atuais, quando predominam os romances religiosos e sensacionalistas, este livro pôde alcançar sua quarta edição.

Tradução: André Cechinel

---

[3] Joyce moderniza ligeiramente a linguagem do autor, substituindo certas palavras "arcaicas" por outras mais atuais.

13

UM ESFORÇO PARA CONFERIR PRECISÃO AO PENSAMENTO[1]

1903

Somente alguém muito audacioso afirmaria que os protagonistas deste livro são pessoas comuns. Na realidade, e para a tranquilidade dos animais humanos, são pessoas muito singulares. Pois pessoas comuns jamais discutiriam tanto tempo se a sucessão de aparências é, ou não, algo mais que a aparência de uma sucessão. Mas essas pessoas singulares, cujos diálogos o sr. Anstie registrou aqui numa extensão um tanto aflitiva, debatem tais sutilezas com uma precisão mais aparente que real. Os interlocutores parecerão mais exatos do que realmente são, pois, num dado momento, discutem animadamente a certeza do pensamento, embora a certeza não seja de modo algum um hábito da mente, mas sim uma qualidade das proposições, motivo pelo qual os debatedores estão na verdade falando da convicção; e, em mais de uma ocasião, todos concordam que as impressões dos sentidos marcam o último limite do conhecimento, e que a "crença razoável" é um oximoro — conclusões que o homem do povo, sem ser filósofo, mostra-se imediatamente disposto a acatar. No entanto, o livro é um esforço para dar precisão ao pensamento, ainda que por vezes seja incapaz de provocar aquela atenção vibrante que um dos debatedores classifica como uma forma de atividade.

Tradução: André Cechinel.

---

[1] Resenha da obra *Colloquies of Common People*, de James Anstie, publicada no *Daily Express*, Dublin, em 6 de fevereiro de 1903.

14

VERSOS COLONIAIS[1]

1903

Estes versos são coloniais. Pergunta-se ao Esaú colonial, na página três, se ele trocaria sua sopa de lentilhas pelo direito da primogenitura de Jacó — questão que evidentemente mereceria um "Não" como resposta. Um dos poemas intitula-se "O Canadá é Leal?", e o sr. Wolley proclama que sim, o Canadá é leal. Seus versos são, na maioria dos casos, leais, e quando não o são, descrevem as paisagens canadenses. O sr. Wolley afirma que é um bárbaro; e que não deseja os "murmúrios confusos" do coro, deseja, sim, um "credo claro" e "leis simples para homens simples". Há um poema chamado "Tableau", sobre uma garota que sonha numa galeria de arte. Começa assim: "Pergunto-me se é verdade que és apenas pintura".

Tradução: André Cechinel

---

[1] Comentário de *Songs of an English Esau*, de Clive Phillips-Wolley, publicado no *Daily Express*, Dublin, em 6 de fevereiro de 1903.

15

CATILINA[1]

1903

Ibsen escreveu sua primeira obra teatral, Catilina, *aos 21 anos, e Joyce tinha essa mesma idade quando redigiu a resenha de uma tradução francesa dessa obra. A resenha revela o quanto Joyce se mostrava disposto, sob o menor pretexto, a atacar os críticos profissionais que não admiravam Ibsen tanto quanto este, a seu ver, merecia. Atacava também os jovens contemporâneos que não apenas prescindiam das crenças, como também da exatidão na expressão. A imagem de autodomínio irônico de Ibsen, enquanto fortaleza que abriga um espírito turbulento, ficou gravada na imaginação de Joyce.*

Os tradutores franceses desta peça incluíram em seu prefácio algumas passagens do prefácio de Ibsen à edição de Dresden de 1875. Essas passagens relatam, com certo humor, a história da juventude do autor. A peça foi escrita em 1848, quando Ibsen, aos vinte anos, era um estudante pobre que trabalhava durante o dia numa farmácia e à noite estudava tanto quanto podia. Segundo consta, Salústio e Cícero despertaram-lhe o interesse pelo personagem de Catilina, e Ibsen se pôs a escrever uma tragédia, em parte histórica e em parte política, que refletia a Noruega de seu tempo. A peça foi educadamente recusada pelos diretores do Teatro de Cristiania e por todos os editores. Um dos amigos de Ibsen, no entanto, convencido de que a peça tornaria o escritor famoso no mundo todo, decidiu publicá-

---

[1] Resenha da tradução francesa de *Catilina*, de Ibsen, publicada no *Speaker*, Londres, n. s., v. VII, em 21 de março de 1903, p. 615.

-la por conta própria. Poucos exemplares foram vendidos, e como Ibsen e seu amigo necessitavam de dinheiro, alegraram-se de vender as demais cópias ao dono de uma salsicharia. "Por alguns dias", escreveu Ibsen, "não nos faltou o necessário para viver." Essa história é bastante instrutiva, e convém que nos lembremos dela ao lermos uma peça que Ibsen publicou apenas para que sua obra esteja completa. O autor de *Catilina* não é o Ibsen dos dramas sociais, mas sim, conforme proclamam com entusiasmo os tradutores franceses, um ardente romântico que exulta na infelicidade e se esquiva de todas as normas formais sob a proteção de uma exuberante retórica. Isso não parecerá tão estranho se nos lembrarmos de que o jovem Goethe era dado a pesquisas alquímicas, e que, para citar o próprio Goethe, a forma na qual o homem penetra a escuridão é a mesma na qual adentrará a posteridade; posteridade que provavelmente esquecerá o Ibsen romântico tão completamente quanto se esqueceu do atanor de Goethe.

Em alguns aspectos, entretanto, o primeiro Ibsen prefigura sua escrita posterior. Em *Catilina*, três personagens se destacam contra o pano de fundo de uma sociedade inquieta e moribunda — Catilina, Aurelia, sua esposa, e Fulvia,[2] a virgem vestal. Para o público em geral, Ibsen é o dramaturgo que escreve peças com três pessoas — geralmente um homem e duas mulheres —, e até os críticos, mesmo manifestando admiração pela "objetividade absoluta" do escritor, afirmam que todas as suas mulheres são a mesma mulher sob diferentes nomes, como Nora, Rebecca, Hilda, Irene — ou seja, acabam afirmando que Ibsen não é de modo algum objetivo. Os críticos, falando em nome do público, cujo ídolo é o senso comum e cujo tormento é ver-se confrontado com uma obra de arte perspicaz que, qual um espelho, reflita toda a obscuridade, têm por vezes tido a coragem de dizer que não compreenderam o sistema de três personagens. Eles ficarão contentes de saber que alguns dos personagens de *Catilina* encontram-se numa situação tão embaraçosa quanto a deles. Segue uma passagem em que Curius, jovem parente de Catilina, manifesta sua incapacidade de entender as relações de Catilina com Fulvia e Aurelia:

> CURIUS: *Les aimerais-tu toutes deux à la fois?*
> *Vraiment je n'y comprends plus rien.*

[2] O nome desse personagem é na verdade Fúria.

CATILINA: *En effet c'est singulier et je n'y comprends rien moi-même.*

A incompreensão de Catilina talvez seja parte essencial da tragédia, e a obra de fato nada mais é do que a luta entre Aurelia, que representa a felicidade e a política da não interferência, e Fulvia, que a princípio representa a política da interferência e que, quando escapa da tumba à qual seus pecados a haviam conduzido, torna-se a imagem do destino de Catilina. As batalhas e os perigos são de pouca utilidade à peça, e pode-se perceber que o escritor não está interessado nas características mais comuns do romantismo. Ibsen já está perdendo o temperamento romântico no instante em que este deveria se mostrar em seu paroxismo, e, como a juventude de modo geral não tolera obstáculos, fica contente em se lançar ao mundo para ali se estabelecer desafiadoramente, até que as verdadeiras armas estejam prontas para as suas mãos. Não devemos levar demasiadamente a sério a solução do drama em favor de Aurelia, uma vez que, quando chegamos ao último ato, os personagens começam a perder toda a consistência e, na representação do drama, sua vivacidade deverá vir apenas dos próprios corpos dos atores. É aqui que surge a diferença mais marcante entre o primeiro e o segundo Ibsen, entre a obra romântica e a obra clássica. Imperfeito e impaciente como é, o temperamento romântico somente encontra sua expressão adequada se apelar ao monstruoso ou ao heroico. Em *Catilina*, as mulheres são tipos absolutos, e o final dessa peça não deixa de excitar preceitos dogmáticos — algo muito apropriado ao padre, porém impróprio ao poeta. Além disso, como a ruptura com a tradição, obra da presente época, rejeita o absoluto, e como nenhum escritor pode furtar-se ao espírito do seu tempo, os dramaturgos devem recordar agora, ainda mais do que antes, esse princípio de toda arte paciente e perfeita, que lhes ordena que expressem sua história por meio dos personagens.[3]

Como obra de arte, *Catilina* tem pouco valor; ainda assim, podemos ver na peça o que os diretores do Teatro de Cristiania e os editores não puderam ver — um escritor original e competente, lutando com uma forma que não era a sua. Essa primeira maneira persistirá, com incursões ocasionais na comédia, até *Peer Gynt*, momento em que Ibsen, reconhecendo

---

[3] Aqui Joyce volta a revelar sua adesão à estética aristotélica.

as próprias limitações e levando a anarquia ao seu limite, realiza uma obra-prima. Depois, esse estilo desaparece, e a segunda maneira começa a manifestar-se e a tomar forma peça após peça, unindo cada vez mais construção, fala e ação num ritmo mais flexível, até chegar ao seu ponto mais alto em *Hedda Gabler*. Poucos reconhecem a espantosa coragem que tal obra exigiu, e é traço característico de nossa época de transição admirar mais o primeiro Ibsen que o segundo. A imaginação comporta-se como um fluido e precisa ser retida com firmeza, a fim de que não se torne indistinta, e com delicadeza, a fim de que não se percam seus poderes mágicos.[4] E Ibsen soube aliar a sua forte e ampla faculdade imaginativa uma preocupação com a realidade atual. Talvez chegue o momento em que os próprios críticos profissionais, aceitando o melhor que há nos dramas sociais pelo que realmente são — os mais excelentes exemplos de habilidade e domínio intelectual —, convertam essa união em um dos truísmos da crítica profissional. Mas, nesse ínterim, uma geração jovem que descartou as crenças, e junto com elas a precisão — geração para a qual Balzac é um grande intelectual, e todo escrevinhador que decide vagar entre seus próprios céus e infernos disformes, um Dante sem os desastrosos preconceitos de Dante —, se irritará com essa preocupação, e pressionada por sua consciência, denunciará um método tão calmo, tão irônico. Esses gritos de histeria confundem-se com vários outros — com as vozes da guerra, da política e da religião — na cuba de fermentação. Mas podemos estar seguros de que Boötes, ignorando tais gritos, avidamente se dedica, como sempre, àquela antiga atividade de guiar seus cães de caça através do zênite, "em sua coleira de fogo sideral".[5]

Tradução: André Cechinel

[4] Joyce provavelmente foi buscar em Yeats essa ideia do poder "mágico" da imaginação.
[5] Uma citação de *Sartor Resartus*, de Carlyle, livro I, capítulo 3.

16

A ALMA DA IRLANDA[1]

1903

Antes de viajar para Paris, em novembro de 1902, a fim de estudar medicina, Joyce solicitou ajuda a certos escritores irlandeses, entre os quais Lady Gregory. Esta tentou então persuadir Longworth, diretor do Daily Express, *a contratar Joyce como crítico. Foi provavelmente por causa dessa recomendação que o referido diretor pediu a Joyce que escrevesse uma resenha de* Poets and Dreamers, *de Lady Gregory. Joyce, nessa época, reagia com irritação ao falar do folclore. Pouco antes de partir, ele já havia criticado sem rodeios os dramas rurais de Yeats; aproveitou a oportunidade para criticar sem piedade Lady Gregory, que ficou muito descontente com o texto.*

O livro de Lady Gregory teve ao menos o mérito de incitar Joyce a escrever uma crítica muito mais pessoal do que todas as outras que escreveu nesse período, também solicitadas por Longworth.

Segundo Aristóteles, toda especulação começa com um sentimento de assombro, um sentimento próprio da infância. E se a especulação é inerente à maturidade, nada mais natural do que encontrar na velhice, coroamento da vida, o fruto da especulação, que é a própria sabedoria. Hoje em dia, contudo, as pessoas têm confundido cada vez mais infância, maturidade e velhice; e aqueles que, apesar da nossa civilização, conseguem alcançar a velhice, parecem cada vez menos sábios, ao passo que as crianças, geralmente engajadas em alguma atividade tão logo começam a andar e

---

[1] Resenha de *Poets and Dreamers*, de Lady Gregory, publicada no *Daily Express*, Dublin, em 26 de março de 1903. A resenha apareceu apenas com as iniciais de Joyce, porque, segundo Stanislaus Joyce, Longworth, diretor do jornal, não quis assumir neste caso nenhuma responsabilidade pessoal.

falar, parecem cada vez mais providas de "bom senso"; e, talvez, no futuro, garotinhos com longas barbas aplaudirão os anciãos que, vestidos de bermudas, jogarão a bola contra a parede de uma casa.

Isso pode inclusive acontecer na Irlanda, se Lady Gregory de fato expôs uma imagem exata da velhice de seu país. Em seu novo livro, ela abandona as lendas e a juventude heroica para explorar um território quase fabuloso por sua tristeza e senilidade. Metade de seu livro é dedicado a relatos de velhos e velhas do oeste da Irlanda. Esses anciãos sabem numerosas histórias sobre gigantes e bruxas, cães e facas de empunhadura negra, e as contam em detalhes uma após a outra e com várias repetições (pois dispõem de muito tempo livre), sentados junto ao fogo, ou então no jardim de alguma oficina. É difícil saber ao certo o valor de seus amuletos e de suas ervas medicinais, pois esse é o campo dos que são especialistas no assunto e podem comparar os costumes dos diferentes países; na verdade é até bom desconhecer essas ciências ocultas, pois se o vento muda enquanto se colhe camomila, corre-se o risco de enlouquecer.

Entretanto, pode-se julgar com mais facilidade as suas histórias. São histórias que suscitam um sentimento que certamente não é o sentimento de assombro, que constitui o começo de toda especulação. Os narradores são velhos, e a sua imaginação não é a imaginação da infância. Cada narrador mantém a estranha combinação do mundo das fadas, mas sua mente está fraca e sonolenta. Começa uma história e, sem terminar, passa para outra, e nenhum dos relatos possui uma unidade imaginativa satisfatória, nenhum se parece com o poema de sir John Daw, que anuncia sua conclusão.[2] Lady Gregory está consciente disso, pois busca com frequência reconduzir o narrador à primeira história por meio de perguntas, e quando essa já se tornou muito emaranhada, ela tenta então estabelecer alguma unidade, preservando apenas seus elementos mais simples; às vezes ela escuta "com um interesse mesclado de impaciência". Em resumo, quando trata do "povo", a obra de Lady Gregory apresenta, na sua completa senilidade, a mesma mentalidade que o sr. Yeats trouxe à tona com um ceticismo tão delicado em seu melhor livro, *The Celtic Twilight* [O crepúsculo celta].

No entanto, quando Raftery, o poeta, entra em cena, certa naturalidade saudável surge na obra. Segundo consta, esse poeta tinha uma língua ferina, e era capaz de escrever um poema satírico como resposta à menor ofensa.

---

[2] *Epicoene*, II, ii, de Ben Jonson. Em Paris, Joyce leu as obras de Jonson.

Também escrevia poemas de amor (embora Lady Gregory perceba algo de falso nas canções de amor do oeste da Irlanda) e de arrependimento. Ainda que seja o último seguidor da ilustre linhagem dos bardos, Raftery traz consigo muitos elementos dessa tradição. Certo dia, abrigou-se da chuva sob um arbusto: de início, a folhagem o protegeu, e ele escreveu versos em seu louvor; mas, depois, como o arbusto deixasse a chuva passar, escreveu versos maldizendo essa mesma folhagem.

Lady Gregory traduz alguns dos versos de Raftery, bem como baladas irlandesas e poemas do dr. Douglas Hyde. Ela conclui sua obra com traduções de quatro peças de um ato escritas pelo dr. Douglas Hyde, três das quais têm como protagonista um ser lendário, ao mesmo tempo vagabundo e poeta, e por vezes até mesmo santo, enquanto a quarta se intitula uma "peça de natividade". O drama-anão (se é que podemos utilizar o termo) é uma forma de arte inepta e ineficaz, mas é fácil de entender por que goza de aprovação numa época que conta com quadros que são "noturnos" e que produz escritores como Mallarmé e o autor de "Récapitulation".[3] Assim, o drama-anão deve ser considerado como entretenimento, e o dr. Douglas Hyde certamente nos entretém em "Twisting of the Rope". É aqui que Lady Gregory obteve o melhor resultado em suas traduções, conforme nos mostram estes quatro versos:

> *I have heard the melodious harp*
> *On the streets of Cork playing to us;*
> *More melodious by far I thought your voice,*
> *More melodious by far your mouth than that.*[4]

Este livro, como tantos outros hoje em dia, é em parte pitoresco e em parte uma declaração, direta ou indireta, da crença central da Irlanda. Das batalhas materiais e espirituais que durante tanto tempo a atormentaram, a Irlanda preservou várias lembranças de crenças, e uma crença em particular — a crença na incurável baixeza das forças que a sobrepujaram,[5] e Lady

---

[3] Nesta injustificada comparação de Whistler e Mallarmé com Catulle Mendès, Joyce pretende sugerir que os três eram igualmente excêntricos e débeis.

[4] Eu ouvi a harpa melodiosa / Tocando para nós nas ruas de Cork; / Muito mais melodiosa, creio, é a sua voz, / E muito mais melodiosa ainda a sua boca.

[5] Aqui Joyce segue Yeats, que também fundamentava seu nacionalismo em uma reação contra o vulgar materialismo dos ingleses, e celebrava o idealismo irlandês em todas as suas manifestações, incluindo as superstições.

Gregory, cujos velhos e velhas parecem ser seus próprios juízes quando contam suas histórias imprecisas, poderia acrescentar à passagem de Whitman que abre o livro as palavras ambíguas que esse mesmo poeta dedica aos vencidos: "Perde-se uma batalha com o mesmo espírito com que se ganha".[6]

J. J.

Tradução: André Cechinel

---

[6] Joyce altera o sentido dos versos de Whitman (cf. "Song of Myself"), a fim de sugerir que a Irlanda se rebaixou ao mesmo nível de ignomínia dos seus conquistadores.

17

O *DERBY* AUTOMOBILÍSTICO[1]

1903

A fim de conseguir algum dinheiro em Paris, Joyce entrevistou, para o Irish Times, *o piloto de corrida francês Henri Fournier, que iria disputar em Dublin, no mês de julho, a segunda edição da copa James Gordon-Bennett. Alguns dias depois, Joyce receberia um telegrama de seu pai, no qual ele informava ao filho que sua mãe se encontrava agonizante e lhe pedia que regressasse imediatamente. Joyce chegou a Dublin no dia 12 de abril, uma Sexta-Feira Santa.*

Paris, domingo.

Na rue d'Anjou, não muito longe da igreja da Madeleine, localiza-se o negócio de M. Henri Fournier.[2] É lá a sede da Paris-Automobile, empresa gerenciada por M. Fournier. Depois da entrada há uma ampla quadra coberta, e no chão dessa quadra e em grandes plataformas que se estendem até o teto estão alinhados automóveis de todos os tamanhos, formas e cores. À tarde, ali ressoam diversos barulhos — vozes de trabalhadores, vozes de compradores falando meia dúzia de línguas, telefones que tocam, buzinas acionadas pelos *chauffeurs* à medida que os carros entram e saem —, e é praticamente impossível ver M. Fournier, a menos que a pessoa esteja disposta a esperar duas ou três horas até ser

---

[1] Este texto foi publicado no *Irish Times*, Dublin, em 7 de abril de 1903, sob o título: "Entrevista com um campeão francês (de nosso correspondente)".

[2] O campeão francês Fournier era um dos melhores corredores do seu tempo. Mas não ganhou a Copa da Irlanda.

atendida. Mas os compradores de "autos" são, de certo modo, pessoas com tempo livre. As manhãs, no entanto, mostram-se mais favoráveis, e ontem pela manhã, após duas tentativas frustradas, consegui ver M. Fournier.

M. Fournier é um homem magro, ativo e jovem, de cabelo ruivo escuro. Mesmo nas primeiras horas da manhã, nossa entrevista foi interrompida repetidas vezes pelo som importuno do telefone.

— Você está inscrito na Copa Gordon-Bennett, M. Fournier?

— Sim, sou um dos três selecionados para representar a França.

— E você também é um dos competidores do prêmio de Madri, não é mesmo?

— Sim.

— Qual dessas corridas ocorrerá primeiro, a da Irlanda ou a de Madri?

— A de Madri. Será no começo do mês de maio, enquanto a corrida pela Copa Internacional começa somente em julho.

— Você deve estar se preparando ativamente para as corridas, suponho?

— Bem, eu acabei de retornar de uma viagem a Monte Carlo e Nice.

— No seu carro de corrida?

— Não, num carro de menor potência.

— Você já decidiu qual carro pilotará na corrida da Irlanda?

— Praticamente.

— Posso perguntar qual será? Será uma Mercedes?

— Não, uma Mors.

— E qual sua potência?

— Oitenta cavalos.

— E com esse carro você pode chegar a qual velocidade?

— Você quer saber a velocidade máxima do carro?

— Sim.

— A velocidade máxima pode chegar a 140 quilômetros por hora.

— Mas você *não manterá* essa velocidade o tempo todo durante a corrida.

— Não, não. É claro que a velocidade média durante a corrida será menor que essa.

— Qual seria a velocidade média?

— A velocidade média será de cem quilômetros por hora, talvez um pouco mais que isso, algo entre 100 e 110 quilômetros por hora.

— Um quilômetro é algo em torno de meia milha, não é mesmo?

— Mais que isso, creio. Quantas jardas há em sua milha?

— 1.760 jardas, parece-me.

— Então sua meia milha tem 880 jardas. E nosso quilômetro equivale a 1.100 jardas.

— Deixe-me ver. Então sua velocidade máxima é de 86 milhas por hora, aproximadamente, e sua velocidade media é de 61 milhas por hora?

— Penso que sim, se calculamos corretamente.

— Que velocidade espantosa! O suficiente para queimar as estradas. Imagino que você já analisou o trajeto a ser percorrido?

— Não.

— Não? Você não conhece o percurso, então?

— Conheço um pouco. Quer dizer, conheço a partir dos esboços publicados pelos jornais de Paris.

— Mas você certamente desejará conhecê-lo *melhor que isso?*

— Ah, certamente. Na realidade, antes do fim do mês pretendo viajar à Irlanda para estudar o circuito. Talvez viaje dentro de três semanas.

— E você permanecerá na Irlanda por algum tempo?

— Depois da corrida?

— Sim.

— Temo que não. Gostaria, mas creio que não poderei.

— Imagino que você não gostaria de ser perguntado sobre qual será o resultado da corrida.

— Não, é muito difícil.

— Ainda assim, qual a nação que você mais teme?

— Eu temo a todas — Alemanha, Estados Unidos, Inglaterra. Todas são adversárias temíveis.

— E quanto ao sr. Edge?

Nenhuma resposta.

— Ele ganhou a última competição, não é mesmo?

— Sim, claro.

— Então ele provavelmente será o oponente mais qualificado?

— Sim, claro... Mas, veja só, o sr. Edge ganhou, é claro, mas... um corredor que esteja em último, sem chance alguma de ganhar, poderá sair vitorioso se todos os demais carros quebrarem.

Seja como for que a consideremos, essa é uma afirmação cuja veracidade dificilmente poderá ser contestada.

Tradução: André Cechinel

18

A EDUCAÇÃO
SEGUNDO ARISTÓTELES[1]

1903

Esta obra é uma compilação dos três primeiros livros da *Ética*, e do livro décimo, com algumas passagens da *Política*. Infelizmente, a compilação não é um tratado completo sobre a educação, e tampouco se mostra exaustiva até onde ela avança. Tanto os admiradores quanto os adversários de Aristóteles consideram a *Ética* a parte mais fraca da filosofia peripatética. A visão moderna de Aristóteles como um biólogo,[2] popular entre os defensores da "ciência", é provavelmente menos verdadeira que a antiga ideia de Aristóteles como um metafísico; pois não resta dúvida de que é nas aplicações mais elevadas de seu método rigoroso que o filósofo alcança sua plenitude. Contudo, sua teoria da educação tem algum interesse, e está subordinada a sua teoria do estado. O individualismo, ao que parece, não era facilmente aceito pela mentalidade grega, e Aristóteles, ao elaborar a sua teoria da educação, buscou muito mais atrair simpatias para o estado grego do que oferecer soluções completas e definitivas para questões de grande interesse. Em consequência, esta obra dificilmente poderá ser considerada uma contribuição valiosa à literatura filosófica, no entanto, não se pode negar a ela certa importância contemporânea, por conta dos acontecimentos recentes na França.[3] E, na nossa época, quando os especialistas nas ciências e toda a sua coorte de materialistas rebaixam

---

[1] Resenha de *Aristotle on Education*, de John Burnet, publicado no *Daily Express*, Dublin, em 3 de setembro de 1903. A resenha não tem título.

[2] Joyce faz alusão a Burnet, que por duas vezes considera Aristóteles "antes de tudo e essencialmente um biólogo" (p. 2, 129).

[3] Esta opinião não é de Joyce, mas de Burnet (p. 106). Burnet alude aos esforços de Émile Combes para laicizar a educação francesa.

o verdadeiro nome da filosofia, é sempre importante chamar a atenção para aquele que, com todo o merecimento, foi chamado *"maestro di color che sanno"*.[4]

Tradução: André Cechinel

[4] Descrição de Aristóteles que se encontra no Canto IV do *Inferno*, de Dante. Como essa resenha evidencia, Joyce estava muito mais interessado na metafísica e na estética de Aristóteles do que em suas considerações sobre o homem enquanto animal político.

19

UM INÚTIL[1]

1903

Joyce regressou a Dublin em abril, onde sua mãe morria lentamente de câncer. Após a morte da mãe, em 13 de agosto, foi tomado por um frenesi de trabalho, talvez até por necessidade econômica, o que o levou a escrever catorze críticas, do final de agosto até o final de novembro. A propósito desta nota sumária sobre o livro de "Valentine Caryl", cujo nome verdadeiro era Valentine Hawtrey, A Ne'er-Do-Well (pessoa inútil, sem préstimo), Stanislaus Joyce conta que seu irmão pretendia condenar o uso de pseudônimos, embora, um ano depois, por sugestão, aliás, do próprio Stanislaus, viesse a assinar seus primeiros relatos com um pseudônimo, Stephen Dedalus, nome que reapareceria depois em seus escritos, nomeando um protagonista. Mais tarde, Joyce lamentaria bastante essa dissimulação da identidade, pois não sentia que tivesse escrito uma obra da qual devesse se envergonhar.

No final das contas, os pseudônimos literários têm também suas vantagens; admitir a má literatura através da própria assinatura é, de certo modo, perseverar no mal. O livro de "Valentine Caryl" é o relato de um gênio cigano, cujos monólogos são realçados pelos acompanhamentos de violino — uma história contada em prosa vulgar. A coleção na qual o livro aparece, a produção do livro, a insuficiência de seu conteúdo, tudo tem um ar pretensioso que a leitura cuidadosa revela injustificado.

Tradução: André Cechinel

[1] Publicado, sem título, no *Daily Express*, Dublin, em 3 de setembro de 1903.

20

A FUNDAÇÃO DE IMPÉRIOS[1]

1903

Cerca de um mês após a morte de sua mãe em 13 de agosto de 1903, Joyce escreveu um texto que pretendia aparentemente enviar como carta ao editor de um periódico irlandês. Nele se refere a Jacques Lebaudy, jovem e rico aventureiro francês que havia navegado pelo norte da África em seu iate Frasquita, *durante o verão, propalando que fundaria o novo Império do Saara, de que seria o primeiro imperador. Sob o nome de Jacques I. Lebaudy chegou a tomar posse do território entre o cabo Jubi e o cabo Bojador, cuja situação na época não estava ainda bem definida. Em setembro, cinco de seus marinheiros foram capturados por indígenas. Indignado com os maus-tratos infligidos aos marinheiros, Joyce escreveu esta nota, cheia de ironia.*

A fundação de impérios não parece fazer tanto sucesso no norte da África quanto o fez no sul. Enquanto seus primos impressionam o público parisiense com suas excursões aéreas,[2] M. Jacques Lebaudy, o novo imperador do Saara, prepara-se para desafiar a atmosfera mais pesada e perigosa do Palais. Ele foi intimado a comparecer perante M. André para responder ao processo aberto por dois marinheiros, Jean Marie Bourdiec e Joseph Cambrai, outrora membros do *Frosquetta*. Eles pedem 100 mil francos de indenização por conta das privações e das doenças contraídas graças à conduta de M. Lebaudy. O novo imperador, ao que parece, não é muito cuidadoso para com o bem-estar físico de seus súditos. Ele os deixa sem mantimentos em

---

[1] Esta carta manuscrita, incluída no diário de Stanislaus Joyce, encontra-se na biblioteca da Cornell University.
[2] Paul e Pierre Lebaudy, que voavam em dirigíveis semirrígidos e despertavam considerável atenção na época.

pleno deserto, ordenando-lhes que aguardem o seu retorno. Eles foram feitos prisioneiros por um grupo de nativos e enfrentaram os tormentos da fome e da sede durante o cativeiro. Permaneceram presos por quase dois meses, quando foram[3] finalmente resgatados por um navio de guerra francês sob o comando de M. Jaurès. Um dos dois teve de ser internado no hospital de Le Havre, e após um mês de tratamento encontra-se ainda em fase de recuperação. Seus pedidos de indenização foram todos recusados e, por fim, tiveram de recorrer à lei. Esse é o caso dos marinheiros de cuja defesa encarregam-se Maître Aubin e Maître Labori. O imperador, representado por um tal de Benoit, um de seus oficiais, pede uma arbitragem. Ele acredita que o caso é entre a República Francesa e o Império do Saara e deveria, consequentemente, ser julgado pelo tribunal de um terceiro país. Solicita, pois, que o caso seja submetido ao julgamento de um tribunal da Inglaterra, Bélgica ou Holanda. Independente do que aconteça (e é evidente que, devido às circunstâncias particulares que cercam os fatos, o caso apresenta problemas de extrema complexidade), o novo império dificilmente obterá benefícios materiais ou *prestige* com o processo. Na realidade, a disputa tende a reduzir o que era, talvez, um esquema de colonização a seu aspecto comercial; ainda assim, quando consideramos o pouco interesse que o espírito colonial desperta no povo francês, torna-se difícil defender M. Lebaudy da acusação de excentricidade. O novo esquema não parece contar com o apoio do Estado; o novo império não parece ter se estabelecido sob a proteção de uma organização tão capaz quanto a Comissão de Bechuanaland, que promoveu o avanço do Império do Sul. No entanto, seja como for, o caso é original o suficiente para suscitar o interesse internacional por esse novo candidato a fundador de impérios. E a audiência desse processo, que envolve questões tão singulares, certamente dividirá a atenção dos parisienses com assuntos comparativamente mais triviais, como Réjane[4] e *les petits oiseaux*.

James A. Joyce
7 S. Peter's Terrace
Cabra, Dublin

Tradução: André Cechinel

[3] Palais de Justice.
[4] Gabrielle Charlotte Reju (1856-1920), atriz francesa.

21

NOVA FICÇÃO[1]

1903

Este pequeno volume é uma coleção de histórias que abordam principalmente a vida na Índia. O leitor considerará as primeiras cinco histórias — as aventuras do príncipe Aga Mirza — a parte mais agradável do livro, se estiver de fato interessado nas lendas de magia indiana. O apelo de tais histórias, no entanto, é realmente sensacional, e nelas não encontramos as cansativas explicações utilizadas pelos ocultistas profissionais. Os relatos que tratam da vida nos acampamentos são temperados com aquela brutalidade primitiva que sempre deseja passar por virilidade. Mas as pessoas que regulam a demanda de obras ficcionais estão sendo, dia após dia, tão limitadas pela civilização que elas mesmas ajudaram a construir que não diferem muito dos homens do tempo de Mandeville, a quem se oferecia uma ampla gama de encantamentos, monstros e atos heroicos.[2]

Tradução: André Cechinel.

[1] Nota sobre o livro *The Adventures of Prince Aga Mirza*, publicada no *Daily Express*, Dublin, em 17 de setembro de 1903.

[2] Joyce não sentia necessidade alguma de manifestações externas de magia. No romance *Ulysses*, o episódio "Bois do Sol" parodia os truques mágicos de Mandevilla, Monk Lewis e outros fabulistas, porém, no episódio de "Circe" expõe as mais fabulosas alterações e evocações que ocorrem *dentro* da mente.

22

O VIGOR DA TERRA[1]

1903

Joyce se mostrou incrivelmente indulgente com este romance de James Lane Allen. Sucede que Allen, autor de Kentucky, *tratava de temas que despertavam em Joyce enorme interesse, apesar do modo antiquado com que os desenvolvia. Em* The Mettle of the Pasture *[O vigor da terra], o protagonista revela a sua futura esposa seu passado imoral, e esta imediatamente rompe com ele, não reaparecendo a seu lado senão na agonia dele.*

Um livro escrito pelo autor de *The Increasing Purpose* não passará indiferente a um público que sabe ser grato àqueles que lhe servem bem. O sr. Allen ainda não escreveu um livro de extraordinário mérito, mas já escreveu vários que, no seu gênero, são interpretações sérias e pacientes de seus compatriotas. Seja no autor ou no seu tema, não podemos deixar de apreciar a sensatez segura — o próprio vigor da terra (para empregar as palavras de Shakespeare que lhe servem de título).[2] O estilo, quase sempre claro e limpo, decai somente quando assume um tom retórico. O método é psicológico, levemente narrativo, e embora o primeiro epíteto tenha sido utilizado para camuflar uma enormidade de pecados literários, pode-se tranquilamente aplicá-lo ao sr. Allen do mesmo modo como *longo intervallo* aplica-se a Henry James.

Trata-se da tragédia de um escândalo, de uma história amorosa abruptamente interrompida pela confissão de um homem, mas que se

---

[1] Resenha de *The Mettle od the Pasture*, de James Lane Allen, publicada no *Daily Express*, Dublin, em 17 de setembro de 1903, sob o mesmo título da nota anterior.

[2] *Henry V*, III, i, 28-30.

renova anos mais tarde, depois de vencidas as provações que o mundo impõe àqueles que intentam renovar qualquer relacionamento, desafiando desse modo as mudanças e o tempo. O relato principal é cercado por outras duas ou três aventuras amorosas, todas mais ou menos convencionais. A caracterização dos personagens, no entanto, é com frequência bastante original — como no caso da sra. Conyers —, e o desenvolvimento geral do livro prende a atenção do leitor ao sugerir a existência de uma raça ambiciosa e ativa que, buscando conquistar seus objetivos entre as demais raças, parece guiada pela influência de algum vago espírito panteísta que às vezes é estranhamente lúgubre. "Para ela", diz o autor numa passagem de grande beleza, "para ela foi um desses momentos em que recordamos que nossas vidas independem de nossa vontade, e que tudo aquilo que nos sucede tem origem em fontes que não controlamos. Nossa vontade, é verdade, pode controlar nossos movimentos, assim como nossa voz é capaz de penetrar o espaço; mas dentro e fora de nós se move um universo que pode nos salvar ou destruir segundo seus próprios desígnios, e temos tanta liberdade diante de suas leis quanto as folhas da floresta para decidir suas próprias formas e as estações em que irão se desenvolver, para ordenar a aparição das chuvas que as alimentarão e das tempestades que enfim as dispersarão."[3]

Tradução: André Cechinel

[3] Allen, p. 125. Joyce cita de memória.

23

LANÇANDO UM OLHAR SOBRE A HISTÓRIA[1]

1903

Não constitui uma referência satírica ao tema, ou ao modo como o sr. Pollock o conduz, afirmar que este relato sobre a Conspiração Papista é muito mais divertido que várias obras de ficção. O sr. Pollock, ainda que pareça completamente informado sobre os mistérios do método histórico, conseguiu nos apresentar uma versão da "Conspiração" que é clara, detalhada e (na medida em que é crítica) avançada na sua concepção.

A parte mais interessante do livro é, sem dúvida, a história do assassinato de sir Edmund Godfrey,[2] um assassinato tão artisticamente sigiloso que despertou a admiração de De Quincey, e tão pouco documentado, embora carregado de falsos testemunhos, que lorde Acton o considerou um mistério insolúvel. Mas, naqueles tempos de rancor político e religioso, a justiça era administrada com muita liberdade, e Green e Berry foram condenados à pena máxima por um crime do qual a posteridade (unânime ao menos nesse ponto) os inocentou.

Quanto a Prance e Bedloe, que testemunharam contra os pobres miseráveis, não se pôde exigir para eles a mesma condenação. Prance, no fim das contas, mentiu apenas para se livrar de uma posição muito comprometedora; já Bedloe, por outro lado, era o mais completo vilão, superado apenas por seu monstruoso líder com cara de lua, o terrível Oates. É desconcertante seguir todas as acusações e contra-acusações feitas em torno da Conspiração, assim lemos com certo alívio acerca da conduta do rei Charles: "No meio de toda essa confusão, o rei partiu subitamente

---

[1] Resenha de *The Popish Plot*, de John Pollock, publicada no *Daily Express*, Dublin, em 17 de setembro de 1903.

[2] O magistrado perante o qual Titus Oates havia afirmado a veracidade de suas revelações sobre um complô papista.

para assistir às corridas de Newmarket, escandalizando a todos com sua indecente leviandade".[3] No entanto, ele conduziu o interrogatório de Oates de forma muito habilidosa, e qualificou o último, sucintamente, como "o mais mentiroso dos patifes".

O tratamento que o sr. Pollock dispensa aos acusados de instigar a conspiração justifica a citação da breve frase de Mabillon no início do relato, e o leitor perceberá o quanto este livro é paciente e documentado, ao compará-lo com a versão ridícula e truncada de L'Estrange.

Tradução: André Cechinel

---

[3] Joyce altera o sentido da frase, que dizia simplesmente: "Aumentando a confusão geral, o rei partiu para assistir às corridas de Newnarket..." (p. 80).

24

UM ROMANCE RELIGIOSO FRANCÊS[1]

1903

De todas as resenhas escritas por Joyce, a do romance de Marcelle Tinayre é a mais elogiosa. A história desse jovem, dividido entre a revolta contra a formação jansenista e a submissão a ela, que aceita a vida e o amor para depois rejeitá-los, aproximava-se bastante do tema fundamental de Joyce (cf. Retrato do artista quando jovem*) para que este se sentisse profundamente interessado pelo romance. Começa a esboçar-se, na maneira superlativa com que ele elogia o estilo de Marcelle Tinayre, o secundo elemento original de sua obra: a concepção de um estilo mais adaptado ao espírito da obra do que ao do seu autor. Ideia original que desenvolverá até seus limites em* Ulysses.

Este romance, publicado inicialmente nas páginas de uma das mais importantes revistas literárias francesas e agora traduzido com sucesso para o inglês, parece ter chamado mais a atenção em Londres do que em Paris. O livro aborda o problema de uma ortodoxia intransigente, envolvida por um ceticismo particularmente moderno ou, sobretudo (como diria a Igreja) mórbido, além de atormentada profundamente pelo atraente, belo e misterioso espírito da terra,[2] cuja voz está sempre interrompendo, e por vezes temperando, as orações dos santos.

Augustine Chanteprie, descendente de uma família católica tradicional, cujos membros haviam sido em grande número discípulos de Pascal, foi

---

[1] Resenha de *The House of Sin*, de Marcelle Tinayre, publicada no *Daily Express*, Dublin, em 1º de outubro de 1903.

[2] Expressão de Ibsen, em *Quando despertarmos de entre os mortos*, que Joyce já havia utilizado ao falar de Mangan, neste volume.

educado numa atmosfera de rígida religiosidade prática. Está destinado, se não à vida religiosa, ao menos a uma vida zelosamente protegida das armadilhas do diabo, sacrificando o mínimo possível sua inocência e piedade. Entre seus antepassados, no entanto, houve um homem que abandonou os santos conselhos recebidos na infância para se entregar às esplêndidas vaidades mundanas. Em protesto contra a lúgubre morada de sua família, construiu uma segunda casa, mais alegre e frívola, que posteriormente ficou conhecida como "A casa dos pecados". Para sua infelicidade, Augustine herda esse duplo temperamento, e, à medida que se enfraquecem as defesas da vida espiritual, ele se dá conta de que o amor humano *é* como um fogo sutil e insinuante. O relacionamento entre Augustine e Madame Manole está finamente concebido e executado, envolve-o um fulgor de maravilhosa ternura. Uma narrativa simples tem sempre um encanto particular quando percebemos que as vidas que ela nos oferece são muito amplas e complexas para serem apreendidas completamente:

"Augustine e Fanny estavam agora sozinhos. Eles retomaram o trajeto para Chêne-Pourpre e, de repente, parando no meio do caminho, se beijaram... Não havia nem luz nem som. Nada de vivo sob a abóbada do céu, salvo o homem e a mulher embriagados pelo beijo. De vez em quando, sem soltar as mãos, afastavam-se um do outro e trocavam olhares."[3]

Os últimos capítulos do livro, nos quais o amante é vencido pela tradição de gerações, mas de um modo tão impiedoso que o templo mortal de todas aquelas emoções se desfaz em pedaços, mostram um ajustamento admirável do estilo ao modo narrativo. A prosa diminui o compasso, de forma cada vez mais frequente, à medida que vai perdendo a vitalidade e finalmente expira (se realmente podemos reproduzir a impressão de maneira tão fantástica), ao conduzir essa pobre alma trêmula ao desconhecido, entre o murmúrio das orações.

O interesse que desperta o romance político-religioso é, evidentemente, um interesse atual, porém, talvez porque Huysmans esteja se tornando cada dia menos preocupado com a forma e mais teatral em seus livros, Paris começou a cansar-se da oblata literária. A autora de *The House of Sin* [A casa do pecado] não se beneficia das vantagens de uma carreira pervertida nem tampouco de uma conversão recente. As aflições de um homem inocente e de uma mulher mundana não são, talvez, um tema

---

[3] A citação não é literal, mas resumida.

muito novo, mas o assunto recebe aqui um tratamento impressionante, e a história sobressai bastante se comparada com *Mensonges*, de Bourget — um livro imaturo, por mais detalhado e cínico que seja.

Marcelle Tinayre, que parece ter mais simpatia pelo catolicismo que a maioria dos neocatólicos, ama de fato a vida e suas diversas manifestações. E embora nessas páginas a piedade e a inocência estejam interligadas a cada alteração de afeição e de humor da nossa vasta natureza humana, percebe-se que a autora fez pairar sobre essa tragédia, como um espectro de dor e desolação, a horrível imagem do Cristo jansenista.

Tradução: André Cechinel

25

VERSOS DESIGUAIS[1]

1903

O sr. Langbridge, no prefácio que escreveu para o seu volume de versos, admite um número tão grande de influências literárias que nos deixa bem preparados para receber a variedade de estilos e temas presentes no livro. São realmente ruins os piores poemas do sr. Langbridge; nesse caso, os vícios mais terríveis de Browning unem-se a uma sentimentalidade enfermiça, da qual o "Mestre" não pode ser igualmente acusado; "lágrimas chocam-se contra o chão", mendigos cegos, mães de mocinhas indefesas, funcionários patéticos e deficientes físicos se amontoam na mais lúgubre confusão, e o estilo coloquial, meio americano meio *cockney*, é empregado para enfeitar suas aventuras facilmente previsíveis. Será difícil conceber um resultado mais lamentável do que esse. E esse resultado se mostra ainda mais lamentável pelo fato de os poucos sonetos que o sr. Langbridge acrescentou ao volume conterem evidências de algum cuidado e de certa capacidade técnica. O poema "To Maurice Maeterlinck" mostra-se, pois, curiosamente deslocado em meio a essa miscelânea de épicos banais, tão digno é o seu tema e tão sóbrio seu tratamento, de modo que podemos ter a esperança de que o sr. Langbridge, em sua próxima publicação, sacrifique seu gosto pela "*comédie larmoyante*" para testemunhar em versos sérios o amor que sente pela musa.

Tradução: André Cechinel

---

[1] Resenha de *Ballads and Legends*, de Frederick Langbridge, publicada no *Daily Mirror*, Dublin, em 1º de outubro de 1903.

133

26

A NOVA PEÇA DO SR. ARNOLD GRAVES[1]

1903

Joyce sentia grande prazer em criticar autores de prestígio, como Arnold Graves e o professor R.Y. Tyrrell, que prefaciou o livro de Graves, ambos irlandeses célebres. Esta resenha do livro de Graves leva avante a luta incansável de Joyce, iniciada durante sua estada no University College, contra a arte com viés moralista.

Na introdução que escreveu para a tragédia do sr. Graves, o dr. Tyrrell destaca que *Clytemnaestra*[2] não é uma peça grega escrita em inglês, como *Atalanta in Calydon*, mas uma história grega contada da perspectiva de um dramaturgo moderno — em outras palavras, trata-se de uma obra que deve ser julgada por seus próprios méritos, e de forma alguma como uma curiosidade literária. Deixando momentaneamente de lado a questão secundária da linguagem, é difícil concordar com a opinião do dr. Tyrrell de que o tratamento da peça é digno do assunto; pelo contrário, parece haver algumas sérias deficiências na construção da obra. O sr. Graves decidiu intitular sua peça com o nome da esposa infiel de Agamêmnon, projetando-a nominalmente como seu ponto de maior interesse. Contudo, a julgar pelo tom dos discursos — e considerando o fato de que a peça é quase toda um drama sobre a punição de um crime, sendo Orestes o agente da vingança Divina —, fica patente que a natureza criminosa da rainha não despertou o interesse do sr. Graves.

---

[1] Resenha de *Clytaemnestra: A Tragedy*, de Arnold F. Graves, publicada no *Daily Mirror*, em 1º de outubro de 1903.

[2] Joyce comete um erro, escrevendo "Clytemnaestra" em lugar de "Clytaemnestra".

A peça, na verdade, apresenta um desfecho que é baseado numa ideia ética e não na simpatia indiferente a certos estados patológicos, a qual é tão frequentemente condenada pelos teólogos das ruas. Regras de conduta podem ser encontradas em livros de filosofia moral, porém somente "especialistas" são capazes de encontrá-las na comédia elisabetana. Além disso, a ação está desenvolvida de modo equivocado, quando Clitemnestra, prestes a arriscar tudo em nome de seu amante ilegítimo, trata a este com um desprezo mal dissimulado, e, novamente, quando Agamêmnon, a ponto de ser assassinado em seu próprio palácio, por sua própria rainha e em sua noite de triunfo, trata sua filha Electra com uma rispidez estúpida, que só pode ser justificada por um ataque repentino de gota. Na verdade, o pior dos cinco atos é o que trata do assassinato. Os efeitos, de fato, nem sequer são sustentados por muito tempo, já que a sua segunda representação, durante o transe hipnótico de Orestes,[3] só faz destruir os efeitos que o assassinato real causa, no terceiro ato, na consciência de um público que acabou de perceber as mãos ensanguentadas de Clitemnestra e Egisto.

Essas falhas dificilmente podem ser perdoadas, pois ocorrem em pontos essenciais da estrutura artística, e o sr. Graves, que poderia ter dissimulado tudo isso recorrendo a um estilo descritivo, foi honesto o bastante para empregar uma linguagem deliberadamente simples que de imediato destaca todas essas deformidades. No entanto, esses versos são menos deficientes do que boa parte dos versos escritos hoje. E talvez seja apenas para indicar a confusão reinante na mente dos profetas que o autor faz Tirésias dizer:

> *Beware! Beware!*
> *The stone you started rolling down the hill*
> *Will crush you if you do not change your course.*[4]

Tradução: André Cechinel

---

[3] A frase científica de Joyce faz referência à visão de Orestes, em Delfos, de inspiração divina.

[4] "Cuidado! Cuidado! / A pedra que lançaste colina abaixo / Irá te esmagar se não mudares teu rumo". Joyce se deleitava em colecionar absurdos desse tipo.

27

UM POETA ESQUECIDO[1]

1903

A aguda referência aos holandeses, no final da resenha, constitui uma das poucas referências de Joyce à arte da pintura, arte que lhe interessava pouco; o "esplendor" que percebe nessa pintura, e vez ou outra em Crabbe, indica que o realismo do Joyce dificilmente podia contentar-se com a mera fidelidade.

Segundo dizem, Tennyson certa vez afirmou que se Deus criou o campo e o homem a cidade, o vilarejo deve ter sido obra do diabo. A triste monotonia, a sujeira, a inevitável decadência moral, enfim, tudo aquilo que consideramos "provinciano" — eis o tema constante dos versos de Crabbe. Protegido em seu tempo por Edmund Burke e Charles James Fox, amigo de Scott, Rogers e Bowles, padrinho literário de Fitzgerald, Crabbe desceu tanto de seu pedestal que hoje apenas como um favor seu nome é mencionado em manuais de literatura.

Esse esquecimento, embora seja facilmente explicado, provavelmente não significa um julgamento final. É verdade que grande parte da obra de Crabbe é insípida e sem distinção, e que ele jamais teve momentos de genialidade comparáveis aos que Wordsworth pode sempre oferecer em resposta aos seus críticos.[2] Pelo contrário, seu maior mérito é empregar a métrica de Pope tão regularmente, e com tão pouco do brilhantismo deste, que alcança um grande efeito como narrador das obscuras tragédias da província. Seus relatos lhe valem, pois, um lugar na história da ficção

---

[1] Resenha do livro *George Crabbe*, de Alfred Ainger, publicada no *Daily Express*, Dublin, em 15 de outubro de 1903.

[2] A comparação foi feita por Ainger.

inglesa. Numa época em que o sentimentalismo e o estilo "elegante" estavam na moda, e em que a vida no campo era explorada com tanta avidez quanto o faz hoje a escola de Kailyard,[3] Crabbe surgiu como o defensor do realismo. Goldsmith o precedeu no tratamento de temas rurais, dando--lhes, é verdade, um encanto árcade; contudo, uma comparação de Auburn com *The Village*, *The Borough* e *The Parish Register* evidencia seu real distanciamento e sua falta de compreensão e simpatia. Os títulos antes mencionados não são mais que nomes vagos para a geração de hoje, e esta monografia deseja pelo menos dar voz justamente a um dos escritores ingleses mais negligenciados da história.

Seu autor é um dos nomes mais honrados e sérios da crítica contemporânea, e talvez consiga, em meio a um mar de escolas e teorias, assegurar um lugar para um escritor que, salvo em certas passagens que dividem a opinião geral, é exemplo de julgamento são e sobriedade de estilo. Crabbe apresentou a vida dos vilarejos com carinho e fidelidade, conferindo-lhe ocasionalmente um esplendor que lembra a arte dos holandeses.

Tradução: Dirce Waltrick do Amarante

---

[3] Esta palavra, que significa "canteiro de couve", foi aplicada a uma escola narrativa que descrevia a vida cotidiana na Escócia, empregando várias expressões dialetais, na última década do século XVIII.

28

OS ROMANCES DO SR. MASON[1]

1903

Obrigado a escrever resenhas de romances populares, Joyce se contenta em lançar algumas frases suavemente sarcásticas.

Estes romances, por diferentes que sejam seus temas e estilos, parecem ilustrar curiosamente a verdade anunciada por uma das observações de Leonardo da Vinci. Ao explorar os recantos sombrios da consciência humana, em nome de certo tipo de psicologia semipanteísta, Leonardo notou que o espírito tem a tendência de impor sua semelhança ao objeto que cria. É essa tendência, ele afirma, que leva muitos pintores a projetar de alguma maneira sua própria imagem sobre os retratos de outros indivíduos. De forma parecida, talvez, o sr. Mason adaptou estas histórias ao que é sem dúvida um dos "moldes do seu entendimento".

Entre as "características" do sr. Mason, o leitor não deixará de notar o marido que precocemente é posto de lado. Em *The Courtship of Morrice Buckler*, é Julian Harwood, em *The Philanderers*, o vagabundo Gorley, e em *Miranda of the Balcony*, Ralph Warriner. Nos três livros temos a mesma história da garota de má índole e já comprometida que se relaciona com um jovem adulto, o qual corresponde a um tipo frequente em romances, aquele do inglês forte e lerdo. É curioso observar essa história repetindo-se, podemos imaginar, sem o consentimento do autor, através de cenas e épocas muito diferentes.

---

[1] Resenha de três romances de A.E.W. Mason, *The Courtship of Morrice Buckler*, *The Philanderers* e *Miranda of the Balcony*, publicada no *Daily Express*, Dublin, em 15 de outubro de 1903.

Um fenômeno de menor importância é a aparição de Horácio em cada relato. Em *The Courtship of Morrice Buckler*, o plano do castelo no Tirol, que é o centro de gravitação da história, é traçado na página de uma pequena edição Elzevir da obra de Horácio. Em *The Philanderers*, Horácio contribui mais de uma vez para o relato oferecendo imagens dignas de exprimir a beleza clássica de Clarice. E, novamente, em *Miranda of the Balcony*, aquele personagem interessante, o "Comandante" Wilbraham, ocupa-se de uma tradução de Horácio nos intervalos de suas atividades principais, a chantagem e o roubo.

O sr. Mason alcança resultados melhores quando escreve sobre épocas distantes ou cenários que estejam um tanto afastados das grandes cidades. A atmosfera de Belgravia em *The Philanderers* (título que o sr. Mason partilha com o sr. George Bernard Shaw)[2] resulta pálida pela ausência de originalidade e de humor, mas *Miranda of the Balcony* possui uma sequência agradável de cenas espanholas e mouras. O melhor livro do sr. Mason, entretanto, é certamente *The Courtship of Morrice Buckler*. É uma história de capa e espada, que se passa nos anos posteriores a Sedgemoor. A Alemanha é um excelente lugar para castelos e intrigas, e na atmosfera aventurosa deste relato, aqueles que já se cansaram de romances sobre a vida moderna poderão divertir-se à vontade. A escrita é com frequência muito elegante. E *Miranda of the Balcony*, não é um belo título?

Tradução: André Cechinel

---

[2] Bernard Shaw estreou na literatura em 1893. Joyce seguiu atentamente sua carreira.

29

A FILOSOFIA DE BRUNO[1]

1903

Quando redigiu esta resenha, Joyce já era admirador fervoroso de Bruno, cuja filosofia havia discutido com o Padre Ghezzi, seu professor de italiano no University College, que considerava Bruno um terrível herege. Morto em 1600, Bruno ficou totalmente esquecido por dois séculos. Em 1889, uma estátua dele foi inaugurada no Campo dei Fiori, Roma, onde fora queimado vivo. Joyce se sentia atraído tanto pela personalidade heroica de Bruno quanto pela filosofia dele, da qual vale destacar a teoria da coincidência dos contrários, que o influenciou.

Exceto por um volume disponível na "English and Foreign Philosophical Library",[2] cujo interesse é essencialmente biográfico, nenhuma obra importante sobre a vida e a filosofia do mártir heresiarca de Nola foi publicada na Inglaterra. Levando em conta que Bruno nasceu por volta da metade do século XVI, a publicação de uma obra centrada em sua figura — a primeira a aparecer na Inglaterra — dá a impressão de vir um pouco tarde. Menos de um terço deste livro é dedicado à vida de Bruno, e o restante é destinado a uma exposição e um estudo comparado do seu sistema. Numa época de milionários, a vida de Bruno nos parece uma fábula heroica. Monge dominicano, professor itinerante, comentarista de filosofias antigas e criador de outras novas, dramaturgo, polemista, advogado de sua própria causa e, finalmente, mártir queimado vivo no Campo dei Fiori — Bruno,

---

[1] Resenha de *Giordano Bruno*, de J. Lewis McIntyre, publicada no *Daily Express*, Dublin, em 30 de outubro de 1903.

[2] I. Frith, *Life of Giordano Bruno*, Londres, 1887, livro que, aparentemente, Joyce leu.

através de todos esses modos e acidentes (conforme os chamaria) do ser, permanece uma unidade espiritual consistente.

Rejeitando a tradição com a coragem do primeiro humanismo, Bruno mal aplicou a sua pesquisa o método filosófico de um peripatético. Seu espírito ativo lança hipóteses sem cessar; seu temperamento impetuoso o leva a fazer recriminações continuamente; e embora as hipóteses possam ser validamente utilizadas pelo filósofo em suas especulações e por vezes conteste a posição assumida por seus detratores, as hipóteses e as recriminações preenchem tantas páginas da obra de Bruno que seria fácil formar uma noção injusta e inadequada desse grande amante da sabedoria. Certos aspectos de sua filosofia, pois estes são muitos, podem ser deixados de lado. Seus tratados sobre a memória, seus comentários sobre a arte de Raymond Lully, suas incursões naquela perigosa região, a ciência moral, da qual nem mesmo o irônico Aristóteles saiu imaculado, tudo isso desperta interesse somente pelo caráter fantástico e medieval.

Como um observador independente, contudo, Bruno merece a mais alta consideração. Mais que Bacon ou Descartes, ele deve ser considerado o pai do que chamamos filosofia moderna. Seu sistema, às vezes racionalista e outras místico, deísta e panteísta, traz consigo a marca de seu nobre espírito, de seu intelecto crítico, e está repleto daquela simpatia ardente pela natureza tal como ela é — *natura naturata* —, que é a própria alma do Renascimento. Em sua tentativa de reconciliar a matéria e a forma escolásticas — termos formidáveis que em seu sistema, tomados como espírito e corpo, conservam pouco de seu aspecto metafísico —, Bruno formulou uma hipótese corajosa, que prefigura curiosamente a filosofia de Spinoza. Não devemos estranhar, portanto, que Coleridge o considere um dualista, discípulo tardio de Heráclito, e lhe atribua as seguintes palavras: "Toda força oriunda da natureza ou do espírito deve implicar uma força contrária, condição primeira e indispensável de sua manifestação. E toda oposição tende, em consequência, à união".[3]

Apesar disso, pode-se dizer que um sistema como o de Bruno busca principalmente simplificar o que é complexo. A noção de um princípio último, espiritual, indiferente, universal, atributo de toda alma ou objeto material, como a Matéria-prima de Tomás de Aquino estava relacionada a

---

[3] Joyce cita, com leves variações, uma nota ao ensaio XIII, da obra *The Friend*, de Coleridge, poeta e ensaísta que o precedeu no interesse por Bruno e Vico.

todo objeto material, por injustificada que possa parecer aos olhos da filosofia crítica, encerra, contudo, um valor inegável ao historiador interessado na questão do êxtase religioso. É Bruno, e não Spinoza, o homem embriagado de Deus. Partindo do universo material, que, entretanto, não lhe parecia, como aos neoplatônicos, o reino das enfermidades da alma, ou como aos cristãos, um lugar de provações, mas sim uma oportunidade para a atividade espiritual, ele passa de um entusiasmo heroico a outro entusiasmo a fim de unir-se a Deus. Seu misticismo tem pouco em comum com o de Molinos ou São João da Cruz; nele não há nada de quietismo ou das sombras do claustro: é um misticismo forte, êxtase súbito e militante. Para Bruno, a morte do corpo é apenas o fim de um modo de ser, e em virtude dessa crença e da força de um caráter "errante porém firme", que é outra expressão dessa crença, ele se torna um entre aqueles que, de forma altiva, não temem a morte. Para nós, sua vindicação da liberdade de intuição deve ser um monumento duradouro, e entre aqueles que combateram em nome dessas ideias, sua lenda permanecerá a mais honrada e santa, mais verdadeira que a de Averróis ou Escoto Erígena.[4]

Tradução: André Cechinel

---

[4] É McIntyre quem faz essa comparação (p. 110), sem chegar, no entanto, a uma conclusão tão extremada.

30

HUMANISMO[1]

1903

O barbarismo na filosofia, diz o professor Schiller,[2] pode mostrar-se de dois modos, como barbarismo de estilo e como barbarismo de espírito, e o oposto ao barbarismo é o credo filosófico do professor Schiller: o Humanismo, ou, como ele às vezes o chama, o Pragmatismo. Portanto, aquele que esperava encontrar neste livro um humanismo cortês, tanto no estilo quanto no temperamento, se surpreenderá ao ler declarações como estas: "todas as filosofias *a priori* estão desmascaradas"; "O Pragmatismo... atingiu... o estágio do 'ataque, mas me ouça primeiro'"; "Ele [o Dragão da Escolástica] é um espírito que rasteja na lama dos tecnicismos, que se enterra em vão sob montes de pesquisas inúteis e se oculta da compreensão humana [mas não da consciência humana, professor Schiller!] atrás de nuvens de lixo seco que ele mesmo levanta".

Mas isso são apenas detalhes. O Pragmatismo é realmente algo muito importante. Reforma a lógica, mostra quão absurdo é o pensamento puro, estabelece uma base ética para a metafísica, faz da utilidade prática o critério da verdade e aposenta o Absoluto de uma vez por todas. Em outras palavras, o pragmatismo é o senso comum. O leitor, dessa forma, não se surpreenderá ao encontrar no dialogo pós-platônico intitulado "Conhecimento 'inútil'" um discípulo de William James que afugenta e desconcerta os fantasmas de Platão e Aristóteles. A psicologia emocional é tomada como ponto de partida, e o procedimento do filósofo está de acordo com ela. Se o professor Schiller tivesse buscado estabelecer a psicologia racional como ponto de partida, sua posição estaria mais bem fundada,

---

[1] Resenha de *Humanism: Philosophical Essays*, de F.C.S. Schiller, publicada no *Daily Express*, Dublin, em 12 de novembro de 1903.
[2] Schiller era o mais destacado expoente europeu da filosofia de William James.

porém, da psicologia racional ele nunca ouviu falar, ou então a considera indigna de ser mencionada. Em seu ensaio sobre o desejo de imortalidade, ele demonstra um fato: a maioria dos homens não se preocupa em saber se a vida termina ou não com a dissolução do corpo. E, no entanto, depois de ter estabelecido a eficiência como o teste de verdade, e o julgamento da humanidade como tribunal de última instância, ele conclui defendendo a posição de uma minoria, ou seja, advogando pelas reivindicações da Sociedade de Pesquisa Psíquica, da qual, ao que parece, ele é membro há muitos anos.[3]

Mas é necessário, afinal de contas, reformar a lógica assim radicalmente? No fundo, nosso pragmatista não é senão um otimista, e embora ele mesmo negue diversas filosofias, declara que o pessimismo é *"der Geist der stets verneint"*. O Mefistófeles de Goethe é o assunto de um dos ensaios mais divertidos do livro. "O mais sutil de seus disfarces", diz o professor Schiller numa frase típica, "sua máscara mais habitual, é uma que engana a todos os outros personagens de *Fausto*, exceto ao Senhor, e, até onde sei, enganou a todos os leitores de Goethe, menos a mim."[4] Ora, o professor Schiller dificilmente tirará grande satisfação com o fato de partilhar, no que se refere ao *Fausto* de Goethe, essa descoberta com o Senhor, ou seja, com um ser que (para citar a frase do cético inglês sobre um termo empregado pelos teólogos sensacionalistas) tomamos por Deus somente por não sabermos que diabos ele é, e que se aliou intimamente, além disso, a entidades ineficientes e pragmaticamente aniquiladas, como o Absoluto do sr. Bradley e o Irreconhecível do sr. Spencer.[5]

Tradução: André Cechinel

---

[3] Depois de William James, Schiller se tornou presidente dessa sociedade, em 1914.
[4] Esta citação, retirada da página 168, é uma das raras que estão corretas no conjunto das 22 resenhas de Joyce.
[5] Bradley e Spencer são, ao longo do livro, alvo das críticas de Schiller.

31

SHAKESPEARE EXPLICADO[1]

1903

Em uma breve nota introdutória, o autor afirma que este livro não foi escrito para os especialistas em Shakespeare, que já têm a sua disposição muitos volumes de pesquisa e crítica; ao contrário, seu trabalho busca tornar as oito peças que selecionou mais compreensíveis e interessantes para o público geral. Não é nada fácil descobrir algo de valor no livro. A obra é demasiado longa — cerca de 500 páginas em letras pequenas — e cara. Cada um dos oito capítulos que a compõem é um longo comentário sobre uma das peças de Shakespeare — peças escolhidas, pelo visto, ao acaso. Não se percebe nenhuma tentativa crítica, e as interpretações são superficiais, vulgares e óbvias. As passagens "citadas" ocupam talvez um terço do livro, e deve-se aqui dizer que o método adotado pelo autor para analisar as peças de Shakespeare é (ou parece ser) curiosamente irreverente. Ao "citar" o discurso de Marullus no primeiro ato de *Júlio César*, ele consegue condensar as 16 primeiras linhas do original de maneira muito eficaz, omitindo seis versos sem oferecer qualquer indício disso.

Talvez o desejo de tornar Shakespeare palatável para o grande público tenha convencido o sr. Canning a lhe oferecer somente dez dezesseis avos do célebre bardo. Talvez esse mesmo desejo o tenha levado a escrever frases como estas: "Seu nobre companheiro rivaliza com Aquiles tanto em sabedoria quanto em valor.[2] Ambos devem pronunciar seus discursos filosóficos durante o sítio de Troia, que conduzem com grande coragem. Eles não se desviam de sua preocupação maior, senão momentaneamente,

---

[1] Resenha de *Shakespeare Studied in Eight Plays*, de A.S. Canning, publicada no *Daily Express*, Dublin, em 12 de novembro de 1903.

[2] Canning escreveu (p. 6): "Seu nobre companheiro Ulisses rivaliza com Aquiles tanto em sabedoria quanto em valor". Mas, para Joyce, naquela época e depois, o sábio Ulisses jamais teve algo em comum com o valentão Aquiles.

a fim de pronunciar palavras de profunda sabedoria...". Como se pode ver, a substância deste livro assemelha-se à dos antigos cartazes de teatro. Não há complexidade psicológica alguma, nem interesses contraditórios ou motivações complexas que possam deixar o grande público embaraçado. Esse personagem é "nobre", aquele um "vilão"; tal passagem é "grandiosa", "eloquente" ou "poética". No comentário sobre *Ricardo III*, há uma página inteira preenchida apenas com linhas isoladas ou dísticos, acompanhados de observações neutras como: "York então diz", "Glaucester, aparentemente surpreso, responde", "York, por sua vez, responde", "e Gloucester diz", "e York contesta". A obra tem algo de ingênuo, mas (ah!) o grande público dificilmente pagará 16 shillings para adquirir tal ingenuidade. E esse mesmo público filisteu dificilmente consentirá em ler 500 páginas cheias de "ele diz", "e ele responde", ilustradas com citações incorretas. E nem mesmo a numeração das páginas é precisa.

Tradução: André Cechinel

32

BORLASE AND SON[1]

1903

Em primeiro lugar, *Borlase and Son* tem o mérito da "atualidade". Como o prefácio leva a data de maio passado, pode-se atribuir ao autor certa capacidade profética ou, ao menos, certa afinidade especial com a realidade atual, o assunto do momento, uma qualidade bastante necessária ao escritor de melodramas. A história se passa num subúrbio perto de Peckham Rye, onde os armênios acabaram de travar uma batalha entre si,[2] e, além disso, a epítese (como diria Ben Jonson)[3] da história remonta a um incidente de queda da bolsa, resultado de uma revolução na América Latina.[4]

No entanto, o interesse da obra do autor vai além de tais alusões à atualidade. Ele tem sido chamado de "o Zola de Camberwell" e, embora o epíteto seja impróprio, é em Zola que devemos buscar a expressão mais perfeita desse tipo de ficção do qual *Borlase and Son* é um exemplo. Em *Au Bonheur des Dames*, Zola expõe as íntimas glórias e misérias dos grandes estabelecimentos — escreveu, de fato, um épico dos vendedores de tecidos. Guardadas as devidas proporções, em *Borlase and Son* o autor traçou um esboço bastante fiel de um pequeno "empório", com sua sórdida avareza, seu trabalho mal remunerado, suas intrigas e seus "costumes comerciais".

A mentalidade suburbana nem sempre é bela, e seu funcionamento é delineado aqui sem sentimentalismos. É possível que a untuosidade

---

[1] Resenha de *Borlase and Son*, de T. Baron Russell, publicada no *Daily Express*, Dublin, em 19 de novembro de 1903. A resenha não tem título.

[2] Em 26 de outubro de 1903, Sagouni, presidente da Armenian Revolutionary Society, foi assassinado em Perkman, em razão de rivalidades existentes entre armênios no exílio.

[3] *The Magnetic Lady*, epílogo do Ato I.

[4] Em 3 de novembro estourou uma revolução há muito esperada, quando o Panamá se declarou independente da Colômbia.

do velho Borlase pareça um pouco exagerada e que as proprietárias das pensões sejam demasiado reminiscentes de Dickens. Apesar de sua intriga dupla, *Borlase and Son* possui originalidade, e a história, embora um pouco raquítica, é contada com clareza e não sem humor. No que diz respeito ao resto, a edição do livro é tão feia quanto já era de esperar.

Tradução: André Cechinel

33

ESTÉTICA

1903/04

Induzido em parte pela ambição de estabelecer as relações entre o drama e os outros gêneros, Joyce se lançou corajosamente na elaboração de sua própria estética. Como era de esperar, ele começou por Aristóteles, mas desviou de uma maneira bastante inesperada para Santo Tomás de Aquino, para culminar, enfim, mais logicamente em Flaubert.[1] Suas primeiras definições datam de sua segunda estada em Paris, em fevereiro e março de 1903, e foram redigidas num caderno de notas, onde cada observação traz seu nome e a data, como se quisesse evidenciar sua importância e a identidade do autor. Ele prosseguiu suas reflexões em Pola (então território austríaco), onde, em novembro de 1904, lecionou na escola Berlitz. Percebe-se uma evolução que leva, a partir dessas definições concisas dos cadernos de Paris e de Pola, ao romance Stephen Hero, *onde o escritor combina o ensaio narrativo com uma exposição romanceada de suas teorias, para chegar finalmente à exposição apenas romanceada em* Portrait *[Retrato do artista quando jovem].*

Joyce defende a superioridade da comédia sobre a tragédia, sob o pretexto de que a comédia produz alegria e a tragédia, tristeza; e sendo o sentimento de privação imperfeito, conclui que é inferior ao sentimento de possessão. Ele é mais original na sua hábil definição da piedade e do terror; descobre na apreensão dessas emoções, e na da alegria, a semente da arte. A seguir, propõe a distinção entre os modos lírico, épico e dramático, atribuindo dissimuladamente a palma ao drama, como a forma mais impessoal. Finalmente, ele insiste em que a arte tem um fim estético e não moral.

---

[1] Numa carta a Mlle. Leroyer de Chantepie, de 18 de março de 1857, Flaubert afirma, entre outras coisas, que *Madame Bovary* é uma história totalmente inventada, na qual ele não teria colocado nem seus sentimentos nem sua existência. Se há uma ilusão, provém da "impessoalidade" da obra. Esse era um dos princípios do romancista francês.

A questão da moral será considerada a seguir, em Pola. Apoiando-se numa frase de Santo Tomás de Aquino, ele sugere que só o bem é desejável, e como o verdadeiro e o belo são o objeto de um desejo persistente, devemos considerá-los bons. É a única concessão que Joyce faz ao aspecto ético da arte, mas é suficiente para mostrar de maneira inequívoca que ele considera o bom, o verdadeiro e o belo estreitamente ligados entre si. A arte, segundo Joyce, não é imoral nem amoral, mas suas intenções ultrapassam a tal ponto os limites da moral convencional que se pode pôr de lado para sempre a moralidade.

Qualquer coisa é bela quando sua apreensão é agradável, afirma Joyce. Ele insiste no fato de que o belo deve obrigatoriamente incluir o que se denomina vulgarmente de "feio". E procura por todos os meios evitar que o belo degenere em "bonito".

1. O caderno de Paris[2]

O desejo é o sentimento que nos faz ir em direção a algo, a aversão é o sentimento que nos induz a nos afastarmos de algo. Toda arte que visa excitar em nós esses sentimentos, seja por meio da comédia ou da tragédia, é uma arte inadequada. Sobre a comédia falarei mais tarde. Mas a tragédia se propõe a provocar em nós sentimentos de piedade e terror. O terror é o sentimento que nos domina diante do que há de grave no destino humano, e que nos une a suas causas secretas; a piedade é o sentimento que nos domina diante do que há de grave no destino humano, e que nos une a quem sofre. Já a aversão, que uma arte inadequada busca excitar seguindo o caminho da tragédia, difere, como se verá, dos sentimentos que são próprios à arte trágica, isto é, o terror e a piedade. Pois a aversão nos desperta da calma por nos afastar de algo, enquanto o terror e a piedade nos mantêm calmos, por assim dizer, por meio da fascinação. Quando a arte trágica faz o meu corpo retrair-se, o sentimento que tenho não é o terror, pois sou despertado

---

[2] Publicado em *James Joyce*, de Gorman, pp. 96-9. O manuscrito em que se baseou Gorman não existe mais. A Coleção Slocum da Biblioteca da Yale University possui uma folha manuscrita, nas duas faces, que provavelmente foi o rascunho dos dois textos que apresentamos a seguir (datados de 13 de fevereiro e de 6 de março). Essa versão não difere sensivelmente do texto publicado por Gorman, exceto por pequenas variantes relativamente secundárias.

da minha calma, e ademais essa arte não me mostra o que é grave, ou seja, o que é constante e irremediável no destino humano, como tampouco me une a alguma causa secreta, pois mostra-me somente o que é estranho e remediável, unindo-me a uma causa excessivamente manifesta. Tampouco será propriamente trágica uma arte que me leva a desejar suprimir o sofrimento humano, assim como nenhuma arte é devidamente trágica se excita em mim o ódio contra uma causa manifesta de sofrimento humano. O terror e a piedade, por fim, são aspectos de uma dor incluída na dor — esse sentimento que provoca em nós a privação de algum bem.

Passemos agora à comédia. Uma arte inadequada busca excitar, seguindo os caminhos da comédia, o sentimento de desejo, porém, o sentimento próprio à arte cômica é a alegria. O desejo, como disse antes, é o sentimento que nos leva em direção a algo, já a alegria é esse sentimento que nasce em nós quando possuímos um bem qualquer. O desejo, sentimento que uma arte inadequada busca excitar seguindo os caminhos da comédia, difere, como veremos, da alegria. Pois o desejo nos afasta da calma, a fim de que possamos conquistar algo, mas a alegria nos mantém calmos, enquanto temos algo. Logo, o desejo só pode ser incitado em nós por uma comédia (ou uma obra de arte cômica) que não seja suficiente em si mesma, uma vez que nos impele a buscar algo que está além da obra; mas a comédia (uma obra de arte cômica) que não nos induza a buscar algo além de si mesma incita em nós o sentimento de alegria. Toda arte capaz de provocar em nós o sentimento de alegria é, portanto, cômica, e conforme esse sentimento de alegria seja propiciado por aspectos substanciais ou acidentais do destino humano, pode--se julgar, então, a qualidade da arte como mais ou menos excelente; e também é possível afirmar que a arte trágica participa da natureza da arte cômica, na medida em que a apreensão de uma obra de arte trágica (uma tragédia) provoca em nós o sentimento de alegria. A partir disso pode-se verificar que a tragédia é a forma imperfeita de arte, e a comédia, a forma perfeita. Toda arte, mais uma vez, é estática, pois os sentimentos de terror e de piedade, de um lado, e de alegria, de outro, são sentimentos que nos detêm.[3] Veremos mais adiante de que modo essa calma é necessária

---

[3] Joyce substitui *catharsis* por *estasis*. Não parece muito lógico, considerando o que precede, que a alegria possa ser provocada tanto pela tragédia quanto pela comédia.

para a apreensão do belo — o fim de toda arte, trágica ou cômica —, já que essa calma é a única condição sob a qual as imagens que despertam em nós terror, piedade ou alegria podem ser corretamente apresentadas e vistas por nós. Pois a beleza é uma qualidade de algo visto, mas o terror, a piedade e a alegria são estados mentais.

James A. Joyce, 13/02/1903

...Três são as condições da arte: a lírica, a épica e a dramática. A arte é lírica quando o artista apresenta a imagem em relação direta consigo mesmo; a arte é épica quando o artista apresenta a imagem numa relação intermediária entre ele mesmo e os outros; a arte é dramática quando o artista apresenta a imagem em relação imediata com os outros...

James A. Joyce, 06/03/1903, Paris

O ritmo parece ser a primeira relação, vale dizer, uma relação formal, entre as diferentes partes de um todo qualquer, ou entre um todo e suas diferentes partes, ou entre uma das partes e o todo de que é parte... As partes constituem um todo quando têm uma finalidade comum.

James A. Joyce, 25/03/1903, Paris

e tekhne mimeitai ten physin — Essa frase foi falsamente traduzida como "A arte é uma imitação da Natureza". Aristóteles não define aqui a arte; ele apenas diz que "a Arte imita a Natureza", e isso significa que o processo artístico é como um processo natural... É incorreto dizer que a escultura, por exemplo, é uma arte estática, se por isso entendemos que a escultura está dissociada do movimento. Por ser uma arte rítmica, a escultura está associada ao movimento; uma obra de arte escultural deve ser investigada de acordo com seu ritmo, e esse exame é um movimento imaginário no espaço. Não é incorreto dizer que a escultura é uma arte estática na medida em que a arte escultural não pode ser considerada uma obra em movimento no espaço, sem deixar de ser uma obra escultural.

James A. Joyce, 27/03/1903, Paris

A arte é o modo como o homem dispõe para um fim estético a matéria sensível ou inteligível.

James A. Joyce, 28/03/1903, Paris

Pergunta: Por que os excrementos, as crianças e os piolhos não são obras de arte?

Resposta: Os excrementos, as crianças e os piolhos são produtos humanos — disposições humanas da matéria sensível. O processo pelo qual eles são produzidos é natural e não artístico; sua finalidade não é estética. Assim, não são obras de arte.

Pergunta: Uma fotografia pode ser uma obra de arte?

Resposta: Uma fotografia é uma disposição da matéria sensível e pode ter uma finalidade estética, porém não é uma disposição humana da matéria sensível. Assim, não é uma obra de arte.

Pergunta: Se um homem, ao golpear furiosamente um bloco de madeira com o machado, faz surgir nele a imagem de uma vaca, por exemplo, ele produziu uma obra de arte?

Resposta: A imagem de uma vaca, produzida pelo homem que golpeia furiosamente o bloco de madeira com o machado, é uma disposição humana da matéria sensível, mas não uma disposição humana da matéria sensível com finalidade estética. Dessa forma, não é uma obra de arte.

Pergunta: Casas, roupas, móveis etc., são obras de arte?

Resposta: Casas, roupas, móveis etc., não são necessariamente obras de arte. São disposições humanas da matéria sensível. Se dispostas de tal forma que sirvam para fins estéticos, então são obras de arte.

2. O caderno de Pola[4]
Bonum est in quod tendit appetitus.[5] Santo Tomás de Aquino.

O bem é aquilo para o qual tende o desejo: o bem é o desejável. O verdadeiro e o belo são as ordens mais persistentes do desejável. A verdade é desejada pelo apetite intelectual, que se sacia com as relações mais satisfatórias do inteligível; a beleza é desejada pelo apetite estético, que se sacia com as relações mais satisfatórias do sensível. O verdadeiro e o belo são possuídos espiritualmente; o verdadeiro pelo intelecto, o belo pela apreensão, e os apetites que desejam possuí-los, os apetites intelectual e estético, são, portanto, apetites espirituais...

J. A. J. Pola, 07/11/1904

Pulchra sunt quae visa placent.[6] Santo Tomás de Aquino.

São belas as coisas cuja apreensão agrada. Assim, a beleza é aquela qualidade de um objeto sensível em virtude da qual sua apreensão agrada ou satisfaz o apetite estético que deseja apreender as relações mais satisfatórias do sensível. Ora, o ato de apreensão estética envolve pelo menos duas atividades, a atividade de cognição, ou percepção simples, e a atividade de recognição, ou reconhecimento. Se a atividade de percepção simples é, como todas as demais atividades, agradável em si mesma, qualquer objeto sensível que tiver sido apreendido pode, em primeiro lugar, ser considerado belo até certo ponto; até mesmo o objeto mais horrendo pode ser considerado belo, na medida em que foi apreendido. No que diz respeito àquela parte do ato de apreensão chamada atividade de percepção simples, não há objeto sensível que não possa ser considerado belo até certo ponto.

---

[4] Publicado por Gorman, pp. 133-5. Os manuscritos usados por Gorman não existem mais, mas a Coleção Slocum da Biblioteca da Yale University possui uma única folha manuscrita que é provavelmente o primeiro esboço do primeiro artigo reproduzido a seguir (datado de 7 de novembro de 1904). À exceção de duas leves variantes de estilo, esse texto é idêntico à versão impressa.

[5] *Summa contra Gentiles*, cap. III. Santo Tomás de Aquino desenvolve a primeira frase de Aristóteles em *Ética a Nicâmaco*.

[6] A expressão exata é: *"pulchra enim dicuntur ea quae visa placent"*. *Summa Theologica*, I, q. 5, art. 4. Essa afirmação, fora do seu contexto, é uma boa amostra do pensamento de Joyce, mas não do de Santo Tomás de Aquino.

Em relação à segunda parte do ato de apreensão, chamada atividade de reconhecimento, ou recognição, pode-se acrescentar que não há atividade de percepção simples que não seja acompanhada, em certo grau, pela atividade de reconhecimento. Por atividade de reconhecimento entende-se uma atividade de decisão; e, segundo essa atividade, em todos os casos imagináveis, um objeto pode ser visto como satisfatório ou insatisfatório. Mas a atividade de reconhecimento é, como qualquer outra atividade, agradável em si mesma, desse modo todo objeto que tenha sido apreendido é, em segundo lugar e em certa medida, belo. Consequentemente, até mesmo o objeto mais horrível pode ser considerado por essa razão belo, tal como é considerado belo *a priori*, na medida em que tenha provocado uma atividade de percepção simples.

Os objetos sensíveis, no entanto, não são convencionalmente chamados de belos ou feios pelos motivos anteriores, mas, sim, por causa da natureza, do grau e da duração da satisfação resultante do ato de sua apreensão, e é somente de acordo com isso que as palavras "belo" e "feio" são empregadas na filosofia estética prática. Falta mencionar ainda que essas palavras indicam apenas uma medida maior ou menor de satisfação resultante, e que qualquer objeto sensível a que se aplique ordinariamente a palavra "feio" — isto é, um objeto cuja apreensão proporcione uma pequena medida de satisfação estética — é, desde que sua apreensão provoque certa medida de satisfação, suscetível de ser considerado belo pela terceira vez...

J. A. J. Pola, 15/11/1904

O ato de apreensão

Já foi dito que o ato de apreensão envolve pelo menos duas atividades, a atividade de cognição, ou percepção simples, e a atividade de reconhecimento, ou recognição. Em sua forma mais completa, no entanto, o ato de apreensão envolve três atividades, a terceira sendo a de satisfação.[7] Devido ao fato de que todas as três atividades são agradáveis em si mesmas, qualquer objeto sensível que tenha sido apreendido haverá de ser dupla ou

---

[7] Joyce vai mais longe que Santo Tomás de Aquino, que fala em "comprazer" e não em "satisfazer". Para Joyce, a satisfação pressupõe o repouso e a calma e é, portanto, essencial à sua teoria da apreensão estética.

até mesmo triplamente belo. Na filosofia estética prática, os epítetos "belo" e "feio" são usados principalmente em função dessa terceira atividade, ou seja, se referem à natureza, ao grau e à duração da satisfação resultante da apreensão de qualquer objeto sensível. Desse modo, qualquer objeto ao qual se atribua, na filosofia estética prática, o epíteto "belo" deverá ser triplamente belo, isto é, deverá estar submetido às três atividades envolvidas no ato de apreensão em sua forma mais completa. Na prática, então, a qualidade de beleza em si mesma deve envolver três elementos que possam satisfazer as exigências de cada uma dessas três atividades...

J. A. J. Pola, 16/11/1904

Tradução: André Cechinel

34

SANTO OFÍCIO[1]

1904

Joyce compôs esta sátira cerca de dois meses antes de deixar Dublin, em 1904. Ele mandou imprimir o poema, porém não conseguiu pagar os custos, por isso, no ano seguinte, em Pola, teve de imprimi-lo outra vez, e enviou exemplares a seu irmão Stanislaus, para que ele os fizesse chegar até os alvos de sua zombaria, na capital irlandesa.

Nesse poema, põe no mesmo saco Yeats, Russell e seus discípulos, acusando-os de hipocrisia e má-fé. A julgar por seus escritos, ninguém suspeitaria que tivessem corpos reais; sua espiritualidade é similar à afetação feminina. Joyce, que sempre se orgulhara de sua sinceridade e honestidade, e dava agora testemunho disso em Stephen Hero *e nos primeiros contos de* Dubliners *[Os dublinenses], serve-se aqui de Aristóteles, que ele associa ao ritual cristão, para reivindicar que a sua própria função é a* Katharsis, *a revelação daquilo que esses fantoches ocultam. Depois, passando a uma metáfora mais elevada, ele os condena todos, desde o topo da montanha que escalou com a ajuda de Ibsen e Nietzsche.*

Eu mesmo, aqui e agora, me darei
Este nome, Katharsis-Purgativa.
Eu, que abandonei vias incultas

---

[1] O título refere-se de modo irônico (1) ao sacramento da confissão e (2) ao departamento da Igreja que promoveu a Inquisição, e que exerce hoje o papel de censor.

Para abrir a gramática dos poetas,[2]
Levando para o bar e o bordel
A mente afiada de Aristóteles,
Por temer que os bardos se enganem
Devo ser o meu próprio intérprete:
Receba então dos meus lábios
Sabedoria peripatética.
Para adentrar o paraíso ou o inferno,
Ser piedoso ou tenebroso,
Requer-se absolutamente a intermediação
De indulgências plenárias.
Pois todo místico autêntico
É um Dante sem preconceitos[3]
Que do seu antro seguro, por procuração,
Se aventura pelos extremos da heterodoxia,
Como quem na mesa se farta,
Matutando no inquietante.
Se sua vida orienta pelo bom senso,
Como não viveria intensamente?
Só não posso aderir à companhia de comediantes —[4]
Com aquele[5] que se apressa em satisfazer
A volubilidade de suas damas estouvadas,[6]
Enquanto elas o consolam, se choraminga,
Com ornamentos célticos bordados a ouro —[7]
Ou aquele que, sóbrio ao longo do dia,
Recheia de insanidades sua peça teatral —[8]
Ou aquele cuja conduta "parece anunciar"

---

[2] Joyce colecionava os solecismos que encontrava nas obras de seus eminentes contemporâneos.

[3] Consta já de "Catilina", nesta obra.

[4] *"Know that I would accounted be / True brother of a company / That sang, to sweetn Ireland's wrong..."* Yeats, "Address to Ireland in the Coming Times".

"Companhia de comediantes" era expressão pejorativa, mas também se referia especificamente a Abbey Theatre, que iniciou suas atividades em agosto de 1904. Patrocinado financeiramente por Annie E. Horniman, dirigido por Lady Augusta Gregory e dominado artisticamente por Yeats, foi uma ramificação do mais antigo Irish National Theatre, e quase todos os jovens autores irlandeses, exceto Joyce, pertenciam a um ou a outro grupo.

[5] Yeats.

[6] Lady Gregory e Miss Horniman, e provavelmente Maud Gonne MacBride.

[7] Uma alusão às decorações douradas dos livros que Yeats publicou nos anos 1890.

[8] John Synge.

Sua preferência por gente "fina" —[9]
Ou aquele que encarna o pobre-diabo
Para milionários em Hazelhatch,
Mas chorando após o dia de jejum
Confessa seu passado pagão —[10]
Ou aquele que não tira o chapéu
Nem pro malte nem pro crucifixo,
Mas mostra aos pobremente vestidos
Sua altiva cortesia de Castilha —[11]
Ou aquele que ama seu querido mestre —[12]
Ou aquele que bebe temeroso do seu caneco de cerveja —[13]
Ou aquele que, confortavelmente deitado,
Viu Jesus Cristo decapitado
E tanto esforço despendeu para nos restituir
Os trabalhos de Ésquilo há muito esquecidos.[14]
Mas todos esses homens de quem falo
Fizeram de mim a cloaca da sua panelinha.
Para que continuem sonhando seus doces sonhos,
Encarrego-me eu dos seus jorros sujos,
Já que posso fazer por eles essas coisas
Que me custaram o meu diadema,
Essas coisas que fizeram a Vó Igreja,
Severa, me pôr porta afora.
E assim eu alivio seus tímidos traseiros,
Cumprindo com meu ofício de Katharsis.
Minha escarlata[15] os deixa brancos como lã.
Através de mim se purificam de sua pança cheia.
Para irmanar suas máscaras, a algumas e a todas,
Atuo como um vigário-geral,[16]

[9] Oliver Gogarty.
[10] Padraic Colum.
[11] W.K. Magee (John Eglinton).
[12] George Roberts, um seguidor devotado de George Russell, que num poema se dirigiu assim a Russell.
[13] James S. Starkey (Seumas O'Sullivan).
[14] George Russell.
[15] "Vinde agora, e ergui-me, diz o Senhor ainda que os vossos pecados sejam como a escarlata, eles se tornarão brancos como a neve", Isaías 1:18.
[16] Assistente de um bispo, que lida com detalhes operacionais da diocese.

E a cada donzela, tímida e nervosa,
Presto o mesmo serviço,
Pois sem surpresa descubro,
Na sombria beleza de seus olhos,
O "não me atrevo" de doce virgindade
Que responde ao meu corruptor "deveria".[17]
Quando nos encontramos à luz do dia,
Já não parece pensar em nada disso;
À noite, quando no leito se deita
E sente minhas mãos entre as suas coxas,
Meu amorzinho em trajes menores
Conhece a doce chama do desejo.
Mas Mammon proíbe
Os costumes de Leviatã[18]
E esse elevado espírito sempre está em guerra
Contra os incontáveis servidores de Mammon,
Que jamais deixarão de ser
O objeto de seu desprezo.
A distância me volto para olhar
Os passos arrastados daquela horda multicor,
Essas almas que odeiam a força da minha,
Robustecida na escola do bom Aquino.
Onde eles se curvaram, rastejaram e rezaram,
Ergo-me terrível e destemido,
Sem parceiros, amigos, solitário,
Tão indiferente quanto a espinha do arenque,
Tão firme quanto o cume das montanhas,
Onde no ar os meus esgalhos de cervo flamejam.
Que continuem assim como estão,
Para o equilíbrio dos lucros e das perdas.
Ainda que trabalhem até o túmulo,
Nunca terão o meu espírito,
Nem unirão a minha alma à sua

[17] "*Letting 'I dare not' wait upon 'I would' / Like the poor cat i' the adage.*" *Macbeth*, I, vii, 44-5.
[18] O Satã heroico e individualista, ou seja, Joyce.

Até que chegue o Mahamanvatara:[19]
E que eles me escorracem da sua porta,
Minha alma os rejeitará ainda mais.

Tradução: Sérgio Medeiros

---

[19] O grande ano hindu.

35

IRLANDA, ILHA DE SANTOS E SÁBIOS[1]

1907

Joyce deixou Dublin em outubro de 1904, acompanhado de Nora Barnacle, e passou os dois anos e meio seguintes em Pola, Trieste e Roma. Após uma infeliz estada de nove meses em Roma, como empregado de um banco, Joyce retornou a Trieste em março de 1907. Havia então adquirido um domínio suficientemente bom do dialeto toscano para que fosse convidado a proferir três conferências em italiano na Università Popolare de Trieste, espécie de centro de educação para adultos. A primeira dessas conferências, pronunciada no dia 27 de abril, foi consagrada à história cultural e política da Irlanda; a segunda, foi dedicada à Mangan e, a terceira, que ele anunciou na conferência precedente (mas cujo texto não chegou até nós), deveria tratar do renascimento literário irlandês.

Sugeriu-se a Joyce que falasse de improviso, mas, temendo cometer erros, ele preferiu ler as suas conferências.

As nações têm seus próprios egos, exatamente como os indivíduos. O caso de um povo que gosta de atribuir-se qualidades e glórias ignoradas por outros povos não é totalmente novo na história, desde o tempo dos nossos ancestrais, que se autodenominavam arianos e nobres, ou dos gregos, que costumavam chamar todos os que viviam fora da sacrossanta terra da Hélada de bárbaros. Os irlandeses, com um orgulho que talvez seja menos

---

[1] Traduzido para o inglês a partir do original italiano, "Irlanda, Isola dei Santi e dei Savi", manuscrito de 46 páginas, profusamente corrigido por Joyce e provavelmente também por seu amigo Alessandro Francini-Bruni, que se encontra na Collection Slocum da biblioteca da Yale University.

fácil de explicar, gostam de se referir ao seu país como a ilha dos santos e sábios.

Esse elevado título não foi inventado ontem ou anteontem. Data de tempos remotos, quando a ilha era verdadeiramente um foco de santidade e inteligência, espalhando pelo continente sua cultura e sua energia vivificante. Seria fácil fazer uma lista de irlandeses que carregaram a tocha do saber de um país a outro, como peregrinos e eremitas, eruditos e magos. Seus traços são ainda percebidos hoje em altares abandonados, em tradições e lendas, mesmo quando o nome do herói dificilmente seja reconhecível, ou em alusões poéticas, como a passagem do *Inferno* de Dante, no qual seu mentor indica um dos mágicos celtas, atormentados por dores infernais, dizendo:

> *Quel'altro, che ne'fianchi è così poco,*
> *Michele Scotto fu, che veramente*
> *Delle magiche frode seppe il gioco*[2]

Na realidade, precisaríamos de toda a erudição e a paciência de um bolandista[3] ocioso para relatar os feitos desses santos e sábios. Recordemos pelo menos o famigerado oponente de Santo Tomás, John Duns Scotus (chamado de doutor sutil, para distingui-lo de Santo Tomás, o doutor angelical, e de São Boaventura, o doutor seráfico), o qual foi defensor militante da doutrina da Imaculada Conceição e, como relatam as crônicas desse período, também incomparável argumentador. Sem dúvida alguma nessa época a Irlanda era um imenso seminário, onde estudiosos de diferentes países da Europa se reuniam, tão grande era a sua fama em matéria de assuntos espirituais. Embora afirmações desse tipo devam ser recebidas com muita reserva, é mais do que provável (levando em conta o fervor religioso que ainda prevalece na Irlanda, do qual você, que foi nutrido de ceticismo nesses últimos anos, dificilmente é capaz de imaginar) que esse passado glorioso não seja ficção nascida do desejo de autoglorificação.

---

[2] Aquele outro, de magreza extrema, / Miguel Scott é, que verdadeiramente / Na magia alcançou glória suprema.
[3] Os bolandistas eram escritores jesuítas que, de 1643 a 1794, dirigiram a publicação da *Acta Sanctorum*, descrição depurada da vida dos santos.

E se você deseja provas mais convincentes, estão à disposição os empoeirados arquivos alemães. Ferrero[4] nos diz agora que as descobertas desses admiráveis professores da Alemanha, no que concerne à história antiga da república romana e do império romano, estão erradas do princípio ao fim — ou quase completamente erradas. Talvez. Mas, seja como for, ninguém pode negar que esses mesmos doutos alemães foram os primeiros a apresentar Shakespeare como um poeta de importância universal a seus compatriotas de olhos embotados (que até então tinham considerado William uma figura de importância secundária, um bom camarada com uma agradável veia para a poesia lírica, mas talvez aficionado demais à cerveja inglesa), e foram os únicos na Europa a se dedicar às línguas celtas e à história das cinco nações celtas. Até poucos anos atrás, quando a Liga Gaélica foi fundada em Dublin, as únicas gramáticas e os únicos dicionários irlandeses que existiam na Europa eram obras dos alemães.

A língua irlandesa, embora pertença à família indo-europeia, difere do inglês quase tanto quanto a língua que se fala em Roma difere daquela que se fala em Teerã. Tem um alfabeto com caracteres especiais e uma história de quase três mil anos. Dez anos atrás, era falada apenas por camponeses das províncias ocidentais da costa atlântica e por alguns no sul, assim como nas pequenas ilhas que se colocam como piquetes da vanguarda europeia à frente do hemisfério ocidental. Agora a Liga Gaélica[5] revitalizou seu uso. Todos os jornais irlandeses, com exceção dos periódicos unionistas, têm pelo menos uma manchete impressa em irlandês. A correspondência das principais cidades é escrita em irlandês, a língua irlandesa é ensinada na maioria das escolas primárias e secundárias, e nas universidades foi colocada no mesmo nível de outras línguas modernas, tais como o francês, o alemão, o italiano e o espanhol. Em Dublin, o nome das ruas está escrito em ambas as línguas. A Liga organiza concertos, debates e reuniões sociais nos quais o falante do *beurla* (isto é, o inglês) sente-se como um peixe fora d'água, perdido no meio de uma multidão que tagarela numa língua áspera e gutural. Nas ruas, frequentemente se veem passar grupos de jovens que falam entre si em irlandês, talvez com mais ênfase do que o necessário. Os membros da Liga escrevem uns para os outros em irlandês, e frequentemente o pobre

[4] Guglielmo Ferrero, historiador italiano, cuja obra *Grandezza e Decadeza di Roma* foi publicada em 1901.
[5] Fundada em 1893.

carteiro, incapaz de ler o endereço, precisa recorrer ao seu superior para desatar o nó.

Essa língua é de origem oriental, e muitos filólogos a identificam com a antiga língua dos fenícios, considerados os pais do comércio e da navegação, segundo os historiadores. Esse povo aventureiro, que teve o monopólio do mar, fundou uma civilização na Irlanda que declinou e quase desapareceu antes que o primeiro historiador grego pegasse na sua pena. Essa civilização preservou tão zelosamente os segredos da sua existência que a primeira menção à ilha da Irlanda numa obra de literatura estrangeira se encontra num poema grego do século V a.C., na qual o historiador repete a tradição fenícia. A língua que o autor latino Plauto colocou na boca dos fenícios, na sua comédia *Poenulus*, é quase a mesma língua que os camponeses irlandeses falam hoje, de acordo com o crítico Vallancey.[6] A religião e a civilização desse povo antigo, conhecidas mais tarde pelo nome de druidismo, eram egípcias. Os sacerdotes druidas tinham os seus templos ao ar livre e adoravam o sol e a lua nos bosques de carvalho. Segundo o pouco desenvolvido conhecimento daqueles tempos, os sacerdotes irlandeses eram considerados muito eruditos, e quando Plutarco menciona a Irlanda, diz que é a terra de homens santos. Festus Avienus, no século IV, foi o primeiro a lhe dar o título de *Insula Sacra*, e, mais tarde, depois de ter sofrido a invasão de tribos espanholas e gaélicas, a Irlanda, convertida ao cristianismo por São Patrício e seus seguidores, sem derramamento de sangue, novamente mereceu o título de "Ilha Santa".

Não me proponho a narrar a história completa da Igreja irlandesa durante os primeiros séculos da era cristã. Isso extrapolaria o objetivo desta conferência e, ademais, não seria muito interessante. Mas é necessário dar-lhes algumas palavras de explicação sobre o meu título, "Ilha de Santos e Sábios", e apresentar-lhes sua base histórica. Deixando de lado os nomes desses inumeráveis sacerdotes cujo trabalho foi exclusivamente nacional, solicitarei que me sigam por alguns instantes, a fim de lhes poder mostrar os rastros que incontáveis apóstolos celtas deixaram atrás de si em quase todos os países. É necessário relembrar brevemente certos eventos que hoje parecem sem importância para a inteligência laica, uma vez que, nessa

---

[6] Charles Vallancey (1721-1812), que propôs a identificação do irlandês com a língua fenícia mencionada por Joyce, publicou várias obras sobre a língua e a história da Irlanda. No entanto, já tinha perdido havia muito todo seu prestígio, depois que foi evidenciado que seu conhecimento do irlandês era muito superficial.

época e ao longo da Idade Média, não somente a história, mas as ciências e todas as artes eram exclusivamente religiosas e estavam sob a tutela de uma Igreja mais que maternal. E, de fato, o que foram os sábios e os artistas italianos antes do Renascimento senão obedientes criados de Deus, comentaristas eruditos de textos sagrados ou ilustradores de lendas cristãs por meio da poesia e da pintura?

Parecerá inusitado que uma ilha tão distante do centro da cultura quanto a Irlanda sobressaísse como uma escola de apóstolos, mas uma observação até mesmo superficial nos mostrará que a insistência da nação irlandesa em desenvolver a sua própria cultura por seus próprios meios não é tanto a pretensão de uma jovem nação que quer ocupar um bom papel no concerto europeu quanto a pretensão de uma nação muito antiga que quer renovar, sob novas formas, as glórias de uma civilização desaparecida. Já no primeiro século da era cristã, sob o apostolado de São Pedro, encontramos o irlandês Mansueto, mais tarde canonizado, servindo como missionário em Lorena, onde fundou uma igreja e pregou por meio século. Cataldo teve uma catedral e duzentos teólogos em Genebra, tornando-se, depois, bispo de Taranto. O grande heresiarca Pelágio, um viajante e propagandista incansável, se não era um irlandês, como muitos asseguram, certamente tinha origem irlandesa, ou escocesa, como o seu braço direito, Celestio. Sedúlio percorreu uma grande parte do mundo e finalmente se estabeleceu em Roma, onde escreveu quase cinquenta belíssimos tratados teológicos e muitos hinos sagrados que são usados até hoje em rituais católicos. Fridolino Viator, quer dizer, o Viajante, irlandês de estirpe real, foi um missionário entre os alemães e morreu em Seckingen, na Alemanha, onde está enterrado. O inflamado Columbano teve a tarefa de reformar a Igreja francesa, e depois de haver provocado, com seus sermões, uma guerra civil na Borgonha, foi para a Itália, onde se tornou apóstolo dos lombardos e fundou o monastério de Bobbio, na Ligúria. Frigidiano, filho do rei da Irlanda do Norte, ocupou o bispado de Lucca. São Galo, que começou como discípulo e companheiro de Columbano, estabeleceu-se na Suíça, vivendo na região dos Grisões como eremita, caçando, pescando e cultivando a terra com as próprias mãos. Ele recusou o bispado da cidade de Constança, que lhe foi oferecido, e morreu aos 95 anos de idade. No lugar onde existia seu eremitério se ergueu um mosteiro, cujo abade se tornou o príncipe do cantão pela graça de Deus, e enriqueceu enormemente a biblioteca beneditina, cujas ruínas ainda são mostradas àqueles que visitam a velha cidade de São Galo.

Finnian, apelidado o Sábio, fundou uma escola de teologia às margens do rio Boyne, na Irlanda, onde ensinou a doutrina católica a milhares de estudantes da Grã-Bretanha, França, Armórica e Alemanha, dando a todos eles (Ó tempos felizes!) não apenas a instrução e os livros, mas também o alojamento e as refeições. No entanto, parece que alguns alunos se esqueceram de encher as lamparinas que usavam para estudar, e um deles, cuja lamparina se apagou de repente, teve que invocar a graça divina, a qual fez seus dedos brilharem milagrosamente, de tal forma que, ao correr seus dedos luminosos através das páginas, era capaz de saciar sua sede de saber. São Fiacre, que tem uma placa comemorativa na igreja de Saint-Mathurin, em Paris, pregou aos franceses e celebrou funerais extravagantes à custa da corte. Fursey fundou monastérios em cinco países, e ainda se celebra o seu dia em Péronne, na Picardia, onde ele morreu.

Arbogasto construiu santuários e capelas na Alsácia-Lorena, e ocupou a sede da diocese de Strasburgo durante cinco anos, depois, sentindo que seu fim estava próximo (de acordo com o seu delfim), foi viver numa cabana situada no lugar onde os criminosos eram executados, e onde mais tarde se construiu a catedral da cidade. São Vero se tornou o grande propagador do culto à Virgem Maria na França, e Disibod, bispo de Dublin, viajou por toda a Alemanha por mais de quarenta anos, e finalmente fundou o monastério beneditino denominado Monte Disibod, agora conhecido como Disenberg. Rumold tornou-se bispo de Mechelen, e o mártir Albino fundou, com a ajuda de Carlos Magno, um instituto de ciência em Paris, e um outro que dirigiu pessoalmente por muitos anos na antiga Ticinum (agora Pavia, na Itália). Kiliano, o apóstolo da Francônia, foi consagrado bispo de Würzburg, na Alemanha, mas ao tentar desempenhar o papel de João Batista entre o duque Gozbert e sua amante, acabou degolado. Sedúlio, o Jovem, foi escolhido por Gregório II para a missão de pacificar uma disputa entre os clérigos da Espanha, mas, ao chegar lá, os sacerdotes espanhóis recusaram-se a escutá-lo, alegando ser um estrangeiro. Em resposta a essa acusação, Sedúlio respondeu que, por ser um irlandês da antiga raça dos milésios, era de fato um espanhol nativo. Esse argumento convenceu totalmente seus oponentes, que lhe permitiram se instalar no palácio episcopal de Oreto.

Em resumo, o período que terminou com a invasão da Irlanda por tribos escandinavas, no século VIII, nada mais é do que a crônica ininterrupta de apostolados, de missões e de martírios. O rei Alfredo, que visitou o país e deixou-nos suas impressões em versos chamados "The Royal Journay" [A viagem real], nos diz na primeira estrofe:

> *I found when I was in exile*
> *In Ireland the beautiful*
> *Many ladies, a serious people*
> *Laymen and priests in abundance.*[7]

E devemos admitir que em doze séculos esse quadro não se alterou muito; contudo, se o bom rei Alfredo voltasse agora à Irlanda, ele encontraria uma abundância maior de padres que de leigos

Para ler a história dos três séculos que precedem a chegada dos ingleses à ilha, é necessário ter estômago, já que as lutas mortíferas com os dinamarqueses e os noruegueses, os estrangeiros negros e os estrangeiros brancos, como eram chamados, foram tão constantes e ferozes que transformaram toda essa época num verdadeiro matadouro. Os dinamarqueses ocuparam os principais portos da costa leste da ilha e estabeleceram um reino em Dublin, atual capital da Irlanda, que por quase vinte séculos foi uma cidade importante. Depois, os reis nativos mataram-se entre si, fazendo de tempos em tempos uma pausa para merecido descanso, jogando partidas de xadrez. Finalmente, a vitória sangrenta do usurpador Brian Boru sobre as hordas nórdicas, nas dunas próximas às muralhas de Dublin, pôs fim às invasões escandinavas. Os escandinavos, entretanto, não deixaram o país, mas gradualmente se assimilaram à comunidade, fato que devemos levar em conta se queremos entender o caráter singular do irlandês moderno.

Durante esse período, a cultura necessariamente se debilitou, mas a Irlanda teve a honra de produzir três grandes heresiarcas, John Duns Scotus, Macário e Vergílio Solivago. Este último foi designado pelo rei francês para a abadia de Salzburgo, tornando-se mais tarde bispo dessa diocese, onde construiu uma catedral. Era filósofo, matemático e traduziu os escritos de Ptolomeu. No seu tratado de geografia, defendeu a teoria, bastante

---

[7] Encontrei, quando exilado / Na Irlanda, a bela, / Muitas damas, um povo sério, / Abundância de Leigos e clérigos.

subversiva na época, de que a terra era redonda, e devido a essa audácia foi declarado um propagador de heresias pelos papas Bonifácio e Zacarias. Macário viveu na França, e o monastério de Saint-Eligius ainda preserva seu tratado *De Anima*, onde ele ensina essa doutrina posteriormente conhecida como averroísmo, da qual Ernest Renan, um celta originário da Bretanha, nos deixou um exame magistral. Escoto Erígena, reitor da Universidade de Paris, foi um panteísta místico que traduziu do grego os livros de teologia mística de Dionísio, o Pseudo-Areopagita, o santo padroeiro da nação francesa.[8] Essa tradução apresentou pela primeira vez à Europa a filosofia transcendental do Oriente, a qual teve tanta influência no curso do pensamento religioso europeu quanto terão as traduções de Platão, mais tarde, sobre o desenvolvimento da civilização italiana profana, na época de Pico della Mirandola. Não é preciso dizer que tal inovação (que se parecia a um sopro revigorante, ressuscitando os ossos mortos da teologia ortodoxa, empilhados num cemitério inviolável, num campo de Ardath)[9] não teve a aprovação do papa, que pediu a Carlos, o Calvo, que enviasse a Roma tanto o livro como o seu autor, este sob escolta, provavelmente porque quisesse que ele provasse as delícias da cortesia papal. Todavia, parece que Escoto conservou um pouco de bom senso em sua cabeça exaltada, porque fingiu não haver recebido esse convite tão cortês e partiu rapidamente para a sua pátria.

Da época da invasão Inglesa até os nossos dias, passaram-se quase oito séculos, e se me estendi um tanto longamente sobre o período precedente a fim de fazê-los entender as raízes do caráter irlandês, não tenho agora a intenção de tomar seu tempo recontando as vicissitudes da Irlanda sob a ocupação estrangeira. Não farei isso porque durante toda essa época a Irlanda deixou de ser uma potência intelectual na Europa. As artes decorativas, nas quais os antigos irlandeses se destacaram, foram abandonadas, e a cultura, tanto a sagrada quanto a profana, caiu em desuso.

Dois ou três nomes ilustres brilham como as últimas escassas estrelas de uma noite radiante que desaparece à aproximação do amanhecer. De acordo com a lenda, John Duns Scotus, a quem já me referi, fundador da escola escotista, ouviu os argumentos de todos os doutores da Universidade

---

[8] Joyce confunde Dionísio, o Pseudo-Areopagita, com Dionísio Areopagita (St. Denis, ou Dionysius, de Atenas) e com St. Denis, o Dionysius, de Paris, patrono da França.
[9] Ezequiel 37.

de Paris durante três dias inteiros, então se levantou e, de memória, refutou todos, um por um; João de Sacrobosco, que foi o último grande defensor das teorias geográficas e astronômicas de Ptolomeu, e Petrus Hibernus, o teólogo que teve a suprema tarefa de educar a mente do autor da apologia escolástica *Súmula contra os gentios*, Santo Tomás de Aquino, talvez o espírito mais penetrante e mais lúcido que a história da humanidade já conheceu.

Porém, enquanto essas últimas estrelas ainda lembravam às nações europeias o passado glorioso da Irlanda, uma nova raça céltica estava se formando, composta pelo antigo tronco celta e pelas raças escandinava, anglo-saxônica e normanda. Outro caráter nacional surgiu da cepa antiga, enriquecida desses vários elementos que se misturaram a ela e a renovaram. Os velhos inimigos uniram seus interesses para fazer frente à agressão inglesa, os cidadãos protestantes (que se tornaram *Hibernis Hiberniores*, mais irlandeses que os próprios irlandeses) ofereceram apoio aos católicos irlandeses na sua luta contra os calvinistas e luteranos fanáticos vindos do outro lado do mar, e os descendentes dos invasores dinamarqueses, normandos e anglo-saxões defenderam a causa da nova nação irlandesa contra a tirania britânica.

Recentemente, quando um membro irlandês do Parlamento fazia um discurso para os eleitores na noite anterior à eleição, começou a gabar-se de pertencer à raça antiga e acusou seu oponente de ser descendente de um colonizador cromwelliano. Acusação que suscitou gracejos na imprensa, pois seria impossível excluir da presente nação aqueles que são descendentes de famílias estrangeiras, e negar o título de patriota a quem não é de origem irlandesa implicaria recusar esse título a quase todos os heróis do movimento moderno — lorde Edward Fitzgerald, Robert Emmet, Theobald Wolfe Tone e Napper Tandy, líderes da insurreição de 1798, Thomas Davis e John Mitchel, líderes do movimento Jovem Irlanda, Isaac Butt, Joseph Biggar, o inventor do obstrucionismo parlamentar, um grande número dos fenianos anticlericais e, finalmente, Charles Stewart Parnell, que foi talvez o homem mais formidável que já liderou os irlandeses, porém, nas suas veias, não havia sequer uma gota de sangue celta.

No calendário nacional, segundo os patriotas, dois dias devem ser considerados particularmente funestos — o da invasão anglo-saxônica e normanda, e o da união dos dois parlamentos, um século atrás. Neste ponto, é importante recordar dois fatos irônicos e significativos. A Irlanda se orgulha de ser totalmente fiel à sua tradição nacional e à Santa Sé. Para a maioria dos irlandeses, essa fidelidade às duas tradições é a sua principal profissão de fé. Mas o certo é que os ingleses vieram à Irlanda em razão de pedidos reiterados de um rei nativo,[10] e, nem é preciso dizer, sem grande desejo da parte deles e sem o consentimento de seu próprio rei. Eles estavam munidos da bula papal de Adriano IV e de uma carta do papa Alexandre.[11] Desembarcaram na costa oriental com setecentos homens, um bando de aventureiros contra uma nação; foram recebidos por algumas tribos nativas e, antes de um ano, o rei inglês Henrique II celebrou com entusiasmo o Natal na cidade de Dublin. Além disso, existe o fato de que a união parlamentar[12] não foi concluída em Westminster, mas em Dublin, por um parlamento eleito pelo voto do povo irlandês, um parlamento corrompido e solapado com grande astúcia pelos representantes do primeiro-ministro inglês, mas, ainda assim, um parlamento irlandês. Na minha opinião, esses dois fatos devem ser claramente explicados, antes que o país em que ocorreram tenha o mais elementar direito de persuadir um dos seus filhos a abandonar a posição de observador imparcial para tornar-se nacionalista convicto.

Por outro lado, a imparcialidade pode confundir-se facilmente com cômodo menosprezo dos fatos. E se um observador, plenamente convencido de que na época de Henrique II a Irlanda estava dilacerada por lutas sangrentas e na época de William Pitt era um amontoado de vícios e corrupção, chega a partir de tais fatos à conclusão de que a Inglaterra não teria tantos crimes a expiar na Irlanda, agora e no futuro, estará bastante equivocado. Quando um país vitorioso oprime outro, não deverá nos parecer logicamente injusto que este outro país se rebele. Assim são os homens, e ninguém que não esteja iludido pelo próprio egoísmo ou por sua ingenuidade acreditará, nos dias de hoje, que um país colonizador é impulsionado unicamente por motivos cristãos. Esses motivos são esquecidos quando as praias estrangeiras são invadidas, por mais que o missionário e a Bíblia de bolso se antecipem

---

[10] Trata-se de Dermot MacMurrogh, rei de Leinster.

[11] A bula *Laudabiliter* (1156) dava a Irlanda a Henrique II; a autenticidade desse documento é duvidosa. Três cartas e um privilégio pontifical do papa Alexandre III confirmaram o domínio da Inglaterra sobre a Irlanda.

[12] O ato de união de 1800, que reuniu os reinos da Inglaterra e da Irlanda, dissolveu o parlamento irlandês e concedeu aos irlandeses o direito de representação no Parlamento de Westminster.

em alguns poucos meses, como é de rotina, à chegada dos soldados e dos colonos. Se os irlandeses ainda não foram capazes de fazer em casa aquilo que seus irmãos fizeram na América, isso não significa que jamais venham a fazê-lo, nem tampouco é lógico da parte dos historiadores ingleses saudar a memória de George Washington e mostrar-se satisfeitos com o progresso de uma república independente e quase socialista na Austrália, enquanto tratam como insensatos os separatistas irlandeses.

Uma separação moral existe já entre os dois países. Não me recordo nunca de ter ouvido o hino inglês, *God Save the King*, cantado em público, sem uma saraivada de assobios, gritos e pilhérias, que torna inaudível a música solene e majestosa. Mas para convencer-se dessa separação seria preciso ter estado nas ruas quando a rainha Vitória entrou na capital irlandesa um ano antes da sua morte.[13] Acima de tudo, é preciso saber que a cada viagem oficial de um monarca inglês à Irlanda, cria-se sempre uma intensa agitação visando persuadir o prefeito a ir recebê-lo nos portões da cidade. Mas, na verdade, o último monarca que esteve na cidade[14] foi obrigado a satisfazer-se com uma recepção informal, a cargo do chefe de polícia, já que o prefeito recusou a honra. (Registro aqui, como simples curiosidade, que o atual prefeito de Dublin é um italiano, o sr. Nannetti.)[15]

A rainha Vitória havia visitado a Irlanda apenas uma vez, cinquenta anos antes,[16] [nove anos] depois de seu casamento. Naquela época, os irlandeses (que não haviam esquecido totalmente sua fidelidade aos infortunados Stuart, nem ao nome de Mary Stuart, rainha da Escócia, nem ao legendário fugitivo Bonnie Prince Charlie) tiveram a perversa ideia de zombar do consorte da rainha; acusaram-no de ser um príncipe alemão renegado, divertiram-se em imitar sua maneira de pronunciar ceceando o inglês e o acolheram com um talo de repolho, no preciso instante em que pisava o solo irlandês.

A atitude e o temperamento irlandeses eram repulsivos à rainha, impregnada que estava das teorias aristocráticas e imperialistas de Benjamin Disraeli, seu ministro favorito. Ela mostrava pouco ou nenhum interesse pelo destino do povo irlandês, a não ser por meio de comentários depreciativos, os quais despertavam naturalmente respostas vigorosas. É

[13] De 4 a 26 de abril de 1900. Joyce tinha 18 anos de idade na ocasião.
[14] Alusão a uma visita de Eduardo VII e da rainha Alexandra, de 21 de julho a 1º de agosto de 1903.
[15] J.P. Nannetti nasceu em Florença.
[16] Em 1849.

verdade que, certa vez, após um terrível desastre no condado de Kerry que deixou quase todos os seus habitantes sem comida e moradia, a rainha, que mantinha bem guardados seus milhões, enviou para o comitê de socorro, que já havia arrecadado milhões de libras esterlinas, doadas por benfeitores de todas as classes sociais, uma doação real que totalizava dez libras esterlinas.[17] Tão logo o comitê se inteirou da chegada dessa doação, ele a colocou num envelope e a enviou de volta pelo correio para o doador, junto com um cartão de agradecimento. Esses pequenos incidentes demonstram que havia pouca afeição entre Vitória e seus súditos irlandeses, e se ela decidiu visitá-los no crepúsculo de sua vida, essa visita foi motivada por razões estritamente políticas.

A verdade é que ela não veio; foi enviada por seus conselheiros. Nessa época, a derrota inglesa na guerra contra os bôers, na África do Sul, fez do exército inglês objeto de escárnio da imprensa europeia, e foi necessário o gênio de dois comandantes em chefe, lorde Roberts e lorde Kitchener (ambos irlandeses, nascidos na Irlanda), para salvar seu prestígio militar ameaçado (tal como em 1815 foi necessário o gênio de outro soldado irlandês para derrotar o renovado poderio de Napoleão em Waterloo). Também foi necessário contar com recrutas e voluntários irlandeses para que demonstrassem seu renomado valor no campo de batalha. Em reconhecimento a esse fato, quando a guerra acabou, o governo inglês autorizou os regimentos irlandeses a usarem o *shamrock*,[18] o emblema patriótico, no St. Patrick's Day [Dia de São Patrício]. Na verdade, a rainha veio com a intenção de angariar facilmente a simpatia do país e facilitar a seus sargentos a tarefa de recrutamento.

Afirmei que, para se entender o abismo que ainda separa as duas nações, dever-se-ia ter assistido à sua entrada em Dublin. Ao longo do caminho alinhavam-se os soldadinhos ingleses (porque, desde a revolta feniana de James Stephens, o governo deixou de enviar regimentos irlandeses para a Irlanda), e atrás dessa barreira estava uma multidão de cidadãos. Nas sacadas decoradas concentravam-se os oficiais e suas esposas, os empregados unionistas e suas esposas, os turistas e suas esposas. Quando o cortejo apareceu, as pessoas nas sacadas começaram a vociferar saudações e a agitar

---

[17] Aqui, Joyce cita a tradição popular. Na realidade, a rainha Vitória doou 500 libras para o comitê de socorro, durante a fome de 1878-1880.

[18] O trevo, símbolo nacional da Irlanda.

lenços. A carruagem da rainha passou, cuidadosamente protegida de todos os lados por um impressionante exército de guardas com sabres nus, e dentro, sacudida pelos movimentos da carruagem, havia uma pequena senhora de luto, quase anã, com óculos de armação de chifre na face vazia e pálida. De vez em quando, em resposta a alguma aclamação isolada, ela curvava a cabeça indecisa, como quem aprendeu mal sua lição. Inclinava--se para a direita e para a esquerda, com um movimento vago e mecânico. Os soldados ingleses respeitosamente se punham em posição de sentido enquanto sua benfeitora passava, e, atrás deles, a multidão contemplava o cortejo pomposo e a patética figura central com olhos curiosos e quase pena; e, ao afastar-se a carruagem, eles a seguiam com um olhar ambíguo. Nessa época, não houve nem bombas nem talos de couve, mas a velha rainha da Inglaterra entrou na capital irlandesa rodeada de pessoas silenciosas.

Essa diferença de temperamento, que agora é um lugar-comum entre os jornalistas da Fleet Street, tem origens raciais e históricas. Nossa civilização é um vasto tecido no qual se entrelaçam os elementos mais diversos, no qual a agressividade nórdica e o direito romano, as novas convenções burguesas e os restos de uma religião síria[19] se reconciliam. Nesse tecido é impossível encontrar o fio que se preservou puro e virgem, sem haver sofrido a influência de um outro fio vizinho. Que raça ou que língua (exceto um pequeno número que uma vontade brincalhona parece ter preservado em gelo, como o povo da Islândia) pode jactar-se de ser pura hoje em dia? E raça nenhuma tem menos direito de expressar tal orgulho do que a atual raça da Irlanda. A razão para a nacionalidade estar tão enraizada (se não é simplesmente uma cômoda ficção, igual a tantas outras que receberam do bisturi dos cientistas modernos o golpe de misericórdia) deve ser buscada em algo que supera, transcende e informa elementos instáveis como o sangue e as palavras humanas. O teólogo místico que adotou o pseudônimo de Dionísio, o Pseudo-Areopagita, disse em algum lugar que "Deus definiu os limites das nações segundo os seus anjos", e isso provavelmente não é um conceito puramente mítico. Não vemos que na Irlanda os dinamarqueses, os firbolgs, os milesianos da Espanha, os invasores normandos e os colonizadores anglo-saxões se uniram para formar uma nova entidade, sob a influência, poder-se-ia afirmar, de alguma divindade local? E, embora a atual raça irlandesa seja obtusa e inferior, vale

---

[19] Quer dizer, o cristianismo.

a pena considerar o fato de que é a única, de toda a família céltica, que não vendeu seu patrimônio hereditário por um prato de lentilhas.

Parece-me bastante ingênuo que se lancem insultos contra a Inglaterra por causa de seus delitos cometidos na Irlanda. Um conquistador não pode ser um visitante indiferente, e durante séculos os ingleses fizeram na Irlanda aquilo que os belgas estão fazendo hoje no Estado Livre do Congo, ou o que os pigmeus nipônicos farão amanhã em outros países. Eles instigaram as lutas internas e se apoderaram das riquezas. Com a introdução de um novo sistema de agricultura, reduziram o poder dos líderes nativos e deram grandes propriedades rurais a seus soldados. Perseguiram a Igreja romana enquanto ela foi rebelde, mas pararam quando ela se tornou um efetivo instrumento de subjugação. Sua principal preocupação foi manter o país dividido, e se um governo liberal inglês, gozando de toda a confiança dos eleitores, quisesse conceder amanhã certo grau de autonomia à Irlanda, a imprensa conservadora da Inglaterra começaria imediatamente a incitar a província de Ulster a rebelar-se contra a autoridade de Dublin.

A Inglaterra foi tão cruel quanto astuta. Suas armas foram, e continuam sendo, o aríete, o porrete, o laço; e se Parnell foi uma pedra no sapato dos ingleses, isso sucedeu principalmente porque, quando aquele era um menino em Wicklow, ouviu de sua babá histórias sobre a ferocidade dos ingleses. Uma história que ele próprio contou era sobre um camponês que, após transgredir as leis penais, foi preso por ordem de um coronel, despido, amarrado a uma carroça e chicoteado pela tropa. O coronel havia determinado que as chicotadas fossem dadas no abdome, de modo que o miserável morreu em meio a dores atrozes, suas entranhas se espalhando pela estrada.

Os ingleses agora desprezam os irlandeses porque são católicos, pobres e ignorantes; contudo, não é tão simples justificar esse desprezo. A Irlanda é pobre porque as leis inglesas arruinaram as indústrias do país, especialmente a da lã, porque a omissão do governo inglês nos anos da carestia da batata permitiu que a maior parte da população morresse de fome e porque, sob a presente administração, enquanto a Irlanda vai ficando despovoada e a criminalidade é quase inexistente, os juízes recebem um salário de rei, e os representantes do governo e os funcionários públicos recebem grandes somas para fazer pouco ou nada. Para dar um exemplo, só em Dublin, o vice-rei recebe meio milhão de francos ao ano. Cada policial custa ao cidadão dublinense 3.500 francos anuais (o dobro, parece-me, do que recebe um professor do ensino secundário na Itália), e o pobre-diabo que cumpre a sua função de escriturário chefe da cidade é obrigado a arranjar-se como pode com um salário miserável de 6 libras esterlinas ao dia. A crítica inglesa tem de fato razão: a Irlanda é pobre, e, além disso, politicamente atrasada. Para os irlandeses, as datas da Reforma de Lutero e da Revolução Francesa não significam nada. As lutas feudais dos nobres contra o rei, conhecidas na Inglaterra como a Guerra dos Barões, tiveram seu equivalente na Irlanda. Se os barões ingleses sabiam como massacrar nobremente seus vizinhos, também o sabiam os barões irlandeses. Nessa época, na Irlanda, não faltaram as façanhas violentas, o fruto do sangue aristocrático. Conta-se que o príncipe irlandês Shane O'Neill foi tão generosamente abençoado pela natureza que muitas vezes tiveram de enterrá-lo até o pescoço na terra mãe para aplacar seu desejo por prazer carnal. Mas os barões irlandeses, astuciosamente divididos pelos políticos estrangeiros, nunca foram capazes de se unir em nome de uma causa comum. Alimentavam disputas pueris entre eles mesmos e desperdiçaram nessas guerras a vitalidade do país, enquanto seus irmãos, do outro lado do canal de São Jorge, forçavam o rei João a assinar a Carta Magna (o primeiro capítulo das liberdades modernas) no campo de Runnymede.

A onda de democracia que abalou a Inglaterra na época de Simon de Monfort, fundador da Câmara dos Comuns, e mais tarde à época do protetorado de Cromwell, havia perdido toda a força quando alcançou a costa da Irlanda; e agora a Irlanda (um país destinado por Deus a ser a caricatura eterna do mundo sério) é um país aristocrático sem aristocracia. Descendentes dos antigos reis (que são designados apenas por seus nomes de família, sem acréscimo do prefixo) são vistos nas salas de audiência das cortes de justiça, com perucas e declarações juradas, invocando em favor de seus clientes as mesmas leis que os espoliaram de seus títulos reais. Pobres reis depostos, comportam-se no seu declínio como irlandeses carentes de sentido prático. Nunca pensaram em seguir o exemplo de seus irmãos ingleses que, em situação semelhante, vão à maravilhosa América pedir a mão da filha de outro rei, sem se importar se é o rei do verniz ou o rei da linguiça.

Não é difícil entender por que o cidadão irlandês é reacionário e católico, e por que mistura os nomes de Cromwell e Satã quando pragueja. Para ele, o Grande Protetor dos direitos civis é apenas uma besta selvagem que veio para a Irlanda propagar sua fé a ferro e fogo. Não se esqueceu do saque a Drogheda e Waterford, nem desses grupos de homens e mulheres perseguidos até as ilhas mais remotas pelos puritanos, que afirmavam que todos iriam "para o fundo do oceano ou para o inferno"; tampouco se esqueceu do falso juramento que os ingleses prestaram na pedra quebrada de Limerick.[20] Como podia esquecer? As costas do escravo esquecem o açoite? A verdade é que o governo inglês reforçou os valores morais do catolicismo ao bani-los.

Hoje, graças em parte aos infindáveis discursos e à violência feniana, o reinado de terror acabou. As leis penais foram revogadas. Agora, um católico na Irlanda pode votar, tornar-se funcionário do governo, exercer o comércio ou uma das profissões liberais, ensinar numa escola pública, ocupar uma cadeira no parlamento, possuir terras por mais de trinta anos, manter em seu estábulo um cavalo que custa mais que 5 libras esterlinas e ainda assistir a uma missa na sua igreja sem correr o risco de ser enforcado, arrastado e esquartejado pelo verdugo. Mas essas leis foram revogadas há tão pouco tempo que um membro nacionalista do parlamento, que ainda vive, foi condenado por um júri inglês, pelo crime de alta traição, a ser enforcado, arrastado e esquartejado pelo carrasco (que, na Inglaterra, é um mercenário, escolhido pelo delegado entre os seus colegas mercenários, pelo mérito notável de seu empenho e de sua diligência).

O povo irlandês, que é 90% católico, deixou de contribuir para a subsistência da Igreja protestante, que somente existe para o conforto espiritual de alguns milhares de colonizadores. Nem é preciso dizer que o tesouro da Inglaterra perdeu algum dinheiro, e que a Igreja romana ganhou mais uma filha. Quanto ao sistema educacional, ele permite que umas poucas tendências do pensamento moderno infiltrem-se lentamente no solo árido. No momento próprio talvez ocorra o gradual renascimento da consciência irlandesa, e vejamos, quatro ou cinco séculos depois da Dieta de Worms, um monge irlandês lançar fora o hábito e fugir com uma monja, proclamando em voz alta o fim desse coerente absurdo que é o catolicismo e o início desse incoerente absurdo que é o protestantismo.

Mas uma Irlanda protestante é quase impensável. Sem dúvida alguma,

---

[20] O tratado de Limerick (1691), que pôs fim às guerras contra Guilherme III, garantia à Irlanda a liberdade religiosa que lhe havia sido concedida por Carlos II. Mas a opressão inglesa sobre os católicos irlandeses, no século XVIII, foi a pior da sua história.

a Irlanda tem sido até agora a filha mais fiel da Igreja católica. E talvez só ela no mundo tenha recebido com cortesia os primeiros missionários cristãos e se convertido à nova doutrina sem derramar uma gota de sangue. Na verdade, a história eclesiástica da Irlanda carece completamente de mártires, como afirmou com orgulho o Bispo de Cashel ao contestar as zombarias de Giraldus Cambrensis. Por seis ou oito séculos ela foi o centro espiritual do cristianismo. Seus filhos foram enviados para todos os países do mundo para pregar o evangelho, e seus doutores para interpretar e renovar as escrituras sagradas.

Sua fé nunca foi seriamente abalada, se excetuarmos certa tendência doutrinal de Nestório, no século V, referente à união hipostática das duas naturezas de Jesus Cristo, algumas diferenças insignificantes no ritual, surgidas naquela época, tal como a forma da tonsura nos clérigos e a época da celebração da Páscoa, e, finalmente, a defecção de alguns sacerdotes, incitados por emissários da reforma de Eduardo VII. Mas, aos primeiros sinais de que a Igreja corria perigo, um verdadeiro enxame de mensageiros irlandeses embarcou imediatamente para todas as costas da Europa, tentando instigar uma forte reação das forças católicas contra os hereges.

Então a Santa Sé recompensou a seu modo essa fidelidade. Por meio de uma bula papal e de um anel, ela primeiro deu a Irlanda para Henrique II da Inglaterra, e depois, durante o pontificado de Gregório XIII, quando a heresia protestante alçou a sua cabeça, ela se arrependeu de haver entregue a fiel Irlanda aos ingleses hereges e, para redimir o erro, nomeou um bastardo da corte papal[21] para soberano absoluto da Irlanda. Naturalmente, ele foi um rei *in partibus infidelium*, mas nem por isso a intenção do papa foi menos cortês. Por outro lado, a submissão da Irlanda é tão completa que dificilmente resmungaria se amanhã o papa, depois de ter dado sucessivamente a Irlanda a um inglês e a um italiano, ele a passasse para algum *hidalgo* da corte de Alfonso[22] que se achasse momentaneamente desempregado por causa de complicações imprevistas na Europa. Porém, a Santa Sé mostrou-se mais avara na hora de conferir honras eclesiásticas, e embora no passado a Irlanda tivesse enriquecido, como vimos, os arquivos hagiográficos, isso de modo algum foi reconhecido nos conselhos

---

[21] Joyce sem dúvida faz alusão ao filho ilegítimo de Gregório XIII, Giacomo Buoncompagno. Nas crônicas papais não se faz referência a esse incidente, e tampouco se sabe de onde Joyce retirou a informação.

[22] Alfonso XIII, rei da Espanha.

do Vaticano, e transcorreram mais de 1.400 anos antes que o Santo Pai pensasse em elevar um bispo irlandês à dignidade de cardeal.

Ora, o que a Irlanda ganhou com sua fidelidade ao papado e sua infidelidade à coroa britânica? Ganhou muito, porém não para si mesma. Entre os escritores irlandeses que, nos séculos XVII e XVIII, adotaram a língua inglesa e praticamente esqueceram a sua terra natal, encontramos os nomes de Berkeley, o filósofo idealista; de Oliver Goldsmith, autor de *The Vicar of Wakefield*; dos famosos dramaturgos Richard Brinsley Sheridan e William Congreve, cujas obras-primas cômicas são admiradas ainda hoje nos palcos áridos da Inglaterra moderna; de Jonathan Swift, autor de *As viagens de Gulliver*, que divide com Rabelais o título de melhor autor satírico da literatura mundial; e de Edmund Burke, que os próprios ingleses chamaram de Demóstenes moderno e consideraram o mais profundo orador que já tomara a palavra na Câmara dos Comuns.

Hoje, apesar dos grandes obstáculos, a Irlanda ainda dá a sua contribuição à arte e ao pensamento inglês. Realmente, os irlandeses não são esses idiotas desequilibrados e incapazes sobre os quais lemos nos editoriais do *Standard* e do *Morning Post*, basta citar os nomes de três dos maiores tradutores da literatura inglesa — Fitzgerald, tradutor de *Rubaiyat*, do poeta persa Omar Khayyam, Burton, tradutor de obras-primas árabes, e Cary, o clássico tradutor de *A divina comédia*. Pode-se citar ainda outros irlandeses — Arthur Sullivan, o mestre da moderna música inglesa; Edward O'Conner,[23] fundador do cartismo; o romancista George Moore, um oásis intelectual no Saara dos falsos escritores espiritualistas, messiânicos e policiais, que são legião na Inglaterra; e mais esses dois dublinenses, o paradoxal e iconoclasta George Bernard Shaw, autor de comédias, e o também célebre Oscar Wilde, filho de uma poeta revolucionária.

Finalmente, no campo dos assuntos práticos, essa concepção pejorativa da Irlanda é desmentida pelo fato de que os irlandeses, quando se encontram fora da Irlanda, num outro ambiente, muito frequentemente se transformam em homens respeitados. As condições econômicas e intelectuais que prevalecem no seu próprio país não permitem o desenvolvimento da sua individualidade. A alma do país está enfraquecida por séculos de lutas inúteis e tratados rompidos, assim como a iniciativa individual está paralisada por influência e admoestações

---

[23] Feargus Edward O'Connor.

da Igreja, enquanto seu corpo permanece agrilhoado pela polícia, pelos impostos e pelas forças estrangeiras. Ninguém que tenha amor próprio fica na Irlanda, mas foge como se o país tivesse recebido a visita de um enfurecido Júpiter.

Desde a época do tratado de Limerick,[24] ou melhor, desde o momento em que os ingleses romperam de má-fé esse tratado, milhões de irlandeses deixaram sua terra natal. Hoje, tal como se fazia séculos atrás, esses fugitivos são chamados de "*wilde geese*" [gansos selvagens]. Engajaram-se em todas os regimentos estrangeiros das potências da Europa — França, Holanda e Espanha, para ser exato —, e em muitos campos de batalha levaram os louros da vitória para os seus novos mestres. Na América encontraram uma outra pátria. Nas fileiras dos rebeldes americanos ouvia-se a antiga língua irlandesa, e o próprio lorde Mountjoy disse, em 1784: "Por culpa dos imigrantes irlandeses perdemos a América". Hoje, nos Estados Unidos, os imigrantes irlandeses somam 16 milhões e formam uma comunidade rica, poderosa e industriosa. Talvez seja a prova de que o sonho de um renascimento irlandês não é uma ilusão apenas!

Se a Irlanda foi capaz de pôr a serviço de outras nações homens como Tyndall, um dos raros cientistas cujo nome ultrapassou o campo de sua especialidade, como o marquês de Dufferin,[25] governador do Canadá e vice-rei da Índia, como Charles Gavin Duffy e Hennessey,[26] ambos governadores de colônias, como o duque de Tetuan,[27] nomeado recentemente ministro espanhol, como Bryan, candidato à presidência dos Estados Unidos, como o marechal MacMahon, presidente da República Francesa, como o lorde Charles Berefost, que provavelmente comandará a marinha inglesa e a quem se confiou há pouco o comando da Frota do Canal, como os três generais mais célebres do exército inglês — lorde Wolseley, comandante em chefe, lorde Kitchener, vencedor da campanha do Sudão e atual general do exército da Índia, e lorde Roberts, vitorioso no Afeganistão e na África do Sul —, se a Irlanda, eu dizia, foi capaz de pôr todos esses talentos à disposição de outras nações, é porque na sua situação presente existe alguma coisa de hostil, de despótico e de

---

[24] 1691.

[25] Frederick Temple Blackwood, marquês de Dufferin e de Ava (1826-1902).

[26] John Bobanau Nickerlieu Hennessey (1829-1910), inspetor geral do governo na Índia.

[27] Leopold O'Donnell, duque de Tetuan (1809-67), que foi ministro da Guerra, na Espanha, e várias vezes primeiro-ministro.

desfavorável, pois seus filhos não podem consagrar seus esforços a serviço de seu próprio país.

Porque, ainda hoje, a fuga desses gansos selvagens continua. A cada ano, embora já bastante despovoada, a Irlanda perde 60 mil de seus filhos. De 1850 até os nossos dias, mais de 5 milhões de emigrantes partiram para a América, de onde enviam todos os dias cartas a amigos e parentes que ficaram na Irlanda, convidando-os a juntar-se a eles. Só os velhos, os corruptos, as crianças e os pobres ficam em casa, onde o duplo jugo faz outra marca no pescoço domesticado; e ao redor do leito de morte, onde o corpo miserável e anêmico jaz quase sem vida, os soberanos dão suas ordens e os sacerdotes ministram a extrema-unção.

Estará este país destinado a recuperar algum dia o seu antigo título de Hélade do Norte? Estará a mentalidade celta, assim como a mentalidade eslava a que se assemelha em muitos aspectos, destinada a enriquecer a consciência da civilização com novas descobertas e novas antecipações do futuro? Ou o mundo céltico (as cinco nações célticas), repelido pelas nações mais fortes para o extremo limite do continente, para as mais afastadas das ilhas da Europa, deverá finalmente ser lançado no oceano, depois de séculos de luta? Ai de nós!, sociólogos diletantes, somos apenas profetas de segunda classe. Observamos atentamente as entranhas do animal humano e, depois, confessamos que não vislumbramos nada ali. Somente nossos super-homens saberão escrever a história do futuro.

Seria interessante, mas estaria além do meu escopo desta noite, examinar os efeitos que produziria na nossa civilização um renascimento da raça irlandesa. Os efeitos econômicos do aparecimento de uma ilha rival vizinha à Inglaterra, uma ilha bilíngue, republicana, centrada em si mesma e empreendedora, com sua própria frota mercante e seus próprios cônsules em todos os portos do mundo. E os efeitos morais do aparecimento, na velha Europa, de artistas e pensadores irlandeses — esses espíritos estranhos, entusiastas álgidos, sexual e artisticamente incultos, cheios de idealismo e incapazes de se submeter a ele, espíritos pueris, ingênuos e satíricos, "esses irlandeses sem amor", como eram chamados. Mas, à espera desse renascimento, confesso não perceber a vantagem de protestar contra a tirania inglesa enquanto a tirania romana ocupa o palácio da alma.

Não vejo propósito nessas invectivas amargas contra o espoliador inglês e nesse desprezo pela vasta civilização anglo-saxônica, ainda que se trate de uma civilização quase exclusivamente materialista; tampouco vejo propósito nas orgulhosas e vazias afirmações, como a de que a arte da miniatura, nos antigos livros irlandeses, tais como o *Book of Kells*, o *Yellow Book of Lecan* e o *Book of the Dun Cow*, que datam do tempo em que a Inglaterra era um país inculto, é quase tão antiga quanto a arte chinesa, ou ainda a afirmação de que a Irlanda fabricou e exportou para a Europa seus tecidos ao longo de muitas gerações antes que os primeiros flamengos chegassem a Londres para ensinar aos ingleses a fazer pão. Se argumentos históricos dessa ordem fossem válidos, o felá do Cairo teria todo o direito do mundo para desdenhosamente recusar-se a carregar as bagagens de turistas ingleses. A antiga Irlanda está morta, tal como o antigo Egito. Sua oração fúnebre foi entoada, e o lacre colocado sobre a lápide. A velha alma nacional que durante séculos falou pela boca de profetas prodigiosos, menestréis errantes e poetas jacobitas desapareceu do mundo com a morte de James Clarence Mangan.[28] Com ele acabou a longa tradição da ordem tripla dos velhos bardos celtas; e, hoje, outros bardos, animados por outros ideais, têm a palavra.

Uma única coisa me parece clara. Já chegou o tempo para que a Irlanda se decida a superar definitivamente seus fracassos. Se realmente for capaz de renascer, que desperte, ou então que cubra sua face e descanse em seu túmulo para sempre. "Nós, irlandeses", disse um dia Oscar Wilde para um amigo meu,[29] "não fizemos nada, mas somos os maiores faladores desde o tempo dos gregos." No entanto, por mais eloquentes que sejam os irlandeses, uma revolução não se faz com sopro humano e negociações. Já houve demasiados equívocos e mal-entendidos na Irlanda. Se ela deseja nos oferecer o espetáculo que aguardamos há tanto tempo, então que ele seja íntegro, completo e definitivo. Nosso conselho para os produtores irlandeses é o mesmo que nossos pais lhes davam não faz muito tempo: — Corram! Quanto a mim, estou certo de que não verei de longe a cortina subir, pois, quando isso ocorrer, já terei tomado o último trem para casa.

Tradução: Dirce Waltrick do Amarante

[28] Aqui Joyce anuncia sua próxima conferência sobre Mangan.
[29] Yeats.

36

JAMES CLARENCE MANGAN (2)[1]

1907

Na segunda conferência que fez na Itália, devotada a Mangan, Joyce aborda francamente as fraquezas desse poeta, algo de que falara pouquíssimo, cinco anos antes, no University College de Dublin. Agora reconhece que Mangan não havia se libertado suficientemente dos "ídolos interiores e exteriores". Mangan já não lhe parece primordialmente um grande poeta, mas sim uma grande figura simbólica, cujos versos expressam as dores, as aspirações e as limitações do seu povo. Joyce aproveitou passagens de seu ensaio anterior, traduzindo-as para o italiano; mas no resto da conferência, e sobretudo no início, mostra-se mais vigoroso e opõe claramente sua personalidade aos versos lânguidos de Mangan.

Há certos poetas que, além da capacidade para revelar-nos algum aspecto da consciência humana desconhecido até então, possuem também o mais duvidoso mérito de reunir em si mesmos as diversas tendências contraditórias de sua época, de serem, por assim dizer, baterias que armazenam novas forças. De modo geral, a maior parte desses poetas só é apreciada pelas massas devido a esse último papel, pois o grande público, incapaz por natureza de avaliar as obras de verdadeira autorrevelação, apressa-se em reconhecer, por um ato de graça, a ajuda incalculável que a

---

[1] Traduzido para o inglês do italiano, "Giacomo Clarenzio Mangan", manuscrito incompleto de 24 páginas com grande número de correções, conservado na coleção Slocum, da biblioteca da Yale University. Entre os papéis de Joyce conservados na biblioteca da Cornell University, encontra-se um exemplar datilografado desta conferência, que foi copiado, com muitos erros, do manuscrito original quando ainda faltava a página 4. Essa página é uma das duas que John Slocum encontrou soltas e acrescentou ao original, antes que a coleção que leva seu nome fosse enviada a Yale. A outra página, sem numeração, não parece fazer parte da conferência.

afirmação individual de um poeta dá a um movimento popular. O mais popular ato de graça nesses casos é a ereção de um monumento, porque honra os mortos enquanto também lisonjeia os vivos. O monumento apresenta ainda a suprema vantagem de pôr um ponto final, pois, para dizer a verdade, é a maneira mais cortês e eficaz de impor o esquecimento permanente dos mortos. Nos países sérios e lógicos, é costume finalizar o monumento de maneira digna, e da cerimônia de inauguração participam o escultor, as autoridades da cidade, os oradores e uma grande multidão. Mas na Irlanda, país destinado pelos deuses a ser a eterna caricatura do mundo sério,[2] mesmo quando se erguem monumentos em homenagem aos homens mais populares, cujo caráter é capaz de despertar a simpatia do povo, raramente se ultrapassa o ato de colocação da primeira pedra. Dito isto, vocês compreenderão talvez as trevas que envolvem o nome de Clarence Mangan quando souberem que, apesar da reputação de generosidade que a Ilha Esmeralda tem, até o momento nenhuma iniciativa foi tomada para esconjurar o fantasma inquieto do poeta nacional com a primeira pedra e as tradicionais coroas. Talvez a paz inabalável em que ele repousa tenha se tornado tão agradável que se sinta ofendido (se é que nossas sílabas mortais são capazes de alcançar o outro mundo) ao dar-se conta de que a sua tranquilidade espectral foi perturbada pelas palavras de um compatriota exilado,[3] que fala dele de um modo amador, em uma língua estranha, a um grupo de estrangeiros benevolentes.

A contribuição irlandesa à literatura europeia pode ser dividida em cinco períodos e duas grandes partes, isto é, a literatura em língua irlandesa e a literatura em língua inglesa. Da primeira parte, que compreende os dois primeiros períodos, o material mais remoto quase se perdeu na noite dos tempos, e se compõe de todos os velhos livros sagrados, os cantos épicos, os códigos legais e as histórias e as lendas topográficas. O período mais recente perdurou muito tempo após a invasão dos anglo-saxões e normandos, sob o comando de Henrique II e do rei João, época dos trovadores itinerantes, cujas canções simbólicas prolongaram a tradição da ordem tripla dos antigos bardos celtas. Sobre esse período já tive a oportunidade de lhes falar várias noites atrás.[4] A segunda parte, que

---

[2] Reprodução de frase da conferência anterior.
[3] É a única vez, ao que se sabe, que Joyce se refere a si mesmo como um "exilado".
[4] Na conferência anterior.

corresponde à literatura irlandesa escrita em língua inglesa, compreende três períodos. O primeiro pertence ao século XVIII, que inclui, entre outros irlandeses, os gloriosos nomes de Oliver Goldsmith, autor do célebre romance *The Vicar of Wakefield*, dos dois famosos autores de comédias, Richard Brinsley Sheridan e William Congreve, cujas obras-primas são admiradas ainda hoje nos palcos estéreis da Inglaterra moderna, do deão rabelaisiano, Jonathan Swift, autor de *Gulliver's Travels*, e do chamado Demóstenes inglês, Edmund Burke, a quem até mesmo os críticos ingleses consideram o orador mais profundo que já falou na Câmara dos Comuns e um dos mais sábios homens de estado, mesmo entre o astuto grupo de políticos da clara Albion. O segundo e o terceiro períodos pertencem ao século passado. Um é representado pelo movimento literário da Jovem Irlanda dos anos 1842 e 1845, e o outro é o movimento literário de hoje, do qual pretendo lhes falar em minha próxima conferência.[5]

O movimento literário de 1842 se inicia com a aparição do jornal separatista *The Nation*, fundado pelos três líderes Thomas Davis, John Blake Dillon (pai do antigo líder do partido parlamentar irlandês)...

[*Falta uma página*]

da classe média, e após uma infância em que vivenciou crueldades domésticas, tristeza e miséria, tornou-se funcionário de um escritório de tabelião de terceira classe. Foi sempre uma criança de natureza quieta e pouco receptiva, entregue em segredo ao estudo de várias línguas, reservado, silencioso, preocupado com questões religiosas, sem amigos ou conhecidos. Quando começou a escrever, atraiu de imediato a atenção de pessoas cultas, que descobriram nele uma musicalidade lírica exaltada e um idealismo ardente que se revelavam em ritmos de extraordinária e espontânea beleza, sem equivalentes, talvez, na literatura inglesa, exceto nos versos inspirados de Shelley. Graças à influência de alguns homens de letras, obteve um cargo de assistente na grande biblioteca do Trinity College, Dublin, rico tesouro bibliográfico, três vezes maior que a biblioteca Victor Emmanuel em Roma, e local que abriga livros irlandeses antigos como *The Book of the Dun Cow*, *The Yellow Book of Lecan* (um famoso

---

[5] Conferência sobre o renascimento irlandês, cujo texto jamais foi encontrado.

tratado jurídico, trabalho do sábio rei Cormac, o Magnífico,[6] chamado de Solomon irlandês) e *The Book of Kells*, livros que datam do primeiro século da era cristã e cujas miniaturas são tão antigas quanto as chinesas.[7] Foi ali que Mitchel,[8] seu biógrafo e amigo, o viu pela primeira vez, e no prefácio às obras do poeta relata a impressão que lhe causou aquele homenzinho macilento, de cabelo claro e rosto pálido, sentado no topo de uma escada com as pernas cruzadas, absorto na tarefa de decifrar na penumbra um imenso e empoeirado volume.

Mangan passava seus dias estudando nessa biblioteca, e assim se tornou um linguista competente. Conhecia a fundo as línguas e as literaturas italiana, espanhola, francesa e alemã, bem como a inglesa e a irlandesa, e, segundo consta, tinha algum conhecimento de línguas orientais, provavelmente um pouco de sânscrito e árabe. De vez em quando emergia de seu estudo silencioso e publicava alguns poemas no jornal revolucionário, embora tivesse pouco interesse nos encontros noturnos do partido. Na realidade, passava suas noites em local muito distante. Ocupava um quarto escuro e sórdido localizado na cidade velha, bairro de Dublin que ainda hoje possui o significativo nome de "The Liberties" [As liberdades]. Percorria as estações da sua *via crucis* entre as mais lúgubres tavernas do bairro, onde sua figura devia ter causado estranheza em meio ao suprassumo da escória local — ladrões de galinha, bandidos, fugitivos, cafetões e prostitutas baratas. Ainda que pareça incrível (no entanto, é esta a opinião unânime de seus compatriotas, sempre dispostos a dar seu testemunho nesses casos), Mangan tinha um contato apenas superficial com esse submundo. Bebia pouco, mas a sua saúde estava tão debilitada que a bebida exercia um efeito tremendo sobre ele. A máscara mortuária que chegou até nós mostra uma face refinada, quase aristocrática, cujas linhas delicadas exibem apenas melancolia e grande cansaço.

Creio que os patologistas rejeitam a combinação dos prazeres do álcool com os do ópio, e parece que Mangan não tardou a tomar consciência disso, pois começou a usar imoderadamente drogas narcóticas. Mitchel nos conta

---

[6] Cornac Mac Art não mereceu jamais, como Lorenzo de Médicis, o título de "Magnífico", e ainda que seu reino, no século III, tenha sido o mais brilhante entre todos os reinados pagãos da Irlanda, esteve longe de alcançar o esplendor do Renascimento italiano. Joyce confunde o *Yellow Book of Lecan*, que não é um tratado jurídico, com o *Book of Aicill*, que, acredita-se, reúne as ideias jurídicas de Cormac.

[7] Joyce cita sua conferência anterior.

[8] John Mitchel (1815-75), um dos líderes do movimento Jovem Irlanda.

que, no final da vida, Mangan parecia um esqueleto ambulante. Tinha a face descarnada, a pele havia adquirido a transparência da porcelana. Seu corpo estava seco, e seus olhos, nos quais uns brilhos infrequentes pareciam esconder as memórias horríveis e voluptuosas de suas visões, eram grandes, fixos e vagos; sua voz se tornara lenta, fraca e sepulcral. Desceu com assustadora rapidez os últimos degraus que o levaram à cova. Tornou--se mudo e usava roupas esfarrapadas. Comia apenas o suficiente para manter-se vivo, até que um dia desabou subitamente enquanto caminhava pelas ruas. Levaram-no ao hospital, e em seus bolsos encontraram algumas moedas e um velho livro de poesia alemã. Quando morreu, seu corpo devastado provocou calafrio nos enfermeiros, e alguns amigos caridosos pagaram os custos de seu sórdido enterro.

Assim viveu e morreu o homem que considero o mais importante poeta do mundo celta moderno, e um dos líricos mais inspirados do mundo inteiro. É muito cedo, acredito, para afirmar que Mangan viverá para sempre nos campos opacos do esquecimento, mas estou firmemente convencido de que se ele por fim alcançar a glória póstuma que merece, não será com a ajuda de seus compatriotas. A Irlanda só reconhecerá Mangan como seu poeta nacional no dia em que se decidir o conflito entre a minha terra natal e os poderes estrangeiros que a dominam, os anglo-saxões e o catolicismo, e surgir uma nova civilização, ou nativa ou totalmente estrangeira. Até lá, ele permanecerá esquecido, ou será lembrado raramente em feriados como

[Falta uma página.]

A questão que Wagner colocou na boca do inocente Parsifal[9] deve ser lembrada sempre que nos sucede ler certas críticas inglesas, influenciadas principalmente pelo espírito cego e amargo do calvinismo. É fácil explicar essas críticas quando discutem um gênio poderoso e original, pois a aparição de um gênio sempre funciona como sinal de alarme para que todos os interesses corruptos e consolidados unam forças em defesa da antiga ordem. Por exemplo, aqueles que compreenderam a tendência destrutiva e fortemente individualista das obras de Henrik Ibsen não se surpreendem

---

[9] "Quem é bom?" Até aqui, Joyce havia desenvolvido ideias originais, mas neste parágrafo ele se limita a explorar uma passagem de seu primeiro ensaio sobre Mangan, texto 8, neste volume.

de ouvir os críticos mais influentes de Londres atacarem o dramaturgo na manhã seguinte a uma de suas estreias, chamando-o (cito as palavras exatas do falecido crítico do *Daily Telegraph*) de cachorro sujo fuçando excrementos.[10] Mas quando o pobre condenado é um poeta mais ou menos inócuo, cuja falta foi não ter sido capaz de aderir escrupulosamente ao culto da respeitabilidade, o caso torna-se mais complicado. E assim[11] vemos que, quando o nome de Mangan é mencionado em sua terra natal (pois devo confessar que se fala dele às vezes em círculos literários), os irlandeses deploram que tamanho talento poético estivesse unido a pessoa tão dissoluta, e mostram-se ingenuamente surpresos de encontrar evidências de uma faculdade poética em homem de vícios exóticos e de patriotismo pouco fervoroso.

Aqueles que escreveram sobre ele procuraram escrupulosamente manter o equilíbrio entre o bêbado e o fumador de ópio, e empenharam-se em averiguar se era conhecimento ou impostura o que havia por detrás de frases como "traduzido do otomano" ou "traduzido do copta". Se excluirmos essas pobres lembranças, Mangan permaneceu um estranho em sua terra natal, uma figura rara e bizarra nas ruas, onde andava triste e solitariamente, como alguém que expia pecados antigos. A vida, qualificada por Novalis como uma doença do espírito, foi sem dúvida uma dura penitência para Mangan, para ele que havia talvez esquecido o pecado que a provocou; herança ainda mais triste porque o artista sutil que ele era reconhecia claramente as linhas da brutalidade e da fraqueza nas faces dos homens que o olhavam com ódio e desprezo. No breve esboço biográfico que nos deixou, fala somente de sua infância e adolescência, e conta que quando criança conheceu apenas miséria e grosseria sórdidas, que os seus conhecidos o aviltavam com seu odioso veneno, que seu pai era tão humano quanto uma cascavel. Nessas asserções violentas constatamos os efeitos da droga oriental, mas, apesar disso, aqueles que pensam que sua história é apenas ficção de uma mente transtornada nunca souberam, ou já esqueceram, o quanto sofre um garoto sensível em contato com naturezas

---

[10] Ver primeira nota de rodapé, em "O novo drama de Ibsen". O epíteto original "cães educados revolvendo imundícies", aplicado aos admiradores de Ibsen, havia aparecido pela primeira vez num artigo não assinado da revista *Truth*. A expressão foi novamente empregada, mas dessa vez para criticá-la, no *Pall Mall Gazette* e, mais tarde, em *Quintessence of Ibsenism*, de Shaw. Joyce alterou ligeiramente o epíteto para impressionar o público.

[11] A partir deste ponto, Joyce retoma seu primeiro ensaio sobre Mangan, mas acrescenta frases que permitem avaliar a evolução de seu pensamento ao longo dos cinco anos que transcorreram entre 1902 e 1907.

grosseiras. Seus sofrimentos fizeram dele um ermitão, e de fato viveu a maior parte de sua vida num mundo de sonhos, naquele santuário do espírito onde por vários séculos os sábios e os infelizes escolheram habitar. Quando um amigo lhe disse que a história de sua infância parecia bastante exagerada e parcialmente falsa, Mangan respondeu: "Talvez eu a tenha sonhado". Para ele, o mundo tornara-se evidentemente algo irreal e de pouca importância.

O que sucederá, então, a esses sonhos que, num coração jovem e simples, tomam a feição da mais cara realidade? Alguém de natureza tão sensível não poderá esquecer seus sonhos numa vida segura e ativa. A princípio ele duvida dos sonhos, e até os rejeita, porém se ouve alguém zombar deles e os maldizer, então os reconhece com orgulho; e quando essa sensibilidade engendrou a fraqueza, ou, como no caso de Mangan, refinou uma fraqueza natural, ele é capaz de assumir um compromisso com o mundo para ganhar em troca ao menos a graça do silêncio, como se essa aspiração do coração tão cinicamente zombada, essa ideia brutalmente exasperada, fosse fútil demais para merecer tamanho desdém. Comporta-se de tal maneira que ninguém pode dizer se é orgulho ou humildade o que vemos em sua face vaga, que parece ter vida apenas nos olhos claros e brilhantes e no cabelo ruivo e sedoso, do qual se mostra orgulhoso. Essa reserva não é destituída de perigos, e no final das contas são apenas os seus excessos que o salvam da indiferença. Correm boatos sobre uma relação íntima entre ele e um de seus pupilos, a quem dava aulas de alemão, e posteriormente, ao que parece, foi ainda ator de uma comédia romântica a três; mas se é reservado com os homens, não é menos tímido com as mulheres, sempre autoconsciente e muito crítico, conhece pouco as mentiras lisonjeiras do galanteador. Sua estranha maneira de vestir-se — alto chapéu cônico, calças frouxas alguns números acima do seu tamanho, um velho guarda-chuva em forma de archote — expressa quase comicamente a sua timidez. Acompanha-o sempre a cultura de vários países, contos orientais e a lembrança de livros medievais curiosamente impressos que o transportaram para fora do seu tempo, e com essas informações, adquiridas dia após dia, ele formou uma trama. Conhece aproximadamente vinte idiomas, e às vezes exibe essa habilidade linguística; familiarizou-se com diversas tradições literárias, cruzou vários mares e penetrou inclusive o Peristan, que não encontramos em atlas algum. Interessa-se muito pela vida da vidente de Prevorst e por todos os fenômenos da natureza intermediária, e nesse terreno, onde tem poder acima de tudo a doçura e a resolução da alma, parece buscar num mundo fictício, bastante diferente daquele que Watteau (na feliz frase de Pater) talvez buscara, ambos com certa inconstância característica, o que ali se encontra em medida insatisfatória, ou simplesmente não se encontra.

Seus escritos, ainda não reunidos numa edição definitiva, são muito desordenados e às vezes pouco compreensíveis. Numa primeira leitura, os ensaios em prosa talvez sejam interessantes, mas, na realidade, são tentativas insípidas. O estilo é pretensioso, no pior sentido da palavra, forçado e banal, os temas, triviais e inchados, o tipo de prosa, de fato, utilizado para redigir as notícias locais num periódico rural, de má qualidade. Devemos lembrar que Mangan escreveu sem contar com uma tradição literária própria, e escreveu para um público apenas interessado em questões cotidianas e para quem a única tarefa do poeta era a de ilustrar essas questões. Não pôde revisar sua obra, exceto em raras ocasiões, mas, fora as chamadas paródias burlescas e os poemas de circunstância, que são óbvios e não polidos, o melhor de sua obra suscita um interesse genuíno, pois foi concebido pela imaginação, por ele mesmo chamada, creio, de mãe das coisas, e da qual somos o sonho, que nos imagina nela e em nós mesmos, e que se imagina em nós, essa força cujo sopro faz a mente criadora parecer (para utilizar a frase de Shelley) uma brasa que se apaga. Embora no melhor do que Mangan escreveu sintamos frequentemente a presença de emoções estranhas, mais vivamente ainda constatamos a presença de uma personalidade imaginativa que reflete a luz da beleza imaginativa. Oriente e ocidente coincidem nessa personalidade (já sabemos como), as imagens se entrelaçam como suaves véus luminosos, e as palavras brilham e ressoam como os anéis de uma cota de malha; e não importa se a canção é sobre a Irlanda ou Istambul, sua oração é sempre a mesma, roga para que a paz retorne outra vez a quem a perdeu, a quem chama a pérola de sua alma, Ameen.

Essa figura que ele adora lembra os anseios espirituais e os amores imaginários da Idade Média, e Mangan situou sua dama num mundo repleto de melodia, luzes e perfumes, um mundo com o qual o poeta envolve inevitavelmente qualquer rosto contemplado com amor. Há apenas um ideal cavalheiresco, uma só devoção masculina, essa que ilumina as faces de Vittoria Colonna, Laura e Beatriz, assim como são iguais entre si a amarga desilusão e o desprezo por si mesmo, que encerram o episódio.

Mas o mundo onde Mangan deseja que sua amada habite é diferente do templo de mármore construído por Buonarotti e da pacífica auriflama[12] do teólogo florentino. É um mundo selvagem, um mundo das noites orientais. A atividade mental provocada pelo ópio povoou seu mundo de imagens magníficas e terríveis, e todo o oriente que o poeta recriou em seu sonho flamejante, que é o paraíso do fumador de ópio, palpita nessas páginas de frases, símiles e paisagens apocalípticas. Ele fala da lua que definha em meio a um turbilhão de cores púrpuras, do mágico livro celestial em caracteres vermelhos de fogo, do mar que lança suas espumas sobre as areias de açafrão, do cedro solitário nos picos dos Bálcãs, do salão bárbaro com luas crescentes de ouro, luxuosamente impregnado do perfume das rosas do gulistan do rei.

Os poemas mais famosos de Mangan, aqueles em que canta, sob um véu místico, hinos elogiosos à glória perdida de sua pátria, fazem pensar numa nuvem que cobre o horizonte num dia de verão, uma nuvem leve, impalpável, salpicada de pontos de luz, e que logo se dispersaria. Em alguns momentos a música parece sair da letargia e gritar com o êxtase do combate. Nas últimas estrofes de "Lament for the Princess of Tir-Owen and Tirconnell" [Lamento pela princesa de Tir-Owen e Tirconnell],[13] em longos versos de tremenda força, colocou toda a energia de sua raça:

> *And though frost glaze to-night the clear dew of his eyes,*
> *And white gauntlets glove his noble fair fine fingers o'er,*
> *A warm dress is to him that lightning-garb he ever wore,*
> *The lightning of the soul, not skies.*

> *Hugh marched forth to the fight – I grieved to see him so depart;*
> *And lo! To-night he wanders frozen, rain-drenched, sad, betrayed —*
> *But the memory of the lime-white mansions his right hand hath laid*
> *In ashes warms the hero's heart.*[14]

---

[12] Essa expressão, que se encontra no *Paraíso*, de Dante, XXXI, 127, se refere à Virgem Maria, não a Beatriz.

[13] Esses versos foram extraídos, mais precisamente, do poema de Mangan "O'Hussey's Ode to The Maguire".

[14] E embora o frio cubra de gelo o orvalho claro de seus olhos esta noite, / E luvas brancas vistam seus alvos dedos nobres e sutis, / A roupa quente é para ele a veste luminosa que sempre usou, / Luminosidade da alma, não dos céus. // Hugh marchou para a luta — lamentei ao vê-lo partir; / E ei-lo aqui esta noite, vagabundo enregelado, molhado, triste e traído — / Mas a lembrança das casas brancas que sua mão reduziu / A cinzas aquece seu coração de herói.

Desconheço outra passagem na literatura inglesa em que o espírito da vingança alcance tais alturas melódicas. É verdade que às vezes essa nota heroica torna-se áspera e que um conjunto de paixões grosseiras lhe fazem eco, mas um poeta como Mangan, cuja personalidade encarna a alma de um país e de toda uma época, não busca tanto criar para entreter diletantes quanto para transmitir à posteridade, por meio da força de golpes brutais, a ideia que anima sua vida. Por outro lado, não podemos negar que Mangan conservou sempre imaculada sua alma poética. Ainda que tenha escrito num inglês maravilhoso, negou-se a colaborar nos jornais e periódicos ingleses; ainda que fosse o centro espiritual de seu tempo, não aceitou se prostituir ao gosto vulgar ou tornar-se porta-voz de políticos. Era um desses espíritos anormais e estranhos que acreditavam que a vida artística deveria ser a contínua e verdadeira revelação da sua vida espiritual; que acreditavam que a sua vida interna era tão valiosa que não teriam necessidade de apoio popular, por isso se abstinham de profissões de fé; que acreditavam, em suma, que o poeta se bastava a si mesmo, herdeiro e preservador de um patrimônio secular, e que não teria a necessidade urgente, portanto, de converter-se em agitador, pregador ou perfumista.

Qual é então a principal ideia que Mangan deseja transmitir à posteridade? Toda a sua poesia registra injustiças e tribulações, e a aspiração de alguém que se sente impulsionado a realizar grandes façanhas e a bradar quando, de novo em sua mente, vê a hora de sua aflição. Esse é o tema de grande parte da poesia irlandesa, mas em nenhuma outra obra vemos uma tal desventura suportada com tanta nobreza, e tão irreparável devastação da alma, quanto na poesia de Mangan. Naomi desejava mudar seu nome para Mara, pois sabia muito bem quão amarga é a existência dos mortais. E por acaso não é um profundo sentimento de dor e de amargura que explica, no caso de Mangan, os nomes e títulos que ele se dá, e também sua obstinação em traduzir, na qual procurou se esconder? Pois Mangan não encontrou em si mesmo a fé do solitário, ou a fé que na Idade Média lançava aos céus, como músicas triunfantes, as flechas dos campanários, e ele aguarda sua hora, a hora que encerrará seus tristes dias de penitência. Mais fraco que Leopardi, uma vez que não possui a coragem do seu próprio desespero, esquece todos os males e perdoa o desdém quando alguém o trata com certa gentileza, e tem, talvez por essa razão, o memorial que desejava, uma [constante presença dos que me amam].[15]

[*Falta uma página.*]

[A poesia, mesmo sob a sua forma mais fantástica, é sempre uma revolta contra o artifício, uma revolta, em][16] certo sentido, contra a realidade. Ela fala do que parece irreal e fantástico àqueles que perderam as intuições elementares que são a prova da realidade. Para a poesia, vários dos ídolos da praça do mercado — a sucessão das épocas, o espírito do tempo, a missão da raça — são irrelevantes. O propósito principal do poeta é libertar-se da influência nefasta desses ídolos que corrompem por dentro e por fora, mas seria certamente falso afirmar que Mangan sempre buscou esse objetivo. A história de seu país o envolve tão estreitamente que nem mesmo nas horas de extrema paixão individual é capaz de destruir seus muros. Em sua vida e em seus versos tristes clama contra a injustiça dos exploradores, mas quase nunca lamenta uma perda mais profunda que a de escudos e estandartes. Herda a última e pior parte de uma tradição cujos limites nunca foram traçados por uma mão divina, uma tradição vaga e que se subdivide à medida que se move pelos ciclos. E precisamente porque essa tradição se tornou uma obsessão, ele a aceita com todos seus defeitos e lacunas, transmitindo-a tal como a recebera. O poeta que lança seus raios contra os tiranos poderia estabelecer no futuro uma tirania ainda mais íntima e cruel. A figura que ele adora tem a aparência de uma rainha abjeta que, graças aos crimes cruéis que cometera e de que também fora vítima, perdeu a razão e se aproxima da morte, embora não creia que esteja morrendo, e só recorde o rumor das vozes que sitiam seu jardim sagrado e suas flores adoráveis que se tornaram *pabulum aprorum*, comida para bestas selvagens. Amor à tristeza, desespero, ameaças proferidas aos gritos — essas são as grandes tradições da raça de James Clarence Mangan; e é nessa figura depauperada, magra e fraca, que um nacionalismo histérico encontra sua justificação final.

Em que altar do templo da glória devemos situar sua imagem? Se Mangan jamais conquistou a simpatia de seus compatriotas, como

---

[15] Do ensaio anterior sobre Mangan.
[16] Do ensaio anterior sobre Mangan.

poderá conquistar a dos estrangeiros? Não parece provável que alcance o esquecimento que tanto desejou? Ele certamente não encontrou em si mesmo a força necessária para nos revelar essa beleza triunfante, o esplendor da verdade que os antigos deificaram. É um romântico, um mensageiro *manqué*, o protótipo de uma nação *manqué*, mas, apesar de tudo isso, alguém que, como ele, expressou de maneira digna a indignação sagrada de sua alma não pode ter escrito seu nome na água. Nesses infinitos ciclos de vida múltipla que nos rodeiam, e nessa vasta memória, que é mais vasta e generosa que a nossa, provavelmente nenhuma vida, nenhum momento de exaltação se perde para sempre. E todos aqueles que escreveram com nobre desdém não escreveram em vão, mesmo se cansados e [desesperados, jamais tenham ouvido o riso prateado da sabedoria].[17]

[*O manuscrito termina aqui.*]

Tradução: André Cechinel

---

[17] Do ensaio anterior sobre Mangan. A conferência se aproximava visivelmente do fim, e parece, segundo o tom geral, que deveria terminar da mesma maneira que o ensaio anterior, a despeito de uma página adicional, não numerada, incluída por John Slocum neste texto, e que trata do conflito entre os partidários da violência e os da não violência na Irlanda. Mangan teve pouca relação com atividades políticas de qualquer tipo.

37

FENIANISMO

O último feniano[1]

1907

Durante a estada de Joyce em Trieste, o mais importante jornal da cidade era Il Piccolo della Sera, *fundado em 1881 por Teodoro Mayer. Il Piccolo não ocultava seu desejo de que Trieste estivesse sob domínio italiano em vez de austríaco.*

O diretor do jornal, Roberto Prezioso, teve aulas de inglês com Joyce, no início de sua estada na cidade. Prezioso lhe propôs, em março de 1907, depois que o escritor retornou de Roma, que escrevesse uma série de artigos sobre a Irlanda, pois acreditava que a exposição dos males derivados do domínio imperial inglês sobre a Irlanda seria uma boa lição para os representantes do poder imperial em Trieste. Joyce recebeu por esses artigos uma soma apreciável, e lhe agradou a oportunidade de demonstrar como se expressava com facilidade e elegância em italiano.

Os três primeiros artigos ("Fenianismo", "O Home Rule atinge a maioridade" e "A Irlanda no Tribunal"), escritos em 1907, expõem a situação política irlandesa, e Joyce critica tanto os irlandeses quanto os ingleses, mas apoia abertamente o Sinn Fein e o movimento nacionalista. O tom do último artigo difere bastante dos dois outros, como se Joyce, depois de haver dito tudo o que tinha a dizer sobre os defeitos dos irlandeses, desejasse defendê-los da maneira mais eloquente possível.

Os dois artigos seguintes ("Oscar Wilde, o poeta de Salomé" e "A luta de Bernard Shaw com a censura"), escritos em 1909, são artigos de

---

[1] O texto inglês foi traduzido do italiano, "Il Fenianismo. L'ultimo Feniano", publicado no *Il Piccolo della Sera*, Trieste, em 22 de março de 1907.

circunstância. O primeiro foi inspirado na estreia, em Trieste, de Salomé, de Strauss, baseado no drama de Wilde; Joyce aproveitou a ocasião para apresentar Wilde como o tipo do artista traído. O segundo artigo foi escrito em Dublin, durante a visita de Joyce a essa cidade durante o verão de 1909, quando assistiu à estreia da peça de Shaw, The Shewing-Up of Blanco Posnet, *obra proibida na Inglaterra. Embora a peça não tenha agradado a Joyce, ele admirava esse desafio à censura do teatro.*

Nos dois outros artigos ("O cometa do Home Rule" e "A sombra de Parnell"), escritos respectivamente em 1910 e 1912, Joyce critica com a mesma indignação a demora dos ingleses em promulgar as leis do Home Rule irlandês e o abandono a que os irlandeses haviam relegado seu maior líder, Parnell.

Por fim, nos dois últimos artigos ("A cidade das tribos" e "A miragem do pescador de Aran"), que são crônicas de viagem, ele muda completamente de tom e escreve de modo hábil e ameno sobre Galway e as ilhas Aran, que visitou pela primeira vez em 1912.

Com a morte recente de John O'Leary, ocorrida em Dublin no dia de St. Patrick,[2] festa nacional da Irlanda, desapareceu talvez o último personagem do confuso drama que foi o Fenianismo, nome muito antigo derivado do velho idioma irlandês (no qual a palavra *fenians* significa guarda-costas do rei) e que designa agora o movimento de insurreição da Irlanda. Qualquer um que estude a história da revolução irlandesa durante o século XIX descobrirá um duplo conflito — a luta da nação irlandesa contra o governo inglês, e a luta, talvez não menos dolorosa, entre os patriotas moderados e o chamado partido da "força física". Este último, sob diferentes nomes, "Garotos Brancos", "Homens de 68", "Irlandeses Unidos", "Invencíveis", "Fenianos", sempre se negou a associar-se tanto com os partidos políticos ingleses quanto com os parlamentares nacionalistas. Eles afirmam (e a história lhes dá razão) que todas as concessões que a Inglaterra fez à Irlanda foram conseguidas contra a vontade dos ingleses e, como se costuma dizer, quando tinham a corda no pescoço. A imprensa intransigente nunca deixa de comentar

---

[2] 17 de março de 1907.

com ironia e virulência os feitos dos representantes nacionalistas em Westminster, e embora reconheça que a revolta armada tornou-se um sonho impossível ante o poderio inglês, não cessa de inculcar no espírito das novas gerações o dogma do separatismo.

Diferentemente da insurreição desesperada de Robert Emmet[3] ou do movimento apaixonado da Jovem Irlanda em 45, o Fenianismo de 67 não foi um dos fogos de palha típicos do temperamento celta, que clareia as sombras por um instante para logo deixar uma escuridão ainda maior que a anterior. Quando o movimento surgiu, a população da Ilha Esmeralda superava os 8 milhões de habitantes, enquanto a da Inglaterra não ultrapassava os 17 milhões. Sob o comando de James Stephens, chefe dos fenianos, o país foi organizado em círculos compostos de um sargento e 25 homens cada, um plano que se encaixa perfeitamente no espírito irlandês, pois reduz ao mínimo a possibilidade de traição. Os círculos formavam uma vasta e intricada rede, cujos fios estavam nas mãos de Stephens. Ao mesmo tempo, os fenianos americanos organizaram-se da mesma maneira, e os dois movimentos trabalhavam em sintonia. Entre os fenianos havia vários soldados do exército inglês, espiões da polícia, carcereiros e guardas.

Tudo parecia caminhar bem, e a república estava a ponto de ser criada (Stephens chegou inclusive a proclamá-la abertamente) quando O'Leary e Luby, editores do jornal do partido, foram presos. O governo pôs a prêmio a cabeça de Stephens, e anunciou que conhecia todos os locais onde os fenianos praticavam seus exercícios militares à noite. Stephens foi detido e aprisionado, porém conseguiu escapar, graças à lealdade de um carcereiro feniano; e enquanto agentes e espiões ingleses disfarçados vigiavam todos os portos, observando os navios prestes a partir, ele deixou a capital numa carruagem, vestido de noiva (segundo a lenda), com um véu de tule e flores de laranjeira. A seguir subiu a bordo de um pequeno barco carregado de carvão, que rapidamente partiu rumo à França.[4] O'Leary foi julgado e condenado a vinte anos de trabalho forçado, porém depois foi perdoado e exilado da Irlanda por quinze anos.

---

[3] Em 1803.

[4] Stanislaus Joyce, em *My Brother's Keeper*, pp. 77-8 (93), afirma que seu pai foi amigo do capitão deste barco. Mas as palavras "Este é o homem que tirou James Stephens do país" eram um dito popular em Dublin.

E por que ocorreu essa desintegração de um movimento tão bem organizado? Simplesmente porque na Irlanda, no momento oportuno, um traidor sempre aparece.[5]

* * *

Após a dispersão dos fenianos, a tradição da doutrina de força física reaparece esporadicamente sob a forma de crimes violentos. Os Invencíveis explodem a prisão de Clerkenwell,[6] resgatam seus amigos das mãos da polícia de Manchester e matam a escolta,[7] esfaqueiam em plena luz do dia no Phoenix Park, em Dublin, o secretário-geral inglês, lorde Frederick Cavendish, e seu subsecretário, Burke.[8]

Depois de cada um desses crimes, quando a indignação geral se acalma um pouco, nunca falta um ministro inglês para propor à Câmara alguma medida de reforma para a Irlanda. Fenianos e nacionalistas se atacam então com os maiores escárnios, um lado atribuindo as medidas ao êxito das táticas parlamentares, o outro atribuindo-as à eficácia persuasiva da faca ou da bomba. E como pano de fundo dessa triste comédia, vemos o espetáculo de uma população que diminui ano após ano com uma regularidade matemática, resultado da imigração ininterrupta aos Estados Unidos e à Europa de irlandeses que já não suportam mais as condições econômicas e intelectuais de seu próprio país. E, como para destacar esse despovoamento, há uma longa procissão de igrejas, catedrais, conventos, monastérios e seminários que atendem às necessidades espirituais daqueles que não encontraram coragem ou dinheiro suficiente para empreender a viagem de Queenstown a Nova York. A Irlanda, curvada sob o peso de diversos impostos, realizou o que até então era considerado uma tarefa impossível, isto é, serviu tanto a Deus quanto a Mammon, deixando-se ordenhar pela Inglaterra e contribuindo, paralelamente, com o enriquecimento de Pedro (talvez em memória do papa Adriano IV, que,

---

[5] Contribuíram na verdade vários fatores: em 1863, Stephens fundou um jornal chamado *Irish People*, para ser o porta-voz de um movimento clandestino. Ali foi anunciado que 1865 seria o ano da ação, e todos os chefes do movimento colaboravam no jornal, convenientemente situado muito perto do castelo de Dublin, sede das autoridades britânicas.

[6] Para tentar libertar os presos fenianos, os muros da prisão de Clerkenwell, em Londres, foram explodidos em 13 de dezembro de 1867.

[7] Novembro de 1867.

[8] No dia 6 de maio de1882, aniversário de Joyce.

num momento de generosidade, deu de presente a ilha ao rei Henrique II, cerca de oitocentos anos atrás).

Pois bem, é impossível que uma doutrina desesperada e sanguinária como o Fenianismo continue a existir numa tal atmosfera, e, na realidade, como os crimes rurais e os atentados tornaram-se cada vez mais raros, o Fenianismo sofreu também, uma vez mais, mudanças de nome e forma de organização. Ainda é uma doutrina separatista, porém não usa mais dinamites. Os novos fenianos compõem um partido chamado Sinn Fein [Nós Sozinhos].[9] Eles buscam transformar a Irlanda numa república bilíngue, e para esse fim estabeleceram um serviço direto de navegação entre a Irlanda e a França. Boicotam mercadorias inglesas, recusam-se a servir o exército inglês ou a jurar lealdade à coroa inglesa, tentam desenvolver indústrias por toda a ilha e, em vez de pagar anualmente um milhão e duzentos e cinquenta mil libras para manter oitenta representantes do Parlamento inglês, desejam inaugurar um serviço consular nos principais portos do mundo, com o intuito de vender seus produtos industriais sem a intervenção da Inglaterra.

$$* * *$$

Essa última fase do Fenianismo talvez possa ser considerada, de vários pontos de vista, a mais importante. Não resta dúvida de que sua influência remodelou novamente o caráter do povo irlandês, e quando o antigo líder O'Leary retornou a sua terra natal, depois de passar seus anos de exílio estudando em Paris, viu-se no meio de uma geração animada por ideais bem distintos daqueles de 65. Ele foi recebido por seus compatriotas com todas as honrarias, e de vez em quando aparecia em público para presidir uma conferência ou um banquete separatista. Mas O'Leary representava um tempo que desaparecera. Com frequência era visto caminhando ao longo do rio, um velho vestido de roupas claras, com mechas extremamente brancas que lhe chegavam aos ombros, curvado em dois pelo peso da idade e dos sofrimentos. Detinha-se em frente às sombrias lojas de livros velhos, e, após comprar algo, retomava seu caminho ao longo do rio. Salvo

---

[9] Fundado por Arthur Griffith em 1899.

esses momentos, tinha poucas razões para ser feliz. Suas conspirações acabaram em nada, seus amigos morreram e, em sua própria pátria, poucos sabiam quem ele era e o que havia feito.[10] Agora que está morto, seus compatriotas o acompanharão até sua tumba com grande pompa, pois os irlandeses, embora partam os corações daqueles que sacrificam sua vida pela pátria, nunca deixam de mostrar profundo respeito aos mortos.

James Joyce

Tradução: André Cechinel

---

[10] Yeats oferece um versão diferente da atitude de O'Leary após seu retorno a Dublin, em 1885. Ele o considera um dos principais promotores do renascimento literário irlandês durante os anos 1890.

38

O HOME RULE[1] ATINGE A MAIORIDADE[2]

1907

Há 21 anos, na tarde de 9 de abril de 1886, as ruas que levavam à redação do jornal nacionalista, em Dublin, estavam apinhadas de gente. De vez em quando, aparecia na parede um comunicado impresso em letras de quatro polegadas, e desta maneira a multidão podia seguir a cena que se desenrolava em Westminster, onde as galerias ficaram completamente abarrotadas, desde a alvorada. O discurso do primeiro-ministro começou às quatro horas da tarde e prolongou-se até às oito horas. Poucos minutos depois, apareceu na parede o último comunicado: "Gladstone concluiu declarando, num discurso magnífico, que o partido liberal inglês se recusaria a legislar para a Inglaterra enquanto esta não garantisse uma medida de autonomia à Irlanda". A essa notícia, a multidão na rua irrompeu em gritos entusiasmados. De todos os lados se ouviam gritos: "Viva Gladstone!" e "Viva a Irlanda!". As pessoas, sem se conhecer, apertaram as mãos para endossar o novo pacto nacional, e os idosos choraram de pura alegria.[3]

Passaram-se sete anos, e chegamos ao segundo Home Rule Act.[4] Gladestone, que nesse meio-tempo havia concluído o assassinato moral de Parnell com a ajuda dos bispos irlandeses, leu seu projeto para o Parlamento pela terceira vez. Esse discurso era mais curto do que o anterior; durou aproximadamente uma hora e meia. Então o projeto do Home Rule foi aprovado. Pelo telégrafo, as boas-novas chegaram à capital irlandesa, onde provocaram uma nova explosão de entusiasmo. No salão nobre do Clube Católico, a lei foi tema de conversas alegres, discussões, brindes e profecias.

[1] A expressão "Home Rule", ou "Home Rule Act", significa Lei do Estatuto de Autonomia.
[2] O texto inglês foi traduzido do italiano "Home Rule maggiorenne", *Il Piccolo della Será*, Trieste, em 19 de maio de 1907.
[3] Contudo, o primeiro Home Rule não foi aprovado.
[4] Tampouco o segundo Home Rule foi aprovado.

Passaram-se catorze anos e estamos em 1907. Desde 1889, transcorreram vinte e um anos; portanto, o projeto de Gladstone chegou à maioridade, segundo o costume inglês. Mas, nesse intervalo, o próprio Gladstone morreu e seu projeto ainda não vingou. Conforme ele havia previsto, após a sua terceira leitura o alarme soou na Câmara Alta e todos os lordes espirituais e temporais se reuniram em Westminster, formando uma sólida falange que decidiu pelo golpe de misericórdia. Os liberais ingleses esqueceram os compromissos assumidos. Um político de quinta categoria, que de 1881 a 1886 sempre votou a favor de todas as medidas coercitivas contra a Irlanda,[5] assumiu o lugar de Gladstone. O cargo de Secretário-Geral da Irlanda, um cargo que os próprios ingleses qualificaram de túmulo das reputações políticas, foi conferido a um jurista homem de letras,[6] que provavelmente mal sabia os nomes dos condados irlandeses quando foi apresentado aos eleitores de Bristol, há dois anos. Apesar das promessas e garantias, apesar do apoio do voto irlandês durante um quarto de século, apesar de sua esmagadora maioria (sem precedentes na história do parlamento britânico), o ministro liberal inglês apenas apresentou um projeto de descentralização administrativa que nada acrescentava à proposta feita em 1885 pelo imperialista Chamberlain, que a imprensa conservadora de Londres havia abertamente se recusado a levar a sério. O projeto de lei foi aprovado na primeira leitura por uma maioria de quase trezentos votos, e enquanto a imprensa marrom bufava de fingida raiva, os lordes consultavam uns aos outros para decidir se esse espantalho que se agitava diante deles merecia um golpe de espada.

Provavelmente, os lordes irão revogar o projeto, uma vez que essa é a sua ocupação; porém, se forem prudentes, hesitarão antes de desconsiderar a simpatia da Irlanda pelo ativismo constitucional; especialmente agora, quando a Índia e o Egito estão mergulhados em distúrbios e as colônias de ultramar solicitam uma federação imperial. Do seu ponto de vista, seria imprudente provocar, por meio de um veto implacável, a reação de um povo que, desprovido de tudo, mas rico em ideias políticas, aperfeiçoou a estratégia do obstrucionismo e converteu a palavra "boicote" em grito de guerra internacional.

Por outro lado, a Inglaterra não tem muito a perder. As medidas propostas (que não representam nem a vigésima parte do Home Rule) não

---

[5] O conde de Rosebery, que formou seu gabinete em março de 1894.
[6] John Morley (1838-1923).

conferem ao Conselho Executivo de Dublin nenhum poder legislativo, nenhum poder para impor ou regular taxas, nenhum controle sobre 39 das 47 funções governamentais, notadamente sobre a polícia, a corte suprema e a comissão agrária. Além disso, os interesses unionistas estão zelosamente protegidos. O ministro liberal teve o cuidado de inserir, na primeira linha do seu discurso, que o eleitorado inglês deverá desembolsar mais de meio milhão de libras esterlinas a cada ano, como custo dessa medida; e, compreendendo as intenções de seu compatriota, os jornalistas e os oradores conservadores fizeram bom uso dessa declaração, apelando em seus comentários hostis à parte mais vulnerável do eleitorado inglês — sua carteira. Mas nem os ministros liberais nem os jornalistas explicarão aos eleitores ingleses que esse gasto não é um desembolso de dinheiro inglês, e sim o pagamento parcial da dívida que a Inglaterra tem para com a Irlanda. Tampouco citarão o relatório da Comissão Real Inglesa, que revela que a Irlanda paga, em comparação com seu sócio mais poderoso, um excesso de impostos de 88 milhões de francos.[7] Nem tampouco recordarão que os políticos e os especialistas que inspecionaram o vasto pântano no centro da Irlanda afirmaram que a tuberculose e a insanidade, esses dois fantasmas presentes em todo lar irlandês, desmentem tudo o que a Inglaterra afirma e reivindica; e que a dívida moral do governo inglês para com a Irlanda, por não haver reflorestado esse pântano pestilencial ao longo de um século, chega a 500 milhões de francos.

Pois bem, esse estudo sumário da história do Home Rule nos permite tirar duas conclusões, se é que podemos chamá-las assim. A primeira é esta: a arma mais eficaz que a Inglaterra pode usar contra a Irlanda já não é o conservadorismo, mas o liberalismo e o vaticanismo. O conservadorismo, embora tenda a ser tirânico, é uma doutrina franca e claramente hostil. Sua postura é lógica: não deseja que uma ilha rival prospere ao lado da Grã-Bretanha, ou que as fábricas irlandesas venham a competir com as inglesas, ou que a Irlanda exporte novamente seu tabaco e seu vinho, ou que os grandes portos da costa irlandesa se tornem bases navais inimigas sob um governo autônomo ou um protetorado estrangeiro. Sua posição é tão lógica quanto a dos separatistas irlandeses, que a contestam ponto por ponto. Não é preciso ser demasiado inteligente para perceber que Gladstone causou muito mais dano à Irlanda do que Disraeli, e que o mais

---

[7] As somas são expressas em francos no texto.

ferrenho inimigo dos católicos irlandeses é o duque de Norfolk, o chefe do vaticanismo inglês.

A segunda conclusão parece-me ainda mais óbvia: é a falência do partido parlamentar irlandês. Durante 27 anos, ele tomou a palavra e promoveu agitações. Durante esse período obteve 35 milhões de francos de seus adeptos, e o único fruto da sua agitação foi o aumento das taxas irlandesas, que saltaram para 88 milhões de francos, enquanto a população do país decrescia em um milhão de indivíduos. Os deputados, por sua vez, engordaram seu próprio patrimônio, apesar de pequenos incômodos, como alguns meses na prisão e algumas sessões longas na Câmara. Filhos de cidadãos comuns, de mascates e advogados sem clientes, tornaram--se síndicos bem pagos, diretores de fábricas e casas comerciais, donos de jornais e grandes proprietários de terra. Só deram prova de seu altruísmo em 1981,[8] quando venderam seu líder, Parnell, para a consciência farisaica dos dissidentes ingleses, sem exigir as trinta moedas de prata.

Tradução: Sérgio Medeiros

[8] Na verdade, Parnell foi deposto em dezembro de 1890.

39

A IRLANDA NO TRIBUNAL[1]

1907

Alguns anos atrás houve um impressionante julgamento na Irlanda. Num lugarejo isolado, chamado Maamstrasna, numa província do oeste, foi cometido um assassinato.[2] Quatro ou cinco cidadãos, todos membros da antiga tribo dos Joyce, foram presos. O mais velho deles, o septuagenário Myles Joyce, era o principal suspeito. A opinião pública que naquela época o supunha inocente hoje o considera um mártir. Nem o velho nem os outros acusados sabiam inglês. A corte de justiça teve que recorrer aos serviços de um intérprete. O interrogatório, efetuado por meio do intérprete, foi alternadamente cômico e trágico. De um lado estava o intérprete, excessivamente cerimonioso, e do outro o patriarca de uma miserável tribo pouco familiarizada com os hábitos civilizados e que parecia estupefato com toda a cerimônia judicial. O magistrado disse:

"Pergunte ao acusado se ele viu a senhora naquela noite." A pergunta lhe foi feita em irlandês e o velho começou uma explicação complicada, gesticulava muito e apelava aos outros acusados e suplicava aos céus. Então ele se acalmou, esgotado desse esforço, e o intérprete dirigiu-se ao magistrado e disse:

"Excelência, ele afirma que não."

"Pergunte se ele estava nas proximidades naquele momento." O velho começou novamente a falar, a protestar, a gritar, quase fora de si, aflito por

---

[1] A versão original foi escrita em italiano, "L'Irlanda alla Sbarra", e publicada em *Il Piccolo della Sera*, Trieste, em 16 de setembro de 1907.

[2] Em 17 de agosto de 1882, um homem chamado Joyce, sua mulher e três de seus quatro filhos foram assassinados no Condado de Galway por um grupo de homens que os supunham informantes. O julgamento dos dez acusados ocorreu durante o mês de novembro e três deles foram enforcados em Galway no dia 16 de dezembro pelos assassinatos. Myles Joyce foi considerado geralmente uma vítima inocente da indignação popular.

não ser capaz de entender ou de se fazer entender, chorando de medo e terror. E o intérprete, mais uma vez, secamente:

"Excelência, ele afirma que não."

Quando o interrogatório terminou, o pobre velho foi declarado culpado e enviado a uma corte superior, que o condenou à forca. No dia em que se executou a sentença, a praça na frente da prisão estava lotada de pessoas ajoelhadas, bradando orações em irlandês pelo descanso da alma de Myles Joyce. Contou-se depois que o carrasco, incapaz de se fazer entender pela vítima, chutou de raiva a cabeça do miserável homem, a fim de colocá-la no laço.[3]

A imagem desse velho estarrecido, um remanescente de uma civilização que não é nossa, surdo e emudecido diante de seu juiz, é um símbolo da nação irlandesa no tribunal da opinião pública. Como ele, a Irlanda é incapaz de apelar à moderna consciência da Inglaterra e de outros países. Os jornalistas ingleses atuam como intérpretes entre a Irlanda e o eleitorado inglês, o qual lhes dá ouvidos ocasionalmente e acaba se aborrecendo com as intermináveis queixas dos representantes nacionalistas que, conforme imagina, passaram a fazer parte de seu Parlamento para romper sua ordem e extorquir dinheiro. No exterior não se faz nenhuma menção à Irlanda, exceto quando irrompem as rebeliões, como as que sacudiram a agência dos Correios e Telégrafos nestes últimos dias.[4] Lendo superficialmente as informações enviadas de Londres (as quais, embora careçam de mordacidade, têm algo do laconismo do intérprete mencionado acima), o público imagina os irlandeses como salteadores de caras disformes, vagando pela noite com o objetivo de arrancar a pele de todo unionista. E o verdadeiro soberano da Irlanda, o papa, recebe essas notícias como receberia uma matilha de cães na igreja. Já debilitados pela longa jornada, os apelos são quase inaudíveis quando chegam à porta de bronze. Os mensageiros do povo que ao longo de sua história nunca renunciaram à Santa Sé, o único povo católico para o qual a fé também

---

[3] Uma descrição desse enforcamento, feita por uma das raras testemunhas oculares, está incluída em Frederick J. Higginbotham, *The Vivid Life* (Londres, 1934), pp. 40-3.

[4] Joyce está se referindo às rebeliões de Belfast e aos vários casos de ataque a gado que se produziram durante a expulsão de camponeses em agosto de 1907 e que foram noticiados no mês de setembro. Em 15 de agosto houve um ataque à casa de um proprietário em Galway, e em 27 de agosto foi declarado estado de emergência nos condados de Clare, Galway, Leitrim, Roscommon e no de King. No final de agosto, o parlamento inglês considerava a possibilidade de propor uma Ação de Desapropriação dos Arrendatários [Evicted Tenants Act] para remediar o problema.

significa o exercício da fé, são rejeitados em favor dos mensageiros de um monarca descendente de apóstatas que solenemente apostatou no dia de sua coroação, declarando, na presença dos nobres e do povo, que os rituais da Igreja Católica Romana eram "superstição e idolatria".

* * *

Existem 20 milhões de irlandeses espalhados pelo mundo todo. A Ilha Esmeralda[5] contém apenas uma pequena parte deles. Mas ao refletir sobre isso, vendo que a Inglaterra converte a questão irlandesa no centro de toda a sua política interna, ao mesmo tempo que mostra bom senso para resolver rapidamente os problemas mais complexos da política colonial, o espectador não pode deixar de se perguntar por que razão o Canal de St. George cava um abismo mais profundo do que o oceano entre a Irlanda e o seu orgulhoso dominador. Na verdade, a questão irlandesa ainda hoje não está resolvida, depois de seis séculos de ocupação armada e mais de cem anos de uma legislação inglesa que reduziu a população dessa infortunada ilha de 8 para 4 milhões de habitantes, quadruplicou os impostos e tornou mais complicado o problema agrário.

Realmente, não há problema mais complexo do que esse. Os próprios irlandeses mal o compreendem, e os ingleses menos ainda do que eles. Para outros povos, é um mistério total. Mas os irlandeses, por outro lado, sabem que é a causa de todos os seus sofrimentos, e, em consequência, adotam muitas vezes métodos violentos para solucioná-lo. Por exemplo, vinte anos atrás, vendo-se reduzidos à miséria pelas brutalidades dos grandes proprietários, recusaram-se a lhes pagar a renda das terras e obtiveram de Gladstone soluções e reformas. Hoje, ao ver que os pastos estão repletos de gado bem alimentado, enquanto um oitavo da população carece de meios de subsistência, eles levam o gado das fazendas. Irritado, o governo liberal decide voltar a utilizar as táticas coercitivas dos conservadores; e há várias semanas, a imprensa de Londres vem dedicando inumeráveis artigos à crise agrária, que, dizem, é muito séria. Publica notícias alarmantes das revoltas rurais, as quais são, então, reproduzidas por jornalistas no exterior.

Não me proponho a fazer uma análise da questão agrária irlandesa nem relatar o que acontece atrás dos bastidores da ambígua política do governo.

[5] Irlanda.

Porém, acredito que seja útil fazer uma modesta retificação dos fatos. Quem quer que tenha lido os telegramas lançados de Londres fica convencido de que a Irlanda está passando por um período de criminalidade fora do comum. Um julgamento errôneo, muito errôneo. Há menos criminalidade na Irlanda do que em qualquer outro país da Europa. Na Irlanda não há nenhum submundo organizado. Quando ocorre um desses incidentes que os jornalistas parisienses, com ironia atroz, chamam "idílios vermelhos", todo o país é abalado por ele. É verdade que nos últimos meses houve duas mortes violentas na Irlanda, mas pela mão das tropas britânicas em Belfast, quando soldados dispararam inesperadamente numa multidão indefesa e mataram um homem e uma mulher. Houve ataques a gado, mas isso nem sequer ocorreu na Irlanda, onde o povo se contentou em abrir os estábulos e perseguir o gado pelas ruas por muitas milhas, mas em Great Wyrley, na Inglaterra, onde, durante seis anos, criminosos bestiais e enlouquecidos saquearam rebanhos, a tal ponto que as companhias de seguro inglesas não irão mais segurá-los. Cinco anos atrás um homem inocente, agora em liberdade, foi condenado a trabalhos forçados para satisfazer a indignação pública. Mas, mesmo durante a sua prisão, os crimes continuaram. E, na semana passada, dois cavalos foram achados mortos com os habituais golpes no abdome e as vísceras espalhadas no pasto.

James Joyce

Tradução: Dirce Waltrick do Amarante

40

OSCAR WILDE: O POETA DE *SALOMÉ*[1]

1909

Oscar Fingal O'Flahertie Wills Wilde. Foram esses os nomes altissonantes que com exagerado orgulho juvenil foram gravados na página de rosto de sua primeira coleção de poemas. Nesse gesto vaidoso, por meio do qual pretendia aceder à nobreza, estão os sinais de sua vaidosa ambição e da sorte que já o esperava. Seus nomes são símbolos de sua pessoa: Oscar, sobrinho de rei Fingal e filho único de Ossian, na amórfica *Odisseia* céltica, foi morto traiçoeiramente pela mão de seu anfitrião enquanto se sentava à mesa. O'Flahertie, uma selvagem tribo irlandesa cuja sina foi investir contra os portões das cidades medievais; um nome que produzia terror em homens pacíficos, que ainda recitam, numa antiga litania dos santos, entre as pragas, a ira de Deus e o espírito de fornicação: "dos selvagens O'Flaherties, *libera nos Domine*". Como aquele outro Oscar, encontrou sua morte pública na flor da idade, quando se sentou à mesa, coroado de falsas folhas de videira, a discutir Platão. Como aquela tribo selvagem, deveria quebrar a lança de seus fáceis paradoxos contra o conjunto das convenções sociais, e ouviria, como um exilado desonrado, o coro dos justos associar seu nome àquele dos impuros.

Wilde nasceu na sonolenta capital irlandesa cinquenta e cinco anos atrás. Seu pai era um eminente cientista, que tem sido chamado o pai da moderna otologia. Sua mãe, que participou do movimento literário- -revolucionário de 48, colaborava no jornal nacionalista sob o pseudônimo de "Speranza", e incitou o povo, nos seus poemas e artigos, a apoderar-se do Castelo de Dublin. As circunstâncias que acompanharam a gravidez

---

[1] Publicado originalmente em italiano sob o título "Oscar Wilde: Il Poeta di 'Salomè'", no *Il Piccolo della Sera*, Trieste, em 24 de março de 1909. O artigo foi escrito por ocasião da estreia de *Salomé*, de Strauss, em Trieste.

da senhora Wilde e a infância de seu filho explicam em parte, na opinião de alguns, a infeliz paixão (se pode se chamar assim) que mais tarde o arrastou para a ruína.[2] De toda maneira, é certo que a criança cresceu numa atmosfera de insegurança e prodigalidade.

A vida pública de Oscar Wilde teve início na Universidade de Oxford, onde, no ano do seu ingresso, um pomposo professor chamado Ruskin conduzia uma multidão de adolescentes anglo-saxões para a terra prometida da futura sociedade — precedidos de um carrinho de mão.[3] O temperamento suscetível de sua mãe reviveu no jovem Wilde, e, começando por si mesmo, resolveu pôr em prática uma teoria de beleza que era em parte original e em parte derivada dos livros de Pater e Ruskin. Provocou zombaria geral ao proclamar e fazer uma reforma no vestuário e na aparência da moradia. Viajou várias vezes para proferir conferências nos Estados Unidos e nas províncias inglesas, e tornou-se o porta-voz da sua escola estética, enquanto ao seu redor se formava a fantástica lenda do Apóstolo da Beleza. Seu nome evocava na opinião pública uma vaga ideia de delicadas composições a pastel e de vida ornamentada de flores. O culto ao girassol, sua flor favorita, difundiu-se entre a classe ociosa, e as pessoas humildes ouviram falar da sua famosa bengala de marfim, cravejada de turquesas, e do estilo neroniano do seu penteado.

O objeto desse quadro brilhante era muito mais miserável do que imaginavam os burgueses. De vez em quando suas medalhas, troféus de sua juventude acadêmica, iam para a casa de penhores, e às vezes a jovem esposa do autor de epigramas tinha que pedir emprestado a um vizinho dinheiro para um par de sapatos. Wilde foi obrigado a aceitar o cargo de editor de um jornal insignificante,[4] e somente com a apresentação de suas brilhantes comédias ele iniciou a curta e última fase de sua vida — luxo e prosperidade. *Lady Windermere's Fan* [O leque de lady Windermere]fez furor em Londres. Na tradição dos autores cômicos irlandeses, que vai dos dias de Sheridan e Goldsmith até Bernard Shaw, Wilde tornou-se, como eles, o bobo da corte inglesa. Foi alçado a modelo de elegância na metrópole, e a renda anual de seus escritos

[2] A senhora Wilde desejava tanto que seu segundo filho fosse uma menina que conversava com a futura criança como se se tratasse de uma menina, e se preparou para ter uma filha. Quando Oscar Wilde nasceu, ela se sentiu amargamente decepcionada.

[3] Ruskin punha seus pupilos a construir estradas, com o objetivo de melhorar o país.

[4] *The Woman's World*, jornal de moda.

chegava a meio milhão de francos. Wilde dissipou sua riqueza com amigos desprezíveis. Todas as manhãs comprava duas flores das mais caras, uma para si mesmo e a outra para seu cocheiro; e no primeiro dia do seu sensacional julgamento foi conduzido ao tribunal por uma carruagem puxada por dois cavalos, com seu cocheiro brilhantemente vestido e um pajem empoado.

Sua queda foi saudada com gritos de alegria puritana. Ao tomar conhecimento da notícia de sua condenação, a multidão reunida do lado de fora da sala do tribunal começou a dançar uma pavana na rua enlameada. Repórteres foram admitidos na prisão, e através da janela de sua cela se nutriam com o espetáculo de sua vergonha. Faixas brancas cobriram seu nome nos cartazes dos teatros. Seus amigos o abandonaram. Seus manuscritos foram roubados, enquanto ele descrevia na prisão o sofrimento provocado por dois anos de trabalhos forçados. Sua mãe morreu na obscuridade. Sua mulher morreu. Sua falência foi decretada e seus bens foram vendidos em hasta pública. Viu-se despojado de seus filhos. Quando saiu da prisão, bandidos a serviço do Marquês de Queensbury[5] o esperavam de tocaia. Foi enxotado de casa em casa, como os cachorros escorraçam um coelho. Todos os seus amigos, um após o outro, lhe fecharam a porta, recusando-lhe comida e abrigo, e, ao anoitecer, acabou finalmente debaixo das janelas de seu irmão, chorando e balbuciando como uma criança.

O epílogo teve rápido fim, e não vale a pena seguir o homem infeliz, desde os bairros pobres de Nápoles até seus alojamentos humildes no Bairro Latino, onde morreu de meningite no último mês do último ano do século XIX.[6] Não vale a pena segui-lo, como o seguiram os espiões franceses. Morreu católico romano, acrescentando outra faceta a sua vida pública ao repudiar a sua doutrina dissoluta. Depois de ter zombado dos ídolos populares, dobrou os joelhos, triste e arrependido de haver sido outrora o cantor da divindade do prazer, e fechou o livro da rebelião do seu espírito com um ato de devoção religiosa.

* * *

---

[5] Pai de lorde Alfred Douglas.
[6] Exatamente no dia 30 de novembro de 1900.

Aqui não é o lugar para examinar o estranho problema da vida de Oscar Wilde, nem para determinar até que ponto a hereditariedade e a tendência epiléptica do seu sistema nervoso podem escusá-lo daquilo que lhe tem sido imputado. Inocente ou culpado das acusações que lhe foram feitas, indubitavelmente foi um bode expiatório. Seu maior crime foi o de ter provocado um escândalo na Inglaterra, e é bem sabido que as autoridades inglesas fizeram todo o possível para persuadi-lo a fugir antes da emissão da ordem da sua prisão. Um empregado do Ministério dos Negócios Interiores declarou, durante o julgamento, que, somente em Londres, havia mais de 20 mil pessoas sob vigilância policial, mas permaneciam livres até provocarem um escândalo. As cartas de Wilde para seus amigos foram lidas no tribunal, e declarou-se seu autor um degenerado obcecado por perversões exóticas: "O tempo te declarou guerra; tem ciúmes de teus lírios e tuas rosas", "Gosto de te ver vagando através dos vales cobertos de violetas, com teu cabelo cor de mel cintilando". Mas a verdade é que Wilde, longe de ser um monstro perverso que emergiu de algum modo inexplicável da civilização da moderna Inglaterra, é o produto lógico e inevitável do sistema de educação dos colégios e das universidades britânicos, com seus segredos e restrições.

São muitas e complexas as causas dessa condenação de Wilde pelo povo inglês, mas não foi a simples reação de uma consciência pura. Qualquer um que examine os grafites, os desenhos licenciosos, os gestos obscenos dessas pessoas hesitarão em julgá-las puras de coração. Qualquer um que preste atenção à vida e à linguagem desses homens, quer se trate de soldados nos quartéis ou de empregados das grandes casas de comércio, hesitarão em acreditar que todos aqueles que atiraram pedras em Wilde eram isentos de culpas. De fato, todos se sentem inconfortáveis ao falar desse assunto, com receio de que seu ouvinte possa saber mais sobre isso do que ele. A defesa do próprio Oscar Wilde, publicada no *Scout Observer*,[7] deveria continuar válida para todo crítico objetivo. Todos, escreveu ele, veem seu próprio pecado em Dorian Gray (o herói do romance mais conhecido de Wilde). Ninguém diz e ninguém sabe qual foi o pecado de Dorian Gray. Aquele que o identificar também o terá cometido.

---

[7] "Resposta de Mr. Wilde", *Scout Observer*, v. IV, n. 86 (12 de julho de 1890), na qual Wilde se defende de uma resenha desfavorável de sua obra *The Picture of Dorian Gray*, afirmando que quem identifica os pecados do protagonista também os terá cometido.

Aqui tocamos no pulso da arte de Wilde — o pecado. Ele se enganou a si mesmo até acreditar que era o profeta de um neopaganismo ante um povo escravizado. Suas próprias qualidades distintivas, as qualidades, talvez, da sua raça — perspicácia, generosidade e um intelecto assexuado —, Wilde as colocou a serviço de uma teoria da beleza, que, de acordo com ele, faria renascer a Idade do Ouro e a alegria juvenil do mundo. Mas se há alguma verdade em suas interpretações subjetivas de Aristóteles, em seu pensamento indócil que procede antes por sofismas do que por silogismos, em suas assimilações de naturezas tão estranhas a sua própria quanto o é o delinquente em relação ao humilde, essa verdade é aquela inerente à alma do catolicismo: que o homem não pode alcançar o coração divino exceto através dessa sensação de separação e de liberdade que chamamos pecado.[8]

* * *

No seu último livro, *De Profundis*, ele se ajoelha diante de um Cristo gnóstico, ressuscitado das páginas apócrifas de *The House of Pomegranates*, e então sua verdadeira alma, trêmula, tímida e entristecida, brilha através do manto de Heliogábalo. Sua fantástica lenda, sua ópera[9] — uma variação polifônica sobre as relações entre a arte e a natureza, mas ao mesmo tempo uma revelação de sua própria psique —, seus livros brilhantes cintilando com epigramas (que o tornaram, na opinião de algumas pessoas, o orador mais perspicaz do século passado), tudo isso é agora o butim repartido.

Um versículo do livro de Jó foi gravado na sua lápide, no empobrecido cemitério em Bagneux.[10] Ele louva o seu desembaraço, "*eloquium suum*" — o grande manto legendário que agora é um botim compartido. Talvez o futuro também grave lá outro versículo, menos soberbo, porém mais piedoso:

---

[8] Compare-se com Aherne, em *Tables of the Law*, de Yeats, que Joyce sabia de cor: "e na minha desgraça me foi revelado que o homem só pode chegar a esse Coração através dessa sensação de separação que chamamos pecado".

[9] *Salomé*.

[10] Wilde hoje está enterrado num famoso cemitério parisiense, Père Lachaise, junto a numerosas outras celebridades.

Partiti sunt sibi vestimenta mea et super vestem meam miserunt sortis.[11]

James Joyce

Tradução: Dirce Waltrick do Amarante

---

[11] "Repartirão entre si as mesmas vestes, e lançarão sorte sobre a minha túnica" (Salmo 21:19).

41

A LUTA DE BERNARD SHAW CONTRA A CENSURA[1]

BLANCO POSNET É DESMASCARADO

1909

Dublin, 31 de agosto

Todos os anos, o calendário de Dublin é marcado por uma semana festiva, a última semana de agosto, na qual o célebre Horse Show atrai para a capital irlandesa uma multidão multicolorida que fala diversas línguas, procedente da ilha irmã, do continente, e até do longínquo Japão. Durante alguns dias, a fatigada e cínica capital assume o ar de uma recém-casada. As ruas sinistras de Dublin fervilham de vida intensa, e um reboliço inusual interrompe seu sono senil.

Este ano, contudo, um acontecimento artístico quase ofuscou a importância desse encontro hípico, e em toda a cidade só se falou do desentendimento entre Bernardo Shaw e o vice-rei. Como é notório, a última peça de Shaw, *The Shewing-Up of Blanco Posnet* [Blanco Posnet é desmascarado], foi marcada com o selo da infâmia pelo camarista-mor da Inglaterra, que proibiu sua representação no Reino Unido. Essa decisão do censor não foi provavelmente uma surpresa para Shaw, pois outras duas obras teatrais dele já haviam sido censuradas, *A profissão da senhora Warren* e, mais recentemente, *Recortes de jornais*. E é bastante provável que Shaw se considere mais ou menos honrado pela decisão arbitrária que condenou suas comédias, junto com *Os espectros*, de Ibsen, *O poder das trevas*, de Tolstói, e *Salomé*, de Wilde.

---

[1] Texto inglês traduzido do original italiano, "La Battaglia fra Bernard Shaw e la Censura. 'Blanco Posnet smascherato'", *Il Piccolo della Sera*, Trieste, 5 de setembro de 1909.

Contudo, ele não estava disposto a ceder, e descobriu um meio de burlar a vigilância inquieta do censor. Por um acaso extraordinário, a cidade de Dublin é o único lugar em todo o território britânico em que o censor não exerce seu poder; a antiga lei contém estas exatas palavras: "exceto a cidade de Dublin". Shaw propôs então sua peça à companhia do Teatro Nacional Irlandês, que a aceitou e anunciou sua representação, como se nada de anormal estivesse acontecendo. A censura aparentemente havia se tornado impotente. Mas o vice-rei da Irlanda interveio para defender o prestígio da autoridade. Houve uma intensa troca de cartas entre o representante do rei e o autor de comédias, graves e ameaçadoras, de um lado, insolentes e zombadoras, de outro,[2] enquanto os dublinenses, que não se preocupam muito com arte, mas apreciam bastante uma discussão, esfregavam as mãos de prazer. Shaw resistiu, defendendo seus direitos, e o pequeno teatro estava tão cheio na estreia que foram vendidos ingressos para mais sete representações.

Aquela noite, uma multidão se dirigiu ao Abbey Theatre, e a ordem foi mantida por um cordão de guardas gigantescos; mas ficou logo evidente que o seleto público que se espremia no minúsculo teatro de *avant garde* não faria nenhuma demonstração hostil. De fato, as notícias dessa representação não mencionam o menor rumor de protesto; e quando caiu o pano, uma aclamação ensurdecedora obrigou os intérpretes a retornar ao palco diversas vezes.

A peça de Shaw, que ele definiu como um sermão em forma de melodrama realista, tem, como se sabe, um ato. A ação transcorre numa dessas cidades ermas e selvagens do *Far West*. O protagonista é um ladrão de cavalos, e a peça inteira se limita ao seu julgamento. Esse homem roubou um cavalo que supunha pertencer ao seu irmão, a fim de ressarcir a si mesmo uma soma que este lhe havia tirado injustamente. Mas enquanto foge da cidade encontra uma mulher com uma criança doente nos braços. A mulher quer ir à cidade para salvar a vida da criança, e ele, comovido com a sua súplica, acaba lhe entregando o cavalo. Depois, ele é capturado e levado de volta à cidade para ser julgado. O julgamento é violento e arbitrário. O xerife atua como promotor público, insulta-o aos gritos, golpeia a mesa e,

---

[2] Uma tradução datilografada deste artigo, na coleção Slocum da biblioteca da Yale University, contém uma nota escrita à mão por Shaw: "Não houve troca de cartas entre mim e o Castelo de Dublin. A luta foi conduzida por Lady Gregory e W.B. Yeats. Eu não interferi. G. Bernard Shaw, 21 de julho de 1949". Inconscientemente, Joyce atribuiu as cartas a Shaw, talvez para dar dramaticidade ao relato. Ver *Our Irish Theatre* de Lay Gregory (Nova York e Londres, 1913), pp. 140-68; e Apêndice II, e "Blanco Posnet Controversy", *Shaw Bulletin*, n. 7, janeiro de 1955, pp. 1-9 (que inclui este artigo, numa versão ligeiramente diferente).

empunhando o revólver, ameaça as testemunhas. Posnet, o ladrão, expõe uma espécie de teologia primitiva. O momento de fraqueza sentimental que o fez ceder às súplicas de uma pobre mãe foi a maior crise de consciência da sua vida. O dedo de Deus tocou sua mente. Já não tem forças para viver a vida cruel e selvagem que havia levado até o momento desse encontro. Faz discursos longos e desalinhavados (e é nessa passagem que o devoto censor inglês cobre os ouvidos), que são teológicos na medida em que seu tema é Deus, mas não muito ortodoxos na expressão. Levado pela sinceridade de suas convicções, Posnet recorrege à linguagem dos mineiros; e quando, entre outras reflexões, tenta explicar como Deus atua secretamente nos corações humanos, apela ao vocabulário dos ladrões de cavalo.

A peça tem um final feliz. A criança que Posnet tentou salvar morre, e a mãe é detida. Ela conta a sua história ao tribunal e Posnet é absolvido. É difícil imaginar uma trama mais débil, e o público se pergunta, atônito, por que razão a peça foi proibida pelo censor.

Shaw está certo, é um sermão. Shaw é um pregador nato. Seu espírito vivo e tagarela não pode submeter-se ao estilo nobre e simples que convém ao drama moderno. Agradam-lhe os prefácios digressivos e as regras dramáticas extravagantes, criando uma forma teatral que se assemelha mais ao diálogo romanesco. Shaw tem uma melhor compreensão da situação do que do drama lógica e eticamente encaminhado a uma conclusão. Neste caso, retomou o incidente central do seu *Discípulo do diabo* e o transformou numa prédica. A transformação é muito abrupta para tornar-se um bom sermão, e a arte é débil demais para impor-se como um drama convincente.

Não refletiria essa peça uma crise de consciência do escritor? Muito antes, na conclusão de *A outra ilha de John Bull,* a crise se anunciou. Tal como seu último protagonista, Shaw possui um passado profano e anárquico. Socialismo, vegetarianismo, proibicionismo, música, pintura, drama — todos os movimentos progressistas na arte e na política —, tiveram nele um defensor. Talvez agora um dedo divino tenha tocado sua alma, e ele, sob o disfarce de Blanco Posnet, desmascarou-se.

James Joyce (!)

Tradução: Sérgio Medeiros

42

O COMETA DO HOME RULE[1]

1910

Aos poucos a ideia da autonomia irlandesa foi sendo envolvida por uma pálida e tênue substancialidade, e quando um decreto real dissolveu o parlamento inglês, poucas semanas atrás, viu-se alguma coisa apagada e trêmula alvorecer no oriente. Era o cometa do "Home Rule" (autonomia de governo local), vago, longínquo, mas pontual como sempre. A palavra soberana, que num instante fez o crepúsculo descer sobre os semideuses de Westminster, trouxe da escuridão e do vazio a estrela dócil e inocente.

Dessa vez, porém, a estrela estava pouco visível por causa do céu enevoado. A névoa que de costume encobre as costas britânicas ficou tão densa que parecia um véu fixo e impenetrável, atrás do qual se ouvia a música orquestral do tumultuado ambiente eleitoral, os violinos agitados e histéricos dos nobres, as trombetas roucas do povo, e, de vez em quando, uma frase fugaz das flautas irlandesas.

A incerteza da situação política na Inglaterra fica evidente pelos despachos contraditórios e enigmáticos que suas agências produzem incessantemente. De fato, o teor dos discursos proferidos ultimamente no Reino Unido torna bastante difícil o exame imparcial da situação. Afora os três líderes de partido, Asquith, Balfour e Redmond, que sabem sempre manter certa dignidade que se ajusta bem aos líderes fátuos, a campanha eleitoral que acaba de terminar revela um significativo rebaixamento do tom da vida pública inglesa. "Alguma vez já se ouviu um discurso como esse do Ministro da Fazenda?",[2] perguntavam-se os conservadores. Mas os sarcasmos do belicoso ministro galês empalideceram diante dos insultos

---

[1] Publicado originalmente em italiano, no jornal *Il Piccolo della Sera*, em 22 de dezembro de 1910.
[2] Lloyd George.

grosseiros de conservadores, como o deputado Smith, o famoso jurista Carson e o diretor da *National Review*, enquanto as duas facções irlandesas, esquecendo o inimigo comum, travavam uma guerra surda com o objetivo de exaurir o dicionário de palavras chulas.

Outro motivo de confusão se deve ao fato de os partidos ingleses já não corresponderem a seus nomes. São os radicais que desejam continuar a atual política alfandegária de livre-comércio, enquanto os conservadores pedem aos gritos sua reforma. São os conservadores que querem tirar o poder legislativo do parlamento para dá-lo à nação mediante um plebiscito. Por fim, é o clerical e intransigente partido irlandês que compõe a maioria de um governo anticlerical e liberal.

Essa situação paradoxal se reflete fielmente nas figuras dos chefes de partido. Deixando de lado Chamberlain e Rosebery, que passaram, respectivamente, do radicalismo extremo e do liberalismo gladstoniano para as fileiras do imperialismo (enquanto o jovem ministro Churchill fazia sua viagem ideal no sentido oposto), constataremos que as causas do protestantismo anglicano e do nacionalismo conciliador são encabeçadas por um religioso renegado e por um feniano convertido.

Bafour, na verdade, digno discípulo da escola escocesa, é antes um cético do que um político, e assumiu a liderança do partido conservador depois da morte de seu tio, o pranteado marquês de Salisbury, impelido mais pelo instinto de nepotismo inato na família Cecil do que por uma escolha pessoal. Não passa um dia sequer sem que a imprensa deixe de comunicar sua distração e incoerência. Seus enganos fazem rir seus próprios seguidores. E ainda que sob a sua bandeira hesitante o exército ortodoxo tenha sofrido três derrotas sucessivas, uma mais séria que a outra, o seu biógrafo (que talvez venha a ser outro membro da família Cecil) poderá dizer a seu respeito que nos seus ensaios filosóficos soube dissecar e revelar com grande arte as fibras mais profundas desses princípios religiosos e psicológicos de que uma reviravolta parlamentar o fez campeão. O'Brien, o "líder" dos dissidentes irlandeses, que denomina seu grupo de dez representantes de "All for Ireland" [Tudo pela Irlanda], converteu-se nisso que todo bom fanático se converte quando seu fanatismo morre antes dele. Agora ele luta ao lado dos magistrados unionistas que, vinte anos trás, provavelmente teriam expedido uma ordem de prisão contra ele; e nada restou de seu entusiasmo de juventude, exceto aquelas explosões de fúria que o fazem parecer um epiléptico.

No meio de tais contradições é fácil entender por que os despachos se contradizem uns aos outros, anunciam que o "Home Rule" está batendo na porta, mas divulgam seis horas depois seu obituário. Os não iniciados poderão não ter muita certeza no que diz respeito aos cometas, mas, de qualquer maneira, a passagem do tão aguardado corpo celeste nos foi comunicada pelo observatório oficial.

* * *

Semana passada, o líder irlandês Redmond proclamou as boas-novas para uma multidão de pescadores. A democracia inglesa, ele disse, aniquilou de uma vez por todas o poder dos lordes,[3] e dentro de algumas semanas, provavelmente, a Irlanda se tornará independente. Ora, é preciso ser um nacionalista bem voraz para poder engolir tal notícia. O gabinete liberal, tão logo se acomode nos bancos ministeriais, se deparará com uma série de dificuldades, entre as quais sobressairá o duplo equilíbrio.[4] Quando esse assunto for solucionado, para o bem ou para o mal, os pares e os comuns firmarão um tratado de paz em homenagem à coroação de George V. Até aqui o horizonte está claro, mas só os profetas poderão nos dizer aonde chegará um governo tão heterogêneo como o atual. Para permanecer no poder, tentará por acaso acalmar os galeses e os escoceses com medidas eclesiásticas e agrárias? Se os irlandeses exigirem a autonomia como preço de seus votos, por acaso o gabinete se apressará em tirar o pó de alguma de suas numerosas "Home Rule Bills" [leis de autonomia] e a apresentará novamente à Câmara?

A história do liberalismo anglo-saxão nos dá uma resposta muito clara a essas e a outras perguntas engenhosas. Os ministros liberais são pessoas escrupulosas, e mais uma vez o problema irlandês provocará cisões sintomáticas no seio do gabinete, ante o qual se verá claramente que o eleitorado inglês não autorizou de fato o governo a legislar em benefício da Irlanda. E se o governo, adotando a estratégia liberal (que visa destroçar,

---

[3] Os resultados das eleições de dezembro de 1910 garantiram a aprovação do decreto parlamentar, em agosto de 1911, que acabou com o direito de veto da Câmara dos Lordes e facilitou o caminho para a aprovação do Home Rule Act.

[4] Como os liberais e os unionistas obtiveram, nas eleições de dezembro de 1910, o mesmo número de cadeiras, ou seja, 272, a balança do poder ficou nas mãos dos dois partidos menos importantes, o partido trabalhista, com 47 cadeiras, e o partido irlandês, com 84 cadeiras.

lenta e secretamente, o sentimento separatista, enquanto cria, por meio de concessões parciais, nova e ambiciosa classe social submissa e sem entusiasmos perigosos), promulga uma reforma, ou um simulacro de reforma, que a Irlanda rejeita orgulhosamente, não será então o momento propício para a intervenção do partido conservador? Fiel a sua cínica tradição de má-fé, não aproveitará a ocasião para declarar que a ditadura irlandesa se tornou intolerável e para promover uma campanha dedicada a reduzir de 80 para 40 o número de representantes irlandeses, sob o pretexto de despovoamento da Irlanda, algo sem precedentes num país civilizado, que foi, e é, a consequência amarga de má administração política?

A relação, portanto, entre a abolição do veto dos lordes e a concessão da autonomia aos irlandeses não é tão imediata quanto se quer fazer crer. No fim das contas, é um negócio que concerne aos próprios ingleses, e ainda admitindo que o povo inglês tenha perdido o respeito que antes demonstrava por seus pais temporais e espirituais, é provável que a reforma da Câmara Alta seja tão lenta e cuidadosa quanto tem sido a reforma de suas leis medievais, a reforma de sua literatura pomposa e hipócrita, e a de seu monstruoso sistema judiciário. Mas, à espera de tal reforma, o crédulo camponês irlandês se mostrará bem pouco interessado em saber se é lorde Lansdowne ou sir Edward Grey quem assumiu o Ministério das Relações Exteriores.

* * *

O fato de a Irlanda desejar fazer causa comum com a democracia britânica não deve surpreender nem iludir ninguém. Por sete séculos, ela jamais foi súdito fiel da Inglaterra. Por outro lado, tampouco tem sido fiel a si mesma. Entrou nos domínios ingleses sem realmente integrar-se neles. Abandonou quase totalmente sua língua e aceitou a língua do conquistador, sem ser capaz de assimilar sua cultura nem adaptar-se à mentalidade de que essa língua é o veículo. Traiu seus heróis, sempre nas horas difíceis e sempre sem receber recompensas por isso. Obrigou seus criadores espirituais a exilar-se, unicamente para depois se ufanar deles. Serviu fielmente a um patrão apenas, a Igreja católica romana, a qual, porém, costuma pagar seus fiéis a prazo.

Que aliança duradoura pode haver entre esse estranho povo e a nova democracia anglo-saxônica? Os jornalistas que hoje falam disso tão ardorosamente logo perceberão (se já não o fizeram) que entre os nobres ingleses e os operários ingleses existe uma misteriosa comunhão de sangue, e que o tão estimado marquês de Salisbury, um refinado cavalheiro, falava não apenas em nome de sua casta, mas também de toda a sua raça, quando disse: "Deixem os irlandeses cozinharem no seu próprio sangue".

Tradução: Dirce Waltrick do Amarante

43

[WILLIAM BLAKE][1]

1912

Em 1911, Joyce foi novamente convidado a participar da série de conferências noturnas na Università Popolare Triestina. Quatro anos antes ele havia falado ali de temas irlandeses, mas dessa vez anunciou que trataria "do verismo e do idealismo na literatura inglesa (Daniel Defoe — William Blake)". Essas duas conferências foram pronunciadas no início de março de 1912. Da primeira só temos um fragmento, ainda que importante; da segunda, quase a totalidade.

[*O manuscrito começa aqui.*] de uma interpretação ética e prática, não são aforismos morais. Observando a catedral de St. Paul, Blake ouviu com o ouvido da alma o lamento do pequeno limpador de chaminés, que simboliza a inocência oprimida em sua estranha linguagem literária. Contemplando o Palácio de Buckingham, viu com os olhos da mente o suspiro do soldado desafortunado, suspiro que descia pelos muros do palácio como uma gota de sangue.[2] Sendo ainda jovem e vigoroso, Blake vivia tão intensamente dessas visões que era capaz de gravar as imagens num verso vibrante ou numa placa de cobre, e essas gravações verbais ou mentais frequentemente compreendiam um sistema sociológico inteiro. A prisão, ele escreve, está construída com as pedras da lei; o bordel, com as pedras da religião.[3] Mas a tensão contínua dessas viagens ao desconhecido e o retorno abrupto à vida

---

[1] Traduzido para o inglês do italiano. Trata-se de um manuscrito sem título e incompleto, que consta de 22 páginas. Pertence à coleção Slocum da biblioteca da Yale University.

[2] *How the Chimney-sweeper's cry* / *Every black'ning Church appalls;* / *And the hapless Soldier's sigh* / *Runs in blood Palace walls* / Blake, "London" (Ouço o grito do Limpador de Chaminés / Tão sombrio quanto a sombria igreja; / Vejo o suspiro do pobre soldado / Escorrer em sangue sobre os muros do Palácio).

[3] De "Proverbs of Hell", em *The Marriage of Heaven and Hell.*

natural vão corroer, lenta porém inexoravelmente, sua capacidade artística. As visões que se multiplicam o cegam; e já perto do fim de sua vida mortal, o desconhecido que tanto havia desejado o cobriu com as sombras de vastas asas, e os anjos com quem ele conversava, como um imortal entre imortais, esconderam-no sob o silêncio de suas vestes.

Se invoquei das sombras, com palavras amargas e versos violentos, a figura de um político fraco, de segunda ou terceira categoria, dei-lhes então uma ideia equivocada da personalidade de Blake. Pertenceu, na juventude, à escola revolucionário-literária que incluía Miss Wollstonecraft e o famoso, talvez deva dizer insigne, autor do *Rights of Man* [Os direitos do homem], Thomas Paine. Mesmo entre os membros desse círculo, Blake foi o único a ousar sair às ruas com o gorro vermelho, emblema da nova era. Não tardou a retirá-lo em definitivo, contudo, após os massacres ocorridos nas prisões parisienses em setembro de 1792. Sua rebelião espiritual contra os poderes deste mundo não estava composta com aquele tipo de pólvora, solúvel em água, a que estamos mais ou menos acostumados. Em 1799, ofereceram-lhe o cargo de mestre desenhista da família real. Temeroso de que sua arte pudesse morrer de inanição na atmosfera artificial da corte, recusou a oferta; mas ao mesmo tempo, para não ofender o rei, abriu mão de todos os alunos mais humildes, que constituíam sua principal fonte de renda. Após sua morte, a princesa Sofia enviou à viúva uma doação pessoal de cem libras esterlinas. Mrs. Blake devolveu o dinheiro, agradeceu educadamente a gentileza, mas disse que era capaz de viver com pouco e que não aceitaria o presente porque, se a soma fosse utilizada para outro fim, poderia ajudar a melhorar a vida e as esperanças de alguém menos afortunado que ela.

Havia evidentemente claras diferenças entre esse indisciplinado e visionário heresiarca e os filósofos mais ortodoxos da Igreja, Francisco Suárez, *Europae atque orbis universi magister et oculus populi Christiani*, e Don Giovanni Mariana di Talavera,[4] que, para estupefação da posteridade, havia escrito no século precedente uma defesa lógica e sinistra do tiranicídio. O mesmo idealismo que possuía e sustentava Blake quando ele lançava sua fúria contra a miséria e a maldade humana o impedia de ser cruel sequer para com o corpo de um pecador, essa quebradiça cortina de carne estendida sobre o leito dos nossos desejos,[5] como o chama no livro

---

[4] Mariano de Talavera y Garcés (1771-1861), sacerdote e político nascido na Venezuela.
[5] "Why a little curtain of flesh on the bed of our desire?"

místico *Thel*. Na sua biografia são numerosos os episódios que mostram a bondade natural de seu coração. Embora tivesse dificuldades financeiras e gastasse apenas meia guinea por semana para manter a casinha onde vivia, deu quarenta pounds a um amigo que os necessitava. Ao perceber que todas as manhãs passava por sua janela um estudante de arte, pobre e tísico, com uma pasta sob o braço, apiedou-se dele e ofereceu-lhe um abrigo, onde o alimentou e procurou alegrar sua triste vida que definhava. Seu relacionamento com o irmão mais novo, Robert, lembra a história de David e Jonathan. Blake o amava, o mantinha e cuidava dele. Durante sua longa enfermidade, falou-lhe da eternidade e o confortou. Ao longo dos dias que precederam sua morte, Blake permaneceu sentado ao lado de seu leito, cuidando dele sem interrupção, e no momento supremo observou a alma do amado irmão libertar-se do corpo sem vida e lançar-se ao céu batendo palmas alegremente. Somente então, sereno e exausto, sucumbiu a um sono profundo e dormiu por setenta e duas horas seguidas.

Já me referi a Mrs. Blake duas ou três vezes, e talvez devesse dizer algo sobre a vida matrimonial do poeta. Blake apaixonou-se quando tinha vinte anos. A garota, ao que parece um tanto frívola, chamava-se Polly Woods. Esse amor juvenil lança uma influência luminosa nas primeiras obras de Blake, *Poetical Sketches* [Esboços poéticos] e *Songs of Innocence* [Canções da inocência], mas a aventura terminou subitamente. Ela o considerava louco, ou quase isso, enquanto ele a via como pouco séria, ou pior que isso. O rosto da garota aparece em certos desenhos do livro profético *Vala*, uma face suave e sorridente, símbolo da doce crueldade feminina e da ilusão dos sentidos. Para se recuperar dessa derrota, Blake deixou Londres e foi viver na casa de um hortelão chamado Bouchier.[6] Esse hortelão tinha uma filha, Catherine, de vinte e quatro anos de idade, cujo coração encheu-se de compaixão ao ouvir as desventuras amorosas do jovem. Da compaixão nasceu o afeto, que finalmente se tornou recíproco. Os versos de *Otelo* vêm à mente quando recordamos esse capítulo da vida de Blake:

> *She loved me for the dangers I had passed,*
> *And I loved her that she did pity them.*[7]

---

[6] O nome verdadeiro é Boucher.
[7] Ela me amava pelos perigos que eu enfrentara, / E eu a amava por sua piedade"

Como numerosos outros gênios, Blake não se sentia atraído por mulheres cultas ou refinadas. Às afetações de refinamento do salão e a uma cultura ampla e fácil, preferia (permitam-me o empréstimo de um clichê do jargão teatral) a mulher simples, de mentalidade nebulosa e sensual, ou, em seu egoísmo ilimitado, desejava que a alma de sua amada fosse uma criação lenta e dolorosa sua,[8] liberando e purificando diariamente, diante de seus próprios olhos, o demônio (tal como dizia) oculto na névoa. Qualquer que seja a verdade, o fato é que Mrs. Blake não era nem muito bela, nem muito inteligente. Na realidade, era analfabeta, e o poeta se dedicou obstinadamente a ensiná-la a ler e escrever. Conseguiu educá-la a tal ponto que, dentro de poucos anos, ela o auxiliava nos seus trabalhos de gravura, retocava seus desenhos e cultivava suas próprias faculdades visionárias.

Seres elementares e espíritos de grandes homens mortos vinham com frequência ao quarto do poeta, à noite, para falar sobre arte e imaginação. Blake então saltava da cama e, depois de agarrar um lápis, permanecia longas horas na fria noite londrina a desenhar os membros e os traços de suas visões, enquanto sua esposa, encolhida ao lado de sua poltrona, segurava sua mão e permanecia em silêncio para não perturbar o êxtase visionário do vidente. Ao nascer do dia, quando a visão desaparecia, sua mulher voltava à cama, e Blake, radiante de alegria e benevolência, acendia rapidamente o fogo e preparava o café da manhã para os dois. Espanta-nos pensar que entidades simbólicas como Los, Urizen, Vala, Tiriel e Enitharmon, assim como as sombras de Milton e Homero, abandonaram seu mundo ideal para visitar um pobre quarto londrino e que o único incenso a lhes dar as boas vindas foi o aroma de chá da Índia Oriental e o odor de ovos fritos na banha. Não seria essa talvez a primeira vez na história do mundo em que o Eterno falou através da boca do humilde?

Assim transcorreu a vida mortal de William Blake. O navio de sua vida matrimonial, que havia levantado âncora sob os auspícios do lamento e da gratidão, navegou por entre os recifes usuais por quase meio século. Não tiveram filhos. Nos primeiros anos da vida conjugal houve discórdias, desentendimentos facilmente compreensíveis se lembrarmos a grande diferença de cultura e de temperamento que separava o jovem casal. É verdade,

---

[8] No ato II da peça *Exiles* [Exilados], de James Joyce, Robert Hand diz a Richard Rowan: "Você ama essa mulher. Me lembro de tudo o que me disse há muito tempo. Ela é sua, sua obra". E acrescenta: "Foi você que a fez tal como ela é". A união de Joyce e Nora Barnacle apresenta certa semelhança com a de Blake e Catherine Boucher.

como disse antes, que Blake praticamente seguiu o exemplo de Abraão, dando a Hagar o que Sara recusava.[9] A simplicidade casta de sua mulher não estava em conformidade com o temperamento de Blake, para quem, até os últimos dias de sua vida, a exuberância era a única forma da beleza. Numa cena de lágrimas e acusações que ocorreu entre eles, sua mulher desmaiou, ferindo-se de tal modo que nunca pôde ter filhos.[10] É uma triste ironia do destino que esse poeta de inocência infantil, o único escritor que escreveu canções para crianças com a alma de uma criança, e que iluminou o fenômeno da gestação com luz tão terna e mística em seu estranho poema "The Chystal Cabinet", estivesse condenado a nunca ver uma criança de verdade junto à sua lareira. A Blake, que sentia grande piedade por tudo o que vive e sofre, e se alegrava diante das ilusões do mundo vegetal, da mosca, da lebre, do pequeno limpador de chaminés, do pintarroxo, até mesmo da pulga, foi negada toda paternidade que não fosse a paternidade espiritual, sem dúvida intensamente natural, que ainda vive nos versos dos *Proverbs* [Provérbios]:

> *He who mocks the Infant's Faith*
> *Shall be mock'd in Age & Death.*
> *He who shall teach the Child to Doubt*
> *The rotting Grave shall ne'er get out.*
> *He who respects the Infant's faith*
> *Triumphs over Hell & Death.*[11]

O rei dos terrores e a cova pútrida não tinham poder algum sobre o espírito imortal e destemido de Blake. Em sua velhice, cercado de amigos, discípulos e admiradores, Blake começou, como Catão o Velho, a estudar um idioma estrangeiro. O idioma era o mesmo com que nesta noite tento, do melhor modo que posso, e graças a vossa cortesia, chamar seu espírito do crepúsculo da mente universal, retê-lo por um instante e questioná-lo. Blake começou a estudar italiano para ler a *Divina Commedia* no original e para ilustrar a visão de Dante com desenhos místicos. Fraco e abatido pelas dores da enfermidade, apoiava-se em vários travesseiros e colocava um grande álbum de desenho sobre as pernas, esforçando-se para traçar as

---

[9] "Reivindicava o direito de Abraão de dar a Hagar o que Sara recusava." Ellis, p. 90.

[10] Joyce toma de Ellis, p. 90, essa duvidosa informação.

[11] Aquele que zomba da Fé da Criança / Será zombado na Velhice e na Morte. / Aquele que ensina a Criança a Duvidar / Da Cova pútrida nunca sairá. / Aquele que respeita a fé da Criança / Triunfa sobre o Inferno e a Morte.

linhas de sua última visão nas páginas brancas. É desse modo que Phillip o retratou para a posteridade no quadro que se encontra na Galeria Nacional de Londres. Seu cérebro não se enfraqueceu; sua mão não perdeu a antiga maestria. A morte lhe veio na forma de um frio glacial, qual os tremores do cólera, que possuíram seus membros e apagaram em um instante a luz de sua inteligência, como a escuridão fria a que chamamos de espaço cobre e extingue a luz de uma estrela. Morreu cantando com voz forte e ressonante, que estremecia as vigas do quarto. Celebrava, como sempre, o mundo ideal, a verdade, o intelecto e a divindade da imaginação. "Minha querida, as canções que canto não são minhas", disse a sua mulher, "não, não, repito que não são minhas."

Um estudo completo da personalidade de Blake deveria estar logicamente dividido em três fases — a patológica, a teosófica e a artística. A primeira, a meu ver, podemos dispensar sem muito receio. Dizer que um grande gênio é louco, e, ao mesmo tempo, reconhecer seu valor artístico, é o mesmo que afirmar que ele sofria de reumatismo ou tinha diabetes. A loucura é, de fato, um termo médico que não merece mais atenção do crítico objetivo que aquela dispensada às acusações de heresia formuladas por um teólogo, ou às de imoralidade lançadas pela polícia. Se tivermos de acusar de louco todo grande gênio que não crê, com a alegre fatuidade de um estudante recém-graduado em ciências exatas, no materialismo apressado hoje em voga, pouco restará à filosofia universal e à arte. Tal massacre dos inocentes não pouparia grande parte do sistema peripatético, toda a metafísica medieval, uma ampla parte do imenso edifício simétrico construído pelo Doutor Angélico, Santo Tomás de Aquino, o idealismo de Berkeley e (que combinação!) o ceticismo que termina com Hume. Em relação à arte, então, essas figuras muito úteis, o fotógrafo e o taquígrafo de tribunais, reinariam ainda mais facilmente. A aparição dessa sorte de arte e de filosofia, florescendo num futuro mais ou menos longínquo a partir da união de duas forças sociais cada dia mais influentes na vida pública — as mulheres e o proletariado —, reconciliaria ao menos todos os artistas e filósofos com a brevidade da vida na terra.

Determinar que posição Blake deve ocupar na hierarquia dos místicos ocidentais é algo que ultrapassa o escopo desta conferência. Parece-me que Blake não *é* um grande místico. O Oriente é a pátria do misticismo, e agora que, graças aos estudos linguísticos, podemos compreender o pensamento oriental (se é que podemos chamar de *pensamento* essa energia ideacional que criou os vastos ciclos de atividade e passividade espiritual mencionados nos *Upanishads*), os livros do Ocidente brilham, se de fato o fazem, com luz refletida. Blake não foi provavelmente tão influenciado pelo misticismo indiano quanto Paracelso, Jacob Boehme ou Swedenborg; de qualquer forma, pode-se censurar-lhe menos. Em Blake, a faculdade visionária está diretamente relacionada à faculdade artística. Para se compreender o que Paracelso e Boehme queriam dizer com sua exposição cósmica da involução e evolução do mercúrio, do sal, do sulfuro, do corpo, da alma e do espírito, deve-se, em primeiro lugar, estar predisposto ao misticismo, e, em segundo, ter a paciência de um santo. Blake pertence naturalmente a outra categoria, a dos artistas, e nessa categoria ocupa, segundo acredito, uma posição única, pois une à sensibilidade mística grande penetração de espírito. E essa é uma qualidade praticamente inexistente na arte mística. San Juan de La Cruz, por exemplo, um dos poucos artistas idealistas que merece estar situado ao lado de Blake, jamais revela um sentido inato da forma nem uma força de coesão intelectual em seu livro *The Dark Night of the Soul* [Noite escura da alma], que clama e desfalece com tão grande êxtase passional.

A explicação está no fato de que Blake possuía dois mestres espirituais, muito diferentes um do outro, embora parecidos em sua precisão formal: Michelangelo Buonarotti e Emanuel Swedenborg. O primeiro dos desenhos místicos de Blake que chegou até nós, *Joseph of Arimathea among the Rocks of Albion* [José de Arimateia entre as Rochas de Albion], traz, num dos cantos, as palavras: *Michelangelo pinxit*. Foi baseado num esboço feito por Michelangelo para o seu *Juízo Final*, e simboliza a imaginação poética dominada pela filosofia sensualista. Debaixo do desenho, Blake escreveu: "Este é um dos artistas góticos que construíram catedrais durante o período que chamamos de idade obscura; vestidos de peles de carneiro e cabra, vagavam por um mundo que não era digno deles". A influência de Michelangelo é perceptível em toda a obra de Blake, e de modo especial em alguns dos escritos em prosa reunidos nos fragmentos, onde insiste na importância da linha pura e clara, que evoca e cria a figura sobre o pano de fundo do vazio incriado.

A influência de Swedenborg, que morreu no exílio em Londres quando Blake começava as suas criações, é patente na glorificação da humanidade que impregna toda a sua obra. Swedenborg, que frequentou todos os mundos invisíveis por vários anos, vê na imagem do homem não apenas a presença do próprio céu, mas também a de Miguel, Rafael e Gabriel, que, segundo ele, não são três anjos, mas sim três coros angélicos. A eternidade, que havia aparecido ao discípulo amado e a Santo Agostinho como uma cidade divina, e a Dante Alighieri como uma rosa celestial, apareceu ao místico sueco como o retrato de um homem celestial, com todos os seus membros animados por um fluido divino que eternamente sai e volta, sístole e diástole de amor e sabedoria. Dessa visão provém o imenso sistema que chamou de correspondências, o qual desenvolveu em sua obra-prima, *Arcana Coelestia*, o novo Evangelho que, para ele, anuncia a aparição do Filho do Homem nos céus, conforme previsto por São Mateus.

Armado dessa espada de duplo corte — a arte de Michelangelo e as revelações de Swedenborg —, Blake matou o dragão da experiência e da sabedoria natural, e, minimizando o espaço e o tempo e negando a existência da memória e dos sentidos, buscou pintar suas obras no vazio do seio divino. Para ele, qualquer instante mais breve que o pulsar do coração equivalia à duração de seis mil anos, porque é nesse instante tão infinitamente curto que o poeta concebe e dá à luz sua obra. Para Blake, qualquer espaço cujo tamanho fosse maior que o de um glóbulo vermelho de sangue humano era ilusório, criado pelo martelo de Los, enquanto o espaço menor que um glóbulo de sangue significava uma aproximação à eternidade, da qual o nosso mundo vegetal é apenas uma sombra. A alma e o amor supremo não devem olhar, então, *com* os olhos, mas *além* dos olhos, pois os olhos, que nasceram na escuridão enquanto a alma dormia em raios de luz, também morrerão na escuridão. Dionísio Pseudo-Areopagita, em seu livro *De Divinis Nominibus*, chega ao trono de Deus ao negar e superar todo atributo moral e metafísico, ao cair em êxtase e se prostrar perante a obscuridade divina, perante aquela imensidão inefável que precede e encerra o conhecimento supremo na ordem eterna. O processo mental através do qual Blake atinge o limiar do infinito não é diferente. Voando do infinitamente pequeno ao infinitamente grande, de uma gota de sangue ao universo das estrelas, sua alma é consumida pela rapidez do voo, e sente--se renovada, alada e imortal no limite do oceano escuro de Deus. E embora tenha baseado sua arte em premissas tão idealistas, convencido de que a eternidade estava enamorada dos produtos do tempo, os filhos de Deus dos filhos de [*o manuscrito termina aqui.*]

Tradução: André Cechinel

44

A SOMBRA DE PARNELL[1]

1912

Ao aprovar em segunda votação o projeto sobre a autonomia parlamentar,[2] a Câmara dos Comuns resolveu a questão irlandesa, que, como a galinha de Mugello, parece recém-nascida, mas tem cem anos. O século que se iniciou com transações de compra e venda do parlamento de Dublin[3] se encerra agora com um pacto triangular entre a Inglaterra, a Irlanda e os Estados Unidos, e foi honrado com sete[4] movimentos revolucionários irlandeses, os quais, com a dinamite, a eloquência, o boicote, o obstrucionismo, a revolta armada e o assassinato político, conseguiram manter desperta a lenta e embotada consciência do liberalismo inglês.

A nova lei foi concebida, após um período de amadurecimento, sob a dupla pressão do partido nacionalista em Westminster, que durante meio século perturbou o trabalho dos legisladores britânicos, e do partido irlandês do outro lado do Atlântico, que colocava obstáculos à tão desejada aliança anglo-americana.[5] Idealizada e moldada com magistral astúcia e arte, a lei coroa dignamente a tradição transmitida à posteridade por esse mais-que--perfeito[6] estadista liberal, William Gladstone. Basta dizer que reduz a forte falange de 103 membros irlandeses atualmente presentes em Westminster a um punhado de 40 deputados, impelindo-os automaticamente para os braços do minúsculo partido trabalhista, de modo que dessa união incestuosa nascerá provavelmente uma coalizão que atuará à esquerda, vale

---

[1] O texto inglês foi traduzido do italiano "L'Ombra di Parnell", *Il Piccolo della Sera*, Trieste, em 16 de maio de 1912.

[2] O terceiro projeto de Home Rule, aprovado em 9 de maio de 1912.

[3] Ata de União de 1800.

[4] Na tradução para o inglês constam seis e não sete movimentos.

[5] Os liberais ingleses já vinham há algum tempo tentando firmar um tratado de arbitragem com os Estados Unidos.

[6] *Sopraperfetto*, em italiano.

dizer, a partir da base de operação do partido liberal na sua campanha contra o conservadorismo até a extrema esquerda.

Há pouca chance de alguém desvendar o emaranhado das condições financeiras. De qualquer maneira, o futuro governo irlandês deverá cobrir um déficit habilmente criado pelo tesouro britânico, seja manipulando os impostos locais e imperiais, seja reduzindo os gastos administrativos, seja ainda aumentando os impostos diretos, o que provocará, em todo caso, a hostilidade das classes média e baixa. O partido separatista irlandês gostaria de recusar esse presente de grego, que converte o chanceler do erário público de Dublin em ministro plenamente responsável ante os contribuintes, mas ao mesmo tempo subordinado ao gabinete britânico, vale dizer, em alguém que tem o poder de cobrar os impostos, sem ser capaz de controlar as arrecadações de seu departamento — um transmissor que não poderá funcionar se a dínamo de Londres não lhe enviar a voltagem necessária.

Não importa: tudo isso dá uma ilusão de autonomia. Na última assembleia nacional ocorrida em Dublin, as recriminações e os protestos dos nacionalistas que pertencem ao movimento amargamente cético de John Mitchel não chegaram a perturbar o júbilo popular. Os representantes, envelhecidos na luta constitucional e enfraquecidos por tantos anos de esperanças vãs, celebraram nos seus discursos o fim de um longo período de mal-entendidos. Um jovem orador, neto de Gladstone, evocou o nome de seu avô[7] em meio às aclamações frenéticas da multidão e saudou a prosperidade da nova nação. Dentro de no máximo dois anos, com ou sem o consentimento da Câmara dos Lordes, as portas do velho parlamento irlandês voltarão a se abrir, e a Irlanda, livre de sua prisão secular, avançará até o palácio qual uma noiva, escoltada pelos músicos e pelas tochas nupciais. Um bisneto de Gladstone (se algum há) espalhará flores sob os pés da soberana. Mas haverá uma sombra na festa: o espectro de Charles Parnell.

* * *

Seu mais recente crítico tentou minimizar a grandeza desse espírito estranho, destacando as diversas fontes de suas ágeis táticas parlamentares. Mas ainda que concordemos com a opinião do crítico histórico de que o

---

[7] No original italiano, *nonno* (avô); na tradução inglesa, porém, consta *uncle* (tio) no lugar de avô.

obstrucionismo foi inventado por Biggar e Ronayne, que a doutrina da independência do partido irlandês foi formulada por Gavan Duffy e que a liga agrária foi uma criação de Michele Davitt, essas concessões só farão realçar a extraordinária personalidade de um líder que, sem dotes oratórios e sem talento político original, obrigou os maiores políticos ingleses a cumprir suas ordens e que, qual outro Moisés, conduziu um povo turbulento e instável da casa da humilhação até a fronteira da terra prometida.

A influência que Parnell exerceu no povo irlandês desafia as análises críticas. Parnell tinha um defeito de fala e uma constituição delicada; ignorava a história de sua pátria e seus discursos breves e fragmentados careciam de eloquência, de poesia e de humor; sua atitude fria e formal o separava de seus próprios colegas; era protestante, descendente de uma família aristocrática e, para piorar as coisas, falava com inconfundível sotaque inglês. Era comum chegar com uma hora ou uma hora e meia de atraso a reuniões, e sem pedir desculpas. Passava semanas inteiras sem dar atenção à sua correspondência. O aplauso e a ira da multidão, os insultos e os elogios da imprensa, as acusações e o apoio dos ministros britânicos, nada disso perturbava a melancólica serenidade do seu caráter. Afirma-se que nem sequer conhecia de vista a maior parte daqueles que se sentavam ao seu lado nos bancos irlandeses. Quando o povo irlandês ofereceu-lhe, em 1887, uma doação nacional de 40 mil libras esterlinas, ele colocou o "cheque" na carteira, e no discurso que pronunciou ante a imensa multidão não fez a menor alusão ao presente que havia recebido.

Quando lhe mostraram um exemplar do *Times* que reproduzia a famosa carta autógrafa que podia comprovar seu envolvimento no bárbaro assassinato do Parque Phoenix, ele apontou para uma letra manuscrita e simplesmente disse: "Não faço mais um *esse* desses desde 1878". Mais tarde, quando as investigações da comissão real descobriram a conspiração tramada contra ele, e o falsário e perjuro Pigott explodiu os miolos num hotel em Madri, a Câmara dos Comuns, sem distinção de partidos, saldou a entrada de Parnell com uma ovação sem precedentes nos anais do parlamento britânico. Não é necessário dizer que Parnell de modo algum agradeceu essa ovação, quer com um sorriso, uma reverência ou um aceno. Encaminhou-se para seu lugar além do corredor e se sentou. Gladstone pensava provavelmente nesse incidente quando qualificou de fenômeno intelectual o guia irlandês.

Parece impossível imaginar algo de mais insólito do que a aparição desse fenômeno intelectual na atmosfera sufocante de Westminster. Ora, ao se rememorar a cena do drama e os discursos que estremeciam as mentes dos ouvintes, é inegável que aquela eloquência e aqueles triunfos estratégicos já começam a ficar um tanto antiquados. Mas o tempo é mais benévolo para com o "rei sem coroa" do que para com o bufão e o bem-falante. À luz de sua atitude altiva, suave e orgulhosa, muda e desconsolada, Disraeli parece-se com um diplomata oportunista que come quando pode na casa dos ricos, e Gladstone nos dá a impressão de um imponente mordomo que estudou nas horas vagas. Quão pouco pesam hoje na balança o espírito de Disraeli e a cultura de Gladstone! Quão insignificantes se tornaram hoje as zombarias estudadas, os cachos besuntados e os romances estúpidos de Disraeli; o mesmo se pode dizer dos períodos altissonantes, dos estudos homéricos, dos discursos sobre Artemis ou sobre a marmelada de Gladstone!

Ainda que a estratégia de Parnell consistisse em utilizar qualquer partido inglês, liberal ou conservador, a seu bel-prazer, um conjunto de circunstâncias o vinculou ao movimento liberal. O liberalismo de Gladstone era um símbolo algébrico variável cujo coeficiente era a pressão política do movimento e o índice, a sua vantagem pessoal. Embora em matéria de política interna contemporizasse, contradizendo-se e justificando-se sucessivamente, ele mantinha (tanto quanto podia) uma sincera admiração pela liberdade na casa dos outros. É preciso levar em conta essa qualidade elástica do liberalismo de Gladstone para compreender a natureza e o alcance da tarefa de Parnell.

Em outras palavras, Gladstone era um político interesseiro. Enfureceu-se com a agitada iniquidade de O'Connell[8] em 1835, mas foi o legislador inglês que proclamou a necessidade moral e material da autonomia irlandesa. Vociferou contra o acesso de judeus a cargos públicos, mas foi o ministro que, pela primeira vez na história da Inglaterra, concedeu título de nobreza a um judeu. Falava impetuosamente contra os bôers que se rebelaram em 1881, mas, depois da derrota da tropa inglesa em Majuba, firmou um tratado com o Transvaal que os próprios ingleses qualificaram de covarde rendição. No seu primeiro discurso no Parlamento, defendeu calorosamente seu próprio pai (um rico proprietário de escravos em Demerara que fizera 2 milhões de francos com a venda de carne humana)

---

[8] Entre outras reformas, Daniel O'Connell fazia pressão pela anulação da União.

das acusações lançadas contra ele pelo conde Grey, que denunciava sua crueldade; mas em sua última carta a outro "amigo de infância", o duque de Westminster, lançou todos os raios possíveis sobre a cabeça do grande assassino de Constantinopla.[9]

Convencido de que um liberalismo desse tipo apenas cederia pela força, Parnell reuniu em torno de si todos os elementos vivos da Irlanda e iniciou sua campanha, mantendo-se à beira da insurreição. Seis anos depois de sua entrada em Westminster tinha nas mãos o destino do governo. Foi preso, mas na sua cela em Kilmainhem selou um pacto com os próprios ministros que o encarceraram.[10] Ao fracassar a tentativa de chantagem contra Parnell, após a confissão e o suicídio de Pigott, o governo liberal lhe ofereceu uma pasta ministerial. Mas Parnell não apenas a recusou, como também ordenou a todos os seus seguidores que recusassem igualmente qualquer função ministerial, e proibiu os municípios e as instituições públicas irlandesas de receberem oficialmente qualquer membro da casa real inglesa até que o governo da Inglaterra devolvesse a autonomia à Irlanda. Os liberais tiveram de aceitar essas condições humilhantes, e em 1886 Gladstone leu o primeiro projeto de Home Rule em Westminster.

Em meio a esses acontecimentos, a queda de Parnell foi como um raio num céu claro. Apaixonou-se perdidamente por uma mulher casada, e quando seu marido, o capitão O'Shea, pediu o divórcio, os ministros Gladstone e Morley se recusaram terminantemente a legislar em favor da Irlanda se o pecador permanecesse no comando do partido nacionalista. Parnell não compareceu à audiência para se defender. Negou o direito de um ministro de exercer o veto em questões políticas da Irlanda, e negou-se a renunciar ao cargo.

Foi deposto por ordens de Gladstone. Dos 83 representantes do seu grupo, somente oito se mantiveram fiéis a ele.[11] O alto e baixo clero entraram na arena para lhe dar o golpe de misericórdia. A imprensa irlandesa verteu sobre ele e a mulher que amava todo o veneno de sua inveja. Os cidadãos de Castlecomer lançaram cal viva em seus olhos. De

---

[9] Abdul Hamid II, sultão da Turquia, qualificado de inumano na carta de Gladstone de 13 de março de 1897, posteriormente publicada sob a forma de panfleto, *Carta ao duque de Westminster*, referente à guerra greco--turca.

[10] O chamado Tratado de Kilmainham, de abril de 1882.

[11] A votação, na sala n. 15, chegou ao seguinte resultado: 44 votos contra e 26 favoráveis à manutenção de Parnell na chefia do partido.

condado em condado, de cidade em cidade, Parnell errou "como um cervo caçado", figura espectral com o sinal da morte na testa. Ao final de um ano, morreria de desgosto aos 45 anos.

O espectro do "rei sem coroa" oprimirá os corações daqueles que se recordarem dele quando, num futuro próximo, a nova Irlanda entrar no palácio real *fimbriis aureis circumamicta varietatibus*,[12] mas não será um espectro vingativo. A tristeza que devastou a sua alma talvez decorresse da profunda convicção de que, na hora crítica, um dos discípulos que levava com ele as mãos ao mesmo prato o trairia. Que tenha combatido até o fim com essa desoladora certeza na alma é o seu maior título de nobreza.

No último e mais desesperado apelo aos seus compatriotas, implorou para que não o lançassem aos lobos ingleses que uivavam ao seu redor. Em honra dos irlandeses devemos admitir que eles não ficaram surdos a esse apelo desesperado. Não o jogaram aos lobos ingleses: eles mesmos o dilaceraram.

Tradução: Dirce Waltrick do Amarante

---

[12] Salmos, 44: 14-15, segundo a Vulgata [com sua vestimenta de brocado de ouro... de múltiplas cores].

45

A CIDADE DAS TRIBOS

IMPRESSÕES ITALIANAS EM UM PORTO IRLANDÊS[1]

1912

Galway, agosto

O dublinense preguiçoso que não viaja muito e conhece seu país apenas de ouvir falar pensa que os habitantes de Galway são de origem espanhola,[2] e que é impossível dar quatro passos pelas sombrias ruelas da antiga cidade das tribos[3] sem topar com o verdadeiro tipo espanhol de traços cor de oliva e cabelos negros como um corvo. O dublinense está certo e errado. Hoje, ao menos, cabelos e olhos escuros são raros em Galway, onde predomina na maioria um vermelho ticianesco. As velhas casas espanholas estão desmoronando e tufos de mato crescem nos cantos das janelas salientes. Fora dos muros ergue-se o subúrbio, novo, alegre, indiferente ao passado. Mas basta fecharmos os olhos por apenas um momento diante dessa perturbadora modernidade para vermos na penumbra da história a "Cidade Espanhola".

Ela se espalha sobre inúmeras ilhotas, entrecortada de riachos, cascatas, lagos e canais, no fundo de uma vasta baía do Oceano Atlântico onde toda a marinha britânica poderia ancorar. Na entrada do golfo as três ilhas Aran, deitadas como baleias sonolentas sobre as águas cinzentas, formam um dique natural e aparam os assaltos das vagas do Atlântico. O pequeno

---

[1] Joyce enviou "La Città delle Tribù; Ricordi italiani in um Porto Irlandese" à Itália em 1912, durante o que seria sua última viagem à Irlanda. Ele foi publicado na edição de 11 de agosto do jornal *Il Piccolo della Sera*, até hoje o grande diário triestino.

[2] Durante muito tempo Galway foi o principal entreposto do comércio entre a Irlanda e a Espanha, gerando no local uma considerável presença de elementos ibéricos. O fato de Nora Joyce vir de Galway é um dos elementos que justificam a "ascendência" espanhola de Molly Bloom no *Ulysses*.

[3] *Cathair na dTreabh*, a cidade das tribos, é um antigo apelido de Galway, devido ao fato de a cidade ter sido comandada por catorze famílias (derrogatoriamente chamadas de tribos posteriormente pelos ingleses) durante o período hiberno-normando de sua história.

farol na ilha setentrional lança um fraco facho de luz a oeste, a última saudação do Velho ao Novo Mundo,[4] e clama inútil e obstinadamente pelo mercador estrangeiro que não atraca aqui há muitos anos.

$$* * *$$

E no entanto, na Idade Média, essas águas foram sulcadas por milhares de naus estrangeiras. As placas nas esquinas das ruas estreitas lembram as conexões da cidade com a Europa latina: rua Madeira, rua dos Mercantes, passeio dos Espanhóis, ilha da Madeira, rua dos Lombardos, avenida Velasquez de Palmeira. A correspondência de Oliver Cromwell atesta que o porto de Galway era o segundo do Reino Unido, e o primeiro de todo o reino para o comércio espanhol e italiano. Na primeira década do século XIV, um mercador florentino, Andrea Gerardo, foi o cobrador de impostos de aduana da cidade, e na lista dos funcionários do século XVII encontra-se o nome de Giovanni Fante.[5] A própria cidade tem por padroeiro São Nicolau de Bari, e o selo municipal traz uma imagem do santo, padroeiro de marujos e crianças. O núncio papal, cardeal Rinuccini, veio a Galway durante o julgamento do rei-mártir[6] e colocou a cidade sob um édito de intervenção do pontífice. O clero e as ordens religiosas se recusaram a reconhecer sua autoridade, e o fogoso cardeal[7] destroçou o sino da igreja dos carmelitas e postou dois padres de seu séquito à porta da igreja para impedir a entrada dos fiéis. A casa paroquial de São Nicolau ainda hoje guarda uma lembrança de um outro prelado italiano da Idade Média: uma carta autógrafa de um famigerado Bórgia.[8] Na mesma casa há um curioso documento deixado por um viajante italiano do século XVI, em que o autor diz que, conquanto houvesse viajado por todo o mundo, jamais vira de uma só vez o que via em Galway: um padre erguendo a hóstia, uma matilha perseguindo um cervo, uma nau adentrando o porto de velas enfunadas, um salmão morto por uma lança.

---

[4] Curioso pensar que Joyce e Pessoa, dois escritores com não poucas afinidades, ambos descrevem suas terras natais como o "rosto" com que a Europa olha para o novo mundo.

[5] Ou não... O nome de fato não consta da história da cidade.

[6] Referência aqui a Carlos I, executado em 1649, durante a revolução cromwelliana. Não deixa de ser curioso o emprego do epíteto por Joyce, não exatamente um apoiador nem da monarquia nem do catolicismo.

[7] Novamente Joyce emprega uma construção (aqui o adjetivo *fogoso*, que depois qualificará São Columbano) que voltará à cena no *Ulysses*.

[8] O papa Alexandre VI.

Quase todo o vinho que o reino importava da Espanha, de Portugal, das Ilhas Canárias e da Itália passava por esse porto. A importação anual chegava à quantia de 1.500 "tuns", ou, em outras palavras, quase 2 milhões de litros. A importância desse comércio era tamanha que o governo holandês propôs à municipalidade a compra de uma grande propriedade perto da cidade pela qual iria pagar cobrindo a terra com moedas de prata. A cidade, temendo a competição estrangeira, respondeu através de um mensageiro dizendo que concordava desde que as moedas fossem dispostas verticalmente no chão. A resposta dos holandeses a essa gentilíssima contraoferta ainda não chegou.

* * *

Durante muitos séculos toda a administração municipal e eclesiástica esteve nas mãos dos descendentes das catorze tribos, cujos nomes se registram em quatro versos de pé-quebrado.[9] O mais estranho e mais interessante documento histórico nos arquivos municipais é o mapa descritivo feito para o duque de Lorena no século XVII, quando Sua Alteza queria se certificar da riqueza da cidade por ocasião de um pedido de empréstimo feito por seu primo inglês, o monarca alegre.[10] O mapa, pleno de gravuras e legendas simbólicas, foi obra de Henry Joyce, deão capitular da cidade.[11] As margens do pergaminho se enfeitam todas com as armas heráldicas das tribos, e o mapa por si próprio se assemelha acima de tudo a uma sinfonia topográfica sobre o tema do número das tribos. Assim, o cartógrafo enumera e desenha catorze bastiões, catorze torres nas amuradas, catorze vias principais, catorze monastérios, catorze castelos, catorze alamedas, e então, passando a um modo menor, enumera e desenha sete acessos para os muros,[12] sete jardins, sete altares para a procissão de

---

[9] *Athy, Blake, Bodkin, Browne, Deane, Darcy, Lynch, / Joyes, Kirwan, Martin, Morris, Skerrett, French.* Kevin Barry registra que a família que falta são os Ffont. Perceba-se que a família Joyes citada tem na verdade o mesmo nome de Joyce, apenas com outra grafia. John Joyce, e depois seu filho James, divertiam-se com a possibilidade da ligação de sua família a essa espécie de nobreza de Galway.

[10] *The Merry Monarch*, apelido de Carlos II, filho do rei executado por Cromwell.

[11] Que um mapa dessa natureza, por ser um mapa, um catálogo, uma elaboração aritmética, e por sua fina composição, fosse interessar ao autor do *Ulysses* e do *Wake* (baseado em grande medida nas iluminuras do Livro de Kells) já não é de se estranhar. O fato de um Joyce ser seu autor apenas aumentaria esse interesse.

[12] A expressão "*sette salite alle mura*" foi omitida na edição de Ellsworth Mason e Richard Ellmann, mas aparece na tradução do mesmo ensaio que consta da edição de Kevin Barry, a qual, aliás, usa corretamente, na enumeração em "tom menor", o termo "sete", enquanto a outra edição usa "seis".

Corpus Christi, sete mercados e sete outras maravilhas. Entre estas últimas — na verdade, última entre as últimas — o valoroso deão lista "o velho columbário localizado no distrito meridional".

* * *

A mais famosa de todas as tribos foi a dos Lynch. No período de um século e meio que vai da fundação da cidade aos devastadores ataques dos soldados de Cromwell, membros dessa família ocuparam o posto de magistrado principal nada menos que 83 vezes. O mais trágico evento da história da cidade foi a expiação de um crime cometido em 1493 pelo jovem Walter Lynch, filho único do prefeito[13] James Lynch FitzStephen. O prefeito, um rico mercador de vinho, empreendeu naquele ano uma viagem à Espanha, onde ficou hospedado com um seu amigo espanhol, um certo Gomez. O filho deste último, ouvindo toda noite as histórias do viajante, enamorou-se da distante Irlanda, e pediu a permissão de seu pai para acompanhar o hóspede em sua viagem de volta ao lar. O pai[14] hesitou. Eram tempos perigosos e os viajantes, antes de partir para paragens conhecidas ou desconhecidas, costumavam fazer seus testamentos. O prefeito Lynch, contudo, deu sua garantia da segurança do jovem, e os dois partiram juntos.

Quando chegou a Galway, o jovem espanhol fez amizade com o filho do prefeito, Walter, rapaz desregrado, de caráter impulsivo, que estava cortejando Agnes Blake, filha de outro magnata da cidade. Muito em breve surgiu o amor entre Agnes e o estrangeiro, e uma noite, quando Gomez saía da residência dos Blake, Walter Lynch, que estivera esperando de tocaia, meteu uma adaga nas suas costas e depois, cego de raiva, arrastou[15] o corpo pela rua e o arremessou num poço.

O crime foi descoberto, e o jovem Walter, preso e julgado. O juiz era o pai, prefeito da cidade, que, surdo diante da voz de seu sangue e considerando apenas a honra da cidade e sua própria palavra empenhada, condenou o assassino à morte. Seus amigos tentaram em vão dissuadi-lo. O povo, apiedado do sofrimento do rapaz, cercou a casa do prefeito, o

---

[13] "Sindaco", no original.

[14] Joyce usa o italiano *babbo* para "pai", em vez do mais comum "*papà*". Esse regionalismo faria parte do vocabulário da família Joyce ainda por muitos anos.

[15] Joyce emprega o verbo italiano *trascinare*, que voltará a empregar no *Ulysses* na forma do neologismo *to trascine*.

sombrio castelo que ainda enegrece na rua principal. O prefeito continuou inamovível mesmo quando o carrasco se recusou a executar a sentença. Pai e filho passaram juntos na cela da prisão a noite que antecedeu a execução, rezando até o alvorecer. Chegada a hora da execução, pai e filho apareceram à janela. Eles se beijaram e se deram adeus: então o próprio pai enforcou o filho na viga da janela diante dos olhos da multidão estarrecida.

As velhas casas espanholas estão desmoronando. Os castelos das tribos foram demolidos. Tufos de mato crescem nas janelas e nos amplos quintais. Por sobre os pórticos as armas heráldicas entalhadas na pedra negra estão se apagando: a loba do capitólio com os dois gêmeos, a águia bicípite dos Habsburgo, o touro negro dos Darcy, descendentes de Carlos Magno. Na cidade de Galway, escreve um antigo cronista, reinam as paixões do orgulho e da luxúria.[16]

* * *

A tardinha é quieta e cinza. De longe, de além das cascatas, vem um sussurro. Parece o zumbido das abelhas em torno da colmeia. Aproxima-se. Veem-se sete jovenzinhos, gaitistas de fole, à frente de uma fila de pessoas. Passam altivos e marciais, cabeças descobertas, tocando uma música vaga e estranha. Na luz incerta mal se veem os xales verdes pendentes de seus ombros direitos e seus saiotes plissados,[17] cor de açafrão. Entram na rua do Convento da Apresentação[18] e, enquanto a vaga música se difunde no crepúsculo, nas janelas do convento, uma a uma, surgem as toucas brancas das freiras.

James Joyce

Tradução e notas: Caetano Galindo

---

[16] A "luxúria", aqui, parece ser um acréscimo (muito joyceano) a uma descrição feita por um viajante em 1641.

[17] Em inglês, *kilt*.

[18] Barry anota que Nora Joyce, sempre presente na imaginação de Joyce, ainda mais quando separados por todo um braço de mar, trabalhou aos doze anos de idade como porteira desse convento. Fora isso, será a cena descrita um cortejo fúnebre? A junção da morte, da chuva e das lembranças da juventude de Nora evocam distintamente o célebre final do conto "Os mortos".

46

A MIRAGEM DO PESCADOR DE ARAN

A VÁLVULA DE SEGURANÇA DA INGLATERRA EM CASO DE GUERRA[1]

1912

Galway, 2 de setembro

O vapor, que leva uma pequena carga de pessoas a passeio, se afasta do cais sob o olhar atento do gerente escocês, absorto em um sonho de aritmética mental. Sai do pequeno porto de Galway e se dirige ao mar aberto, deixando para trás, à sua direita, a pequena vila do Claddagh, um aglomerado de cabanas fora dos muros da cidade. Um aglomerado de cabanas, mas ao mesmo tempo um reino. Até poucos anos atrás a vila elegia seu próprio rei, tinha seu próprio estilo de roupas, fazia suas leis e vivia separada. A aliança de casamento dos habitantes ainda ostenta o selo do rei: duas mãos dadas que seguram um coração coroado.[2]

Seguimos para Aranmor, a ilha sagrada que dorme como um grande tubarão sobre as águas cinzentas do Oceano Atlântico, que os ilhéus chamam de Velho Mar. Sob as águas e ao longo da costa desse golfo jazem os destroços de uma esquadra da infeliz Armada espanhola. Depois da derrota na Mancha, os navios velejaram rumo ao norte, onde foram separados por borrascas e tempestades marítimas. Os camponeses do condado Galway, lembrando a antiga amizade entre a Espanha e a Irlanda, esconderam os fugitivos, protegendo-os da vingança da guarnição inglesa, e deram aos mortos funerais decentes, enrolando os cadáveres em panos brancos.

As águas se arrependeram. Todo ano, no dia 14 de agosto,[3] quando começa a pesca do arenque, as águas do golfo são abençoadas. A flotilha

---

[1] Texto também escrito em italiano e igualmente publicado pelo *Piccolo*, em 5 de setembro de 1912.
[2] Esses *Claddagh rings* ainda são muito populares e oferecidos como presente na Irlanda.
[3] A referência no original é ao Ferragosto, tradicional feriado de origem romana, observado apenas na Itália.

de pesqueiros sai do Claddagh, precedida por uma nau capitânia em cujo convés se posta um frade dominicano. Quando chega a um ponto favorável, a esquadra se detém, os pescadores se ajoelham e tiram os gorros, e o frade, murmurando orações para protegê-los de infortúnios, agita seu aspersório sobre o mar, e divide o ar castanho em formato de cruz.

Uma língua de areia branca à direita marca o local que pode estar destinado à construção do novo porto transatlântico.[4] Meu acompanhante desdobra um grande mapa em que as planejadas rotas se ramificam, redobram e se entrecruzam de Galway aos grandes portos canadenses. Segundo as cifras, a viagem da Europa à América vai tomar menos de três dias. De Galway, último porto europeu, a Saint John (Terra Nova), o vapor vai levar dois dias e dezesseis horas, e de Galway a Halifax, primeiro porto canadense, três dias e dez horas. O texto do livreto que acompanha o mapa fervilha de cifras, estimativas de custos, e projeções oceanográficas. O autor faz um entusiástico apelo ao almirantado britânico, às companhias de estradas de ferro, às câmaras de comércio e à população da Irlanda. O novo porto seria a válvula de escape para a Inglaterra em caso de guerra. Do Canadá, o celeiro de grãos do Reino Unido, as grandes cargas de grão entrariam no porto irlandês, evitando assim os riscos da navegação no canal de São Jorge e das esquadras inimigas. Em tempos de paz, a nova linha seria o caminho mais curto entre um e outro continente. Grande parte das mercadorias e dos passageiros que hoje desembarcam em Liverpool no futuro desembarcariam em Galway, seguindo direto para Londres via Dublin e Holyhead. A velha cidade decadente se reergueria. A riqueza e a energia vital do Novo Mundo correriam por essa nova artéria para uma Irlanda cujo sangue foi drenado. Mais uma vez, depois de cerca de dez séculos, a miragem que aturdiu o pobre pescador de Aran, seguidor e êmulo de São Brandão, aparece distante, vaga e tremulante no espelho do oceano.[5]

Cristóvão Colombo, como todos sabem, é louvado pela posteridade por ter sido o último a descobrir a América. Mil anos antes de rirem

[4] O "esquema" do porto de Galway é tema recorrente do *Ulysses*.
[5] São Brandão (St. Brendan *c.* 484-*c.* 577) descrevia essa mítica ilha, a ilha dos afortunados, ou ilha dos santos, conhecida desde então como Ilha de São Brandão, Hy-brasil, ou Brasil de São Brandão, cerca de mil anos antes de Cabral, portanto. O nome celta original parece provir da expressão *Ut Breasail*, que significaria o clã de Breasal, nome ligado ao radical *bres*, que significa "beleza", "valor".

do navegante genovês em Salamanca, da praia deserta em cuja direção vai agora nosso barco, São Brandão levantou âncora rumo ao mundo desconhecido, e, atravessando o oceano, desembarcou no litoral da Flórida. Naquela época a ilha era fértil[6] e coberta de florestas. À sombra das matas ficava um eremitério de monges irlandeses, fundado por Enda, santo de sangue nobre, no quarto século depois de Cristo. Finnian saiu desse eremitério para se tornar bispo de Lucca. Aqui viveu e sonhou o visionário São Fursa, descrito no calendário hagiográfico irlandês como precursor de Dante Alighieri. Uma cópia medieval das visões de Fursa retrata a jornada do santo do inferno até o paraíso, dos lúgubres vales dos quatro fogos entre as fileiras dos demônios até o alto, subindo pelo universo em direção à luz divina, refletida por inumeráveis asas angélicas. Essas visões teriam servido de modelo para o poeta da *Divina comédia*, louvado pela posteridade, assim como Colombo, por ter sido o último a visitar e descrever os três reinos das almas.

* * *

Na praia da baía, frágeis canoas de tela descansam no seco. Quatro ilhéus descem ágeis para o mar por entre as rochas cobertas das algas violáceas e ferruginosas, como as que se podem ver nas lojas dos merceeiros de Galway. O pescador de Aran tem passo seguro. Usa uma tosca sandália baixa de couro de boi, aberta na canela, sem saltos e atada com laços de couro cru. Traja uma lã grossa como feltro e usa um grande chapéu preto de abas largas.

Inseguros, nós nos detemos em uma das trilhas íngremes. Um ilhéu, que fala um inglês todo seu, nos dá bom-dia, acrescentando que está fazendo um verão horrível, graças a Deus. A expressão, que de início parece um dos deslizes irlandeses normais, vem na verdade da mais profunda resignação humana. O homem que a pronunciou tem um nome real, o dos O'Flaherty, um nome que o jovem Oscar Wilde mandou imprimir orgulhosamente na capa de seu primeiro livro.[7] Mas o tempo e o vento arrasaram a civilização passada a que pertence — os sagrados bosques de carvalho da ilha, o principado de seus antepassados, a língua e talvez o

---

[6] A catástrofe ecológica da Irlanda colonizada é outro dos temas nostálgicos do *Ulysses*.
[7] Wilde assinou inicialmente Oscar Fingal O'Flahertie Wills Wilde.

nome daquele eremita de Aran que era chamado de pombo da igreja.[8] Em torno dos arbustos que crescem com dificuldade nos pequenos morros da ilha, sua imaginação teceu lendas e fábulas que revelam a profundidade de sua psique. E sob a aparente simplicidade resta um quê de ceticismo e humor. Ele desvia os olhos quando termina de falar e deixa que o empolgado estudioso anote em seu caderninho o espantoso fato de que foi do espinheiro, mais além, que José de Arimateia cortou seu cajado.

Uma velhinha vem até nós e nos convida a ir a sua casa. Coloca na mesa um imenso bule de chá, um pão pequeno e manteiga salgada. O ilhéu, que é seu filho, senta-se perto do fogo e responde às perguntas de meu companheiro com um ar constrangido e humilde. Ele não sabe a idade que tem, mas diz que logo estará velho. Não sabe por que não escolheu uma esposa: talvez porque não haja mulheres para ele. Meu acompanhante lhe pergunta de novo por que não há mulheres para ele, e o ilhéu, tirando o gorro da cabeça, enterra o rosto na lã macia, confuso e sorridente. Diz-se que Aran é o lugar mais esquisito do mundo, um lugar pobre; mas, por mais que possa ser pobre, quando meu acompanhante tenta pagar, a velha rejeita a moeda quase com raiva, perguntando se queremos desonrar sua casa.

* * *

Uma garoa fina e constante cai das nuvens cinzentas.[9] A névoa densa avança do poente, enquanto o vapor convoca desesperadamente os retardatários. A ilha desaparece pouco a pouco, envolta em um lento véu fumolento.[10] Desaparecem também os três marujos dinamarqueses, sentados impassíveis no alto do morro.[11] Estavam no mar aberto para a pesca de verão, e pararam um pouco em Aran. Calados e melancólicos, parecem pensar nas hordas dinamarquesas que incendiaram a cidade de Galway no século VIII, nas terras irlandesas que, segundo a lenda, são incluídas nos dotes das moças dinamarquesas; parecem sonhar com a reconquista. Sobre as ilhas e o mar cai a chuva. Chove como sabe chover na Irlanda. Sob o castelo de proa, onde uma garota flerta ruidosamente

---

[8] São Columbano.
[9] Novos ecos de "Os mortos".
[10] Neologismo italiano de Joyce, que cabe manter aqui.
[11] Exagero, ou vejo aqui uma previsão do norueguês que chega pelo mar e, no *Wake*, se transforma em monte?

com um marinheiro, segurando-o no colo, abrimos nosso mapa mais uma vez. À luz do crepúsculo, não conseguimos distinguir os nomes dos portos, mas a linha que parte de Galway e se estende e se ramifica evoca a divisa, colocada ao lado das armas de sua cidade natal pelo místico e talvez profético Deão Capitular: *Quasi lilium germinans germinabit et quasi terebinthus extendens ramos suos.*[12]

Tradução e notas: Caetano Galindo

---

[12] Simultânea referência ao Eclesiástico (24: 22) e a duas legendas empregadas por Henry Joyce no mapa de Galway citado no ensaio anterior. "Germinará como o lírio que germina e como o terebinto que estende seus ramos."

47

A POLÍTICA E AS DOENÇAS DO GADO[1]

1912

Quando, em julho de 1912, Joyce se preparava para deixar Trieste a fim de passar uma curta temporada em Dublin, seu amigo Henry N. Blackwood Price, natural do Ulster, lhe pediu que descobrisse o endereço de um certo William Field, membro do parlamento. Price estava muito preocupado com o problema da febre aftosa na Irlanda e desejava informar a Field, a quem o assunto também preocupava por ser comerciante de carne em Blackrock, sobre os resultados de um tratamento testado na Áustria. Joyce então lhe mandou o endereço, Price escreveu a Field e este publicou a carta no Evening Telegraph *de 19 de agosto de 1912. O assunto também interessou a Joyce vivamente, a tal ponto que chegou a escrever um artigo para o* Freeman's Journal, *o qual foi publicado, na qualidade de subeditorial, em 10 de setembro de 1912.*

Embora o país não se tenha deixado enganar pelos lamentáveis esforços que unionistas e faccionistas[2] fizeram para capitalizar politicamente a calamidade nacional gerada pelo surto de frebre aftosa em alguns distritos irlandeses, o senhor Dillon[3] presta valioso serviço ao apontar o mal causado pela desonesta grita a que se entregaram os tumultuadores. Estes acabaram, aponta ele, caindo no jogo de protecionistas ingleses, como o senhor Henry Chaplin e o senhor Bathurst,[4] cujo objetivo não é a segurança dos rebanhos

---

[1] Publicado primeiro anonimamente no *Freeman's Journal* de 10 de setembro de 1912, identificado como sendo de autoria de Joyce graças à correspondência de seus irmãos Charles e Stanislaus, que menciona o fato, e a um pequeno texto que, editado abaixo desse, sumariza os dois textos italianos recentes de Joyce e indica sua autoria.

[2] Espécie de dissidência dentro do parlamento irlandês, normalmente composta de opositores de Parnell.

[3] Aqui, John Dillon (1851-1927), e não Matt, Val ou Joseph, todos presentes no *Ulysses*.

[4] Ambos políticos ruralistas ingleses.

ingleses, mas a exclusão prolongada do gado irlandês dos mercados ingleses. Ao permitir que tais inimigos dos fazendeiros irlandeses levantem o argumento de que qualquer relaxamento das restrições que possa ser proposto se deve não à opinião imparcial do senhor Runciman[5] de que as condições justificam o relaxamento, mas à "imposição irlandesa", eles simplesmente ergueram novas barreiras ao tratamento justo das solicitações de mercadores e pecuaristas irlandeses. Todas essas ameaças estúpidas e esses pedidos para que o Partido Irlandês "devolva o governo" foram munição para os exclusionistas ingleses. Nós vimos como o *Globe*[6] os transpôs em relatos. Também se pode perceber que nenhum desses vociferadores unionistas recorreu a seu próprio partido em busca de assistência neste assunto. Segundo o correspondente londrino do *Irish Times*, "parlamentares irlandeses de todos os matizes políticos estão pedindo a remoção das restrições, mas sem sucesso". Isso será novidade para quase todos. Até aqui os parlamentares irlandeses do espectro político unionista só chamaram a atenção por seu silêncio nesta questão. Nem um só filiado ao Partido Unionista Irlandês esteve presente à delegação que visitou o senhor Runciman. O senhor Chaplin e o senhor Bathurst tiveram permissão de seguir em seu frenesi sem uma só palavra de protesto de um parlamentar irlandês unionista. E no entanto os proprietários de terra unionistas, seus administradores e seus meeiros, e os candidatos faccionistas derrotados que vêm se juntando à sua grita, não dirigiram nem uma palavra de protesto ou de apelo para que os líderes unionistas irlandeses encurtassem a rédea do senhor Chaplin. Esse simples fato basta para explicar os motivos e o propósito de toda a conversa dos unionistas a respeito desse assunto.

O senhor Dillon aponta para o que seria uma consequência segura de uma ação como a que recomenda o Partido Irlandês. Ela não apenas envolveria o sacrifício da Declaração de Autonomia e do movimento de Autonomia,[7] mas ainda derrotaria o próprio objetivo que essas orientações alegam ter. Depois de um incidente dessa natureza nenhum ministro

---

[5] Armador inglês, opositor do protecionismo de Chaplin e Bathurst.

[6] Jornal conservador inglês.

[7] O movimento de autonomia (Home Rule) era a força independente mais ativa na Irlanda da virada do século XX. O objetivo do grupo era obter um estatuto de autoadministração ainda dentro do reino britânico, algo semelhante ao da Escócia dos tempos atuais. Com o agravamento da situação política, as sucessivas Declarações de Autonomia (Home Rule Bills), quatro entre o final do XIX e o começo do XX, não mais bastaram às perspectivas dos nacionalistas, e o movimento de independência passou a ganhar mais força, num curioso eco do movimento que ocorrera um século antes nas colônias americanas.

britânico ousaria abrir os portos ingleses por meses, porque seus motivos seriam instantaneamente questionados. Igualmente danosas e perigosas têm sido as conversas sobre a pouca importância da doença, e os conselhos de alguns tolos para que os fazendeiros a escondam. Felizmente os fazendeiros irlandeses não ouviram tais conselhos. Eles demonstraram seu bom senso relatando todo e qualquer caso suspeito. Sua ânsia de ajudar as autoridades públicas foi provada pelo fato de que a maioria dos casos relatados resultaram ser de algum outro problema. É óbvio que apenas ações dessa natureza podem restaurar a confiança do público comprador, a um tal grau que o ministro inglês tenha liberdade de agir segundo os fatos revelados. A conversa de que a doença é "que nem catapora nas crianças e que todo o gado devia pegá-la", como o conselho tolo de que os fazendeiros escondessem casos da doença, deve ser imputada provavelmente à extraordinária sugestão oficial de que se neguem os direitos das áreas isentas da doença "até que a situação se aclare mais amplamente". A situação está plenamente aclarada, porque os pecuaristas irlandeses foram totalmente francos a respeito. Eles não podem ser responsabilizados pela estupidez de falas impensadas como as que citamos. Mas um momento de reflexão vai convencer os pecuaristas de que gente estúpida desse tipo vale tanto quanto dez surtos da doença para pessoas como o honorabilíssimo senhor Henry Chaplin e o senhor Charles Bathurst.

Não pretendemos pedir que os fazendeiros e negociantes irlandeses diminuam seus esforços ou cessem seus protestos. Muito pelo contrário. A situação é crítica, e eles têm boas e sólidas razões para exigir a reabertura dos portos para o gado irlandês saudável. Essas boas e sólidas razões só são enfraquecidas por ameaças que se voltam contra si mesmas, e por declarações que permitem a caluniadores dizer que a doença está sendo escondida na Irlanda. Os pecuaristas podem destacar o fato de que desde o início da epidemia, quando não se podia ainda suspeitar da existência da doença, ninguém foi processado por ocultação, embora a Polícia e os funcionários do Departamento estejam ativamente procurando sintomas da doença por todo o país. Um fato dessa natureza é a mais completa justificação da exigência de tratamento igualitário das áreas saudáveis da Irlanda e da Inglaterra, que os pecuaristas e comerciantes irlandeses apresentam. Na defesa dessa exigência eles contam com a plena e sincera colaboração do Partido Irlandês e de seu líder. A influência do partido será empregada com todo vigor, porque estará sendo usada de forma legítima e razoável, e de uma maneira que não deixará espaço às calúnias dos exclusionistas. O Departamento Irlandês, temos motivos fortíssimos para crer, não está menos ativo. O senhor Russell[8] não escondeu sua chancela à postura dos pecuaristas irlandeses. Pelo contrário, deu um passo ainda mais decisivo proclamando publicamente sua concordância. Sua declaração é a melhor justificativa para um vigoroso protesto contra o prolongamento injustificado do embargo. É essencial que esses protestos se mantenham, mas não é menos essencial desencorajar o uso de linguagem tola e mal-intencionada, que é a única justificativa que os adversários do senhor Runciman podem invocar para sua atitude.

Tradução e notas: Caetano Galindo

---

[8] George Russell, que, com seu nome ou seu pseudônimo literário, AE, aparece como personagem do *Ulysses*, além de ter sido responsável pela publicação, em sua revista via de regra dedicada a questões agrárias, dos primeiros contos de um Joyce ainda adolescente. É claro que, no caso deste ensaio, o maior paralelo com o *Ulysses* é a carta a respeito da febre aftosa que o senhor Deasy convence Dedalus a levar à imprensa, e que ele consegue fazer publicar. Seus esforços nesse sentido é que gerariam a alcunha de *bardo acoitagado* que Mulligan seria capaz de lhe impor.

48

BICO DE GÁS

1912

Em setembro de 1909, Joyce, que então visitava Dublin, assinou um contrato com a editora dublinense Maunsel and Co. para publicar Dubliners [Dublinenses]. *Mas George Roberts, o gerente da editora, começou a encontrar razões, primeiro, para adiar a edição, e, depois, para censurar o manuscrito. As negociações arrastaram-se por três anos, até que Joyce retornou a Dublin, em julho de 1912, e tentou encontrar uma solução. Ambos, Joyce e Roberts, consultaram advogados; Roberts foi avisado de que o uso de nomes reais de tavernas e estabelecimentos similares era difamatório, e começou a exigir uma tal quantidade de modificações no original que não houve mais possibilidade de acordo. Finalmente, ele aceitou a oferta que Joyce lhe fez de comprar as folhas do livro já impressas por John Falconer, um impressor irlandês. Mas Falconer, testemunha da disputa, concluiu que ele não tinha nada a ver com livro tão desagradável, e guilhotinou as folhas. Joyce deixou Dublin bastante amargurado, sentimento que extravasou num panfleto virulento, escrito em versos no dorso do contrato com Maunsel and Co. para a publicação de seu livro de contos, enquanto se encontrava no trem entre Flushing e Salzburg.*

Senhoras e Senhores, eu os reuni aqui
Para lhes contar por que o céu e a terra estremeceram
Devido às artes negras e sinistras
De um escritor irlandês que vive no estrangeiro.

O tal me enviou um livro há dez anos.[1]
Eu já o li umas cem vezes mais ou menos,
De trás para a frente, de baixo para cima,
Através das duas extremidades de uma luneta.
Eu o imprimi inteiro, até a palavra final,
Mas graças à misericórdia divina
As trevas da minha mente se dissiparam
E vi todas as intenções perversas do autor.
Mas tenho um dever para com a Irlanda:
Detenho nas minhas mãos sua honra,
Terra encantadora que sempre condenou
Seus escritores e artistas a desterro,
E com o típico humor irlandês
Traiu seus próprios líderes, um a um.
Foi esse humor irlandês, tal qual,
Que lançou cal viva nos olhos de Parnell;[2]
É o espírito irlandês que salva do naufrágio
O barco de casco rachado do Bispo de Roma,
Pois todos sabem que o Papa não pode eructar
Sem a permissão de Billy Wash.[3]
Ó Irlanda, meu primeiro e único amor,
Onde Cristo e César são unha e carne!
Ó terra adorável, onde brotam os trevos!
(Permitam-me, senhoras, assoar meu nariz.)
Para lhes mostrar que não me preocupo com críticas,
Publiquei os poemas de Montainy Mutto[4]
E uma obra teatral que ele escreveu (estou certo de que a leram)
Na qual fala de "bastardo", "pervertido" e "meretriz",[5]
E uma peça sobre o Verbo e São Paulo
E umas pernas femininas que não posso recordar
Escrita por Moore, um genuíno cavalheiro

[1] É George Roberts quem fala.
[2] Esse incidente, que Joyce também menciona no artigo "A sombra de Parnell", neste livro, ocorreu em Castlecomer, no verão de 1891, segundo o biógrafo e amigo de Parnell, R. Barry O'Brien.
[3] Sua Excelência Reverendíssima, o arcebispo de Dublin, William J. Walsh.
[4] Joseph Campbell, autor de *The Mountainy Singer*, publicado por Maunsel em 1909.
[5] *Judgement*, de Campbell, peça em dois atos publicada por Maunsel em 1912, que contém, na página 25, as palavras "bastardo" e "meretriz".

Que vive dos dez por cento de sua propriedade:[6]
Imprimi dúzias de livros místicos:
Imprimi o livro decorativo dos Primos[7]
Não obstante (peço vosso perdão) os versos
Fossem daqueles de fazer rombo no vosso traseiro:[8]
Imprimi o folclore do Norte e do Sul,
Escrito por Gregory da Boca de Ouro:[9]
Eu imprimi poetas tristes, bobos e solenes:
Eu imprimi Patrick Como-te-Colm:[10]
Imprimi o grande John Milicent Synge
Que voa alto numa asa de anjo
Com a camisa[11] de playboy que afanou
Da mochila do gerente de Maunsel.[12]
Mas eu não deixo passar esse amaldiçoado
Que veio aqui vestido de amarelo austríaco,
Esguichando italiano pelos cotovelos
Ante O'Leary Curtis[13] e John Wyse Power[14]
E escrevendo sobre Dublin, suja e querida,
De um jeito que nem um impressor mouro toleraria.
Merda e cebolas![15] Pensa então que vou imprimir
Os nomes do monumento a Wellington,
De Sydney Parade e do bonde Sandymount,
Da padaria de Downes e da geleia de William?

---

[6] *The Apostle*, publicado por Maunsel em 1911. Na peça de Moore, onde Cristo (o Verbo) e Paulo se encontram depois da morte do primeiro, há um diálogo entre Cristo e Maria no qual esta lamenta haver perdido sua beleza. Num longo prefácio, Moore examina a Bíblia em busca de traços de sensualidade e observa (p. 9): "Em Samuel se lê como Davi ficou fascinado pela graça das pernas de Bathseba, enquanto ela se banhava...", e (p. 26): "Podemos nos perguntar se Paulo conseguiu sempre vencer as fraquezas da carne, seja como for, não o estimaríamos menos se viéssemos a saber que amou Santa Eunice, não com prudência, mas profundamente".

[7] James Cousins [Primos], teosofista e poeta de Dublin. O livro de mesa, ou decorativo, é provavelmente *Etain the Beloved and Others Poems*, publicado por Maunsel em 1912.

[8] Uma expressão do pai de James Joyce, que ele reaproveitará em *Ulysses*.

[9] Maunsel publicou *Kiltartan History Book*, de Lady Gregory, em 1909, e *The Kiltartan Wonder Book*, em 1910.

[10] Padraic Colum.

[11] A palavra "camisa de mulher" [*shift*], falada por um personagem de Synge, em *Playboy of the Western World*, provocou gargalhadas no Abbey Theatre, em 1907; Maunsel publicou a peça no mesmo ano.

[12] Roberts vendia roupas íntimas de mulher.

[13] Um jornalista de Dublin.

[14] Um oficial da Polícia Real Irlandesa do Dublin Castle, homem de considerável cultura. Tornou-se personagem de *Ulysses*, como Jack Power e John Wyse Nolan.

[15] Expressão do pai de Joyce, reaproveitada em *Ulysses*.

Que o diabo me carregue! Que eu arda nas chamas!
Falar dos *nomes e lugares irlandeses*![16]
E ainda muito me surpreende que tenha
Se esquecido de mencionar o Buraco de Curly.[17]
Não, respeitáveis senhoras, minha gráfica não tem interesse
Em injuriar por escrito a madrasta Erin.[18]
Tenho pena dos pobres — por isso encarreguei
Um escocês[19] de cabelo vermelho de tomar conta do meu livro.
Pobre irmã Escócia! Que destino cruel!
Já não encontra nenhum Stuart para vender.
Minha consciência é tão pura quanto a seda chinesa:
Meu coração é tão brando quanto a manteiga.
Colm pode lhes contar: foi de cem libras
O desconto que dei no orçamento
Para imprimir sua *Revista Irlandesa*.[20]
Amo o meu país — pelos arenques, juro que amo!
Ah, se pudessem ver quantas lágrimas eu verto
Quando penso no trem e no barco dos imigrantes!
É por isso que publico aos quatro ventos
Meu ilegível guia das ferrovias.
No pórtico do meu estabelecimento gráfico
A pobre e digna meretriz
Brinca de pega-pega a noite inteira
Com seu artilheiro britânico de calças apertadas,
E o estrangeiro aprende o que é ser desbocado
Com a bêbada e imunda meretriz de Dublin.
Quem foi que disse que não se resiste ao mal?[21]
Queimarei aquele livro, e que o Diabo me ajude!
Cantarei um salmo a contemplar as chamas,
E recolherei as cinzas numa urna.

---

[16] *The Origin and History of Irish Names of Places*, de Patrick Weston Joyce, nenhuma relação de parentesco com James.

[17] Uma lagoa, em Dollymount, Cloutarf, onde se podia tomar banho.

[18] Como o dr. Oliver Gogarty observa, em *Mourning Becomes Mrs. Spendlove* (Nova York, 1948), p. 61, Roberts era escocês de Ulster, assim Erin é apenas sua madrasta.

[19] O próprio Roberts.

[20] A *Irish Review* foi editada por Colum, de março de 1912 a julho de 1913.

[21] Cristo, no "Sermão da Montanha".

Farei penitência com flatos e gemidos,
Caído sobre a minha medula óssea.
Na próxima quaresma irei desnudar
Meus penitentes traseiros para o ar
E soluçando ao lado da máquina impressora
Confessarei meu terrível pecado.
Meu capataz irlandês de Bannockburn[22]
Mergulhará sua mão direita na urna
E escreverá em X com o reverente polegar
Memento homo[23] no meu traseiro.

Tradução: Sérgio Medeiros

[22] Na Escócia.
[23] "*Memento, homo, quia pulvir est*", as palavras do padre na Quarta-Feira de Cinzas, quando ele marca a cruz de cinza sobre a testa dos fiéis.

49

DOOLEYSPRUDÊNCIA[1]

1916

Durante a Primeira Guerra Mundial, Joyce foi, do ponto de vista das autoridades consulares britânicas na Suíça, ofensivamente neutro. Permaneceu na austríaca Trieste até o final de junho de 1915, quando, para evitar ser internado num campo de concentração, mudou-se para a Suíça. Deu sua palavra de honra aos funcionários austríacos de que não tomaria parte na guerra, e não precisou fazer nenhum esforço para cumprir essa promessa. "Dooleysprudência" reflete a irritação de Joyce, como bom pacifista, contra as duas partes beligerantes.

Quem é o homem que quando as bravas nações guerreiam
No primeiro bonde vai para casa jantar?
E enquanto come seu pequeno cantalupo se contorce de alegria
Ao ler os vociferantes ditos dos donos do mundo?
É o sr. Dooley,[2]
O sr. Dooley,
O tipo mais legal que nosso país já viu
"Eles estão à caça
Do centavo e do dólar"
Diz o sr. Dooley-ooley-ooley-oo.

---

[1] Um manuscrito datilografado deste poema pertence à Coleção Slocum da biblioteca da Yale University. Como o título maliciosamente indica, Joyce substitui as leis de uma sociedade insensata pelo simples bom senso.

[2] "Mr. Dooley" é uma canção popular escrita por Billy Jerome em 1901, que faz referência ao personagem de Finley Peter Dunne.

Quem é o divertido cara que não passa na igreja
Pois o papa, o padre e o sacristão só lhe deixaram incerteza
E ensinaram ao rebanho que para salvar a alma
É suficiente perfurar o corpo com balas dum dum?
É o sr. Dooley,
O sr. Dooley,
O senhor mais meigo que nosso país já viu
"Quem nos libertará
De Jingo Jesus"
Reza o sr. Dooley-ooley-ooley-oo.

Quem é o tímido filósofo que não liga a mínima
Para a ameaça amarela ou o problema de Siam
E que não acredita que o alcatrão inglês é água da fonte da vida
E que não engole o evangelho do Alemão na Montanha?
É o sr. Dooley,
O sr. Dooley,
A mente mais esclarecida que nosso país já viu
"Que a maldição de Moisés
Caia em ambas as casas"
Grita o sr. Dooley-ooley-ooley-oo.

Quem é o animado tolão que acende o comprido cachimbo
Com páginas das pandectas, do código penal e do livro do Juízo Final
E se pergunta por que os juízes carecas são obrigados por lei
A usar togas e perucas feitas com cabelos de terceiros?
É o sr. Dooley,
O sr. Dooley,
O tolo mais refinado que nosso país já viu
"Copiaram a vestimenta
de Pôncio Pilatos"
Pensa o sr. Dooley-ooley-ooley-oo.

Quem é o homem que prefere agir como um porco
A pagar impostos ou a licença do cachorrinho
E que quando lambe o selo dos correios observa com um sorriso de desdém

A face do rei ou a do imperador ou o focinho do unicórnio?
É o sr. Dooley,
O sr. Dooley,
O piadista mais extravagante que nosso país já viu
"Oh!, minha pobre pança
E que traseiro viscoso!"
Geme o sr. Dooley-ooley-ooley-oo.

Quem é o impassível cavalheiro que não saúda o Estado
Ou serve a Nabucodonosor ou ao proletariado
E que pensa que o filho do homem já tem trabalho demais
Para lançar água abaixo sua própria canoa?
É o sr. Dooley,
sr. Dooley,
O ser humano mais sábio que nosso país já viu
"A pobre Europa caminha
Como o cordeirinho rumo ao matadouro"
Suspira o sr. Dooley-ooley-ooley-oo.

Tradução: André Cechinel

50

NOTAS PARA O PROGRAMA DE ENGLISH PLAYERS

1918/19

Na primavera de 1918, Joyce e um ator inglês chamado Clude Sykes criaram uma companhia teatral, a que deram o nome de English Players. Começaram então a apresentar peças em Zurique e outras cidades suíças. Joyce intervinha de maneira decisiva na escolha do repertório, que era predominantemente irlandês.

Em junho de 1918 apresentaram sua primeira temporada de três peças, e Joyce escreveu as notas do programa. Joyce não mostra muito entusiasmo pela obra de Barrie, mas revela grande interesse por Synge e Shaw. Conheceu Synge em Paris, em 1902, e viu o manuscrito de Riders to the Sea.

Joyce convenceu a companhia a encenar The Heather Field, *de Edward Martyn, um dos fundadores do Irish Literary Theatre. Era o dramaturgo irlandês que mais afinidade tinha com a escola de Ibsen.*

The Twelve Pound Look
[O olhar de doze libras]
de J.M. Barrie

Um certo Sims está prestes a tornar-se cavaleiro — talvez, como seu nome o sugere, por ter patenteado uma loção capilar. Ele aparece ensaiando sua fala em companhia de sua esposa, cujo retrato, que vemos pendurado na parede, foi pintado por um membro da Royal Academy, também nomeado cavaleiro provavelmente por ter desenhado o rótulo da loção capilar. Anuncia-se a chegada de uma datilógrafa, que não é senão

269

sua ex-esposa, a mesma que o deixou cerca de catorze anos atrás. A partir da conversa, ficamos sabendo que ela não o abandonou por um outro homem, mas sim para assegurar sua salvação batendo à máquina. Ela havia economizado doze libras para comprar uma máquina de escrever. Esse olhar de doze libras, diz ela, é o olhar de independência no rosto da mulher, perante o qual todo marido deveria acautelar-se. A nova esposa do novo cavaleiro, "notável por sua perspicácia" — a qual controla com timidez —, parece destinada a adquirir tal olhar, se lhe for dado o tempo necessário para tanto. Hoje em dia, contudo, já escasseiam as máquinas de escrever.

Riders to the Sea
[Cavalgada para o mar]
de John M. Synge

É a primeira peça de Synge, escrita em Paris em 1902 a partir de suas lembranças da ilha de Aran. A peça nos mostra uma mãe e a morte de seu último filho; a *anagkè*,[1] representada aqui pelo mar inexorável, tomou para si todos os seus filhos: Seumas, Patch, Stephen e Shaun. Se uma tragédia tão breve quanto esta é possível ou não, eis um ponto sobre o qual Aristóteles tinha suas dúvidas; no entanto, seria um equívoco dos ouvidos e do coração não reconhecer nesta breve cena da "pobre Aran" a obra de um poeta trágico.

The Dark Lady of the Sonnets
[A dama negra dos sonetos]
de G.B. Shaw

O sr. Shaw nos apresenta aqui três figuras ortodoxas — uma rainha virgem, um Shakespeare sóbrio à meia-noite e generoso com seu ouro, e uma dama de honra de cabelos escuros, Mary Fitton, descoberta nos anos 1880 por Thomas Tyler e pelo sr. Harris.[2] Para encontrá-la, Shakespeare vai a Whitehall, mas é informado por um guarda de fala impecável que o

---

[1] Termo grego que designa o destino.

[2] Thomas Tyler foi o primeiro, na sua introdução dos *Sonnets*, a identificar Mary Fitton com a "dama negra". Frank Harris desenvolve essa mesma ideia no livro *The Man Shakespeare* (1909).

sr. W.H. antecipou-se a ele. Shakespeare desafoga seus tristes sentimentos com a primeira mulher que passa. Essa mulher é a rainha, que não parece irritada com os gracejos que lhe são dirigidos, pois dá um jeito de livrar-se imediatamente de sua dama de honra. Quando Shakespeare, entretanto, lhe pede que subvencione seu teatro, a rainha, tomada de uma sutil crueldade, limita-se a aconselhá-lo a recorrer ao seu tesoureiro e o abandona. O mais regicida de todos os dramaturgos pede a Deus que salve a rainha e volta para casa, considerando, ao olhar sua bolsa vazia, seu amor traído, a malícia de uma velha rainha, o olhar cruel de um funcionário do governo e outros horrores ainda por vir.

The Heather Field
[O campo de urzes]
de Edward Martyn

Edward Martyn, o autor de *The Heather Field*, inaugurou juntamente com W. B. Yeats o Irish National Theatre. É um grande músico e homem de letras. Como dramaturgo, segue a escola de Ibsen e por isso ocupa uma posição única na Irlanda, já que os autores que escrevem para o National Theatre têm investido principalmente no drama camponês. Eis a trama de *The Heather Field*, a mais famosa das peças de Martyn:

Quando ainda era muito jovem, Carden Tyrrell se uniu a Grace, mas é infeliz no casamento e hoje vive em contínua tensão com sua esposa. Ele é um idealista que nunca deu atenção à rotina ordinária da vida. Forçado a se estabelecer em suas terras e não sentindo qualquer simpatia pela maioria de seus vizinhos, ele decide se dedicar à agricultura. No início da peça, testemunhamos sua tentativa de cultivar um vasto campo de urzes. Para dar continuidade ao seu trabalho, Carden é obrigado a pedir grandes somas emprestadas. Seu irmão Miles e seu amigo Barry Ussher alertam-no em vão dos riscos que corre. Eles argumentam que seu trabalho dificilmente lhe renderá algum lucro, pois Ussher sabe muito bem que não é fácil recuperar as terras onde crescem urzes, uma vez que as urzes selvagens não tardam a brotar novamente. Grace fica sabendo que Carden pretende pedir novos empréstimos e teme que ele acabe completamente arruinado. Carden confessa a seu irmão Miles que ouve vozes misteriosas no ar e que a vida está se tornando cada dia mais irreal para ele. Convencida de que seu marido perdeu a razão, Grace revela a sua amiga, Lady Shrule, que pediu a dois médicos que examinassem Carden. Grace espera que os médicos diagnostiquem a loucura de seu marido, mantendo-o sob controle. Lady Shrule compreende a situação, porém nem ela nem seu marido estão dispostos a ajudá-la. Os médicos aparecem sob o pretexto de examinar Kit, filho de Carden, porém o plano fracassa quando Barry Ussher os alerta dos riscos que correm com o esquema de Grace. No entanto, as coisas vão de mal a pior; Carden briga com seus arrendatários, perdendo assim ainda mais dinheiro e tendo de pedir proteção policial. Ele não consegue pagar os juros sobre o montante que pedira emprestado e se vê à beira da falência. É nesse momento que Kit, voltando de um passeio, mostra a seu pai algumas mudas de urze selvagem que encontrou no campo. Carden perde a razão e a memória; sua mente retorna aos dias felizes anteriores ao casamento. Assim como Grace havia tentado domesticá-lo, ele próprio buscara domesticar o campo de urzes, porém em ambos os casos a velha natureza indomável consegue se impor.

Tradução: André Cechinel

51

CARTA SOBRE POUND[1]

1925

É principalmente a Ezra Pound que Joyce deve o reconhecimento de seus méritos literários entre os anos 1913 e 1922. Foi Pound quem apresentou a obra de Joyce a Dora Marsden, diretora do Egoist, *onde o romance* Retrato de um artista quando jovem *apareceu em fascículos, de 1914 a 1915. Pound falou da obra de Joyce, escreveu sobre ela, obrigou seus amigos a lê-la e obteve para o escritor, graças a alguns deles, bolsas do Royal Literary Fund e do British Treasury Fund. Pound o colocou em contato com outros escritores e o incentivou a continuar escrevendo* Ulysses. *Em 1920, quando se conheceram pessoalmente, o convenceu de que devia abandonar Trieste para ir viver em Paris. Pound não se interessou muito por* Finnegans Wake *[Finnicius Revém], mas os dois continuaram amigos. Joyce, por seu lado, leu pouco a obra de Pound; assim, quando Ernest Walsh, diretor de* This Quarter, *lhe solicitou um testemunho em homenagem a Pound, ele se contentou em falar da gentileza pessoal do poeta.*

8 Avenue Charles Picquet
Paris, França
13 de março de 1925

Caro sr. Walsh:

Alegra-me saber que o primeiro número de sua revista sairá em breve. Foi uma excelente ideia dedicar esse número a Ezra Pound, e fico

---

[1] Publicado em *This Quarter*, Paris, v. I, n. 1, primavera de 1925, p. 219.

muito feliz em poder expressar minha gratidão a ele junto dos demais colaboradores. Devo muito a sua cordial ajuda, ao seu encorajamento, ao interesse que generosamente demonstrou por tudo o que escrevi, e são muitos os escritores que, como o sr. está ciente, possuem semelhante dívida de gratidão para com ele. Durante os sete anos que antecederam o nosso primeiro encontro, ele me ajudou de todas as maneiras possíveis diante de grandes dificuldades, e desde então tem sempre estado disposto a dar-me seus conselhos e sua apreciação, a qual estimo muito por vir de uma mente tão brilhante e esclarecida como a sua.

Espero que a revista, iniciando seu curso com um nome tão auspicioso, obtenha o sucesso que merece.

Atenciosamente,

James Joyce

Tradução: André Cechinel

52

CARTA SOBRE HARDY[1]

1928

Caro colega,[2]

O convite que o sr. acaba de me fazer a respeito de uma possível contribuição minha ao número especial de sua revista dedicado à memória de Thomas Hardy me comove profundamente. Infelizmente, creio que não possuo os títulos necessários para dar alguma opinião de valor sobre a obra de Hardy, cujos romances li há tantos anos que prefiro nem levar esse contato em consideração. No que diz respeito a sua obra poética, devo confessar que a ignoro completamente. Seria, portanto, uma audácia singular da minha parte emitir o menor juízo sobre a venerável figura que acaba de desaparecer — muito melhor seria destinar essa tarefa aos críticos de seu país.

Seja qual for a diversidade de juízos que possa existir sobre sua obra (se é que existe), parece evidente a todos que Hardy ofereceu, em sua atitude de poeta frente ao público, um valioso exemplo de integridade e de amor-próprio, do qual sempre estamos necessitando um pouco, especialmente numa época em que o leitor parece cada vez menos satisfeito com a pobre palavra escrita, e em que, como resultado, o escritor tende a se ocupar cada vez mais com grandiosas questões que, de resto, dispensam inteiramente a sua ajuda.

James Joyce
Paris, 10 de fevereiro de 1928.

Tradução: André Cechinel

---

[1] Publicado na *Revue Nouvelle*, Paris, v. 4, n. 38-9, jan.-fev. 1928, p. 61. Número especialmente dedicado a Hardy. Quando, em sua juventude, Joyce leu a obra de Hardy, expressou sérias reservas a respeito dela. Mas não considerou oportuno falar disso neste texto.

[2] Texto escrito em francês.

53.

CARTA SOBRE SVEVO[1]

1929

Ettore Schmitz ["Italo Svevo"] era um industrial de Trieste a quem Joyce deu aulas de inglês em 1907. Joyce logo percebeu que seu aluno tinha uma sensibilidade literária excepcional, e lhe falou a respeito do que ele mesmo vinha escrevendo. Schmitz então lhe confessou que havia escrito e publicado, alguns anos antes, dois romances. Joyce então quis ler o que Schmitz havia escrito e ficou surpreso com a ironia sutil que descobriu nessas páginas. Schmitz, cujos romances haviam passado desapercebidos, ou suscitado apenas críticas negativas, ficou profundamente tocado pelos elogios de Joyce. Então, coube a Schmitz comentar o Portrait, *à medida que Joyce o escrevia.*

Schmitz continuou escrevendo, mas seus méritos não foram reconhecidos até os anos 1920. Joyce enviou a obra de Schmitz a Valéry Larbaud e Benjamin Crémieux, que falaram dela elogiosamente no Le Navire d'Argent, *e, pouco a pouco, os romances de "Svevo" foram também tendo sucesso na Itália. Schmitz morreu num acidente de automóvel em 1928, e a revista* Solario *lhe dedicou uma de suas seções. Pediram a colaboração de Joyce, mas ele se limitou a elogiar a personalidade do escritor, tal como já elogiara a de Pound.*

Caro colega:

Eu lhe agradeço muito pela gentileza de incluir meu nome na homenagem que *Solario* fará à memória de meu velho amigo Italo Svevo.

---

[1] Carta originalmente escrita em italiano, publicada em *Solaria*, Florença, v. IV, n. 3-4, mar.-abr. 1929, p. 47, numa seção intitulada "Omaggio a Svevo".

Aceito o convite sem hesitar, embora acredite que agora seu destino literário deva ser inteiramente confiado a seus livros, e que o julgamento sobre estes deva ser tarefa especialmente dos críticos de seu próprio país.

Será sempre um motivo de alegria lembrar que o destino me deu a oportunidade de desempenhar um papel, não importa quão pequeno, no reconhecimento que Italo Svevo obteve em seu próprio país e no cenário internacional durante os últimos anos de sua vida. Guardo a imagem de uma pessoa amável, além de uma admiração de longa data que, em vez de diminuir, aumenta com os anos.

Paris, 31-V-1929

James Joyce

Tradução: André Cechinel

54

DE UM AUTOR PROSCRITO
A UM CANTOR PROSCRITO[1]

1932

Ente 1929 e 1934, Joyce dedicou parte significativa de seu tempo a promover um tenor franco-irlandês, John Sullivan, que possuía voz extraordinária. A família de Sullivan, originária do condado de Kerry, provinha de Cork. Joyce, que conheceu esse tenor em Paris, defendeu sua carreira com o zelo de um compatriota e a simpatia de um iniciado (Joyce possuía uma bela voz de tenor e cultivava o canto). Convencido de que Sullivan jamais havia tido o reconhecimento que merecia, fez tudo o que estava a seu alcance para conseguir-lhe novos contratos. Dirigiu-se então a Otto Kahn, sir Thomas Beecham, Lady Cunard e dezenas de outras personalidades. E se essa campanha não deu nenhum resultado, a culpa não foi sua, mas sim da voz de Sullivan, que não era mais a mesma.

Foi para Sullivan, tenor decadente, que Joyce escreveu este texto (em que o compara aos outros tenores da época), o mais gentil que dedicou a seus contemporâneos e talvez a mais sedutora de suas obras menores.

---

[1] Publicado em *The New Stateman and Nation*, Londres, 27 de fevereiro de 1932, onde veio acompanhado do seguinte texto introdutório:

Neste notável documento, o senhor James Joyce fornece suas impressões a respeito de seu amigo, o senhor Sullivan da Ópera de Paris, em vários de seus papéis protagonistas. Vários críticos competentes consideram o senhor Sullivan o mais extraordinário tenor dramático que a Europa terá ouvido no último meio século. O senhor Joyce reclama que o senhor Sullivan foi "proscrito" ou ao menos é desconhecido na Inglaterra. As reflexões aqui transcritas foram enviadas ao senhor Sullivan em uma carta do senhor Joyce depois de certa ocasião em que o cantor foi carregado nos ombros de seus admiradores marselheses após um atordoante desempenho em Guilherme Tell. *Não se tem notícia de outros documentos similares, nenhuma carta em tom de intensa admiração e sardônica bazófia enviada, digamos, por Manzoni a Rubini, ou por Flaubert a Gilbert Duprez, ou por Ibsen ao Rouxinol da Suécia. Os amantes da grande ópera reconhecerão as situações e frases operáticas que pontilham o texto e hão de detectar sob a máscara de seus nomes de batismo os três* divi *(divinos) que aparecem no quarteto final. O documento que o cantor bondosamente pôs a nossa disposição é publicado com a permissão do senhor Joyce.*

O curioso é que, a essa altura, Joyce estava mais que enfiado na composição de *Finnegans Wake* e não viu por que abrir mão do tipo de recurso composicional (trocadilhístico, aberto, plurissemiquíssimo) que estava desenvolvendo e empregando, em favor de uma linguagem mais "informativa" ou mesmo "panfletária". Por isso mesmo opto por não anotar em detalhes o texto. Vale o que se achar. Lê-se o que se ouvir.

Ele marcha, pisando em ódios, pelas esporas do Monte Rossini, acompanhado solomente por Fidelion, a voz de seu mastife. Querelam consoantemente sobre a vocalidade do vento, chamando o um o seu outro por nomes clamorosos.

* * *

Apenas por kerryosidade[2] talcomé um Sullevão? Um Sullevão tem a fortefaccia de um Markus Brutas, o plumestrondo de uma águia asaberta, o corpo uniformado de um metropolicial com os pés de bronze de um forte collardo. Crescendeja em Aquilão mas diminuenda austramente. Foi visto pela última e ouvido pela vez por alguns terranatais sobolum vale solitário da Guirlanda, crepusculando a luzgris em seu voo, seu grito equeccecoandoando por entre as anfractuosidades: *pour la dernière fois!* Os vacosnegros presepinos, estampideando, rencolheram seus cornos, empalidescendidos e tornados muito trans, o que explange o leitolho em seus casacos.

* * *

Bandinho o deles pugilante, por Trício! Filhipos de Espanha, J.K. Nhoto, Bigues Brigues Buques, Arthur, sirurarganista que frouxou aquele acor. Damnen. E trampa o trampete trampão. *T. Deum sullivamus.*

Em ferneiro lugar, de fausto, a danação.[3] Mas dado o trocadeiro parrigor por sua sala destar com balaclavicórdios, encargado do pianone a voz se assubúrbia, acarinhuda e até nuada. O calor estava hoje uma coisa cálida de mais e até Impressario está feliz em passear por seu jardim à hora da brisa, depois do meio-dia, abanando sua fornaface com as abas da camíscula. *Merci, doux crépuscule!*

* * *

Quem é este que avança em cafetã sanguégua, tal Hiesous no Finisterra, com os buracolhos filextintos, com a queixabá de um porta-

---

[2] No original, *kerryosity*, de Kerry, condado natal de Sullivan.
[3] Aqui começa, com *A danação de Fausto*, de Gounod, uma resenha de algumas óperas, do repertório de Sullivan, ou não: *Sansão e Dalila, Otelo, Guillerme Tell, Die Walküre, Tannhäuser, Os Huguenotes...*

-cruz? Uma criança o guiará. Ora, é Semsão Arquissão, Timóteo Natão, agora semsiso Semsão! Diz, Timonato, vinhateiro careca, não tens mais área tua? Mastenhainda. Observai! Auscultai! Ele se reforta por supremacia à potência do Excelsíssimo e clama contra os tortura seus dores e o templo: despeixados, Bebe-moles!

* * *

Queavia naquela longa nota longa que ele acaba de soltar? Juro por Teus que não sei. Mais doitos tões e luxus languae que eu te apelindo? Nada assim. Ah, sonde um envelope. A ver com o sr. J.S. Só um pãofleteiro de esmerréis para a Braun & Brotmann e não aceita contraqueixa. Pajeie a senhora Liebfraumilch quanto quiser mas que não padeça o panifício. O pão nosso de cata dia nos trai hoje. E com sede.

* * *

Em sua charneca natal. Discurso! Discurso! gritam os camarrotados. Estamos em terra de Dan. Mas suas palavras musquérrias são rudas depois dabela cansã de Othello. *Orateur ne peut, charlatan ne daigne, Sullivan est.*

* * *

11.59 p.m. *Durch diese hohle Gasse muss er kommen.* A seta de Guilherme está destellada, com certeza. Mas será este parlamentar trabalhista de Melckthal capaz de trazer à tona seu dó n'aire pela vintepouquésima ocasião supererrogatória? *Wartemal!* Este palcobrado-ultra passou como água das costas de um Helvécio. Eeiloslá, calpiras aipinos, em nada rebaixados por abaixados e *gewittermassen* tão livres quanto imagine para deixar sua *heimat* seudosa e deixar o ritzprinz de seus chyberschwitzerhoofs pelos mundos todos, cisálpicos e transatlantinos. E quão federado foi o velho e gaio Gioachinno por compor seu finale de maneira a que o Kamerad Wagner possa ser poupado do incômodo de achar flutas para sua *Feuerzauber! Pass auf!* Só mais quatro compassos! Ele puxa o ar.. co: lá vem a nota que flecha. Mira bem, Arnold, e cuidado que o Jemmy vem dado na plateia! Mas, santo Meus, vaso estás fura alarme! Meia tonelada de metais na banda, dez mil gogós de Thalwyl: Liberrtê! Liberrtê loada pela terra (Tê!) e agora estarda, e mês à porta!

* * *

Dever para crer, mas e pode assim ser? Será este nosso vigário modelo de São Warburgo, o reverendo senhor Temrosas, Mus. Bac. Descoberto flagrante em uma *montagne de passe*? Ela obveio e está em seu solfá de trespernas com meia jarda de tapa-séqtos, Madame de la Pierreuse. Quão duetonicamente ela lhe entrega sua harpa que um dia, convitando-o, um gode és vil em: zim, por fafor, fickário! ela é tão apenasmente romana quando qualquer outra *puttana madonna* mas o problema é que o reverendo T. é reformado. Ela, *simplicissima*, quer seu presentinho do reverendo já que nunca nem nun tinha sido tão boa com ele. Mas ele harpia por aí pelo Terraço Salve Regina e Liza, mais Lisa, e a doce Marie. Até que ela grita: pilantra! E ele clama: poluta! Fê-ó-fó-rê-a-rá: Fora!

***

Já que devemos mudar de prato, era aquele mesmo de fato o reverendo Temrosas pois parecia tão malditalqualmente igual? *Ecco trovato!* Padre Lucullus Ballytheacker, o sacerdote da paróquia de Tarberto. Era um canoro espírito ao teclado e conseguia atingir seu Château Kirwan com um charuto turibuliferante, senhos tensórios, da plataforma ou do púlpito, dá guarida ou dá igreja. Nem não costumava renegar sua Maria. *Nullo modo.* À maltaneira Londres veio um P.P. paisanapostado. Censurado.

* * *

Tacoafacamão? Demanda o campeiro São Tandé. Eilocá novinho em folha, responde o Bártolo meu. Tá na hora, tá na hora, grita o sino Nossenhora. E vê se tão todos bem mortos, acresce a doce Clotilde. Sua atenção, senhores, por favor, berra o grande Irmão Sulplício. *Pour la foi! Pour la foi!* Troa o grande Auxerrois.

* * *

Grandi e espetaculosa exposição de gargantas cortadas, morteiragem e martirificação generalizadas, begleitadas com música instrumental dersta klasse. *Pardie!* Há mais sang neste Scena do que Meuesbirro imaginava. Será ele um filel em seu dia de sorte irlandesa? Poderá ele turfar sua valentina para Dublin e tecer-lhe um vestido do popeline mais azulzinho para ficar bonito para o momento em que Huguenouco Cromwell aparecer, o mais doce beijesus que já abriu uma traquelha? A calsa deles está bem santada e é cento que vumcerão. Ainda assim vou apuntar meia da minha coroa em Raoul de Nangis, colete rubro e punho de dimunho. Quiminina! *Ah ah ah ah ah ah viens!* Pife-pafe, mas ele já fez de novo, o belo mastife. E se esmanda com ele exfenestrados saudados por aqueles frastes pecadouros que são autoentupicastrados. Domini canes. Vocês ganham dessa, seus ganidores papistas? Que os patas vão para o diabo que os cão reguem!

* * *

Enrico, Giacomo e Giovanni,[4] três dulcíssimos dos canoros nossos oros, com sobredutos de domaleãodores, gravatas da santa comunhão chapéus cliqueclaque, encontrovaram-se sob um posto deluz. Que está kaputt e não halo mia as gogoguerras do tretrio. Rico é para o carusel e Giaco para alhur volupiar mas Nino, o dulcíssimo mais dó-C diapasão dentre os tenores, para o que de melhor; depois da fome e da carne vem o velho e caro *somnium*, trazido pelas oras sãs. Suas cotálamas, exaustadas dos festejos, junípero rosa e éter, leitam-se lânguidas no ar inluminado. Chega um typ com uma roupa pretaporti, calçando pênis e usando uma chapeleta redonda, fabricados por Bom Senso e cia. Ltda., trazendo uma maleita de ferramentas. Preludialmente cospurca uma oustra na sarjeta, recitativando: agora então, cavalheiros, com sua licença! E mãoza obra. Quem é-se sujeito trabalheiro? Ninguém mais que o Górgio, o Górgio que carrega a lata de lixo, o Górgio que atiça na sala das máquinas. O Górgio que tem algo a dizer aos gás (*tes gueules!*) e mói a roda a tordo e a

[4] Enrico Caruso, Giacomo Lauri-Volpi e Giovanni Martinell, os "três tenores" daquele momento.

dileto e faz o mundo mais feluz. *Lux!* Os surta citarados Henrique Tiago e João mantenham-se bocalados. Que foi queu disse? Tirem os chapéus, *primi assoluti!* E mandem vir canório, longamente folegário, alto em tom galorioso! Dê salva ao Górgio!

Tradução e notas: Caetano Galindo

55

REDATOR DE UM ANÚNCIO[1]

1932

Após a morte de Italo Svevo, Joyce escreveu à sua esposa, Signora Livia Veneziani Svevo, dizendo-lhe que faria tudo o que estivesse ao seu alcance pela memória de Svevo. Mas, quando lhe foi solicitado que escrevesse um prefácio à tradução inglesa de Senilità, *mostrou-se extremamente reticente, não desejando certamente assumir agora o papel de homem de letras que a vida toda havia recusado. Como o editor insistisse, Joyce lhe propôs vários outros nomes possíveis. Finalmente, solicitou a Stanislaus Joyce o referido prefácio, no qual ele falou quase exclusivamente da admiração que seu irmão tinha por Svevo. Pediu-se a Joyce que acrescentasse algumas palavras, e ele escreveu com humor evasivo a nota "Add-Writer", traduzida a seguir.*

2, Avenue Saint-Philibert, Passy,
Paris.

Caro sr. Huntington,

Creio que não tenho nada de relevante a acrescentar ao que o meu sábio amigo, o professor de inglês da Universidade de Trieste, escreveu em seu prefácio ao livro *Senilità*, (*As*) *A man grows older*.

Com respeito ao outro livro escrito pelo autor de *Senilità*, as únicas coisas que posso sugerir para atrair a atenção do público leitor britânico são um prefácio assinado por sir J.M. Barrie, autor de *My Lady Nicotine*,

---

[1] Texto publicado em *A James Joyce Yearbook*, editado por Maria Jolas (Paris, 1949), p. 170, a partir de carta não assinada, encontrada entre os papéis de Paul Léon.

opiniões sobre o livro (que seriam impressas na parte detrás da sobrecapa) emitidas por duas personalidades merecidamente populares em nossos dias, tais como o reitor de Stiffkey e a princesa de Gales, e (na parte da frente da sobrecapa) uma reprodução colorida de um quadro assinado por um membro da Royal Academy, que representaria duas jovens senhoras, uma delas loura e a outra morena, ambas muito atraentes, sentadas numa postura graciosa, mas de forma alguma indecorosa, a uma mesa em que há um livro disposto verticalmente, com seu título visível, e sob a imagem apareceriam três linhas de um diálogo simples, como este:

Ethel: Cyril gasta muito dinheiro com cigarros?

Dóris: Uma fortuna.

Ethel: Percy também gastava (indica o livro), até que lhe dei ZENO.[2]

Atenciosamente,

22-05-1932   James Joyce

Tradução: André Cechinel

---

[2] Romance de Italo Svevo, *A consciência de Zeno*, que narra a história de um homem que busca desesperadamente parar de fumar.

56

EPÍLOGO PARA *OS ESPECTROS* DE IBSEN[1]

1934

Embora Joyce nunca tenha deixado de admirar Ibsen como dramaturgo, há indícios, neste seu último pronunciamento sobre ele, de que considerava algumas de suas técnicas um tanto ridículas. Assim, ao escrever um epílogo para Os espectros, *em abril de 1934, depois de assistir a uma representação da peça, Joyce vai além das intenções do próprio Ibsen, recorrendo a dois estratagemas: Expandir a Culpa e Insinuar a Terrível Verdade. O Capitão Alving revela que lhe é atribuída a paternidade de duas crianças, uma delas fora do casamento — a filha ilegítima (Regina) é saudável, mas o filho legítimo (Oswald) tem uma doença congênita. Seguindo o rastro da culpa com um zelo digno do fantasma de* Hamlet, *e baseando-se nas insinuações em* Os espectros *de que certa vez o pastor Manders e a Senhora Alving estiveram apaixonados um pelo outro, o capitão insinua maldosamente que Manders é o pai de Oswald. Com a mesma insolência declara que seus próprios pecados poderiam fornecer material incomparável para um drama de alto nível. Essa imagem do pai devasso, composto do rei defunto de Shakespeare e do velhaco defunto de Ibsen, inscreve-se na índole de sua futura obra-prima,* Finnegans Wake *[Finnicus Revém].*

Caros vivos, cuja consciência profundamente sepultada
O velho resmungão e intratável[2] trouxe para fora,
Permitam que um espectro a mais espreite.

---

[1] Publicado na obra de Gorman, *James Joyce*, pp. 226-7 (224-5).
[2] Ibsen.

Sou o fantasma do capitão Alving.
Silenciado e sufocado pelo meu passado
Como o cavaleiro impudico em lençóis imundos,[3]
Luto a valer para expandir meu papel
E propalar uma opinião há muito calada.

Pois para converter matrimônios em velórios
Ninguém era melhor do que o pastor Manders.
Eu, que sei distinguir bem o pato do marreco,
Deixo as gansinhas se entenderem com os gansos.[4]

Minha esposa deu à luz um filho doente,
Nossa criada pariu uma saltitante cadelinha.
Paternidade, teu nome dá alegria,
Quando o sábio senhor sabe de quem é quem.

Ambas juram que fui eu tão somente
Quem engendrou seus respectivos filhos.
Explica, ó destino, se é que pode e quer,
Por que uma é sã e o outro carcomido.

Olaf[5] pode prosseguir pelo caminho de pedra
E viver tão castamente quanto Susanna,
Não obstante apanhar em algum banho turco
Seu *quantum est* de *Pox Romana*.

Enquanto Haakan toma a via dos prazeres,
Gozando a paisagem enquanto prossegue,
Até chegar sorridente ao seu último dia
Sem sequer uma única espinha no nariz.

Já não aspiro a compreender,
E se um dia me deleitei no ócio,

---

[3] Falstaff, em *Merry Wives of Windsor*.
[4] Ou seja, o capitão não preceitua regras de conduta sexual fixas.
[5] Olaf e Haakon são dois tipos opostos, como Shuan e Shem em *Finnegans Wake*.

Lembrem-se de que uma criadinha
Também sabe se aproveitar de alguém.
Enquanto estremeço e bebo
O meu ponche da meia-noite,
Mais firmemente penso e concluo
Que o amigo Manders veio amiúde para o almoço.

Para os viquingues, navegantes velozes como eu,
Pouco importava buscar o culpado,
Y.M.C.A.,[6] V.D.,[7] T.B.[8]
Ou o prático de Porto Said.

Acusem todos e não acusem ninguém,[9]
Condenem a astúcia da meretriz e o desejo do mancebo,
Sobretudo curem, mas não perguntem
Se este homem pecou ou foi seu pai.

A cabana está em chamas. Aquele hipócrita,
O carpinteiro, passou a perna no pastor.[10]
Agora, se a pólvora tivesse sido molhada[11]
Como eu, não teria havido incêndio criminoso.

Além do mais, se eu não tivesse sido o que fui,
Fraco, devasso e esbanjador sem igual,
Esta história não mereceria o aplauso do mundo,
Nem haveria o que escrever para a família.

Tradução: Sérgio Medeiros

---

[6] Associação de jovens cristãos.
[7] *Venereal diseases* [enfermidades venéreas].
[8] Tuberculose.
[9] Como Ibsen também sugere, todos somos culpados.
[10] Engstrand, o carpinteiro, pôs fogo no orfanato no final da peça, mas, visando chantageá-lo, faz com que o pastor Manders se sinta culpado.
[11] Bebendo em excesso.

57

EXPOSIÇÃO DO SR. JAMES JOYCE SOBRE O DIREITO MORAL DOS ESCRITORES[1]

1937

Sr. James Joyce (Irlanda). — Parece-me interessante e curioso destacar um ponto particular da história da publicação de *Ulysses* nos Estados Unidos, já que revela um aspecto do direito do autor sobre a sua obra que não havia até agora merecido atenção. A importação de *Ulysses* foi proibida nos Estados Unidos desde 1922, e essa proibição só foi revogada em 1934. Nessas condições, tornou-se impossível receber direitos autorais de edições americanas. Ora, em 1925, um editor americano sem escrúpulos lançou uma edição truncada de *Ulysses*, da qual o autor não era responsável, não tendo podido cobrar direitos autorais. Publicou-se um protesto internacional, assinado por 167 escritores, e tomaram-se medidas. O resultado de tais ações foi uma sentença da Câmara da Corte Suprema de Nova York, em 27 de dezembro, a qual proibia os advogados (os editores) "de utilizar o nome do requerente" (Joyce): 1º) em qualquer revista, periódico ou outra publicação lançada por eles; 2º) a propósito de qualquer livro, escrito, manuscrito, incluindo a obra intitulada *Ulysses*". (Joyce contra Two Worlds Monthly and Samuel Ross, II. Dep. da Suprema Corte de Nova York, 27 de dezembro de 1928).

É possível, acredito, tirar uma conclusão jurídica dessa sentença, no sentido de que, sem estar protegida pela lei escrita do direito autoral, ou mesmo sendo proibida, uma obra pertence a seu autor em virtude de um direito natural, e desse modo os tribunais podem proteger um

---

[1] Intervenção em francês de Joyce no XV Congresso Internacional P.E.N., celebrado em Paris entre os dias 20 e 27 de junho de 1937. Publicado no *XV Congrès International de La Fédération P.E.N.* (Paris, 1937), p. 24.

escritor contra a mutilação e a publicação de sua obra, como está protegido contra o mal uso que se poderá fazer de seu nome. (*Aplausos ardorosos.*)

Tradução: Sérgio Medeiros

ANEXOS

"MEUS MÚLTIPLOS MINS"

André Cechinel

O que é um "Fato Irlandês"? É com essa pergunta que Hugh Kenner abre seu livro intitulado *A Colder Eye: The Modern Irish Writers*.[1] A resposta para a questão serve de advertência ao leitor: um "Fato Irlandês" pode ser definido como "qualquer coisa que os irlandeses lhe dirão na Irlanda" a fim de tornar sua narrativa mais interessante. Logicamente, nem sempre a história mais instigante é também a mais precisa, mas, segundo Kenner, para o espírito fabulador do irlandês, antes hiperbólico que sóbrio, os limites entre fato e ficção valem menos que um bom relato. Ora, para a pesquisa acadêmica que busca depurar as informações para apresentar somente dados finais, absolutos, esse impulso aditivo coloca-se como um obstáculo. O "Fato Irlandês" obriga o pesquisador a repensar sua atividade, que, inevitavelmente contaminada, toca o ficcional. A seguinte passagem do livro de Kenner ilustra o problema:

> Conversando com o pastor da Igreja dos *Three Patrons*, Rathgar, perguntei-lhe se ele sabia que, em *Ulysses*, foi na sua igreja que o personagem Leopold Bloom havia sido batizado antes de casar-se com a escrupulosa Molly, que aceitaria qualquer coisa exceto uma união entre desiguais. Ele não sabia; porém, como se uma fofoca puxasse outra, Rathgar confidenciou com uma rouquidão enfática: "E você sabe quem mais foi batizado nesta mesma igreja? O próprio *James Joyce*!"

Conforme Kenner afirma, James Joyce não foi batizado naquela igreja. O autor comenta, inclusive, que Richard Ellmann, responsável pela clássica biografia de James Joyce (1959), é vítima constante do "Fato Irlandês" —

---

[1] KENNER, Hugh. *A Colder Eye: Modern Irish Writers*. Baltimore: The John Hopkins University Press, 1983, p. 3.

e em seu estudo o lugar de batismo de Joyce situa-se, uma vez mais, no campo do "não factual", pois o autor foi batizado em 5 de fevereiro de 1882, e o local de batismo eleito por Ellmann, a igreja de St. Joseph, foi construída somente em 1904.[2] A rigor, a importância do "Fato Irlandês", retirado de sua esfera reducionista, está no modo como indica a constante teatralização que movimenta os personagens literários irlandeses. Toda biografia torna-se, assim, infinita, uma vez que os fatos multiplicam-se a ponto de beirar a ficção. É como se o "sim" — o mesmo "sim" que Derrida percebe como força que interrompe qualquer proposta de sistematização em *Ulysses*, e que impossibilita a aparição de um estudo inequívoco da obra[3] — se impusesse a todo instante. O teatro de uma biografia infinita a partir de uma inclusividade radical: é esse o argumento que podemos depreender da fala de Kenner sobre o "Fato Irlandês".

Muitos dos ensaios críticos de Joyce ora traduzidos parecem constituir, à primeira vista, uma espécie de tribunal do qual nenhum contemporâneo sai ileso. Se, de um lado, Joyce defende apaixonadamente figuras como William Blake, James Clarence Mangan, Henrik Ibsen e John Sullivan, é com a mesma intensidade que, de outro, analisa e rejeita as obras de William Rooney, Stephen Gwynn, Lady Gregory, Douglas Hyde, Valentine Caryl, Frederick Langbridge, Arnold Graves, R.Y. Tyrrell, A.E. W. Mason, Schiller, entre tantos outros. A bem da verdade, entretanto, os ensaios críticos podem ser lidos, em sua grande maioria, como "*Irish Facts*", ou seja, anunciam em sua superfície um aspecto normativo do autor que apaga o movimento mais importante: a "falsificação" de uma tradição que permite a entrada de sua obra posterior. Em outras palavras, o que Joyce rejeita em seus contemporâneos, bem como o que neles admira, antecipa sua própria biografia e trajetória literária. Vale lembrar que, satisfeito com seu trabalho de jornalista para o *Il Piccolo della Sera*, Joyce certa vez comentou com seu irmão Stanislaus: "posso não ser Jesus Cristo como antes imaginava ser, porém creio que tenho talento para o jornalismo". Não seria o jornal o local perfeito para a disseminação de "falsos acontecimentos", "*Irish Facts*"?

O projeto de abalar a tradição literária é uma característica comum a Pound, Eliot, Joyce e diversos dos modernistas. Eliot, por exemplo, a partir

---

[2] ELLMANN, Richard. *James Joyce*. Nova York: Oxford University Press, 1983, p. 23.
[3] DERRIDA, Jacques. "*Ulysses* Gramophone: Hear Say Yes in Joyce". In: Derek Attridge (ed.). *Acts of Literature*. Nova York: Routledge, 1992, pp. 253-309.

do conceito da "dissociação da sensibilidade", proposto no ensaio sobre os "Poetas Metafísicos" (1921), lateraliza Milton para colocar em evidência Donne, Marvell e os demais metafísicos; como resultado, através de uma teoria cuja exatidão foi posteriormente questionada, Eliot aproxima-se do Imagismo de Pound e do Simbolismo francês, conquistando para si, é claro, a posição de juiz das letras. Seja como for, essa releitura da tradição, envolta da aparente neutralidade que tanto motivou os *New Critics*, traz consigo um sentimento menos ortodoxo que, segundo a leitura recente de Robert Scholes, constitui um dos paradoxos centrais do modernismo: "O sentimento [...] é parte integral do Modernismo, e a questão para os escritores não foi como evitá-lo, mas sim como incluí-lo, protegê-lo. E nisso, sem dúvida, Joyce foi muito hábil [...]".[4] Portanto, por trás desse tribunal rigoroso que os ensaios críticos de Joyce (de Eliot, de Pound etc.) sugerem, há um sentimento que se insinua e transforma fato em ficção, ficção em fato.

Um exemplo bastante claro do teatro de Joyce — ficção que deseja ser fato, fato deslocado para a ficção — pode ser visto no ensaio sobre James Clarence Mangan, datado de 1902. No texto, Joyce celebra sua própria grandeza ao resgatar das trevas a obra de Mangan, poeta esquecido por uma pátria que ignora seus filhos mais valiosos. Mangan, segundo Joyce, permaneceu um estranho em seu país, uma figura rara e antipática nas ruas, onde é visto andando solitariamente como alguém que paga por pecados antigos. O mais relevante no esboço traçado por Joyce é o modo como exagera seu papel de redescobridor de Mangan; conforme Ellmann expõe, não só Yeats e Lionel Johnson admiravam os versos do poeta, como diversas edições das obras de Mangan haviam sido recentemente publicadas na Irlanda.[5] Joyce associa Mangan à ideia de traição, abandono e autoexílio, temas que ele reclamaria para si mesmo posteriormente, como atestam suas obras declaradamente ficcionais. Dentro desse esquema, o resgate de Mangan significaria, para Joyce, situar-se numa tradição do abandono, condição indispensável, aliás, para o verdadeiro artista.

É nesse sentido que o retrato de Mangan oferecido por Joyce confunde-se com um tipo de autobiografia velada. O ensaio de 1902 exalta, por exemplo, os conhecimentos linguísticos de Mangan: "a tradição

---

[4] SCHOLES, Robert. *Paradoxy of Modernism*. New Haven: Yale University Press, 2006, p. 135.
[5] ELLMANN, Richard (ed.). *The Critical Writings of James Joyce*. Nova York: Cornell University Press, 1989, p. 73.

de vários países caminha sempre consigo", ou então, "é conhecedor de diversos idiomas — os quais exibe prodigiosamente quando a ocasião assim o exige". Como confirma Seamus Deane, "isso é Joyce disfarçado de Mangan. A competência linguística de Mangan certamente não é dessa ordem".[6] Já a competência linguística de Joyce é de conhecimento geral. A aliança que o autor de *Finnegans Wake* busca estabelecer representa, segundo Deane, uma ansiedade lingüística, isto é, Joyce e Mangan estavam diretamente "envolvidos numa série de movimentos em que a tradução desempenhava um papel preponderante, [...] inclusive como ferramenta de resgate do que havia sido esquecido".[7] Esse desejo de criar um sistema de reabsorção de elementos perdidos, ou melhor, alienados, é comum a ambos os autores, e os paralelos estabelecidos por Joyce, para além de suas imprecisões calculadas, caminha por esse impulso partilhado.

Em suas palestras sobre William Blake (1912), Joyce traça novamente um tipo de autobiografia antecipada, como se sua vida seguisse passo a passo a canção do exílio que orienta "o artista quando jovem". As palestras, de fato, são sintomáticas da crença do escritor na indistinção entre arte e vida, conforme assinala Jean-Michel Rabaté no livro *James Joyce and the Politics of Egoism*.[8] Fora de contexto, a seguinte passagem descreveria quase que perfeitamente o relacionamento entre James Joyce e Nora Barnacle: "Tal qual inúmeros outros gênios, Blake não se sentia atraído por mulheres cultas ou refinadas. Às graças do salão e uma cultura ampla e fácil, preferia a mulher simples, de mentalidade obscura e sensual, ou, em seu egoísmo ilimitado, desejava que a alma de sua amada fosse por completo uma lenta e dolorosa criação sua [...]". Como sabemos, Nora ignorava a literatura de James Joyce, e exceto por sua recusa em ser subproduto da intelectualidade do escritor (Nora não aceitou ser uma "criação"), a fala sobre a mulher desejada por Blake encerra também o perfil da companheira de Joyce. De resto, a personagem Bertha, presente na peça *Exiles*, é vista por Robert como um produto de seu marido, o escritor Richard, dado que mais uma vez sugere que as anotações sobre Blake prenunciam os interesses ficcionais de Joyce.

---

[6] DEANE, Seamus. "Joyce the Irishman". In Derek Attridge (ed.). *The Cambridge Companion to James Joyce*. 2. ed. Nova York: Cambridge University Press, 2004, p. 30.

[7] Ibid., p. 31.

[8] RABATÉ, Jean-Michel. *James Joyce and the Politics of Egoism*. Cambridge: Cambridge Univesiry Press, 2004, p. 18.

Em contraste com a generosidade de Pound, que por vezes sacrificou sua própria obra poética em nome de uma era — *A Era Pound*, como Kenner a chamou posteriormente —,[9] e também em contraste com os agenciamentos literários de Eliot, que baixou a qualidade dos ensaios publicados em *The Criterion* (periódico que editou de 1922 a 1939) para dar voz a uma infinidade de escritores, Joyce via de regra não perdoa seus contemporâneos. No entanto, o "sim" em Joyce sempre se sobrepõe ao impulso negativo, e aquilo que o autor rejeita em seus ensaios ressurge ficcionalmente em nova configuração. "Nunca conheci um homem chato", disse certa vez Joyce para justificar as longas horas que passava conversando com pessoas em geral desconhecidas, "garçons, alfaiates, vendedores de frutas, porteiros, *concierges*, bancários, e essa mistura era tão indispensável ao seu temperamento quanto a presença de marqueses era fundamental ao de Proust".[10] Paralelamente, se poucas obras ganham sua aprovação integral, pode-se igualmente dizer que não há texto inteiramente descartável, já que tudo é reabsorvido na máquina literária.

Assim, a teoria estética proposta no ensaio sobre Mangan ressurge em *Stephen Hero* e *Portrait*, as palestras sobre Blake antecipam a peça *Exiles*, a "filosofia suave" do budismo vira arma "pacífica" nas mãos de Stephen Dedalus, sua análise de *Ecce Homo* teatraliza a pintura, assim como sua ficção teatraliza a própria forma romanesca, a coragem de Ibsen motiva a resistência do artista exilado, o folclore estereotipado no livro de Lady Gregory ganha vida em seus livros, a "construção de impérios" assume tonalidades irônicas em *Ulysses*, e todo ensaio invade o ficcional, do mesmo modo que o ficcional confunde-se com o ensaístico. Os ensaios não são um laboratório para a ficção, pois na obra de Joyce vida e arte confundem-se num mesmo todo, e desse fato decorre a uniformidade de sua obra.

---

[9] Kenner, Hugh. *The Pound Era*. Berkeley / Los Angeles: University of California Press, 1971.
[10] Ellmann, Richard, op. cit., p. 6.

SE ENSAIA

Caetano Galindo

James Joyce é um dos escritores mais inevitavelmente consequentes de que se possa ter notícia. Sua obra toda constitui, a qualquer olhar atento, mais que mera sucessão de textos que correspondam a momentos e inquirições distintos, de tempos distintos. Ela forma mesmo mais que um "todo coerente" como se pode e se pôde argumentar sobre diversos artistas, em que cada parte, analisada em geral com o benefício do distanciamento temporal e da perspectiva do "todo", para que só então possa pensar em "coerência", contribui com algo para uma unidade que manifesta afinal certa unidade. Uma leitura contínua da ficção de Joyce faz ver um verdadeiro "projeto", executado com um grau de aparente consciência e, de novo, consequência, que não pode deixar de impressionar.

A sensação é a de um escritor que pode parecer ter estabelecido detalhado plano de metas e de etapas a atingir durante um quarto de século de publicação. Como se cada texto se encaixasse perfeitamente dentro de um desenvolvimento (e carregue a palavra aqui todo o peso que normalmente tentamos evitar que tenha), especialmente formal, que tivesse o objetivo de uma culminação. Não qualquer.

Não cabe aqui, claro, retraçar essa estória e retrilhar esse caminho, mas basta a um leitor bem informado a noção de que a história da literatura tenha a dar dos desenhos e desdéns formais dos três romances de Joyce.

Se em *Retrato...* temos um texto perfeitamente maduro (a maturidade de Joyce, na verdade, vem dos *Dublinenses*, ou seja, de sempre), que já se dá ao luxo de brincar com a construção da narrativa romanesca de forma bastante engenhosa e (mais joyceano dos elogios) *eficiente* para a construção da personalidade de Stephen Dedalus e do mosaico de momentos e sensações com que o leitor se depara para a partir daí montar sua própria versão do artista icárico que tanto tinha de Joyce e que tanto vai ter de cada leitor, em cada momento, é ainda mais que conhecida a ideia de que, com o *Ulysses*, Joyce teria como que levado ao ápice (para bem e mal) o desenvolvimento da forma-romance. Aqui o romance faz, em grau extremo, tudo que já se havia mostrado que ele sabia fazer, e aí mais um pouco. E mais um pouquinho. Verdadeiro catálogo de procedimentos narrativos antigos, recentes, novos, todos acelerados a sua velocidade máxima, o *Ulysses* pôde parecer a diversos leitores não apenas o ápice, mas o fim do romance, sua culminação efetiva, depois da qual teria de haver um retrocesso, ou uma reinvenção.

E se boa parte da literatura ocidental continua se construindo sobre parâmetros pré-*Ulysses* (e que nada vá nisso de avaliação negativa: estamos ainda falando especialmente de questões formais, e afinal pode haver mais que isso no romance), se boa parte, portanto, do que lemos, se ergue *de costas* para aquele cume, calmamente retraçando caminhos devidamente mapeados na encosta conhecida do vulcão, outros textos se viram diante da corajosa responsabilidade de tentar encarar a possibilidade daquela "reinvenção". E nenhum antes, e nenhum talvez tão bem e tão a fundo quanto o romance seguinte do mesmo Joyce.

Se *Finnegans Wake* é um romance, ainda é questão aberta. Mas tenho claro para mim que, se não for, haverá de ter chegado a essa situação não por negação do romanesco, mas por sublimação, por explosão afirmativa. Ele pode ser um *über*-romance, mas não terá sido um *anti*rromance, pois encara precisamente as mesmas questões que seus dois antecessores, e dá continuidade a elas no que tenham de essencialmente romanesco.

(Pois não se deixe enganar, o romance é, *sim*, uma forma. O que não lhe cabe é a ideia, essencialmente musical, da forma-modelo-abstrata-prévia. Aqui, o romance seria antiformal até. Mas como Mikhail Bakhtin mais que demonstrou, o romance é uma *forma* e mesmo uma *fôrma* de visão de mundo e, mais centralmente, de visão e representação de linguagem. O romanesco é uma abordagem da realidade, de sua multiplicidade linguística, ética, pessoal, que se constitui não da reorientação dessa multiplicidade a partir de uma axiologia privilegiada (a do criador), nem da organização desse todo em um mapa de tesselas que, de novo, recebe franquia de singularidade por um olhar externo. O que organiza o múltiplo do romance em uno é precisamente sua existência fragmentada e em convívio. A sobreposição, a interferência, a inseparabilidade de cada parte autônoma, manifestada especialmente no confuso e riquíssimo estatuto do narrador, que transforma a variedade do diálogo, por exemplo, dramático, em algo polemicamente instaurado através dessa voz que pertence ao livro e ao mundo do autor e dos possíveis e variáveis equilíbrios e desequilíbrios que essa postura, a cavaleiro de dois universos, possa gerar. E ninguém fez isso mais intensamente que James Joyce. E o *Finnegans Wake* não é uma exceção.)

O que sempre trouxe a segunda pergunta que mais obseda os leitores de Joyce.[1] Para onde ele teria podido seguir *depois* do *Wake*. Que talvez encontre sombra de resposta no fato de que dois anos se seguem à publicação do livro, antes da morte de Joyce, e nenhum rascunho de obra nova nos resta, enquanto todos seus outros livros foram escritos quase que um de fato sobre o outro. E em seus comentários de que agora pensava talvez escrever algo *muito simples e muito breve*.[2]

Mas isso tudo, contínuos e perguntas, ainda é derivado quase que uniformemente de questões formais, apenas. E é a elas que se dirigiu mesmo boa parte da crítica histórica sobre os livros de Joyce, porque, de um lado, o espetáculo verbal fez com que realmente gerações de leitores perdessem de vista o fato de que Joyce era acima de tudo um grande escritor e que sê-lo vai um pouco além de ser competente com a superfície formal do texto. Se Bloom, o outro,[3] pôde argumentar que vê apenas três critérios para avaliar a qualidade de um texto literário, *esplendor estético, vigor intelectual, sabedoria*, é tolo centrarmos todos nossos fogos na avaliação do que Joyce fez de grandioso em apenas um desses focos. Ele tinha muito que dizer nos outros dois. E talvez especialmente no terceiro deles, como uma leva bem recente de textos (Kitcher, 2007; Kiberd, 2009) parece dedicada a demonstrar.

E quem sabe até por isso, por (apesar de todo um vigor e de uma bela formação intelectual) uma certa ênfase no aspecto sapiencial, o certo é que aquela "escada", aquele "desenvolvimento", que se podem ver no plano formal ao longo da obra de Joyce, tematicamente se transformam muito mais num sistemático aprofundamento, numa reinvestigação contínua de temas, ideias, noções. Troca-se a trilha pelo espelho, a espiral.

---

[1] A primeira é como teria sido o dia 17 de junho de 1904 na vida de Leopold Bloom. Um autor (Costello) chegou mesmo a escrever todo um romance apenas para tentar imaginar a vida depois do Bloomsday, depois do dia mais longo da história da literatura.

[2] ELLMANN, p. 731.

[3] BLOOM, p. 1.

O mesmo Joyce afinal teria declarado que não deve existir muito mais que uma dúzia de enredos originais.[4] E os temas e os objetivos da dita "sabedoria", afinal, hão de ser ainda menos numerosos. E é sobre infinitas variações de alguns desses temas (amadurecimento-envelhecimento; vida--morte; homem-mulher; filho-pai) que o universo temático do Joyce maduro vai se erguer. E com uma visada crítica ampliada para perceber mais que os recursos formais, é tão interessante notar que episódios inteiros do *Ulysses* (os mais *noturnos*) já apontam para técnicas que darão corpo ao *Wake*, quanto notar que naquele livro já há *earwigs* andando por Ben Howth (as *lacrainhas* que darão nome ao protagonista do *Wake*, sistematicamente identificado com aquele promontório) e mais ainda ver que nos dois livros aparece a linda imagem da mulher que envelhece sendo comparada a uma árvore que se desfolha.

E se os ensaios podem ser um momento à parte dentro daquele contínuo de evolução formal, um desvio para a investigação formal (igualmente frutífera, como veremos), no caso dessas questões de fundos, temas, preocupações, eles na verdade podem ser tão partícipes da obra como quaisquer outros textos.

* * *

Mesmo restringindo o foco aos quatro ensaios que eu mesmo traduzi, temos na verdade material mais do que suficiente para alimentar não necessariamente a leitura dos romances, mas a leitura do criador dos romances e dos caminhos que o levaram a certas questões e a determinadas obsessões que mal se basearam em "caminhos" propriamente ditos, por já estarem presentes desde muito cedo.

É claro que se trata de uma leitura a contrapelo destes textos. É claro que, em primeiro lugar, eles podem ser tomados por seu valor de face, e como tal já têm muito que oferecer. Mas não nos enganemos sobre ao menos uma coisa: se estamos ainda lendo estes textos hoje, isso se deve ao fato de serem eles de autoria do escritor por trás do *Ulysses*. É, sim, como *documentos* joyceanos que a maioria de nós vai se aproximar, se aproximou, destes ensaios, mesmo que para depois descobrir o que neles exista de autônomo, suficiente.

[4] Borach (*Conversations with James Joyce*) apud Crispi & Slote, p. 8.

É claro, mais ainda, que ao lidarmos com Joyce, com a produção de Joyce, temos de manter em mente o grau de competência discursiva do autor. Não devemos esperar que seus textos de imprensa, que suas palestras, que seus textos críticos, sejam efetivos *exercícios* do manejo da prosa romanesca. Seus textos têm finalidades, interlocutores específicos, e via de regra se dão muito bem explorando convenções de diversos registros e meios para atingir aqueles fins e aqueles interlocutores.

É bem verdade que, por outro lado, esse mesmo "abandono" às convenções de locais e textualidades diversas é, por si só, um treinamento na particular arte romanesca aperfeiçoada por Joyce. Ele pode não ser um romancista brincando de escrever para a imprensa quando publica nos jornais (ali ele tenta ser um jornalista da época), mas será um romancista que precisa brincar de jornalista no *Ulysses*, onde inúmeros gêneros serão, menos que parodiados, incorporados àquela panela de variedade discursiva que constitui o fundo do romance. Joyce (versão ideal, extrema, do romancista bakhtiniano) era tão dedicado ao processo de ser outro, de pensar por outro, falar pela boca de um personagem, que praticamente não era capaz de escrever, de demonstrar "estilo", fora dos modos da representação de uma personalidade coerente ou do pastiche de um estilo coerente. Ele precisava da máscara e sua correspondência, por exemplo, sente a falta desse "eu" emprestado, e padece às vezes de certa falta de "espírito".[5]

Ele precisava ser bem mais que trezentos e *cincoenta* para ser o romancista que se propunha ser.

Terá portanto sido útil ao romancista Joyce, ao romancista específico que foi Joyce, não escrever jornal ou crítica como um romancista incapaz de descer de um qualquer pedestal de beletrismo, mas sim tentar vestir efetivamente todas as carapuças, escrever como vários profissionais do texto, ser diversos eus narrativos, discursivos. É apenas por não encarar o processo de escrever não ficção como mero "laboratório" que Joyce pode transformá-lo no *seu* laboratório, seu treinamento na arte de escrever *mais na voz de seus inimigos que na de seus aliados*.[6]

Mas esse processo se dá no conjunto dos "anos de aprendizado" de James Joyce. E o fato de ele ter escrito os ensaios, e de eles serem numerosos

---

[5] KENNER, p. 78. "Quando Joyce não estava seguro de seu papel, as palavras acorriam em multidão a sua cabeça, mas todo sentido sintático o desertava: a sintaxe era função do papel: do personagem" [tradução minha].

[6] BOOKER, p. 63.

e variados, é a multiplicidade. Caso a caso, no entanto é verdade que a análise pode se mostrar algo menos profícua. O fato no entanto é que, para mim, essa leitura se torna algo incontornável. (E digo isso mais uma vez para explicar essa insistência em justificar a tal leitura "a contrapelo").

Joyce é um romancista que muda a ideia de leitura e de literatura de qualquer leitor que se dedique mais intensamente a seus textos. Hoje, se leio Thomas Pynchon, Daniel Galera, André Sant'Anna, David Foster Wallace, leio com a lente que me foi polida especialmente pela leitura do *Ulysses*. E se leio um dos contos de *Dublinenses* ou um trecho do *Wake* é de novo com a ideia formada pelo todo da obra de Joyce, é buscando (ou nem buscando, mas vendo) ressonâncias, amplificações, coerências. E, na obra de Joyce, todas as buscas que tenham sido incitadas pela própria obra costumam ser lautamente recompensadas.

É esperar demais que em um caso como esse eu (você) consiga ler a não ficção de Joyce sem também esse tipo de visada.

* * *

Tanto mais se, dentre os textos que me couberam (e incluído dentre eles por ter sido traduzido por mim já há mais de cinco anos), está aquele singularíssimo "De um autor proscrito a um cantor proscrito".

Que faz mesmo ter de repensar tudo aquilo sobre adequação a diferentes estilos, mimetismo, pastiche, incorporação de linguagens alheias, camaleonismo discursivo como ensaio de romance nos ensaios. Que na verdade é totalmente o contrário. Parece.

Diante da tarefa de escrever um texto que desse novo vigor à carreira de um cantor que admirava e, depois, da decisão de fazer desse texto uma "carta aberta", Joyce não hesita em adotar para o texto a linguagem e as técnicas do *Wake*, em cuja escrita estava mais que mergulhado.

Mas que sentido tem a escolha? Em que serve ela à finalidade proposta...

A linguagem do *Wake*, que opera como que por espelhos e em enigmas, que não diz claramente coisa alguma, mas conta com todo um arsenal sugestivo que permite que se faça entender em um sentido e em uma esfera totalmente diferentes, não deveria ser a primeira escolha para um texto que o jovem Dedalus teria categorizado como *cinético*,[7] um

---

[7] *A Portrait of the Artist as a Young Man*, pp. 168-9.

texto que pretende realizar certa ação sobre o leitor e sobre o mundo. A linguagem do *Wake*, operando essencialmente como um mecanismo para *dizer* precisamente aquilo que Wittgenstein[8] teria classificado de indizível segundo a ótica da linguagem desperta, pode muito bem ser (acredito de fato que seja) um dos instrumentos mais assustadoramente poderosos que a literatura já desenvolveu para abordar as grandes questões humanas, as maiores, aquelas que escapam ao *vigor intelectual* e pertencem quase que exclusivamente ao domínio daquela *sabedoria*,[9] mas será que ela tem lugar em uma carta aberta, em uma espécie de manifesto de teor abertamente político, ativo, participativo?

Se ele queria efetivamente fazer diferença na carreira de seu amigo Sullivan, certamente uma carta mais *ortodoxa* teria surtido maior efeito?

Ou não?

O fato, no entanto, é que certamente Joyce sabia duas coisas. Uma, que ele não tinha a penetração necessária nos meios efetivamente empresarias das artes e especificamente da música para de fato alterar de qualquer maneira significativa os rumos da carreira de um cantor, qualquer cantor. O que ele conseguiria, sim, era sensibilizar certas pessoas que estivessem dispostas a ouvir sua voz, pessoas que acreditassem que James Joyce era a voz a se ouvir a respeito de algo dessa natureza. Ele estaria portanto se dirigindo a um público pequeno (essencialmente francês, a essa altura), já acostumado a ele, a sua presença, a suas idiossincrasias. Um público portanto diante do qual o melhor efeito que ele poderia ter, para qualquer finalidade, era simplesmente ser James Joyce, escrever James Joyce, o que naquele momento de sua trajetória, no meio da odisseia que representou a escrita do *Wake*, representaria fazer exatamente aquilo. Escrever precisamente aquele texto, que acima de tudo por causa de seu *esplendor estético* garantiria a atenção dos ouvidos pré-convertidos a quem ele poderia se dirigir.

Eles ouviriam sim.

Mas, outra, pode haver explicação ainda mais consequente, e mais esclarecedora para o leitor de toda a obra de Joyce. Se pensarmos que ele ao escrever a carta "destinada" a Sullivan não estava exatamente tentando alterar

---

[8] *Tractatus Logico-Philosophicus*, 6.522.

[9] Daí também a sistematicidade com que o *Wake* emparelha com os grandes *pensadores* da tradição filosófica os valores, as estratégias e os dados fornecidos pela tradição mítica, popular, antropológica.

quaisquer quadros sociais, artísticos ou econômicos. E essa interpretação fica ainda mais defensável quando se levam em consideração os paralelos pessoais que ele julgava ver entre sua posição, especialmente dentro da Irlanda, e a de Sullivan, fato tornado óbvio desde o título do texto. Ele falava sobre Sullivan falando de si próprio, expunha as injustiças a que foi exposto o amigo, bem como suas quase míticas capacidades artísticas, para também fazer ressaltar as suas (estas, continuamente exibidas no próprio texto graças àquele *esplendor*). E fazia todas essas coisas não necessariamente almejando uma participação no desenrolar futuro daquela carreira, mas manifestando a irlandesíssima arte da lamúria, da reclamação, da irritação contra as forças alheias que impedem que triunfem os justos, voe Ícaro, crie Dedalus.

A Irlanda que matou Parnell ao abandoná-lo é a Irlanda que abandonou ou sufocou Joyce forçando-o a recorrer ao exílio, ao silêncio, à astúcia; é a Irlanda (ou a Grã-Bretanha) que fechou os olhos, e os ouvidos, aos talentos superiores de Sullivan. E contra ela o que ele fazia naquele momento era rezingar. E para isso, como bem sabia Humpty Dumpty, o que vale são as pedras que se tem à mão, e a linguagem do *Wake* pode cortar e contundir como qualquer outra. Mais até.

O fato portanto é que dentro da variadíssima produção *ensaística* de Joyce, eu pessoalmente hesitaria bastante em negar a "De um autor proscrito..." o estatuto puro e simples de literatura. Ele emprega seus meios e se dirige a fins muito similares aos dela. Sua divulgação, inclusive, se deu em periódicos literários, e não na grande imprensa ou entre os críticos musicais.

E Joyce estava ali, além da equiparação pessoal já mencionada, pondo também para funcionar mais um dos mecanismos fundamentais do *Wake*, que é a multiplicação de *avatares* de uma mesma situação prototípica. No livro em que trabalhava enquanto compôs aquele *ensaio*, Napoleão, Wellington, o Bispo Berkeley, São Patrício, interessam tanto pelo que foram efetiva e individualmente quanto (ou talvez na verdade mais) pelo que representam de *hipóstases* de categorias previamente relevantes. O grande homem caído, o herói envelhecido, o conquistador etc... John Sullivan, naquele momento, foi mais uma dessas manifestações; herói caído, injustiçado, decaído, decadente, incompreendido.

Creio ser mais útil pensarmos nesse texto como um broto paralelo do *Wake* do que como um texto plenamente autônomo e ensaístico. Lê-lo, inclusive, demanda o mesmo tipo de aprendizado que é necessário para derivarmos *significado* do *Wake*. Uma disposição renascentista para ir à cata de referências, somada a uma disposição abarrocada para deixar a mente errar tranquila, nos dois (e em quantos mais surgirem) significados do verbo errar.

Daí, inclusive, nossa decisão de não anotar minuciosamente o texto aqui. A exegese faz parte da leitura, a elucidação pode aumentar o efeito e o prazer daquela leitura, mas nada há de bater o contato direto com suas dificuldades e seus prazeres, na medida, claro, em que a tradução não tenha aumentado desnecessariamente aquelas e anulado em alguma medida relevante estes.

* * *

Os outros três textos que tive chance de traduzir, contudo, precisamente por seu caráter mais estritamente ensaístico, fornecem chaves diferentes de acesso, pontos variados de contato com a obra ficcional de Joyce. Se em "De um autor..." temos efetivamente um portão de entrada para as complexidades do *Wake*, tanto formalmente quanto conteudisticamente, e um portão que pode simultaneamente gerar um acesso posterior àquele livro e se beneficiar de uma leitura prévia dele, ou ao menos de algum contato anterior, nos outros textos esses pontos de contato se revelam mais plenamente de acordo com aquilo que a princípio eu tentava expor.

Aqui vemos um Joyce que ainda nem começara a escrever o *Ulysses* efetivamente trabalhando para a imprensa, usando a linguagem que mais caiba nesse meio específico e que, logo, tenha nele maior validade e maior eficácia. Poderemos, claro, encontrar marcas mais estritamente formais, e até lexicais, mesmo nos textos originalmente escritos em italiano, como uso do adjetivo *focoso* para descrever um santo em seu zelo religioso, usado em trecho praticamente idêntico do *Ulysses* para se referir ao *fiery Columbanus*, um dos pais da Igreja irlandesa. E não deixa de ser interessante, talvez especialmente nesses casos, verificarmos o quanto das obsessões e interesses especificamente linguísticos de Joyce conseguia transparecer quando ele escrevia em uma língua estrangeira, especialmente no caso do italiano, que ele chegou a dominar quase que à perfeição.

Mas o mais interessante desses textos, em uma visão conjunta da obra joyceana, está mesmo em certas questões de conteúdo. Um deles é diretamente relevante para o *Ulysses* e, curiosamente, ilumina pontos de vista e fixações temáticas que no livro são atribuídos a um personagem que Stephen "Joyce" Dedalus não trata com particular tolerância.[10] Assim, em "A política e as doenças do gado", não apenas vemos uma versão alternativa da carta que Garrett Deasy, no terceiro episódio do livro, pede que Stephen tente publicar (publicação à qual vemos o poeta se dedicar tanto no sétimo quanto no nono episódios, em que nem mesmo o grau de embriaguez que ostenta e o fato de estar se colocando no centro dos holofotes da intelectualidade presente na biblioteca com vistas a tentar ganhar dinheiro vendendo um texto ou uma entrevista para um periódico local — Dedalus, como Joyce, sabe vender seu peixe textual — impedem que ele insista com Moore a respeito da carta[11]), como ficamos sabendo que Joyce se sentiu efetivamente na pele do *bardo acoitagado*, que Stephen teme ser seu novo apelido dali por diante. E ao vermos transferida de um diretor de escola de província ao próprio autor do *Ulysses* a autoria daquelas ideias e a menção a algumas das *teorias* defendidas por ele,[12] vemos ainda ampliada nossa noção do ecumenismo da personalidade do *myriadminded* Joyce, e podemos compreender melhor por que Dedalus não consegue desprezar tão diretamente a tacanhice e a pequenez de Deasy.

É claro, é um truísmo banal afirmar que o *Ulysses* saiu todo da cabeça de Joyce. Mas a leitura de um texto simples como "A política..." nos faz ver com algum grau de precisão a mais o quanto, de fato, todas aquelas mentes são a mente de Joyce, o quanto daquelas mentes pertencia a, de fato, mais do que meramente era "compreendido" pelo, autor do livro. Ele escrevia na voz dos inimigos porque nele estavam também seus inimigos.

Entre, muitas, outras pessoas.

* * *

[10] Particularmente, acho que a relação de Dedalus com o senhor Deasy é muito mais complexa e interessante do que o próprio *bardo* poderia reconhecer.

[11] Uma camada (irônica?) adicional transparece no fato de que Moore, personagem do *Ulysses* e figura literária real da Dublin do começo do século, foi o primeiro editor a publicar textos de ficção de Joyce, que apareceram em uma revista eminentemente dedicada à agricultura.

[12] Também no caso da descrição do *esquema* do porto de Gallway, em "A miragem..."

Os outros dois ensaios têm ligações menos diretas, mas ainda interessantes com o *Ulysses*. E um pouco do contexto de sua produção pode interessar para aclarar essas relações. Joyce escreveu "A cidade das tribos" e "A miragem..." em sua última viagem à Irlanda. Residente em Triste desde 1904,[13] ele voltou apenas duas vezes "para casa". Uma em 1909, acompanhado do filho Giorgio, e esta, em 1912. De volta à ilha que ele sentia tê-lo *proscrito* mas de que jamais conseguiria se livrar (nem ela, dele), mas de volta na condição definitiva de *turista*, o olhar sobre a Irlanda que Joyce consegue nos apresentar tem bastante a ver com o que ele, aos quarenta anos de idade, quando finalmente publica a versão final de *Ulysses*, pôde dedicar ao mundo que vivenciara na Dublin de 1904, ano em que se passa a ação do romance. Espectadores afastados, contemplando com o afastamento que pode ser proporcionado pela distância no tempo e, ou, no espaço, o Joyce de 1912 e o de 1922 veem a Irlanda simultaneamente como sua e não sua, e contam ter de apresentá-la, em ambos os casos, especialmente aos que não a conhecem.

Que Joyce tenha ele mesmo oferecido tais textos, se oferecido para escrevê-los e vendê-los ao *Piccolo della Sera* é também digno de nota. Não se trata, afinal, de um periódico qualquer que, numa situação talvez mais familiar para os nossos dias, encomende a um escritor seu ponto de vista pessoal, especial, sobre tal ou qual coisa. Não se trata, portanto, de uma ocasião em que o que de fato se *vende* nas páginas do jornal é o nome, a *grife*, de determinado prosador, quanto mais *desviante* da normalidade hebdomadariana melhor, como será no caso de "De um autor...." vinte anos depois. Aqui Joyce é o *hack-writer*, o mercenário que quer descolar uns trocados e, para tanto, tem de pretender fazer seu *produto* se aproximar o máximo possível de algo mercadejável dentro das convenções e da realidade daquela imprensa *estrangeira*, diante de cujo leitorado ele ainda não é um nome automaticamente respeitado. Ele precisa cooptar seus melhores dotes camaleônicos e produzir bom e velho jornalismo oitocentista, retórico, cheio de vento, lírico, apaixonante, exótico.

E é curioso vermos de que fundo comum, e de que autêntico sentimento ele vai tirar o folclore e a candura com que se debruça sobre ele e sobre aquele país, aqueles habitantes. Vai ser de novo tocante vermos

---

[13] Ficaria lá até 1915, seguindo depois para Zurique e morando a partir de 1920 em Paris.

o quanto ele sabia ser, ou fazer-se, de Haines, o inglês que no *Ulysses* representa o lugar-comum extremo do estrangeiro (ainda por cima o colonizador) encantado com o que o narrador chamaria de *wild irish*.

A personalidade e a índole do povo de Galway, terra de Nora, sua esposa, onde ele estava, diga-se de passagem, para visitar a família dela. As origens espanholas dos tipos "morenos" daquela cidade, que serão emprestadas a Molly Bloom. As lendas sobre o caráter irlandês. A descrição daquele mapa tão próximo das iluminuras do *Livro de Kells* e, consequentemente, do *Wake*. O misticismo hibérnico. A figura dos ilhéus cheios de crendices e falando um inglês *todo seu*. Nomes: Darcy, Dillon.[14] Até mesmo aqueles vultos dos marujos escandinavos sobre uma montanha, que novamente evocam o nórdico H.C. Earwicker do *Wake*.

Todas essas coisas mostram o quanto temas, imagens, palavras, polêmicas que apareceriam anos mais tarde no *Ulysses* povoavam, em circunstâncias e situações totalmente diferentes, a mente de um James Joyce que ainda nem completara trinta anos, ainda nem conseguira publicar seus dois primeiros livros,[15] naqueles tempos de Trieste.

Esse acesso, motivado pela relevância desses contatos ou, inclusive, pela paranoia de leitores que, encantados pelo mundo ulisseano, passamos a ver tudo que possa ter saído da pena de Joyce como profético ou como eco daquele livro, não pode deixar de ampliar senão nossa compreensão (exatamente como no caso da relação entre "De um autor..." e o *Wake*), ao menos nossa imersão, nosso contato com aqueles universo e mente. Muitos desses detalhes podem te fazer entender o quanto certos temas habitavam desde muito cedo a cabeça de Joyce. Muitos deles podem oferecer interessantes exemplos de construção de sentidos e de relevâncias *post facto*.

No que na epistemologia se chama de "paradoxo do arqueiro", pode-se acusar alguém de primeiro atirar contra uma parede branca e depois, em torno da flecha, desenhar um alvo. Quantas das ressonâncias que julgo ver provêm de reconstruções de um releitor do *Ulysses*, eu não sei. Quantas delas de fato apontam para relevâncias e obsessões do autor, eu apenas suspeito. Veja por você. Algumas delas, e outras, vão anotadas nos textos, apenas para garantir a tua atenção. Outras que eu deixei passar ficam para você mesma descobrir.

---

[14] Mesmo hoje, passear pelas ruas de Dublin é encontrar, em placas e lojas, boa parte do elenco do *Ulysses*.
[15] *Dublinenses* viria a público em 1914, e *Um retrato...* em 16.

* * *

E se for apenas a paranoia?

Ora, de novo, não se iluda, é em algum grau por causa dela que estamos aqui. E, "tirante isso", como se diz na "minha casa", qual o problema? Relaxa, aproveita, que o trajeto continua sendo dos mais interessantes. Pouco se perde mesmo se você achar que não se ganha tanto quanto acho eu.

Obrigado pela leitura.

REFERÊNCIAS BIBLIOGRÁFICAS

BLOOM, Harold. *Where Wisdom Shall be Found*. Nova York: Riverhead Trade, 2005.

BOOKER, M. Keith. *Joyce, Bakhtin, and the Literary Tradition*. Ann Arbor: The University of Michigan Press, 1995.

COSTELLO, Peter. *The Life of Leopold Bloom, a novel*. Dublin: Roberts Rinehart, 1993.

ELLMANN, Richard. *James Joyce*. Oxford: Oxford University Press, 1982.

JOYCE, James. *Dubliners*. Londres: Penguin, 1996.

_____. *Finnegans Wake*. Londres: Penguin, 1992.

_____. *Occasional, Critical, and Political Writing*. BARRY, Kevin (ed.). Oxford: Oxford University Press, 2000.

_____. *A Portrait of the Artist as a Young Man*. Oxford: Oxford University Press, 2000.

_____. *Ulysses: Annotated Student Edition*. KIBERD, Declan (ed.). Londres: Penguin Books, 2000.

KENNER, Hugh. *Joyce's Voices*. Berkeley / Los Angeles: University of California Press, 1978,

KIBERD, Declan. *Ulysses and Us:* The Art of Everyday Life in Joyce's Masterpiece. Nova York: W.W. Norton & Co., 2009.

KITCHER, Philip. *Joyce's Kaleidoscope:* an Invitation to *Finnegans Wake*. Oxford: Oxford University Press, 2007.

WITTGENSTEIN, Ludwig. *Tractatus Logico-Philosophicus*. D.F. Bears; B.F. McGuinness (trads.). Nova York: Routledge, 2001.

JOYCE E A POLÍTICA

Dirce Waltrick do Amarante

> *Eu acredito seriamente que vocês vão retardar o curso da civilização na Irlanda, impedindo o povo irlandês de dar uma boa olhadela em si mesmo no meu bem polido espelho.*[1]
>
> James Joyce

Nas últimas décadas do século XX, um número expressivo de estudos propôs-se a fazer uma leitura política da obra do escritor irlandês James Joyce (1882-1941). Assim, uma ideia frequente em boa parte desses ensaios é a de que "...muitas das qualidades revolucionárias, das inovações linguísticas e literárias de Joyce podem estar relacionadas com a sua compreensão, e nesta fundamentada, da expropriação ideológica, étnica e colonial". Ao sustentarem essa opinião, esses textos apontam como "Joyce escrevia em oposição às pretensões culturais imperialistas britânicas do seu tempo."[2]

Dentro do conjunto global dos estudos joycianos, todavia, esse tipo de análise que associa ideologia e estética, sondando certas "intenções do autor" representadas em sua escritura, ainda é relativamente nova. Caberia lembrar que os ensaios mais antigos sobre os romances de Joyce não enfatizavam — muitas vezes negavam — o aspecto político de sua obra.[3]

Durante a época da Guerra Fria, a academia era via de regra hostil a interpretações políticas de textos, mas há outras razões para a escassez desse tipo de análise no caso de Joyce. Primeiro, a recusa de Joyce em se mostrar até mesmo minimamente envolvido nas grandes questões políticas europeias dos anos 1930 foi determinante para provar a teoria de que os

---

[1] SHEEHAN, Sean (org.). *The Sayings of James Joyce.* Duckworth, 1995, p. 34.

[2] COYLE, John (ed.). *James Joyce, Ulysses, A Portrait of the Artist as a Young Man.* Nova York: Columbia University Press, 1998, p. 146.

[3] BURNS, Christy L. *Gestural Politics: Stereotype and Parody in Joyce.* Nova York: State University of New York, 2000, p. 117.

textos joycianos, assim como o autor deles, eram apolíticos. A segunda maior razão para essa omissão pode ser atribuída à acusação, levantada pela esquerda nos anos 1930, e que recaía igualmente sobre Franz Kafka, de que sua arte era decadente.[4]

Somente no início dos anos 1970, particularmente na França, é que começaram a aparecer os primeiros estudos sérios e importantes devotados aos aspectos políticos da obra do escritor irlandês. Em 1975, Phillipe Sollers opinou o seguinte:

> Acreditou-se ingenuamente que Joyce não tinha nenhuma preocupação política porque nunca disse ou escreveu nada sobre o assunto numa *língua franca*. A mesma velha história: arte de um lado, opiniões políticas do outro, como se houvesse um *lugar* para opiniões políticas — ou para qualquer coisa que diga respeito a esse assunto.[5]

A posição política de Joyce é, todavia, visível tanto na sua ficção quanto nos ensaios críticos que escreveu entre os anos 1896 (a data é incerta) e 1937, os quais incluem discussões sobre estética e política. Na opinião do estudioso irlandês Seamus Deane, aliás, "na Irlanda, ser um escritor era, num sentido muito específico, um problema linguístico. Mas era também um problema político".[6] Levar em conta, portanto, uma questão regional, a "questão irlandesa", que é essencialmente política, parece hoje muito relevante para se "entender" esse "novo" Joyce, um Joyce, digamos, pós-colonialista, por oposição ao Joyce formalista, construído pela crítica do passado.

Aqui se faz necessário, então, um breve apanhado histórico. Convém lembrar que cerca de 45 anos antes do nascimento de Joyce ocorreu "o maior desastre da história da Irlanda", que os historiadores denominam a "Grande Fome" (1845-8). Essa tragédia nacional dizimou quase metade da população do país e intensificou um antigo sentimento de rancor contra os colonizadores ingleses. Tanto no período da "Grande Fome" como no que se seguiu a ele, o governo britânico foi acusado pelos irlandeses de praticar

---

[4] WILLIAMS, Trevor L. *Reading Joyce Politically*. Gainesville: University Press of Florida, 1997, p. 13.
[5] HAYMAN, David e ANDERSON, Elliott (orgs.). *In the Wake of the Wake*. Madison: University of Wisconsin Press, 1977, p. 108.
[6] DEANE, Seamus, "Joyce the Irishman". In ATTRIDGE, Derek (ed.). *The Cambridge Companion to James Joyce*. Cambridge: Cambridge University Press, 1997, p. 35.

uma "política cruel", o *laissez-faire*: "isso fez com que uma multidão de pobres necessitados apelassem à Lei de Assistência Social, que recusou socorro quando a segunda crise total da batata ocorreu... Nem durante a penúria nem nas décadas seguintes foi implementada qualquer medida de reconstrução ou melhoria agrícola, e essa omissão condenou a Irlanda ao declínio".[7]

Joyce raramente menciona esse acontecimento na sua ficção, mas a "Grande Fome" é um tema recorrente nos seus ensaios críticos que, sob esse aspecto, podem explicitar o que fica muitas vezes subentendido na sua ficção. Cito, como exemplo, um fragmento do ensaio "Irlanda, ilha de santos e sábios" (1907), texto em que o escritor discute os problemas da colonização inglesa na Irlanda:

> Os ingleses agora desprezam os irlandeses porque são católicos, pobres e ignorantes; contudo, não é tão simples justificar esse desprezo. A Irlanda é pobre porque as leis inglesas arruinaram as indústrias do país, especialmente a da lã, porque a omissão do governo inglês nos anos da carestia da batata permitiu que a maior parte da população morresse de fome e porque, sob a presente administração, enquanto a Irlanda vai ficando despovoada e a criminalidade é quase inexistente, os juízes recebem um salário de rei, e os representantes do governo e os funcionários públicos recebem grandes somas para fazer pouco ou nada.

Séculos antes da "Grande Fome", contudo, a Irlanda já vinha sendo "espoliada" (termo que tomo emprestado aos historiadores e que o próprio Joyce usaria neste contexto) pelos ingleses.

Em 1160, após a chegada dos primeiros normandos ao país, comandados por Henrique II da Inglaterra,[8] a Irlanda — uma nação celta, que possuía sua própria língua, lei e estrutura social desde o século VI a.C. — perdeu seu idioma nativo e sua cultura. Joyce aborda esse tema no já citado ensaio "Irlanda, ilha de santos e sábios":

---

[7] ARDAGH, John. *Ireland and the Irish*. Londres: Penguin Books, 1995, p. 22.

[8] Antes dos normandos, a Irlanda já havia sido invadida por outros povos, como, por exemplo, os viquingues, que chegaram no país no ano de 795, fundaram Dublin, contribuíram para o desenvolvimento comercial da Irlanda e introduziram o sistema monetário irlandês e uma técnica avançada de construção naval, mas suas tropas foram vencidas pelos irlandeses.

Da época da invasão Inglesa até os nossos dias, passaram-se quase oito séculos, e se me estendi um tanto longamente sobre o período precedente a fim de fazê-los entender as raízes do caráter irlandês, não tenho agora a intenção de tomar seu tempo recontando as vicissitudes da Irlanda sob a ocupação estrangeira. Não farei isso porque durante toda essa época a Irlanda deixou de ser uma potência intelectual na Europa. As artes decorativas, nas quais os antigos irlandeses se destacaram, foram abandonadas, e a cultura, tanto a sagrada quanto a profana, caiu em desuso.[9]

Foi somente no final do século XIX, com o fortalecimento do nacionalismo[10] político, que ganhou força na Irlanda uma campanha pela independência do país. O movimento foi liderado por Charles Steward Parnell, conhecido como *"the uncrowned king of Ireland"* ["o rei não coroado da Irlanda"].[11] Dado curioso, Parnell era também patrono da Associação Atlética Gaélica, fundada em 1884 para promover os esportes irlandeses como forma de resistência política e cultural.

Entretanto, depois da queda política de Parnell — acusado, pelos ingleses, de ter se envolvido com uma mulher casada, Katharine O'Shea — e da sua morte repentina, ocorrida em 1891, a luta pela independência do país perdeu o ímpeto e ficou esquecida por alguns anos. Esses fatos marcaram um novo período na história irlandesa, o da estagnação política. Essa experiência histórica foi descrita por Joyce em diferentes textos de ficção, como, por exemplo, no romance *O Retrato do Artista Quando Jovem* (1916), nos contos "Os Mortos" e "Dia de Hera na Lapela" de *Dublinenses* (1914),[12] e, ainda, no romance *Ulysses* (1922). Segundo Michael MacCarthy Morrogh:

---

[9] Do século VI ao século VIII, enquanto a Europa atravessava a Idade das Trevas ["*Dark Ages*"], a Irlanda viveu a Idade de Ouro ["*Golden Age*"] de sua história, quando, segundo John Ardagh, "esta remota 'ilha dos santos e sábios' teve alguma influência civilizadora sobre os países do Continente". Ao contrário de outros países da Europa Continental, a Irlanda não sofreu a invasão dos bárbaros e, nesse período, construiu importantes monastérios cristãos, como, por exemplo, Glendalough, no Condado de Wicklow. Esses monastérios se tornaram centros de cultura e ensino. Data dessa época o Livro Ilustrado dos Evangelhos, que, segundo os estudiosos, teria influenciado a escritura de *Finnegans Wake* (ARDAGH, John, op. cit., p. 20).

[10] Para Anthony Giddens, nacionalismo é "um fenômeno que é basicamente psicológico — a adesão de indivíduos a um conjunto de símbolos e crenças enfatizado comunalmente entre membros de uma ordem política" (GIDDENS, Anthony. *O estado-nação e a violência*. São Paulo: Edusp, 2001, p. 141).

[11] JOYCE, James. *Dublinenses*. Hamilton Trevisan (trad.). Rio de Janeiro: Civilização Brasileira, 1999, p. 131.

[12] Sobre a composição de *Os Dublinenses*, Joyce declarou o seguinte: "Minha intenção era escrever um capítulo sobre a história moral do meu país e escolhi Dublin como cenário porque a cidade me parecia o centro da paralisia".

O maior romance do século XX, *Ulysses*, de James Joyce, transcorre em Dublin em 1904. Joyce escolheu essa data porque foi o ano em que ele e Nora Barnacle deixaram a Irlanda; mas a data também simbolizava um tempo em que nada demais estava acontecendo no cenário público. Dublin e a maior parte da Irlanda pareciam ter renunciado às causas nacionalistas e pouco se importavam com a depressão política.[13]

Alguns estudiosos afirmam ainda que a vocação literária do jovem Joyce teria se manifestado exatamente nesse período de "desilusão" nacionalista. Pouco depois da morte de Parnell, Joyce, então com nove anos, escreveu seu primeiro poema, intitulado "Et Tu, Healy", em homenagem ao líder irlandês. Não há nenhuma cópia de "Et Tu, Heal", mas se conhece uma declaração de Stanislaus Joyce, irmão do escritor, a respeito do poema. Segundo Stanislaus, o poema era "uma diatribe contra o suposto traidor, Tim Healy, que informou [o envolvimento de Parnell com Katherine O'Shea] à ordem dos bispos da Igreja católica e se tornou um inimigo mortal de Parnell".[14]

Caberia aqui mencionar que Charles Steward Parnell poderia ser associado a Humphrey Chimpden Earwicker, H.C.E., o protagonista de *Finnegans Wake* (1939), considerado por muitos críticos como uma das obras capitais do século XX. Como Parnell, H.C.E. é acusado de cometer um crime de natureza sexual: "haver-me havido com incavalheiridade imprópria oposto a um par de deliciosas serviçais" (tradução de Donaldo Schüler). Além disso, tal como o líder irlandês, que foi acusado de mandar matar os líderes ingleses lorde Frederick Cavendish e Thomas Burke, no Parque Phoenix, também H.C.E. é acusado de envolver-se numa briga com um assaltante, ou com a polícia local, no mesmo parque.[15]

Marcando, porém, o fim do período de estagnação política, Arthur Griffith fundou em 1899 um novo partido, o Sinn Fein ["Nós Mesmos"], que tinha por objetivo combater Westminster e criar um parlamento irlandês independente.

---

[13] MORROGH, Michael MacCarthy. *Irish Century. A photographic History of the Last Hundred Years.* Boulder: Roberts Rinehart Publishers, 1998, p. 14.

[14] BURNS, Christy L., op. cit., p. 116.

[15] Ibid., p. 151.

A história da Irlanda moderna teve início, contudo, segundo os historiadores, apenas em 1916, quando dois grupos militares, o "Republican Brotherhood", liderado pelo poeta Pádraic Pearse, e "Citizens'Army", comandado por James Connolly, tomaram posse de alguns pontos importantes de Dublin e proclamaram a independência da Irlanda. O movimento foi contido pelo exército britânico e seus dois líderes, Connolly e Pearse, foram executados num julgamento sigiloso. Apesar do insucesso dessa revolta, ela foi o primeiro passo de um movimento pela criação de um governo independente.

Esse e outros fatos históricos ocorridos na Irlanda parecem ter marcado para sempre a vida e a obra de James Joyce, que, muito embora tenha deixado o país ainda jovem, aos 22 anos, nunca se distanciou espiritualmente da sua terra natal, nem ignorou os problemas políticos que a Irlanda continuava a enfrentar: "o desenvolvimento de Joyce como um artista vai de uma realidade insular para uma riqueza cosmopolita, mas para acompanhá-lo temos que inverter a direção".[16]

De acordo com os biógrafos do escritor, entretanto, Joyce nutria por seu país sentimentos contraditórios, indo da admiração à rejeição. Em 1909, dois anos depois de escrever o ensaio "Irlanda, ilha de santos e sábios", um texto "nacionalista",[17] Joyce voltou a Dublin para uma rápida visita (nesta época o escritor morava em Trieste) e declarou o seguinte numa carta endereçada à mãe de seus filhos e futura esposa, Nora Barnacle:

> Eu sinto orgulho em pensar que meu filho [...] será sempre um estrangeiro na Irlanda, um homem falando uma outra língua e educado numa tradição diferente.
>
> Eu odeio a Irlanda e os irlandeses. Eles me olham na rua pensando que eu nasci entre eles. Talvez eles percebam meu ódio em meus olhos. Não vejo nada em nenhum lado, a não ser a imagem do sacerdote adúltero e seus criados e mulheres mentirosas e maliciosas.[18]

---

[16] Levin, Harry. *James Joyce*. Nova York: New Publishing Corporation, 1960, p.10.

[17] Segundo Anthony Giddens: "os sentimentos nacionalistas, em sua origem e em suas facetas posteriores no século XX, possuem alguns símbolos em comum. A ligação com a terra natal, associada à criação e perpetuação de certos ideais e valores distintos, que remontam a certos aspectos históricos de experiência 'nacional' — estas são algumas das peculiaridades frequentes do nacionalismo" (Giddens, Anthony, op. cit., p. 232).

[18] Burns, Christy L., op. cit., p. 115.

Mas, de fato, Joyce nunca se separou da sua cidade natal, ao menos na sua imaginação, por isso Dublin parece estar sempre presente na sua obra ficcional: "se Dublin algum dia for destruída, ela poderá ser reconstruída a partir das páginas dos meus livros",[19] declarou o escritor na época em que escrevia *Ulysses*.

Concluindo o que expus acima, afirmaria, repetindo o que já disseram os estudiosos, que as opiniões políticas de Joyce não podem ser, todavia, "facilmente definidas pelas ideias que são mais familiares à nossa compreensão de sentimentos nacionais e posições políticas".[20]

Ao compor sua obra, principalmente a última, *Finnegans Wake*, o escritor adotou uma linguagem indireta e parodiou eventos e personagens históricos numa dimensão global, criando, assim, uma história que é simultaneamente universal e local, com nomes que podem ser reconhecidos mundialmente, mas que se encontram num ponto particular do planeta, a Irlanda.

Não se pode esquecer ainda que, no final do século XIX e início do século XX, época em que Joyce começou a escrever suas ficções, o império britânico viveu o seu apogeu, o que parece ter gerado em parte da população inglesa um forte sentimento de superioridade racial sobre outros povos, e "especialmente sobre os irlandeses", segundo apontam alguns pesquisadores, como, por exemplo, Vicent Cheng:[21]

> A convicção de que a *Pax Britannica* realmente estaria a serviço dos melhores interesses do resto do mundo [...] tendia a reforçar a presunção etnocêntrica de genialidade do povo anglo-saxão para regular suas vidas e as de outros povos [...] todas as outras raças, em particular os celtas, requereram instituições altamente centralizadas ou autoritárias para evitar uma violenta revolta política e social.[22]

Essa situação política, entretanto, sempre mereceu o olhar atento do autor de *Finnegans Wake*. Em 1907, por exemplo, Joyce escreveu um

---

[19] Norris, David e Flint, Carl. *Introducing Joyce*. Cambridge: Icon Books Ltd. 1997, p. 12.

[20] Burns, Christy L., op. cit., p. 118.

[21] Cheng, Vincent J. *Joyce, Race, and Empire*. Cambridge: Cambridge University Press, 2000, p. 19.

[22] Ibid. Duas décadas antes da Primeira Guerra Mundial, quando Joyce tinha aproximadamente treze anos, Joseph Chamberlain, Secretário do Estado Britânico para as Colônias [British Secretary of State for the Colonies], fez a seguinte declaração: "a raça britânica é a melhor raça para governar que o mundo já viu".

ensaio crítico intitulado "A Irlanda no tribunal". Nele, o escritor discute o julgamento de um irlandês pela corte inglesa, numa pequena cidade do interior da Irlanda. Muito embora os membros da corte não falassem ou entendessem o idioma irlandês, nem o réu falasse inglês, o mesmo foi considerado culpado e condenado por um crime que até hoje não se sabe ao certo se ele realmente cometeu.

"A Irlanda no tribunal" é uma crítica ao descaso com que o colonizador inglês tratava o povo irlandês e os problemas do seu país: "a imagem desse velho estarrecido, um remanescente de uma civilização que não é nossa, surdo e emudecido diante de seu juiz, é um símbolo da nação irlandesa no tribunal da opinião pública".

Essa Irlanda colonial vem à tona não só nos ensaios de Joyce, mas também na sua ficção.

REFERÊNCIAS BIBLIOGRÁFICAS

ARDAGH, John. *Ireland and the Irish*. Londres: Penguin Books, 1995.

BURNS, Christy L. *Gestural Politics:* Stereotype and Parody in Joyce. Nova York: State University of New York, 2000.

CHENG, Vincent J. *Joyce, Race, and Empire*. Cambridge: Cambridge University Press, 2000.

COYLE, John (ed.). *James Joyce, Ulysses*. A Portrait of the Artist as a Young Man. Nova York: Columbia University Press, 1998.

DEANE, Seamus, "Joyce the Irishman". In ATTRIDGE, Derek (ed.). *The Cambridge Companion to James Joyce*. Cambridge: Cambridge University Press, 1997.

GIDDENS, Anthony. *O estado-nação e a violência*. São Paulo: Edusp, 2001.

HAYMAN, David e ANDERSON, Elliott (orgs.). *In the Wake of the Wake*. Madison: University of Wisconsin Press, 1977.

JOYCE, James. *The Critical Writings*. Nova York: Cornell University, 1996.

_____. *Dublinenses*. Hamilton Trevisan (trad.). Rio de Janeiro: Civilização Brasileira, 1999.

LEVIN, Harry. *James Joyce*. Nova York: New Publishing Corporation, 1960.

MORROGH, Michael MacCarthy. *Irish Century. A photographic History of the Last Hundred Years*. Boulder: Roberts Rinehart Publishers, 1998.

NORRIS, David e FLINT, Carl. *Introducing Joyce*. Cambridge: Icon Books Ltd. 1997.

SHEEHAN, Sean (org.). *The Sayings of James Joyce*. Duckworth, 1995.

WILLIAMS, Trevor L. *Reading Joyce Politically*. Gainesville: University Press of Florida, 1997.

JOYCE E O BARULHO

Sérgio Medeiros

"Irresponsável carnaval de estilos" — com essas palavras Kevin J.H. Dettmar[1] fecha uma frase em que reproduz sua primeira impressão de leitura quando, aos quinze anos, enfrentou e atravessou sozinho as variadas e amplas páginas do romance *Ulysses* (1922), de James Joyce, descobrindo-lhe (reproduzo as palavras do crítico) a luxuriante selvageria, ou melhor, a rebeldia, a insubordinação, a vivacidade e a impetuosidade exuberantes... Curiosamente, antes de haver lido o livro *The Illicit Joyce of Postmodernism*, de Kevin Dettmar, eu já pensava em usar uma expressão similar — carnaval brasileiro, quase sinônimo de luxuriante selvageria — para descrever a minha impressão de leitura de *Finnegans Wake* (1939), o último romance de Joyce — ou melhor, de *Finnicius Revém*, a sua tradução ou recriação brasileira, assinada pelo catarinense Donaldo Schüler, em cinco volumes.[2]

Usando como guia o polêmico estudo de Kevin Dettmar, cujo objetivo explícito é construir um Joyce não canônico, ou não modernista, gostaria de refletir sobre o "carnaval" joyciano, tal como este se manifesta em dois ou três livros: de um lado, *Ulysses*, de outro, *Finnegans Wake* e *Finnicius Revém*.

O Joyce dos críticos modernistas é sério, imperturbável, onisciente, onipotente; o Joyce da crítica pós-moderna, o Joyce de hoje, tanto na Irlanda como no Brasil, é anárquico, brincalhão, divertido, violento, barulhento... e político, como a tradução brasileira de seus ensaios, *De santos e sábios*, finalmente comprovará. Ao propor essa leitura inconformista de Joyce, Kevin Dettmar recuperou, na maturidade, o sentido da palavra "carnaval" que aplicara ao autor irlandês em sua mocidade (história que, ele mesmo admite, pode não ser 100% verdadeira), e, ao mesmo tempo, definiu sua perspectiva de leitura como pós-modernista, já

---

[1] DETTMAR, Kevin J.H. *The Illicit Joyce of Postmodernism*. Madison:The University of Wisconsin Press, 1996.

[2] JOYCE, James. *Finnegans Wake | Finnicius Revém*, 5 v. Donaldo Schüler (trad.). Cotia: Ateliê Editorial, 1999/2003.

que estaria centrada nos aspectos exuberantes e, talvez, até licenciosos da obra. O Joyce barulhento de Dettmar (e também o Joyce de John Cage, convém lembrar) recupera uma ideia que Joyce expressou no *Ulysses*, ou seja, a de que Deus seria um ruído ou barulho de rua. Essa ideia foi desenvolvida de modo esplêndido pelo compositor e poeta John Cage, que se propôs a descrever o sagrado como barulho e como carnaval, em peças como *Roaratorio*, que é, à sua maneira, uma versão oral e musical do último romance de Joyce.

Ora, é exatamente esse Joyce "ilícito" do pós-modernismo que *Finnicius Revém* e os ensaios enfeixados em *De santos e sábios* estariam querendo revelar aos leitores brasileiros, neste século XXI. A leitura de Dettmar (e a minha) enfatiza, como vimos, a presença em Joyce de elementos anárquicos, violentos e brincalhões, mas também rejeita ou questiona a visão excessivamente linear de sua evolução literária, visão segura de si que coloca, sem maiores questionamentos, o romance *Finnegans Wake*, aparentemente a contribuição mais pós-moderna de Joyce, como o ponto culminante de um longo processo criativo que se inicia antes de (ou mesmo com o próprio) *Ulysses*, consagrado como um dos pilares do modernismo anglo-americano.

Ou seja, assim como se pode fazer uma tradução não canônica de Joyce (a de Donaldo Schüler), é possível ler a sua obra (incluindo os ensaios, ignorados no Brasil), e a sua construção passo a passo, de uma perspectiva outra. E também é possível, e talvez aconselhável, ler essa obra e essa construção simultaneamente de duas perspectivas diferentes, a "moderna" e a "pós-moderna". Kevin Dettmar, por exemplo, argumenta que, com suas evidentes características pós-modernas, o romance *Finnegans Wake* seria menos audacioso ou ousado do que *Ulysses*, se compararmos os procedimentos narrativos empregados em ambos. Os elementos *nonsense* e carnavalescos, ou pouco sérios e brincalhões, de *Ulysses*, decorreriam, aparentemente, do modo irresponsável com que esse romance extrapola o "método mítico" típico do modernismo, indo muito além da estrutura homérica que pretendia seguir. Por isso, imagino, ele se revela, a cada novo capítulo, um texto sempre lúdico e imprevisto (nenhum capítulo é igual a outro, daí sua radical heterogeneidade); em outras palavras, *Ulysses* anuncia o contemporâneo, mas ao mesmo tempo também se afirma como um clássico do modernismo.

Para Kevin Dettmar, *Ulysses* é um texto que tenta transgredir a tirania de uma só voz ou estilo, é um texto espiritualmente sem lei, ao passo que *Finnegans Wake*, ao romper com todas as convenções narrativas e estilísticas da literatura, abandona uma tradição para criar outra, tornando-se ele próprio uma lei, uma maneira de escrever que é muito específica ou definida. Nesse sentido, o "estilo inicial" de *Finnegans Wake* é também o seu "estilo final". Por isso, poder-se-ia talvez concluir que *Finnegans Wake* concorda sempre consigo mesmo (é um só barulho ou barulhão), apresentando-se como um relalto onírico extremamente coerente, enquanto que *Ulysses* se modifica a cada capítulo (são vários barulhos distintos) e experimenta a cada passo novas estratégias narrativas.

A conclusão de Kevin Dettmar, que não é necessariamente a minha, faço questão de sublinhar, pode ser assim resumida: *Finnegans Wake* é um texto que violenta a palavra, a frase, a sentença; ao passo que *Ulysses*, texto guerrilheiro, à maneira (acrescento) de certa opção irlandesa de fazer política (a que Joyce alude nos ensaios), violenta e estoura a noção de livro. Eis o grande barulho estético, e político, que queria destacar. Barulho que estamos ouvindo até hoje. Tomara que a leitura dos ensaios de Joyce nos ajude a compreender melhor isso.

Esse tipo de argumento (que não é nada reacionário) poderá levar à conclusão de que, afinal, o texto joyciano realmente pós-moderno (uso a terminologia norte-americana de Dettmar) é *Ulisses*, e não *Finnegans Wake*, que seria um retorno (em certo sentido) ao modernismo e a uma concepção utópica da linguagem, a linguagem que é todas as linguagens.

Não tenho condições de discutir essa ideia aqui, nem estou certo de concordar com a construção desse novo (ou outro) Joyce, diferente daquele que já consideramos canônico e cujos ensaios, sejam estéticos ou políticos (ou talvez sobretudo estes), preferimos ignorar completamente no século que passou.

Para concluir, constato inevitavelmente a relatividade dos rótulos literários e o enlouquecimento de categorias como moderno e pós-moderno que o legado literário de Joyce, por abranger em sua multiplicidade todas as formas narrativas, prova por si mesmo.

SOBRE OS TRADUTORES

ANDRÉ CECHINEL é tradutor e ensaísta. Atualmente é professor de Teoria Literária e Literatura da Universidade do Extremo Sul Catarinense (UNESC). Desenvolve pesquisa sobre a obra do poeta anglo-americano T.S. Eliot. Traduziu ao português obras de Linda Hutcheon e Judith Butler.

CAETANO GALINDO é ensaísta e professor da Universidade Federal do Paraná. Como tradutor, tem cerca de 15 livros publicados, entre eles *Ulysses* (Companhia das Letras, 2012), de James Joyce, obra que foi tema de sua tese de doutorado, defendida na USP.

DIRCE WALTRICK DO AMARANTE é tradutora e ensaísta. Professora do curso de Artes Cênicas da Universidade Federal de Santa Catarina. É autora de *Para ler* Finnegans Wake *de James Joyce* (Iluminuras, 2009); organizadora e tradutora da antologia de textos em prosa e verso de Edward Lear, *Viagem numa peneira* (Iluminuras, 2011). Foi finalista do prêmio Jabuti em 2010. Edita o jornal universitário *Qorpus*, http://qorpus.paginas.ufsc.br/

SÉRGIO MEDEIROS é poeta, tradutor e ensaísta. Professor de teoria literária na UFSC e pesquisador do CNPq. Traduziu, com Gordon Brotherston, o poema maia *Popol Vuh* (Iluminuras, 2007), e publicou, entre outros, os livros de poesia *Vegetal Sex* (UNO Press/University of New Orleans Press, 2010) e *Figurantes* (Iluminuras, 2011). Foi duas vezes finalista do prêmio Jabuti (2008 e 2010).

CADASTRO ILUMI*URAS*

Para receber informações
sobre nossos lançamentos e
promoções envie e-mail para:

cadastro@iluminuras.com.br

Este livro foi composto em Garamond pela *Iluminuras*
e terminou de ser impresso no dia 17 de fevereiro de
2012 nas oficinas *Orgrafic gráfica*, em São Paulo, SP,
em papel off-white 70 gramas.